W0368217

Harper
Collins

Für Bonnie. Ich wünschte, du wärst
hier und könntest das sehen.

1. Anders

Ich wende mich gerade mit meinem Drink in der Hand von der Bar ab, als ich spüre, wie mir ein Glas gegen die Brust prallt. Vor mir steht ein Mädchen mit offenem Mund und einem knallblauen Fleck, der sich auf ihrer weißen Seidenbluse ausbreitet. Sie ist knapp einen Meter fünfzig groß, hat lockiges rotes Haar, Schultern wie ein Linebacker und einen Bizeps unter ihrer geisterhaft blassen Haut, der an eine kleine wütende Python erinnert. Dann schaut sie mich an, und, ja, da ist auch dieser Wulst über ihren Augen. Gleich wird's übel.

„Scheiße!", flucht sie. „Verdammt! Das war eine nagelneue Bluse, du Arschloch!"

Sie stemmt eine Hand gegen meine Brust und drückt mich nach hinten. Ich stoße auf Nierenhöhe gegen die Bar, und das so fest, dass ich an der Stelle bestimmt einen blauen Fleck bekomme. Das Bier schwappt auf meine Hand und läuft meinen Arm herunter. Als ich sie endlich wieder ansehe, holt sie bereits aus. Ich zucke zur Seite und lasse ihre Faust an mir vorbeisegeln. Schon greift der Barkeeper unter die Theke und der Rausschmeißer macht sich auf den Weg in unsere Richtung. Ich reiße die geöffneten Hände hoch. Falls ich sie schlagen muss, dann wird es nur eine Ohrfeige werden. Generell habe ich kein Problem damit, Frauen zu schlagen, aber diese Neandertaler haben richtige Dickschädel. Sie sieht mir in die Augen, und ich merke, dass sie ins Grübeln kommt. Ich hätte mich noch viel schneller bewegen können, aber es hat ausgereicht, um sie zu beeindrucken. Sie stellt sich gerade hin und lässt die Hände sinken.

„Ich bin Terry", sagt sie. „Wenn du mir einen Drink ausgibst, vergessen wir das Ganze, okay?"

„Lass mich raten“, sage ich. „Dein Dad wollte einen Footballstar?“

Terry stützt die Ellbogen auf den Tisch und nippt erstaunlich geziert an ihrem Drink. Sie hat behauptet, es wäre ein Parrot, dabei sieht er aus wie dieser blaue *Drano*-Rohrreiniger und riecht auch so.

„So was in der Art. Aber er hatte nicht das Geld, um sich einen richtigen Fachmann leisten zu können. Die haben sogar das Geschlecht vermasselt, wie man sieht. Eigentlich sollte ich nur die Muskeln und die verbesserte Knochenstärke erhalten, aber ... Tja, du siehst ja selbst, wie es gelaufen ist. Was ist mir dir? Wurdest du für die NBA geschaffen?“

„Wie kommst du denn auf die Idee?“, frage ich und leere mein Bier mit einem großen Schluck. Normalerweise trinke ich nicht viel, aber unser Zusammenprall an der Bar hat mich ganz schön aufgeregt und ich verspüre das Bedürfnis, mich auf diese Weise zu beruhigen.

„Ach, jetzt hör aber auf“, erwidert sie. „Du bist doch bestimmt zwei Meter fünfzehn groß, oder nicht?“

Ich muss lachen.

„Nicht ganz“, gebe ich zu. „Es sind nur zwei Meter, und daran wurde absolut nichts verändert. Ich stamme aus einer Familie voller riesiger, schlaksiger Schweden.“

„Kann schon sein.“ Sie nimmt noch einen Schluck und lehnt sich dann auf ihrem Stuhl zurück, wobei sie nach hinten wippt, sodass nur noch zwei Stuhlbeine den Boden berühren. Nach einem Augenblick setzt sie sich wieder gerade hin, und die Stuhlbeine knallen laut auf den Boden. „Aber du wärst überrascht, wie oft ich in einer Bar schon zugeschlagen habe. Im Allgemeinen treffe ich dabei mein Ziel.“

Wieder muss ich lachen, dieses Mal sogar noch etwas heftiger. Was den Alkohol betrifft, scheine ich meinem Ziel immer näher zu kommen.

„Ach, Quatsch“, entgegne ich. „Mich überrascht das nicht. Wenn die ursprünglichen Neandertaler genauso reizbar gewesen sind, wie ihr es seid, dann ist es kein Wunder, dass sie unseretwegen ausgestorben sind.“

Sie kneift die Augen zusammen. Bestimmt überlegt sie, ob sie mich noch einmal schlagen soll, aber sie lehnt sich stattdessen zurück und grinst.

„Du weichst mir schon wieder aus, mein Freund. Ich hänge mit vielen Veränderten rum, und ich habe noch nie jemanden gesehen, der sich so schnell bewegen kann. Selbst die Exoskelette des Militärs sind eher auf Kraft als auf Schnelligkeit ausgelegt. Ich habe keine Ahnung, ob du mechanisch oder biologisch bist, aber du bist auf jeden Fall was Besonderes. Was hat man dir verpasst?“

Ich starre sie irritiert an.

„Das ist eine sehr direkte Frage.“

„Ich bin Neandertalerin. Wir sind reizbar, aber auch direkt.“

Sie grinst breit, nippt erneut an ihrem Parrot, und ich ertappe mich bei dem Gedanken, dass sie eigentlich ganz niedlich ist, wenn sie nicht gerade versucht, mich zu schlagen.

„Meine Mods sind biologisch“, antworte ich schließlich. „Ich bin technisch gesehen eine genetische Schimäre. Sie haben meine DNS mit der von Mäusen verschnitten. Ich besitze um die acht Prozent Typ-C-Muskelfasern.“

Daraufhin starrt sie mich nur mit leerem Blick an. Offenbar muss ich das genauer erläutern.

„Hast du schon mal versucht, eine Maus zu fangen?“, will ich von ihr wissen. „Die haben echt winzige Beine, da sollte man sie doch schnell erwischen können, oder nicht?“

„Ich denke schon“, erwidert sie. „Aber sie sind schnell.“

Ich nicke.

„Ganz genau. Große Säugetiere haben schnell zuckende und langsam zuckende Muskeln, bei kleinen gibt es aber noch eine dritte Art. Man könnte sie als superschnell zuckend bezeichnen. Diese Muskeln sorgen dafür, dass die Maus der Katze immer einen Schritt voraus ist, und die hat man mir verpasst."

Ihr Lächeln wird zu einem schiefen Grinsen.

„Aber du hast keinen Hofstaat, und ich habe dich noch nie in den Vids gesehen. Dann gibt es anscheinend einen Haken."

Ich streiche mir mit einer Hand durch das Haar und seufze laut.

„Ja, es gibt einen Haken. Wie sich herausgestellt hat, gibt es einen guten Grund dafür, dass nur sehr kleine Tiere Typ-C-Muskelfasern besitzen. Ich kann durch das Dach springen, allerdings nur etwa alle sechs Wochen, denn so gut wie jedes Mal, wenn ich es versuche, zerre oder breche ich mir was. Ich habe in der Highschool und im ersten Collegejahr Basketball gespielt und war der erste Veränderte, der das auf derart hohem Niveau tun konnte. Eine Zeit lang gab es ein ziemliches Drama darum, ob es fair wäre, mich zusammen mit den unmodifizierten Kids spielen zu lassen. Aber ich habe nach dem ersten Jahr auf dem College aufgehört, weil ich die dummen Sprüche der anderen Spieler nicht mehr ertragen konnte, keine Lust mehr hatte, mich ständig vorzusehen, und es mir auf die Nerven ging, ständig bei den Trainern sein zu müssen."

Sie lehnt sich zurück und verschränkt die Finger hinter dem Kopf.

„Hast du sie je gefragt, was sie sich dabei gedacht haben?"

„Wen soll ich gefragt haben?"

„Deine Eltern. Du siehst aus, als wärst du ungefähr so alt wie ich – zwischen fünfundzwanzig und dreißig. Richtig?"

Ich nicke, obwohl ich sechsunddreißig bin, denn sie ist nah genug dran.

„Als sie uns manipuliert haben", fährt sie fort, „waren Modifikationen auf Keimbasis an vielen Orten noch illegal. Und selbst wenn es erlaubt war, wusste man doch eigentlich gar nicht, was man da tat.“ Sie blickt mit finsterer Miene an sich herunter. „Das ist doch offensichtlich, oder? Was denkst du? Würdest du ein Auto sofort kaufen, sobald es auf den Markt kommt, oder warten, bis sie die Fehler ausgemerzt haben? Aber sie mussten gleich eine ganz neue Spezies erschaffen.“

Ich zucke mit den Achseln. Sie hat natürlich recht. Tatsache ist auch, dass ich meinen Dad wirklich mal gefragt habe, warum er es getan hat. Damals war ich neunzehn und lag mit gebrochenem Oberschenkel im Krankenhaus. Es war der Morgen nach meinem letzten Basketballspiel. Ich war verbittert, schmollte und gab Dad die Schuld daran, dass ich verletzt worden war, dass ich es nicht gut genug verheimlicht hatte und dass es mir nicht gelungen war, die Kontrolle zu behalten.

Er hätte mir eine Ohrfeige geben und aus dem Krankenzimmer gehen sollen, aber das hat er nicht getan. Stattdessen sagte er: „Ich wusste, dass wir ein Risiko eingehen, Anders, und es tut mir sehr leid, dass es nicht ganz so ausgegangen ist wie erhofft. Aber mir war damals schon klar, was kommen würde. In zwanzig Jahren wird es im Basketballteam einer Highschool und erst recht auf dem College keinen unmodifizierten Spieler mehr geben. Noch zwanzig Jahre später wird es Unmodifizierten schwerfallen, einen Job zu finden. So sieht es nun einmal aus, mein Junge, und ich dachte, es wäre besser für dich, wenn du einer der Ersten einer brandneuen Gattung und nicht einer der Letzten der aussterbenden bist.“

Das klang einleuchtend, und das tut es noch immer. Dad hatte Angst, dass ich mit dem Fortschritt der Spezies nicht mithalten kann. Vermutlich lag er damit sogar richtig, er war nur zwanzig Jahre zu früh dran.

Wenigstens besaß er genug Geld und musste meine DNS nicht von einem dämlichen Doktoranden verschneiden lassen, wie es bei meiner neuen Freundin offenbar der Fall gewesen ist. Aber trotz alledem, wie heißt es doch so schön? Der beste Plan, ob Maus, ob Mann – wie treffend, was? –, geht oftmals ganz daneben.

Terry steht auf und geht zur Bar. Ich nutze die Gelegenheit und rufe meine Nachrichten ab. Aber da sind keine. Eigentlich war ich heute hier verabredet, aber soweit ich es erkennen kann, ist sie nie aufgetaucht. Vielleicht war sie aber auch da, hat die Auseinandersetzung an der Bar mitbekommen und ist schnell wieder verschwunden. Ist auch egal. Ich kannte sie ohnehin nur übers Netz, und aus irgendeinem Grund hat es bisher bei mir nie geklappt, aus virtuellen reale Beziehungen zu machen. Daher stecke ich mein Handy weg, als sich Terry gerade wieder hinsetzt und ein neues Bier vor mich auf den Tisch stellt.

„Und?“, fragt sie. „Ist das hier jetzt ein Date?“

Ich wache auf. Die Sonne sieht durch die geschlossenen Augenlider rot aus, und ich kann meinen rechten Arm nicht mehr spüren. Als ich die Augen aufschlage, stelle ich fest, dass sich mein Arm so taub anfühlt, weil er unter einer mit roten Haaren bedeckten Bowlingkugel liegt. Ich hebe den Kopf und schaue mich um. Das ist nicht mein Schlafzimmer. Ich liege in einem breiten Himmelbett, und vor dem Fenster hängen rosa Spitzenvorhänge. Die Sonne scheint durch das halb offene Fenster herein und scheint mir ein Loch ins Gehirn zu bohren. Schnell schließe ich die Augen wieder und lasse den Kopf aufs Kissen sinken.

Terry hustet. Heißer Speichel benetzt meine Brust. Sie stöhnt auf und dreht sich auf die andere Seite. Ich nutze die Gelegenheit und ziehe den Arm unter ihr weg. Er fällt wie ein toter Fisch auf meinen Bauch. Als ich die Decke anhebe und einen Blick nach unten werfe, stelle ich fest, dass ich nackt bin. Terry trägt ein rosafarbenes T-Shirt und einen Slip. Auf meinen Oberschenkeln zeichnen sich hässliche blaue Flecken ab.

Ich mache die Augen wieder zu. Mein Kopf pocht, aber ich

weiß nicht, wo Terry ihre Schmerzmittel aufbewahrt, und bin auch viel zu platt, um mich auf die Suche danach zu machen. Als ich wieder einnicke, höre ich im Halbschlaf ein Geräusch, das klingt, als würde ein Vogel an der Fensterscheibe kratzen. Ich will zwar die Augen öffnen, aber irgendwie ist mir selbst das zu anstrengend.

Wieder wache ich auf. Die Sonne steht jetzt höher und erzeugt ein helles Rechteck auf dem Boden und nicht mehr in meinem Schädel. Ich habe noch immer Kopfschmerzen, und mein Mund fühlt sich an, als hätte mir jemand kleine flauschige Socken auf die Zähne gestülpt. Ich liege allein im Bett. Langsam setze ich mich auf. Das Zimmer dreht sich ein oder zwei Mal, bevor ich meine Umgebung deutlich erkennen kann.

Die Tür geht auf, und Terry kommt herein. Sie trägt jetzt Jeans und T-Shirt und sieht aus, als wäre sie frisch geduscht. Ihr Haar ist zu einem Pferdeschwanz gebunden. Sie wirft mir eine Wasserflasche zu, die von meiner Stirn abprallt und in meinem Schoß landet.

„Danke", sage ich. Oder ich versuche es zumindest. Über meine Lippen kommt nämlich nur ein Krächzen. Ich drehe die Flasche auf und leere sie zur Hälfte, bis ich aufhören muss, um Luft zu holen.

„Du bist aber ein Langschläfer", stellt sie fest. „Oder hast du gestern etwa zu viel getrunken?"

„Kann schon sein." Ich reibe mir mit beiden Händen das Gesicht und dann mit den Fingerknöcheln den Schlaf aus den Augen. Terry räuspert sich.

„Und", fährt sie fort, „hast du heute Morgen was Wichtiges vor?"

„Äh ..."

„Versteh mich nicht falsch: Ich bitte dich nicht, zu bleiben, sondern möchte, dass du gehst."

„Oh."

Ich trinke noch einen Schluck. Sie schaut mich erwartungsvoll an.

„Ähm", murmele ich schließlich. „Dann haben wir es letzte Nacht also getrieben?"

Sie verdreht die Augen.

„Ja. Es war ziemlich enttäuschend. Offenbar bist du auch darin ziemlich schnell."

Autsch.

„Wirklich?"

Sie grinst breit. Ich habe noch immer Kopfschmerzen, grinse aber aus irgendeinem Grund zurück.

„Nein, das war gelogen. Du warst schon eingeschlafen, bevor ich dir die Hose ausziehen konnte."

Ich werfe erneut einen schnellen Blick unter die Bettdecke.

„Und warum bin ich dann nackt?"

Ihr Grinsen wird noch breiter und schelmischer.

„Ich habe nicht gesagt, dass ich dir die Hose nicht ausgezogen habe, ich meinte nur, dass du es nicht mehr mitbekommen hast."

Ich trinke die Wasserflasche leer, habe aber noch immer einen widerlichen Geschmack im Mund.

„Hast du eine Ahnung, warum ich blaue Flecken an den Beinen habe?"

„Du bist über meinen Wohnzimmertisch gefallen."

„Aha." Erneut reibe ich mir das Gesicht. „Wie spät ist es?"

Sie wirft einen Blick auf ihr Handy.

„Fast elf."

Stöhnend schwinge ich die Beine aus dem Bett.

„Ich muss tatsächlich weg", teile ich ihr mit. „Könntest du mir meine Hose rübergeben?"

Es ist ein perfekter Frühlingsmorgen, kalt und klar, der Himmel ist tiefblau, und es weht nur eine leichte Brise. Terrys Apartment liegt an der Thirty-third Street und nicht weit von der John Hopkins University entfernt. Ich muss zu einem Diner an der North Charles Street in der Nähe der Loyola University. Kurz überlege ich, ob ich mir ein Taxi rufen soll, aber da ich erst um zwölf mit Doug verabredet bin und einen klaren Kopf kriegen muss, gehe ich doch lieber zu Fuß.

Baltimore war schon immer eine schöne Stadt. Die Sonne tanzt auf dem Glasphalt des West University Parkway – was mir jedoch deutlich besser gefiele, wenn es sich nicht anfühlen würde wie ein Eispickel, der in meinen Schädel gerammt wird. Ich nehme die Abkürzung über den Hopkins-Campus, biege auf die Linkwood Road ab und wandere erst an den Studentenwohnheimen und danach an der Gegend vorbei, in der die Professoren wohnen. Die Bäume hier sind alt und haben dicke Äste, die über den Gehweg reichen, und die Häuser sehen ordentlich, sauber und gut erhalten aus. Ich bin im Grunde genommen ein Hausbesetzer und lebe in einem heruntergekommenen Reihenhaus an der Twenty-eighth. Selbstverständlich würde ich viel lieber hierherziehen, wo ich einen kleinen Garten und eine Veranda hätte, aber ich bin kein Professor. Ich arbeite an drei verschiedenen Hochschulen als Teilzeitlehrer, und diese Art von Karriere ermöglicht einem kein Luxusleben.

Meine Mutter ruft mich im Schnitt einmal die Woche an. Fast immer fragt sie mich, wann ich mir endlich einen richtigen Job suchen und mein Leben in den Griff kriegen will. Das ist eine gute Frage, auf die ich bisher noch keine passende Antwort gefunden habe. Ehrlich gesagt weiß ich momentan selbst nicht, was ein richtiger Job überhaupt ist. Ich kenne niemanden, der etwas macht, das für sie in diese Kategorie fallen würde. Einer meiner Freunde verdient ganz gut als Produktpromoter, und ein anderer lebt von temporären Kunstausstellungen auf Partys und Hochzeiten. Ich kenne ein paar Leute, die von Regierungscredits leben, und einen, der für seinen Dad arbeitet, aber nie wirklich was machen muss.

Und dann gibt es da noch Doug. Ich habe nicht die geringste Ahnung, was Doug macht.

Um vier Minuten nach zwölf betrete ich das Diner. Ich muss mir keine Gedanken darüber machen, ob er möglicherweise schon da ist, da ich genau weiß, dass er das Diner um genau zwölf Uhr betreten hat. Als ich mich umsehe, entdecke ich ihn sofort. Er sitzt an einem Tisch im hinteren Teil des Raums. Mir wäre eine Nische zwar lieber gewesen, aber sein Exoskelett passt nicht so gut auf die Bänke, und wenn er einem unter dem Tisch gegen das Schienbein tritt, tut das höllisch weh. Ich gehe zu ihm hinüber. Die Kellnerin stellt meinen Teller an den Platz ihm gegenüber, aber ich ziehe den Stuhl auf die Seite.

„Hey", begrüßt er mich. „Du siehst echt scheiße aus."

Ich lasse mich auf den Stuhl fallen und reibe mir mit beiden Händen die Schläfen.

„Das glaube ich gern. Wie stehen die Dinge auf der anderen Seite der Singularität?"

„Gut", antwortet er. „Ich habe gerade Waffeln bestellt."

„Super. Mit deinem Hirnteil, meinst du?"

Er starrt mich finster an.

„Benimm dich nicht wie ein Arsch, Anders. Das ist ein drahtloses Neuralinterface, und das weißt du ganz genau."

Ich zucke nur mit den Achseln.

„Hast du auch was für mich bestellt?"

„Das hängt davon ab, ob du es weiterhin als Hirnteil bezeichnen wirst."

„Wahrscheinlich schon."

„Dann nicht."

Ich winke die Kellnerin heran. Sie ist eine Hübsche: makellose Haut, weißblondes Haar, Augen, Nase und Ohren bis auf den Mikrometer symmetrisch. Sie mustert mich von Kopf bis Fuß, sieht dann Doug an und verdreht die Augen.

„Ich kann Ihre Bestellung aufnehmen“, sagt sie dann, „aber Ihnen ist schon klar, dass Sie mir auch Trinkgeld für ihn geben müssen?“

Ich nicke. Doug und ich haben schon häufiger zusammen gebruncht.

„Gut. Was kann ich Ihnen denn bringen, Süßer?“

Ich mache mir nicht die Mühe, die Speisekarte aufzuschlagen, da ich ohnehin immer dasselbe bestelle.

„Pancakes, ein großes Rührei, Bacon, weißen Toast.“

„Saft oder Kaffee?“

„Heißen Tee.“

„Kommt sofort.“

Sie wendet sich ab. Dougs linkes Auge zuckt. Anscheinend lädt er gerade etwas Witziges herunter.

„Lass mich raten“, sage ich. „Affenpornos? Eselpornos? Affen-Esel-Action?“

Sein Blick wird wieder konzentriert, er kneift die Augen zusammen und sieht mich an.

„Nein“, antwortet er. „Was Wissenschaftliches. Du würdest es sowieso nicht verstehen.“

Mir fällt die Kinnlade herunter.

„Ich würde es nicht verstehen? Ich bin hier derjenige mit dem Doktortitel in Ingenieurwissenschaften, Doug. Hast du überhaupt einen Highschoolabschluss?“

Er runzelt die Stirn, was aufgrund des Metallnetzes, das sein halbes Gesicht bedeckt, schon fast beängstigend aussieht.

„Nach der Singularität wird die stinknormale Schulbildung ohnehin bedeutungslos sein“, erwidert er.

„Ja, klar“, meine ich. „Es waren also doch Pornos, nicht wahr?“

„Ja, aber ohne Affen oder Esel. Ganz stinknormaler Kram.“

Ich kenne Doug jetzt seit fünfzehn Jahren. Als wir uns zum ersten Mal begegnet sind, hatte er nur ein Okularimplantat, über das er aufs Netz zugreifen konnte, aber alle paar Monate hat er etwas Neues hinzugefügt: visuelle Overlays, das Exoskelett, medizinische Nanobots und weiß der Geier was noch alles. Das Hirnteil ist sein neuestes Spielzeug. Mir ist nicht so ganz klar, was er damit machen kann, das ihm über das Okular nicht möglich gewesen wäre, aber offenbar etwas, das es wert war, sich ein Loch in den Schädel bohren zu lassen. Er ist schon richtiggehend süchtig nach dem Kram. Ich könnte mir vorstellen, dass er irgendwann aussehen wird wie eine wandelnde Mülltonne mit Laseraugen und einem riesigen Roboterschwanz.

Obwohl ich nicht genau weiß, was diese Mods eigentlich kosten, gehe ich davon aus, dass es ein Vermögen sein muss, was jedoch seltsam ist – denn ich wüsste wirklich nicht, dass Doug irgendetwas tut, wofür ihn jemand anderes bezahlt.

„Und“, wechsle ich das Thema, „was ist mit deinem Arm?“

Seitdem ich am Tisch sitze, drückt Doug den linken Arm an die Seite. Er ist zwar sonst auch nicht gerade ein Zappelphilipp, aber heute hat er noch nicht mal mit einem Finger gewackelt.

„Die Servos sind blockiert. Ich kann ihn schon seit letzter Nacht nicht mehr bewegen.“

„Aha. Hast du vor, deswegen irgendwas zu unternehmen?“

Er zuckt halbherzig mit den Achseln.

„Ja, ich lasse das mal durchchecken, aber das geht erst Montagfrüh.“

„Warum ziehst du es nicht einfach aus?“

Er starrt mich verständnislos an.

„Was soll ich ausziehen?“

Ich mache eine Handbewegung, die seinen ganzen Körper mit einbezieht.

„Das Exoskelett, Doug. Warum ziehst du es nicht aus, bis es repariert wurde?“

Wieder verzieht er das Gesicht. Er sieht wirklich furchterregend aus, wenn er das macht.

„Keine Ahnung. Warum ziehst du dein Endoskelett nicht jedes Mal aus, wenn dich jemand erschreckt, du dir den Kopf an der Decke stößt und dir das Bein brichst, Anders?“

Okay, das war jetzt nicht nötig gewesen.

„Ach, jetzt guck mich nicht so an“, fährt er fort. „Das ist doch genau dasselbe. Ich trage hier nicht nur einen Anzug, das Ding ist ebenso ein Teil von mir wie meine Organe.“

Ich beuge mich vor.

„Mit dem Unterschied, dass du es tatsächlich ausziehen könntest, oder? Das kannst du mit deinen Eiern nicht machen.“

„Tatsächlich wäre es für mich momentan einfacher, mir die Eier als dieses Gestell abzunehmen. Mein linker Arm ist wie erstarrt, falls ich das noch nicht erwähnt haben sollte.“

Die Kellnerin kommt mit unserem Essen an den Tisch. Sie lächelt mich an und fragt mich, ob sie noch etwas bringen soll. Ich schüttle den Kopf. Doug widmet sie gerade mal einen Seitenblick, macht eine finstere Miene und geht wieder. Ich greife nach einer Baconscheibe. Sie ist knusprig, braun und noch heiß. Genüsslich beiße ich hinein und kaue darauf herum, damit das Salz den Geschmack nach Rattenarsch, den ich noch immer im Mund habe, vertreiben kann. Doug versucht mit einer Hand, seine Waffeln in präzise Stücke zu schneiden, was jedoch nicht besonders gut funktioniert.

„Ist dir eigentlich klar“, beginnt er, „dass Bacon eigentlich nichts anderes als Fett und Salz ist?“

Ich zucke mit den Achseln.

„Ist dir denn klar, dass sich die Kellnerin ihren perfekt proportionierten Arsch mit deinen Waffeln abgewischt hat? Erklär mir doch bitte noch mal, warum du keinen Sinn darin siehst, Trinkgeld zu geben.“

Doug seufzt. Wir reden nicht zum ersten Mal über dieses Thema.

„Indem ich Trinkgeld gebe, ermögliche ich es dem Management, weiterhin billige menschliche Arbeitskräfte einzustellen, wo ein Roboter doch weitaus effizienter wäre. Wenn keiner mehr Trinkgeld gibt, werden die Kellner über kurz oder lang mehr Lohn verlangen, wodurch das Management dazu gezwungen sein wird, sie zu ersetzen."

„Aber das passiert nur, wenn alle kein Trinkgeld mehr geben, Doug, doch momentan bist du der Einzige. Was wiederum bedeutet, dass die Kellner nicht von hypereffizienten mechanischen Menschen ersetzt werden und ich außerdem ständig die bösen Blicke mitbekomme, mit denen sie dich bedenken, während ich dir dabei zusehe, wie du Waffeln vertilgst, die vor Kurzem noch in der Unterhose irgendeines anderen Menschen gesteckt haben."

Er spießt einige Waffelstücke auf und schaufelt sie sich in den Mund.

„Für mich schmecken sie ganz normal."

So essen wir. Die Kellnerin kommt noch einmal vorbei und schenkt mir Tee nach. Sie sieht wirklich gut aus, und ich überlege, ob ich sie bitten soll, sich später noch mit mir zu treffen. Da mir jedoch kein Weg einfällt, wie ich das anstellen soll, ohne wie ein möglicherweise gefährlicher Irrer rüberzukommen, vertage ich das Ganze vorerst. Ich verspeise mein Rührei und pike in die Pancakes, aber mein Magen gibt ein warnendes Grummeln von sich. Doug hat seinen Teller und sein Wasserglas geleert und lehnt sich zurück.

„So", sagt er. „Du fragst dich bestimmt, warum ich dich heute hierhergebeten habe."

Tatsächlich habe ich bisher überhaupt nicht darüber nachgedacht, sehe ihn jetzt jedoch erwartungsvoll an.

„Ich möchte dir ein Angebot machen", erklärt er schließlich.

Ich ziehe eine Augenbraue hoch.

„Nicht so ein Angebot, bei dem man sich ausziehen und schlimme Sachen machen muss“, fährt er fort. „Es ist was Geschäftliches.“

Nun lehne ich mich ebenfalls zurück und verschränke die Arme vor der Brust.

„Ich habe da ein paar Dokumente“, berichtet er, „und ich möchte, dass du sie dir für mich ansiehst. Sie … fallen nicht in mein Fachgebiet.“

„Du meinst, es geht dabei nicht um Eselpornos?“

„Nein“, bestätigt er. „Es hat nicht das Geringste mit Eselpornos, Affenpornos oder Affen-Esel-Action zu tun. Das sind technische Dokumente. Ich glaube, sie dürften eher in dein Fachgebiet fallen, aber ich bin mir nicht sicher. Wenn dem nicht so ist, dann kannst du sie einfach löschen und ich suche mir jemand anderen.“

„Bist du dir nicht sicher, weil du nicht weißt, was darin steht, oder weil du dir immer sofort Kätzchenkampfvideos ansiehst, sobald ich anfange, von meiner Arbeit zu reden?“

„Kann es nicht auch ein bisschen von beidem sein?“

Ich seufze schwer.

„Vermutlich schon. Okay, Doug. Wie groß sind die Dateien, von denen wir hier reden?“

Er zuckt mit den Achseln.

„Ein paar Terabytes. Ich tippe auf unterschiedliche Medien. Es dürfte nicht mehr als einen oder zwei Tage dauern, sie durchzugehen, aber wenn du nicht weitaus besser informiert bist, als du den Anschein erweckst, wirst du wahrscheinlich auch einiges an Hintergrundrecherche betreiben müssen.“

Ich hole mein Handy hervor und tue so, als müsste ich erst einen Blick in meinen Kalender werfen, dabei habe ich in Wahrheit überhaupt nichts vor.

„Na gut“, murmele ich. „Die Prüfungen stehen bald an, aber danach kann ich mich darum kümmern. Was ist mit der Kohle?“

„Wie meinst du das?“

„Was bezahlst du mir dafür?“

Er scheint ernsthaft verblüfft zu sein.

„Was ich dir bezahle? Jetzt komm schon, Anders. Ich dachte, wir sind Freunde.“

Ich verdrehe die Augen und warte darauf, dass er loslacht, doch das tut er nicht.

„Mir ist durchaus bewusst, dass du der knauserigste Cyborg auf dem Planeten bist“, erkläre ich schließlich, „aber hast du nicht eben selbst gesagt, dass es um etwas Geschäftliches geht?“

„Ja, das habe ich“, bestätigt er, „aber damit habe ich nicht gemeint, dass du dafür bezahlt wirst.“

Ich schließe die Augen und reibe mir erneut die Schläfen. Meine Kopfschmerzen hatten langsam nachgelassen, kehren jetzt jedoch mit voller Wucht zurück.

„Nur, um das klarzustellen: Wirst du von jemandem dafür bezahlt, dass du diese Dateien entschlüsselst?“

Es gelingt ihm tatsächlich, beleidigt auszusehen.

„Das ist eine ziemlich persönliche Angelegenheit, findest du nicht?“

„Aber du erwartest, dass ich mehrere Tage lang für dich die eigentliche Arbeit erledige, und das ohne jegliche Bezahlung.“

Er legt den Kopf in den Nacken, starrt die Decke an und seufzt.

„Nun, wenn du das so ausdrückst, dann klingt das wirklich nicht besonders nett.“

„Ich kann es auch anders formulieren: Ich nehme sechshundert die Stunde.“

Er zuckt mit den Achseln.

„Das klingt fair. Wann kann ich damit rechnen, ein paar Antworten zu bekommen?“

Da Doug nicht einmal mit der Wimper gezuckt hat, als ich ihm meine völlig aus der Luft gegriffene Beratergebühr genannt habe, leiste ich mir für die Heimfahrt ein Taxi. Um kurz nach vierzehn Uhr steige ich aus dem Wagen aus. Ich gehe die sechs Stufen zur Haustür hinauf und krame in meinen Taschen nach dem Hausschlüssel. Ich wohne nicht nur neben einem Drogenlabor, sondern auch in dem einzigen Haus in ganz Baltimore, das noch kein elektronisches Zugangssystem hat. Als ich gerade die Tür aufschließen will, wird sie aufgerissen und Gary nimmt mich fest in die Arme.

„Wo bist du letzte Nacht nur gewesen?“, jammert er und drückt die Nase gegen meine Brust. „Ich habe gewartet und gewartet, aber du bist einfach nicht nach Hause gekommen.“

Ich betrete das Haus, schließe die Tür hinter mir und tätschle seinen Kopf.

„Entschuldige, Schatz“, sage ich. „Ich wollte dich anrufen, war dann aber doch zu sehr damit beschäftigt, diese Prostituierte zu vögeln. Ich hoffe, das war in Ordnung.“

Er lacht und lässt mich los.

„Das habe ich mir beinahe gedacht. Du riechst, als wärst du gerade aus einer Mülltonne gekrochen. Die Miete ist übrigens morgen fällig. Kannst du das übernehmen oder muss ich das auch auf deinen Schuldenzettel setzen?“

„Nein“, erwidere ich. „Das ist nicht nötig. Ich kümmere mich heute Abend darum.“

Ich will schon nach oben gehen, um zu duschen und ein Nickerchen zu machen, bevor ich darüber nachdenke, ob ich mir Dougs Dateien nun ansehen will oder nicht.

„Hey“, hält mich Gary auf, „ein Kerl namens Dimitri war heute Morgen hier und wollte dich sprechen. Kennen wir einen Dimitri?“

Ich gehe einfach weiter.

„Es gibt so viele Dimitris“, antworte ich. „Den russischen

Killer Dimitri. Den Balletttänzer Dimitri. Dimitri, den Tanzbären. Wie hat er denn ausgesehen?"

Auch auf dem Treppenabsatz bleibe ich nicht stehen, sondern gehe um die Ecke. Gary redet noch weiter, aber ich höre ihm gar nicht mehr zu. Ich ziehe mir das T-Shirt aus und lasse es im Flur auf den Boden fallen, betrete das Badezimmer und stelle die Dusche an. Als ich mich umdrehe, um die Tür zu schließen, stelle ich erstaunt fest, dass Gary oben an der Treppe steht.

„Ganz im Ernst", beharrt er. „Der Kerl war definitiv kein Tänzer und vermutlich auch kein Bär, und er sah ziemlich sauer aus, als ich ihm gesagt habe, dass du nicht da bist."

Ich ziehe mir die Schuhe und die Hose aus.

„Ich kenne keinen Dimitri. Wie hat er denn ausgesehen?"

„Etwas über eins achtzig groß und recht bullig. Schwarzes Haar. Buschiger kleiner Bart. Ein heftiger Akzent, könnte Ukrainer sein."

Bei mir klingelt gar nichts.

„Hör mal", meine ich. „Das sagt mir jetzt nichts, aber ich werde darüber nachdenken, und wenn mir was dazu einfällt, pinge ich dich an. Okay?"

Ich schließe die Tür, ohne auf eine Antwort zu warten.

Die nächsten zehn Minuten wasche ich mich, um danach eine Viertelstunde lang heißes Wasser über meinen Körper laufen zu lassen, bis der Restalkohol verschwunden ist. Ich drehe den Wasserhahn zu, und als ich mich abgetrocknet habe, würde ich mich am liebsten nur noch auf den Badezimmerboden legen und schlafen. Rasch sammle ich meine Klamotten zusammen und stopfe sie in den Weidenkorb. Dabei fällt mir das Handy aus der Tasche und auf den Kachelboden. Es pingt, als ich es ansehe. Mein Handy ist rein stimmenbasiert. Als ich es aufhebe und rangehe, erhalte ich eine Nachricht von Terry.

„Hey", sagt sie. „Ich habe gehört, dass du heute Morgen Besuch hattest. Tut mir leid."

„Den hatte ich in der Tat“, entgegne ich. „Kannst du das vielleicht erklären?“

„Leider nicht. Ich bin ein begrenzt Interaktiver. Aber Terry hat dich für den direkten Kontakt autorisiert. Möchtest du jetzt versuchen, eine Verbindung aufzubauen?“

Von mir aus, denke ich. Ich kann es nicht leiden, mich mit vollständig interaktiven Avataren zu unterhalten. Mir ist schon klar, dass es nur Simulationen sind, dass sie keine eigenen Gedanken, Hoffnungen, Träume oder was auch immer haben, aber die guten können jetzt schon seit einer Weile den Turingtest bestehen, daher komme ich mir immer irgendwie wie ein Mörder vor, wenn ich sie lösche. Doch das Problem besteht bei den BIs nicht. Die sind einfach nur nervig.

„Nein“, antworte ich. „Ping Terry jetzt nicht an. Ich melde mich später bei ihr. Löschen.“

Was immer das mit diesem Dimitri auch zu bedeuten haben mag, mir ist gerade nicht danach, mich darum zu kümmern. Ich öffne die Tür. Der Dampf quillt auf den Flur. Mein Zimmer liegt auf der linken Seite, Garys auf der rechten. Er sitzt auf seinem Bett und starrt ins Leere. Entweder ist er weggetreten oder er schaut sich etwas auf seinem Okular an. Dann richtet er ein Auge auf mich.

„Hey“, sagt er. „Sind uns die Handtücher ausgegangen?“

Ich gehe in mein Zimmer, schließe die Tür, lege mein Handy auf den Nachttisch und falle ins Bett.

Ich habe einen immer wiederkehrenden Traum, in dem ich mitten in der Nacht durch die Innenstadt laufe, genauer gesagt durch das Chaos nördlich des Hafens. Ich habe einen Wagen, anders als im wirklichen Leben, aber ich kann mich nicht daran erinnern, wo ich ihn abgestellt habe, und die Straßen verändern ständig ihre Namen und Richtungen, bis ich überhaupt nichts mehr wiedererkenne. Normalerweise werde ich gegen Ende immer gejagt.

Dieses Mal ist es ein Bär in einem Tutu, der mich ständig anschreit, dass ich mich ja von seiner Freundin fernhalten soll. In einer Sackgasse drängt er mich in die Ecke. Ich stehe auf einer Mülltonne, versuche, die Ziegelsteinwand des Gebäudes dahinter hochzuklettern, und warte darauf, seine Bärenzähne in meinem Hintern zu spüren, als ich schlagartig aufwache. Die Spätnachmittagssonne scheint durch das Fenster, und ich bin nassgeschwitzt.

Später werde ich erfahren, dass sich während meines Nickerchens die guten Bürger von Hagerstown, Maryland, mehr oder weniger gleichzeitig in die Hose gemacht haben und gestorben sind.

2. Terry

Ich komme gerade vom Laufen wieder, bin nassgeschwitzt und keuche noch immer, als mein Handy pingt. Es ist ein vollständig interaktiver Avatar von Dimitri.

„Hey", sagt er. „Geh ran. Ich hab gesehen, wie du nach Hause gekommen bist."

Scheiße. Ich vergesse immer, dass ich Zugriffsversuche auf das Haus eigentlich unterbinden will.

„Okay", erwidere ich. „Verbinden."

Ich gehe in die Küche, drehe den Wasserhahn auf und spritze mir kaltes Wasser ins Gesicht. Der Avatar manifestiert sich als sprechender Bär. Da ich kein Okular besitze, erscheint er auf dem Wandbildschirm, anstatt vor mir zu stehen. Nervig ist es trotzdem.

„So", meint er mit einer Stimme, die Dimitris Akzent auf lustige Weise parodiert. „Dimitri hat deinen neuen Freund gefunden. Er lebt in einem Crackhaus. Du solltest dich von ihm fernhalten."

„Ist das dein Ernst? Aus diesem Grund tauchst du bei mir auf? Lösch…"

„Warte! Warte! Ich habe dir noch mehr zu sagen!"

Ich spüre, wie ich unwillkürlich das Gesicht verziehe. Der Bär zieht hoffnungsvoll eine Augenbraue hoch.

„Na gut", gebe ich schließlich nach. „Du hast zwei Minuten, und danach gehe ich duschen und du wirst recycelt. Was willst du?"

„Dein neuer Freund hat schlechten Umgang", teilt er mir mit. „Das sind üble Menschen, die Schlimmes im Schilde führen. Dimitri macht sich Sorgen um dich. Er möchte nicht, dass du

Ärger bekommst, wenn dein neuer Freund ein böses Ende nimmt."

Ich verdrehe die Augen und stelle das Wasser ab.

„Könntest du den Akzent vielleicht sein lassen?", bitte ich ihn. „Das klingt echt bescheuert. Und auf den Bärenanzug können wir doch auch verzichten, oder?"

Der Bär lächelt, was jedoch eher erschreckend als beruhigend wirkt.

„Besser?"

Der Akzent ist verschwunden, aber jetzt habe ich einen fetten Kerl im Ledertanga vor mir. Wieso sind Dimitris Avatare nur immer solche Klugscheißer?

„Pass mal auf", erkläre ich. „Ich dachte, ich hätte klargestellt, dass Dimitri und ich nichts am Laufen haben. Wir haben keine Affäre, schlafen nicht miteinander und führen auch keine Beziehung. Wir sind Freunde, aber ehrlich gesagt fange ich langsam an, daran zu zweifeln. Wen ich mit nach Hause nehme und was ich mit demjenigen mache, geht niemanden etwas an. Hast du verstanden?"

Der Avatar hebt beschwichtigend die Hände.

„Hier geht es wirklich nicht um Eifersucht, Terry. Dein neuer Freund ist vermutlich kein übler Kerl, aber die Wahrscheinlichkeit ist sehr hoch, dass er bald in Schwierigkeiten stecken wird. Dimitri wäre es lieber, wenn du dich da raushalten könntest."

Seine Sorge wirkt aufrichtig, aber das könnte natürlich auch an dem vollständig interaktiven Avatar liegen. Der glaubt tatsächlich alles, was Dimitri ihm erzählt. Aus diesem Grund sind solche Avatare auch das Lieblingsspielzeug von Menschen, die nichts als Mist labern.

„Wie wäre es", schlage ich vor, „wenn ich das einfach als Ratschlag einstufe? Kannst du damit leben?"

Der Avatar zuckt mit den Achseln.

„Das wird reichen müssen. Bitte melde dich schnellstmöglich bei Dimitri.“

„Ja, geht klar. Löschen.“

Nach einem ironischen Salut verschwindet der Avatar.

Ich bin mir nicht ganz sicher, was Dimitri mit Anders gemacht hat, falls er überhaupt etwas unternommen hat, aber ich fühle mich zumindest teilweise dafür verantwortlich. Zwar habe ich keine Ahnung, wo Anders lebt, aber ich habe seine Nummer gespeichert, während er in meinem Bett geschlafen hat. Ich pinge ihn an und hinterlasse ihm dann eine kurze Sprachnachricht, als er nicht rangeht. Falls wir uns irgendwann wiedersehen sollten, möchte ich nicht, dass unser erstes Gesprächsthema der Irre ist, der meinetwegen an seine Tür geklopft hat.

Was nicht heißen soll, dass Dimitri ein Irrer ist. Diese Eifersucht, falls es sich denn wirklich darum handelt, passt eigentlich gar nicht zu ihm. Ich kenne Dimitri jetzt seit drei Jahren, und obwohl wir uns in einer Therapiegruppe für Menschen, die gerade jemanden verloren haben, der ihnen nahesteht, kennengelernt haben, hat er sich bisher nie in mein Privatleben eingemischt. Außerdem hat der Bär sehr beharrlich darauf gepocht, dass Dimitri aus rein beruflichen Gründen an Anders interessiert ist.

Allerdings ist mir völlig schleierhaft, woher dieses berufliche Interesse kommen könnte. Ich weiß nicht genau, was Dimitri macht, aber er hat mir erzählt, dass er in irgendeiner Form für NatSec arbeitet. Ich habe ihn gleich am Anfang danach gefragt, als wir noch herausfinden wollten, wie unsere Beziehung wohl aussehen könnte. Eine Zeit lang habe ich herumgestochert, um ihn dann doch ziemlich direkt zu fragen, womit er eigentlich seinen Lebensunterhalt verdient. Er hat nur gelächelt und den Kopf geschüttelt.

„Was ist?“, fragte ich. „Musst du mich umlegen, sobald du es mir erzählt hast?“

„Nein", erwiderte er. Dimitri ist schon unter normalen Umständen kein wirklicher Spaßvogel, aber so ernst hatte ich ihn noch nie gesehen. „Ich müsste dich nicht umbringen, Terry. Aber es besteht die große Wahrscheinlichkeit, dass jemand auf die Idee kommt, mich umzulegen, sobald ich dir erzählt habe, was ich den ganzen Tag so mache."

Als ich an diese Unterhaltung zurückdenke, frage ich mich zum ersten Mal, ob Dimitris Interesse an Anders nicht vielleicht doch berechtigt ist. Letzte Nacht kam mir Anders zwar nicht gerade wie ein Terrorist vor – aber ich habe ja auch noch keinen Terroristen kennengelernt, woher sollte ich da wissen, woran man einen erkennt? Ich versuche, mir auszumalen, wie dieser große, alberne, nach vier Bier schon betrunkene Kerl in seinem Keller Bomben baut oder in einem Geheimlabor irgendwo ein Supervirus zusammenbraut, aber bei dieser Vorstellung muss ich nur kichern. Da kommt es mir doch plausibler vor, dass Dimitri auf einmal eine plötzliche, unkontrollierbare, besitzergreifende Liebe zu mir entwickelt hat.

Ich ziehe meine Laufklamotten aus und gehe ins Bad. Dieser Raum ist der einzige in meiner Wohnung, den ich nicht leiden kann. Darin befinden sich eine offene Duschkabine auf der einen und ein Ganzkörperspiegel auf der anderen Seite. Ich mag es nicht, meinen nackten Körper zu betrachten, und kann es auch nicht ausstehen, wenn mich andere nackt sehen. Zwar bilde ich mir ein, in ziemlich guter Verfassung zu sein, aber mit den breiten Schultern, den winzigen Brüsten und dem Wulst über den Augen werde ich nie als Unterwäschemodel arbeiten können. Ich habe meinen Vermieter nach meinem Einzug gefragt, ob er nicht eine andere Duschkabine einbauen könnte. Schließlich arbeite ich als Innenarchitektin, und reiche alte Ladys bezahlen mir einen riesigen Haufen Geld dafür, dass ich ihnen solche Ratschläge gebe, und ihm habe ich nicht mal was berechnet. Doch er ist der Ansicht, dass dieses Badezimmer den meisten Mietern gefällt, und war nicht bereit, irgendetwas daran zu ändern.

Nachdem das Wasser nicht mehr kalt, sondern wenigstens lauwarm geworden ist, stelle ich mich unter die Dusche. Da ich mich heute Morgen schon gründlich gewaschen habe, muss ich mir jetzt nur den Schweiß von der Haut spülen. Als ich mir gerade die Haare wasche, pingt der Bildschirm. Ich wische mir die Augen aus, kneife sie zusammen und schaue hinüber. Es ist meine Schwester.

„Verbinden", ordne ich an und seufze. „Nur Audio."

Der Wandbildschirm bleibt leer, aber ich kann das Grinsen in ihrer Stimme hören.

„Hi, Terry. Kein Bild?"

Ich schließe die Augen und lege den Kopf in den Nacken, sodass mir das Haar vom Wasser an die Haut gepresst wird.

„Ich stehe unter der Dusche, Elise. Was willst du?"

„Ich wollte nur mit dir über hübsche Kleider und Vorspeisen reden", antwortet sie. „Nichts Wichtiges. Willst du mich später zurückrufen?"

Arg. Ich senke den Kopf so weit, dass mein Kinn schon fast meine Brust berührt.

„Wenn es dir nichts ausmacht."

„Kein Problem. In einer Stunde?"

„Geht in Ordnung, Elise. Verbindung trennen."

Na, das ist was, worauf ich mich freue. Elise heiratet in einem Monat, und ich soll ihre Trauzeugin sein. Ihre beste Freundin Grace ist eine Hübsche, und Elise könnte ebenfalls eine sein – sie ist groß, dünn und blond, hat Brüste, die der Schwerkraft zu trotzen scheinen, und ein Gesicht, das aussieht, als wäre es digital bearbeitet worden. Die Vorstellung, zwischen diesen beiden vor den ganzen Gästen zu stehen, bewirkt, dass ich am liebsten in ein tiefes, dunkles Loch kriechen und mich verstecken möchte.

Was eigentlich auch nicht weiter überraschend ist, wenn man bedenkt, dass wir im Grunde genommen anderen Spezies angehören. Einen Kleiderstil zu finden, der Elise und mir gefällt, ist eine wahre Herausforderung. Ihrem Geschmack entsprechen eher hauchdünne pastellfarbene Kleider, die gerade mal das Notwendigste bedecken, während ich meist Sportklamotten trage oder Kleider, die aus genug Stoff bestehen und verbergen können, dass meine Schultern doppelt so breit sind wie meine Hüften.

Grace hat tatsächlich vorgeschlagen, die ganze Zeremonie nackt abzuhalten. Elise war dagegen, aber mir ist klar, dass ich aus dieser Richtung keine Unterstützung bekommen werde.

Der einzige Mensch, der mir beistehen kann, ist der Bräutigam, was irgendwie Ironie des Schicksals ist, da ich ihn ansonsten für einen Idioten sondergleichen halte. Er heißt Tariq und ist Performancekünstler. Angeblich ist er zu einhundert Prozent natürlich – er hat Elise sogar zur Veganerin gemacht, ist das zu fassen? –, aber ich habe gesehen, wie er ein paar wirklich verrückte Sachen gemacht hat, und gehe daher davon aus, dass er einige sehr krasse Mods besitzen muss. Die meiste Zeit bringt mich sein „Geheimnisvoller Bote aus der Geisterwelt"-Blödsinn nur auf die Palme und ich möchte ihm am liebsten die Hühnerbrust zertrümmern, aber er will, dass die Hochzeit im Stil des achtzehnten Jahrhunderts gehalten wird und alle Korsagen und riesige Reifröcke tragen. Daher zähle ich ihn in dieser Hinsicht zu meinen Verbündeten.

Ich drehe mich noch einmal um, fahre mir mit den Händen durchs Haar und stelle das Wasser dann aus. Nachdem ich die Duschkabine verlassen habe, nehme ich ein Handtuch aus dem Regal neben der Tür, wickle es mir um den Kopf und trockne mich mit einem anderen ab.

„Haus", sage ich, während ich ins Schlafzimmer gehe. „Such Anders Jensen."

Mein Hausavatar erscheint auf dem Schlafzimmerbildschirm. Er sieht genauso aus wie ich heute. Das ist echt unheimlich.

„Ort?“

„Baltimore.“

„Vier Treffer.“

Ich habe keine saubere Unterwäsche und keinen BH mehr. Notgedrungen ziehe ich eine Radlerhose und ein Kompressionsshirt an. Das muss reichen.

„Altersspanne zwischen fünfundzwanzig und dreißig.“

„Kein Treffer.“

Mistkerl.

„Altersspanne zwischen dreißig und fünfunddreißig.“

„Kein Treffer.“

Okay. Das ist jetzt doch verwirrend.

„Altersspanne zwischen fünfunddreißig und vierzig.“

„Ein Treffer.“

„Bilder?“

Ein halbes Dutzend Standbilder erscheint auf dem Schirm. Der Großteil davon scheint von Überwachungskameras aufgenommen worden zu sein. Er ist es ganz eindeutig. Damit muss er wenigstens sechsunddreißig sein. Das macht ihn zum ältesten Veränderten, der mir je begegnet ist, und vermutlich gehört er auch zu den ältesten in ganz Nordamerika. Wenn ich ihn mir jetzt so ansehe, würde ich nie auf den Gedanken kommen, er könnte älter als fünfundzwanzig sein. Er ist zwar nicht gerade ein Hübscher, aber in mir keimt der Verdacht auf, dass er mehr als nur ein wenig Mäuse-DNS bekommen hat.

„Wohnsitz?“

Ich erhalte das Foto eines heruntergekommenen Reihenhauses an der 317 West Twenty-eighth Street. Offenbar hat Anders seine genetische Überlegenheit nicht ausgenutzt, um reich zu werden. Er wohnt nicht einmal einen Kilometer von mir entfernt, aber die Gegend wird auf dem Weg von mir zu ihm immer schlechter, und ich vermute, dass allein die Upgrades in meinem Badezimmer mehr wert sind als sein ganzes Haus.

Was hat Dimitri bloß für ein Problem mit diesem Kerl? Je länger ich darüber nachdenke, desto weniger glaube ich, dass er eifersüchtig ist. Das mit mir und Dimitri war nie etwas Körperliches, und er hat auch nie den Anschein erweckt, als wollte er daran irgendetwas ändern. Ich nehme nur selten einen Mann mit nach Hause, aber in den letzten paar Jahren sind es einige gewesen, ohne dass Dimitri bisher einen Aufstand gemacht hätte.

„Haus. Direkter Kontakt zu Dimitri."

Wieder sehe ich nur den Bären.

„Hallo, Terry", sagt er. „Dimitri würde gern mit dir reden, ist momentan aber leider beschäftigt. Kann ich helfen?"

„Verbindung trennen."

Ich muss einen Spaziergang machen.

Es ist im Laufe des Tages immer heißer und stickiger geworden, und als ich vor Anders' Haus ankomme, frage ich mich, wieso ich vorhin überhaupt geduscht habe. Vermutlich sind es nicht einmal achtundzwanzig Grad, aber ich mag Hitze nun mal nicht. Ich spüre, wie mir der Schweiß auf der Stirn steht und wie Tränen die Wangen herunterrinnen.

Die Bilder auf meinem Wandschirm haben dieses Haus nicht realistisch wiedergegeben. Da sind Risse in den Betonstufen, Sprünge im Fundament und nur vor einigen, aber nicht vor allen Fenstern Fensterläden. Die Farbe splittert großflächig von den Wänden ab, und die Sonnenkollektoren auf dem Dach sehen aus, als könnten sie jeden Augenblick herunterfallen. Ich würde ja Anders die Schuld daran geben, aber der restliche Block sieht sogar noch schlimmer aus. Bestimmt würde er in dieser Gegend Probleme bekommen, sobald er versucht, dieses Haus instand zu setzen.

Ich klopfe mit meinem Handy an die Tür. Nichts passiert. Also versuche ich es erneut. Nach dem dritten Mal dämmert mir, dass die Tür mein Handy nicht erkennen kann, weil sie nicht die entsprechende Elektronik besitzt. Es ist im Grunde genommen nur ein großes Stück Holz an Türangeln. Notgedrungen schlage ich ein paar Mal mit einer Handfläche dagegen, warte fünf Sekunden und wiederhole das Ganze. Ich will schon zum dritten Versuch ansetzen, als die Tür einen Spalt weit geöffnet wird und ich über der Kette ein Auge erkennen kann.

„Wir haben auch eine Klingel, falls du das noch nicht bemerkt haben solltest. Gehörst du zu Dimitri?"

„Nein", antworte ich. „Ich gehöre nicht zu Dimitri. Du bist nicht Anders. Ist er zu Hause?"

Die Tür wird geschlossen, und ich höre das Klirren einer Kette, die abgenommen wird. Danach öffnet Nicht-Anders halb die Tür und schaut sich um. Er ist ein schmächtiger Kerl, dünn und blass, hat einen fleckigen kurzen Bart und blonde Dreadlocks. Als er sieht, dass ich allein bin, entspannt er sich sichtlich, macht einen Schritt nach hinten und öffnet die Tür ganz.

„Anders schläft", teilt er mir mit. „Anscheinend war er die ganze Nacht wach und hatte Sex mit einer Prostituierten. Möchtest du reinkommen und warten, bis er aufwacht?"

„Klar", erwidere ich und reiche ihm die Hand. „Ich bin Terry. Du weißt schon … die Prostituierte."

Er schüttelt mir die Hand, macht eine spielerische Verbeugung und gibt mir einen Handkuss.

„Ich bin entzückt", meint er. „Bitte komm doch rein."

Ich gehe an ihm vorbei, und er schließt die Tür hinter mir. Im Haus ist es dämmrig und kühl, und es sieht deutlich netter aus, als man von draußen vermuten würde. Aus der Diele gelangt man in ein gar nicht mal kleines Wohnzimmer und weiter durch einen kurzen Flur in die Küche. Sie besitzen ein anständiges, nicht geflicktes Kunstledersofa sowie einige Spielesessel, die vor einem offenbar recht neuen Wandschirm stehen. Ich lasse mich in einen der Sessel fallen, fahre die Fußstütze aus und lehne mich nach hinten.

„Mach es dir ruhig bequem“, sagt er. „Ich bin übrigens Gary. Bist du wirklich die Prostituierte?“

Ich zucke mit den Achseln.

„Sieht ganz danach aus.“

„Cool. Das muss ja ausgesehen haben, als ob eine Deutsche Dogge einen Chihuahua bespringt. Kann ich dir was zu trinken bringen?“

„Ein kaltes Wasser wäre nett. Draußen ist es heiß wie in einem Affenarsch.“

Er sieht mich fragend an.

„Ist es in einem Affenarsch wirklich heiß? Das habe ich ja noch nie gehört.“

„Das sagt man so.“

„Nein“, widerspricht er mir. „Das bezweifle ich.“

Ich runzle die Stirn. Trotz der vielen Nachteile ist der Wulst sehr gut dazu geeignet.

„Jetzt schon“, erkläre ich. „Was ist mit dem Wasser?“

„Ja, ja“, meint er. „Kommt sofort.“

Er verlässt das Zimmer, und kurz darauf höre ich Wasser laufen und das Klirren von Eiswürfeln in einem Glas.

„Haus“, sage ich. „Vids. Sport. Lacrosse.“

„Tut mir leid“, höre ich Garys Stimme. „Dazu bist du nicht autorisiert.“

Wieder runzle ich die Stirn, aber das scheint Garys Avatar nicht zu beeindrucken.

„Ich bin nicht autorisiert?“, wiederhole ich verblüfft. „Ich will doch nur die Vids aufrufen.“

„Du bist in diesem Haus zu gar nichts autorisiert, Schwester."

Ein ganz schön frecher Avatar. Alles klar. Gary kommt mit einem Glas in jeder Hand wieder herein.

„Aha", meine ich. „Ihr sperrt also den Zugriff auf euer System?"

„Ich nutze es auch für die Arbeit." Er reicht mir ein Glas und setzt sich aufs Sofa. „Daher gehe ich lieber auf Nummer sicher."

„Ist das nicht ein bisschen paranoid?"

„Eigentlich nicht." Er trinkt einen großen Schluck, und ich kann tatsächlich erkennen, wie sich seine Pupillen erweitern. In seinem Glas ist garantiert kein Wasser. „Du wärst überrascht, wie einfach es ist, sich von einer Funktion in eine andere einzuhacken, sobald man erst einmal den Zugriff auf ein Haussystem hat. In einem Augenblick schaust du dir noch ein Lacrosse-Spiel an und im nächsten leerst du mein Bankkonto und ersetzt meine Avatare durch Ziegen, nackte Omis oder etwas in der Art."

„Hm." Ich trinke mein Wasser aus, halte das Glas hoch und lasse die Eiswürfel darin klirren. Gary starrt mich mit leerem Blick an. Erneut wackle ich mit dem Glas. Er zieht eine Augenbraue hoch. Ich grinse. Erst dann verdreht er die Augen, steht wieder auf, nimmt mein Glas und geht wieder in die Küche.

„Weißt du", sage ich. „Wenn du weniger paranoid und geselliger wärst, müsste sich der arme Anders vielleicht nicht mehr mit Prostituierten abgeben."

„Ach, Quatsch", erwidert er, als er mit meinem Wasser zurückkommt. „Anders ist hässlich. Ihm wird nie was anderes übrig bleiben, als mit Prostituierten zu schlafen."

Er setzt sich wieder und trinkt erneut einen Schluck.

„Du bist nicht wirklich eine Prostituierte, oder?"

Ich grinse ihn an.

„Wirst du dich schlecht fühlen, wenn ich dir erzähle, dass ich eine bin?"

„Ja", antwortet er. „Allerdings."

„Ich bin keine."

„Und Anders hat auch nicht mit dir geschlafen, oder?"

„Nein", gebe ich zu. „Das hat er nicht."

Wieder grinst er mich an.

„Gut. Sollte ich jemals herausfinden, dass Anders Sex hatte, ohne dafür bezahlen zu müssen, würde mein ganzes Weltbild ins Wanken geraten."

Ich nehme einen Schluck und drücke das kalte Glas gegen meine Stirn. Nach und nach kühle ich ab, und der Schweiß in meinem Gesicht und auf meinen Armen trocknet. Ich weiß nicht genau, was ich von Gary halten soll. Mich würde wirklich interessieren, was er für einen Job hat, der derartige Sicherheitsmaßnahmen, wie er sie hier eingerichtet hat, erfordert, aber da er mich nicht mal Lacrosse auf seinem Wandschirm anschauen lassen will, wird er mir das bestimmt nicht verraten.

Ich wüsste zu gern, was Dimitri dazu gesagt hätte.

„Und", meint Gary nach einer langen, peinlichen Schweigepause. „Wer bist du wirklich?"

Ich leere mein Glas und wische mir mit dem Ärmel die letzten Schweißtropfen von der Stirn.

„Ich bin wirklich das Mädchen, mit dem Anders die letzte Nacht verbracht hat", erwidere ich. „Wir haben uns gestern Abend im *Green Goose* kennengelernt. Ich glaube, er hat versucht, mich unter den Tisch zu trinken, aber das hat nicht so richtig geklappt."

Gary nickt.

„Verstehe. Wenn man bedenkt, wie groß er ist, sollte man eigentlich davon ausgehen, dass er einiges vertragen kann."

Ich muss grinsen.

„Aber das tut er nicht."

„Stimmt", bestätigt er. „Und, was ist dann passiert? Hast du ihn dir über die Schulter geworfen und nach Hause getragen?"

„Nein“, antworte ich. „Er konnte noch laufen, als wir zu meinem Apartment gegangen sind. Ich dachte schon, ich hätte Glück mit ihm, doch dann ist er über meinen Wohnzimmertisch gefallen und konnte nicht mehr aufstehen.“

Gary schüttelt den Kopf.

„Ich habe den Eindruck, dass du das Wort ‚Glück‘ nicht richtig verwendest.“

Ich muss lachen.

„Da irrst du dich. Hast du ihn mal nackt gesehen?“

Er leert sein Glas.

„Diese Unterhaltung ist mir unangenehm. Können wir über etwas anderes reden?“

„Aber klar“, meine ich. „Reden wir doch mal darüber, warum zwei anscheinend gebildete und wahrscheinlich arbeitsfähige junge Männer neben einem Crackhaus wohnen.“

„Nein“, protestiert Gary. „Das ist auch kein gutes Thema. Erzähl mir lieber, warum du hier bist. Hat dir Anders die Geldbörse geklaut oder was? Denn so was kann bei ihm vorkommen, musst du wissen. Es wäre besser, wenn du dich von ihm fernhältst.“

„Aha“, murmele ich. „Du bist heute schon der Zweite, der das zu mir sagt.“

Er scheint wirklich überrascht zu sein.

„Im Ernst? Wer war denn der Erste?“

„Mein Freund Dimitri. Er sagte, Anders würde bald großen Ärger bekommen und dass ich mich da lieber raushalten soll.“

Gary lehnt sich zurück. Er kneift die Augen zusammen und verschränkt die Arme vor der Brust.

„Ach, jetzt hab ich’s begriffen. Dimitri ist dein Freund, was? War er deshalb heute Morgen so aufgebracht?“

„Nein“, korrigiere ich ihn. „Dimitri ist nicht mein Freund. Er ist nur ein Bekannter.“

„Und er hat dir erzählt, dass Anders bald in großen Schwierigkeiten stecken wird."

„Ja, das hat er."

Gary zieht eine Augenbraue hoch.

„Anders, der mittellose ehemalige Eagle Scout, der in seinem ganzen Leben noch nicht mal einen Strafzettel wegen Falschparkens bekommen hat. Was natürlich auch daran liegen könnte, dass er noch nie ein Auto hatte, aber egal."

„Er ist also pleite?"

„Aber so was von. Dann findest du ihn jetzt wohl nicht mehr so attraktiv, was?"

„Dafür stehen hier aber sehr viele schöne Dinge rum."

„Ich habe nicht behauptet, dass ich ebenfalls pleite wäre."

Ich schaue mich erneut um und muss meinen ersten Eindruck in Bezug auf die Einrichtung revidieren. Die Sessel sind mit Echtleder bezogen, und bei genauerer Betrachtung fällt mir auf, dass für das Sofa dasselbe gilt. Der Boden unter den verschlissenen kleinen Teppichen scheint Hartholz zu sein, und die Klimaanlage ist erstklassig.

„Was hast du doch gleich gesagt, was du für einen Job hast?"

Er zuckt mit den Achseln.

„Ach, du weißt schon. Dateneingabe und all solche Sachen."

„Aha. Und du lässt Anders hier wohnen, weil …"

„Er zahlt Miete. Meistens zumindest. Und manchmal hilft er mir auch bei … Dingen."

„Bei der Dateneingabe und all solchen Sachen."

„Genau."

Lange Zeit schweigen wir beide. Endlich sagt Gary: „Haus. Vids. Allgemein. *SpaceLab.*"

Der Wandschirm wird aktiviert. Ich habe noch nie von *SpaceLab* gehört, aber es ist anscheinend eine Zeichentrickserie, die auf einer Orbitalplattform spielt. Die Charaktere erwecken alle den Eindruck, als wären sie betrunken oder nicht ganz dicht, was von Anfang an keinen großen Sinn ergibt. Ich bin schon einigen Leuten begegnet, die im Orbit arbeiten, und weiß daher, dass sie zu den nüchternsten und gesündesten Menschen gehören, die es gibt.

Gary fängt nach dreißig Sekunden an zu kichern, daher gehe ich davon aus, dass es lustig sein soll, aber es fällt mir schwer, das nachzuvollziehen. Außerdem sind die Animationen furchtbar. Die Gesichter der Charaktere sehen alle aus, als wären sie aus Gummi, und so seltsam, dass man sofort weiß, es sind keine richtigen Menschen, was irgendwie noch verstörender ist, als hätte man sie einfach komplett stilisiert dargestellt. Ich kann das Ganze etwa fünf Minuten lang ertragen, dann schließe ich die Augen und murmele: „Ist das wirklich dein Ernst?"

„Pause", sagt er und sieht richtiggehend verletzt aus. „Jetzt erzähl mir nicht, dass du kein Fan von *SpaceLab* bist?"

Ich drehe mich zu ihm um.

„Ich sehe das gerade zum ersten Mal, aber nach den letzten fünf Minuten kann ich dir versichern, dass ich garantiert kein Fan von *SpaceLab* bin und auch nie einer werde."

„Wie kannst du *SpaceLab* nicht mögen?" Er beugt sich vor und fährt mit einer Hand durch die Luft. „*SpaceLab* ist eine klassische Gesellschaftssatire. Die Serie zeigt uns die moderne Gesellschaft durch einen Zerrspiegel und zwingt uns, über die Absurditäten unseres Alltags nachzudenken."

Ich schüttle den Kopf.

„Erstens bin ich mir ziemlich sicher, dass du eben bloß den Vidkritik-Feed irgendeines anderen wiedergegeben hast. Zweitens habe ich gerade mit angesehen, wie der Wissenschaftsoffizier einer Raumstation einen Streit mit seinem Captain hatte, bei dem Fäkalien durch die Luft geflogen sind, und der Captain schien dazu noch total minderbemittelt zu sein. Inwiefern spiegelt das bitte schön irgendeinen Teil meines Alltags wider?"

„Na ja ... Es soll ja auch nicht wortwörtlich genommen werden, sondern ist eher eine Metapher."

„Eine Metapher?"

„Oder ein Vergleich. Ist es ein Vergleich? Bedeutet das, dass zwei Dinge ähnlich sind?"

„Kann man so sagen."

„Dann ist es definitiv eine Metapher."

„Du siehst gar nicht aus wie ein Idiot", stelle ich nach einer langen Pause fest, „aber du bist einer, oder?"

Er sackt in sich zusammen, und seine Stimme ist auf einmal eine Oktave tiefer.

„Ja."

Seufzend fahre ich mir mit den Fingern durchs Haar.

„Na gut. Dann gucken wir uns eben weiter deine Satire an. Abspielen."

„Gary?", fragt das Haus.

Er merkt sofort auf.

„Ja, abspielen."

Notgedrungen stehe ich die letzten sieben Minuten der Folge durch. Sie wird nicht wirklich besser. Wir erfahren, dass der Captain mit einem Schimpansen den Körper getauscht hat, um die Verhandlungen mit einer Gruppe raumfahrender Affen führen zu können, die die Raumstation zerstören wollen. Letzten Endes kehrt er von seiner Mission zurück und stellt die Ordnung wieder her, indem er in seinen eigenen Körper zurückkehrt und den Schimpansen wegen Meuterei und Insubordination einsperren lässt. Der Schimpanse beschließt, sich selbst zu verteidigen. Er wird verurteilt und soll in das eisige Vakuum des Weltalls hinausgeschossen werden. Das Urteil wird wie eine ansatzweise amüsante Hommage an *Billy Budd* vollstreckt, und als die Raumaffen sehen, wie ihr Kumpel aus der Luftschleuse geworfen wird, jagen sie die Station in die Luft. Abspann.

Ich sitze einen Moment lang schweigend da, während mich Gary erwartungsvoll anschaut.

„Und?“, will er schließlich wissen. „Ziemlich gut, was?“

Ich bin mir nicht sicher, was ich darauf erwidern soll.

„War das die letzte Folge?“

Er sieht mich an, als wäre mir gerade ein zweiter Kopf gewachsen.

„Was? Nein. Nein, wie kommst du denn auf die Idee? *Space-Lab* lief schon, als ich noch auf der Highschool war. Das eben war eine der älteren Folgen.“

„Aber wurde die Raumstation nicht gerade in die Luft gesprengt? Das lässt sich doch kaum einfach so wieder in Ordnung bringen.“

Er grinst mich an.

„Ach, das passiert in jeder Folge.“

Ich starre ihn entgeistert an, aber er grinst einfach weiter.

„Die Station wird in jeder Folge von Raumaffen gesprengt?“

„Nein, nein“, erwidert er. „Es sind nicht immer Raumaffen. Manchmal bekommen sie es auch mit Terroristen, Aliens oder Gott zu tun. Aber meist ist es einer der Crew.“

„Ah ja. Erzähl mir doch noch mal, was sie hier gerade auf die Schippe genommen haben.“

„Na ja, diese Folge war eine Parodie eines Romans aus dem neunzehnten Jahrhundert, der *Billy Budd* heißt.“

Ich verdrehe die Augen.

„Nur die letzten neunzig Sekunden dieses Mists, den wir uns da gerade angesehen haben, hatten auch nur im Entferntesten etwas mit *Billy Budd* zu tun.“

Wieder verschränkt er die Arme, und jetzt starrt er mich mit finsterer Miene an. Das wirkt in seinem glatten Gesicht zwar weitaus weniger bedrohlich als bei mir, aber dennoch entscheide ich, dass ich lieber zurückrudern sollte.

„Hör mal“, beginne ich. „Vielleicht ist *SpaceLab* einfach

nichts für jedermann. Du sagst ja selbst, dass du dir die Serie schon während der Schulzeit angesehen hast. Ich habe sie eben zum ersten Mal gesehen. Vielleicht gefällt sie mir ja besser, wenn ich sie besser kenne."

Das scheint ihn aufzuheitern.

„Wollen wir uns noch eine Folge ansehen?"

„Jetzt übertreib es nicht, Gary."

„Okay. Entschuldige."

So schweigen wir uns wieder eine Weile an. Gary wird immer unruhiger, und mir wird klar, dass ich bald etwas sagen sollte, um zu verhindern, dass ich mir noch etwas anderes ansehen muss, was weitaus schlimmer ist als *SpaceLab*.

„Und, wie lange kennst du Anders schon?", frage ich.

Er zuckt mit den Achseln.

„Keine Ahnung. Fünf Jahre? Ich war in einem der Kurse, die er an der Hopkins gegeben hat. Ich brauchte sehr viel Unterstützung, um den Kurs zu schaffen, und er brauchte Hilfe, um nicht als hungernder Landstreicher zu enden. Und so hat es sich ergeben."

„Was war das für ein Kurs?"

Er leert sein Glas.

„Einführung in die Nanotechnologie. Darum hatte ich auch solche Schwierigkeiten. Das ist überhaupt nicht mein Ding. Ich interessiere mich viel mehr für virtuelle Systeme. Sobald ich mich mit echten physikalischen Gesetzen rumschlagen muss, bin ich total aufgeschmissen."

„Nanotechnologie? Damit beschäftigt sich Anders?"

Gary lacht auf.

„Na ja", meint er, „beschäftigen ist vielleicht zu viel gesagt. Er hat mir mal seine Doktorarbeit gezeigt, und im Titel stand definitiv was von ‚Nano', daher muss er wohl irgendwas darüber wissen. Aber wenn er tatsächlich in dem Bereich arbeiten würde, dann könnte er auch regelmäßig die Miete bezahlen.

Allerdings erzählt er öfter davon, dass er gelangweilten reichen Kindern etwas über Nanotechnologie beizubringen versucht. Das ist allerdings nicht dasselbe, wie in der Branche zu arbeiten, und weniger lohnenswert."

„Stimmt", bestätige ich. „Er hat mir erzählt, er wäre Professor."

Gary lacht noch lauter.

„Professor? Oh nein, Schätzchen. Ganz bestimmt nicht. Anders wünscht sich vielleicht, er wäre Professor. Er hat feuchte Träume, in denen er als Professor arbeitet, aber er ist ganz bestimmt keiner. Er ist Dozent, Aushilfsdozent. Der Vergleich zwischen Professor und Dozent ist so, als würde man einen Küchenchef mit dem Burgerbrater vergleichen, und der Aushilfsdozent ist dann der Kerl, der mal am Herd einspringen darf, wenn Not am Mann ist. Das ist Anders, der Aushilfsburgerbrater der Akademikerwelt."

Offensichtlich hat Gary gerade einen Heidenspaß, da er geschlagene zwei Minuten braucht, bis er sein Kichern wieder unter Kontrolle hat. Das war ganz bestimmt kein Wasser in seinem Glas, und vermutlich auch kein Alkohol. Ich überlege ernsthaft, ob ich ihn bitten soll, mir was von dem Zeug abzugeben, das er in sich reinschüttet. Dann könnte ich eine weitere Folge *Space-Lab* möglicherweise überstehen.

„Pass mal auf", sage ich endlich. „Das ist ja alles ganz lustig, aber ich bin aus einem guten Grund hier. Könntest du vielleicht mal nachsehen, ob Anders wach ist, runterkommen und Hallo sagen kann?"

Er schüttelt den Kopf.

„Tut mir leid, Terry, aber das kann ich nicht. Es ist schon an guten Tagen äußerst riskant, Anders zu wecken, und wenn er getrunken hat, dann ist es noch viel schlimmer. Wenn du wirklich mit ihm reden willst, dann wirst du warten müssen."

Ich stehe auf.

„Dann gehe ich eben zu ihm. Es ist mir völlig egal, ob er wütend auf mich wird, weil ich ihn geweckt habe."

Er schüttelt noch heftiger den Kopf.

„Nein, das hast du falsch verstanden. Wenn du Anders aus dem Tiefschlaf reißt, erschreckt er sich sehr oft."

„Und?"

„Hat er die Sache mit der Maus-DNS denn nicht erwähnt?"

Ach ja, stimmt.

„Keine Sorge", fährt er fort. „Er hat noch niemanden dabei verletzt. Du warst also nicht in Lebensgefahr, als du letzte Nacht fast mit ihm geschlafen hast. Doch er hat deswegen schon ein paar Mal im Krankenhaus gelegen. Aus diesem Grund ist es hier so üblich, dass er immer von alleine aufwacht."

„Aha", entgegne ich. „Verstehe. Und wie lange dauern seine Siestas üblicherweise? Ich würde nämlich wirklich gern mit ihm reden, kann aber nicht den ganzen Nachmittag hier rumsitzen."

Wobei mir einfällt, dass ich schon vor ein paar Stunden mit meiner Schwester über Shrimpshäppchen und weiße Schnürmieder hätte reden sollen. Ich hole mein Handy aus der Tasche. Da ist eine Sprachnachricht von Elise. Ich muss die Benachrichtigung irgendwie nicht mitbekommen haben.

„Hi, Terry", sagt sie. „Ich weiß nicht, ob ich heute noch mit dir über die Hochzeit reden kann. Hier passieren gerade schlimme Dinge."

3. Elise

Ich stecke mein Handy wieder in die Tasche, hole tief Luft und muss so heftig würgen, dass ich Erbrochenes im Mund habe. Der Mann in der Sitzecke neben mir hat endlich aufgehört zu schreien. Ich kann seinen zuckenden Fuß noch sehen, der in den Gang zwischen den Tischen ragt. Zuck. Zuck. Dann nichts mehr. Die Kellnerin liegt zwei Tische weiter mit dem Gesicht nach unten auf dem Boden genau an der Stelle, an der sie hingefallen ist. Neben ihrem Mund hat sich eine Lache gebildet, die nach Blut aussieht, und etwas sickert unter ihrer Bluse hervor. Der Gestank ist unerträglich. Ich versuche, durch den Mund zu atmen, aber ich kann den Geruch sogar schmecken. Ich muss hier raus, aber ich habe noch nicht bezahlt.

Vorsichtig erhebe ich mich und sehe mich im Restaurant um. Abgesehen von einer Frau, die ein paar Tische weiter zusammengesackt ist und deren Hand noch zuckt, kann ich nirgendwo eine Bewegung erkennen. Ich hatte einen Wildkräutersalat, einen Kamillentee und ein Stück Zitronenkuchen bestellt. Der Kuchen ist jedoch nie gekommen, und es sieht auch nicht so aus, als würde ihn mir noch jemand bringen, daher werde ich auch nicht dafür bezahlen. Der Salat hat zweiundzwanzig Dollar gekostet und der Tee sieben. Plus zehn Prozent Steuern und Trinkgeld ... Puh. Ich lege zwei Zwanziger auf den Tisch und überlege, ob ich die Kellnerin vielleicht übervorteile. Dann werfe ich einen Blick zu ihr hinüber. Sie liegt reglos da und wird definitiv keine Einwände erheben.

Um das Restaurant zu verlassen, muss ich über das wohl ekligste Minenfeld der Welt gehen. Als die Schreie angefangen haben, sind die meisten Gäste entweder in Richtung Toiletten oder nach draußen gestürmt. Es sieht jedoch nicht so aus, als hätte auch nur einer von ihnen sein Ziel erreicht, da sie einfach überall liegen – und nicht nur sie, sondern auch dieser Schleim, der aus ihnen herausgequollen ist und den ich auf gar keinen Fall an meinen Schuhen haben will.

Meine Schuhe. Gute Idee. Ich schaue die ganze Zeit nur auf meine Schuhe. Zwei Schritte nach vorn. Einer nach links. Ein großer Schritt über eine Hand. Sieh dir bloß nicht an, was an der Hand noch dranhängt.

Am Eingang gibt es eine Art Stau, da vier Personen quer davor liegen und mir den Weg versperren. Zwei von ihnen sind ein Paar, und sie liegen Seite an Seite und haben die Arme umeinander geschlungen. Der Mann, der das größte Hindernis und damit momentan mein Hauptproblem darstellt, muss über zweihundert Kilogramm wiegen, und er liegt auf dem Bauch, die Arme seitlich neben sich.

Er ist gar kein Mensch, sondern ein gestrandeter, inkontinenter Wal. Die Kellnerin, die ebenfalls dort liegt, habe ich schon öfter gesehen. Ihr Name ist Kelly, vielleicht auch Kiley. Sie war ein Jahr über mir auf der Highschool und Cheerleader. Jetzt liegt sie halb in der Tür, die dadurch nicht mehr zugeht. Wenigstens kommt so ein bisschen frische Luft herein.

Ich ziehe die Schuhe aus und stecke sie in meine Tasche. Es sind Riemchensandalen mit zehn Zentimeter hohen Absätzen. Diese Schuhe sind perfekt für einen Bürotag oder zum Ausgehen, aber sie eignen sich nur bedingt dafür, einen großen Schritt über einen toten Wal oder eine ehemalige Cheerleaderin hinweg zu machen. Da ich gar nicht erst in irgendwelche Flüssigkeiten treten will, springe ich dem Wal mit beiden Füßen auf den Rücken. Er schwankt unter mir und stößt ein tiefes, lang gezogenes Stöhnen aus. Ich wedle mit den Armen, um nicht das Gleichgewicht zu verlieren. Es ist, als würde ich versuchen, auf einem Wasserball zu balancieren. Ich mache einen Satz nach vorn auf seinen Nacken und hüpfe auf Kellys Rücken. Dann beuge ich mich nach vorn durch die Tür, springe auf den Bürgersteig und taumele noch zwei Schritte weiter, bis ich auf die Motorhaube eines Wagens stürze, der am Straßenrand steht. Auf dem Beifahrersitz ist ein Mädchen in sich zusammengesackt. Ihr Kinn und ihre Brust sind mit Blut bedeckt. Ich lasse mich auf den Bürgersteig sinken, krümme mich in Embryonalhaltung zusammen und schreie. Ich schreie und kann gar nicht mehr aufhören.

Ich weiß nicht, wie lange es dauert, bis ich endlich auf die Idee komme, Tariq anzurufen. Vielleicht eine halbe Stunde? Er ist heute in Baltimore und tritt vor Touristen im Hafen auf. Ich muss ihm sagen, dass er heute Nachmittag auf keinen Fall nach Hause kommen darf.

Ich muss ihm sagen, dass er nie wieder herkommen kann.

Inzwischen habe ich mich aufgerappelt und bin wieder in Bewegung – ich will nur noch weg von hier. Mein Handy bekommt dummerweise keine Verbindung zu einem der Netzwerke. Es piept einfach nur und sagt ansonsten gar nichts. Immerhin habe ich wieder meine Schuhe an. Ich sehe mehrere andere Menschen, die noch am Leben sind – ein Mann auf einem Motorrad, der die National Pike Street in Richtung der Interstate achtundsechzig entlangrast, und eine Frau, die an der Locust Street im zweiten Stock aus einem Fenster schaut. Beide machen keinen besonders gesprächigen Eindruck auf mich. Abgesehen davon habe ich sehr viele Menschen gesehen, die anscheinend nicht mehr am Leben sind – sie sitzen in ihren Autos, liegen auf den Bürgersteigen oder in Geschäften. Allen sickert eine undefinierbare Flüssigkeit aus Mund und Nase und sie rühren sich nicht.

Ich versuche, nicht an das Restaurant zu denken, aber mein Bedürfnis, zu begreifen, was hier eigentlich los ist, wird immer größer. Im Augenblick habe ich nicht die geringste Ahnung, was hier geschieht. Der einzige Mensch, bei dem ich wirklich gesehen habe, wie er zu Boden ging, war die Kellnerin. Sie war gerade an meinen Tisch gekommen, um mein Wasserglas aufzufüllen. Nachdem sie zwei Schritte gemacht hatte, ließ sie den Krug fallen, taumelte noch einen weiteren Schritt und sackte in sich zusammen. Ich habe sie einfach nur angestarrt und mich gefragt, ob sie einen Herzinfarkt oder etwas in der Art hat und ob ich einen Krankenwagen rufen soll, als …

Okay, ich darf nicht mehr daran denken. Geh einfach weiter. Ich weiß nicht, was geschehen ist, aber es macht ganz den Anschein, als wäre es sehr schnell gegangen und hätte sich überall gleichzeitig ereignet. Auf den Straßen sind keine Streifenwagen zu sehen, und es fahren auch keine Kranken- oder Feuerwehrwagen vorbei. Wahrscheinlich hatte niemand mehr Zeit, noch den Notruf zu wählen. Wie die Kellnerin, Kiley und der Wal sind offenbar alle auf der Stelle umgekippt.

Ich bin zwar keine Expertin für verrückte Weltuntergangstheorien, aber ich wüsste nicht, dass es irgendetwas gibt, womit man eine ganze Stadt einfach so im Handumdrehen auslöschen kann. Natürlich habe ich Berichte über Pocken, schmutzige Bomben und Giftgas gelesen, all die Sachen, die irgendwelche Leute herstellen oder es zumindest versuchen, bevor sie von NatSec verhaftet und deportiert werden, sodass sie nie wieder auftauchen. Aber ich bin mir ziemlich sicher, dass nichts von alldem zu so etwas in der Lage wäre. Giftgas wäre noch die nächstliegende Vermutung, aber falls es tatsächlich zum Einsatz gekommen ist, warum laufe ich dann immer noch hier rum?

Als ich um die Ecke gehe und auf die North Street abbiege, stolpere ich beinahe über eine Frau, die auf dem Bürgersteig sitzt. Sie lehnt sich an einen Laternenpfahl, hat die Knie an die Brust gezogen und weint. Eigentlich sieht sie fast so aus wie ich vor wenigen Minuten. Ich bleibe stehen, gehe in die Hocke und lege ihr eine Hand auf die Schulter.

„Hey“, murmele ich. „Ist alles okay?“

Sie hört auf zu weinen und sieht mir in die Augen.

„Ob alles okay ist?“, wiederholt sie. „Sind Sie völlig durchgeknallt? Nein, es ist überhaupt nichts okay! Haben Sie denn keine Augen im Kopf, verdammt noch mal?!“

Ich verlagere das Gewicht auf die Fersen. Die Gute ist ganz schön aufgewühlt.

„Wissen Sie wirklich nicht, was hier passiert ist?“, will sie wissen.

Ich schüttle den Kopf.

„Das ist die Entrückung!“ Inzwischen schreit sie regelrecht. „Es ist die Entrückung, und ich bin immer noch hier!“

Ich stehe auf und rücke langsam von ihr ab. Sie presst den Kopf auf die Knie und jault.

„Ich glaube nicht, dass das die Entrückung ist“, widerspreche ich ihr. Auch wenn ich als Kind in der Kirche nicht besonders gut aufgepasst habe, bin ich davon überzeugt, dass dort nichts von Menschen, die aus dem Anus bluten, erwähnt wurde. Sie starrt mich mit blutunterlaufenen Augen an.

„Und“, erwidert sie, „was ist es dann? Was ist all den Leuten zugestoßen?“

Ich schaue mich um.

„Sie sind tot“, antworte ich. „Sie sind alle tot.“

Sie wendet den Blick ab. Wenigstens schreit sie jetzt nicht mehr.

„Warum sind Sie nicht tot?“, flüstert sie nach einigen Sekunden. „Warum bin ich noch am Leben?“

Ich lasse sie einfach da sitzen und gehe weiter.

Ich lebe in einem Dreizimmerbungalow am Reed Park. Als ich durch meine Straße laufe, gelingt es mir beinahe, mir einzureden, dass nichts Schlimmes passiert ist. Der Hund der Nachbarn rennt durch ihren Vorgarten und bellt mich von der Auffahrt aus an, und der Rasensprenger im Garten gegenüber ist eingeschaltet. Es ist zwar keine Menschenseele zu sehen, doch das ist nicht ungewöhnlich, auch nicht an einem so sonnigen Nachmittag. Jenseits der Häuser ist der Fußballplatz im Park zu sehen.

Sonntagnachmittags finden dort immer Ligaspiele statt.

Ich werde nicht hinschauen.

Rasch gehe ich ins Haus und schließe die Tür hinter mir. „Haus“, sage ich. „Bist du da?“

„Ja, Elise.“

Gott sei Dank. Ich hatte schon Angst, mein Hausavatar wäre ebenso tot wie mein Handy.

„Direktkontakt bitte. Terry.“

Eine lange Pause. Das ist nicht gut.

„Tut mir leid, Elise“, sagt Haus schließlich. „Der Direktkontakt ist nicht möglich. Möchten Sie die Botschaft auf einen Avatar übertragen? Ich kann die Transmission einleiten, sobald die Verbindung wiederhergestellt wurde.“

„Ja“, antworte ich. „Nur eine Sprachnachricht. Keine Interaktivität. Ruf mich an, Terry. Schnellstmöglich.“

„Ist das alles?“

„Ja.“

„In Warteschlange für Transmission.“

„Sind die eintreffenden Feeds aktiv, Haus?“

„Ja, Elise. Normaler Empfang. Nur das Senden ist blockiert.“

„Blockiert von wen?“

„Blockiert von wem?“

„Was?“

„Die korrekte Ausdrucksweise ist ‚Blockiert von wem?‘.“

Terry hat meinen Hausavatar so eingestellt, dass er meine Grammatik korrigiert. Ich weiß nicht, wie ich das wieder rückgängig machen kann, aber das ist im Augenblick auch unwichtig.

„Na gut, Klugscheißer. Blockiert von wem?“

„Unbekannt.“

„Kann ich die Vids aufrufen?“

„Ja. Thema?“

„Nachrichten. National. Live. Gemäßigt. Auf den Küchenschirm.“

Ich höre den Nachrichtensprecher reden, während ich durch die Diele in die Küche gehe. Er sagt etwas über steigende Aktienkurse auf den europäischen Märkten und erklärt, warum das für einige Investoren gut und für andere schlecht ist. Ich habe nie begriffen, warum sie so etwas überhaupt berichten. Soweit ich weiß, ist alles, was auf der Welt passiert, für einige Investoren gut und für andere schlecht, und zu wissen, für welche Investoren sich welches Ereignis als gut erweist, ist doch nur hilfreich, wenn man diese Information bereits im Vorfeld hat.

Jedenfalls spricht er nicht über die Apokalypse, was doch die Hauptmeldung wäre, wenn sich so etwas tatsächlich ereignen würde.

Ich lasse kaltes Wasser ins Spülbecken laufen, spritze mir etwas davon ins Gesicht und schrubbe dann geschlagene dreißig Sekunden lang meine Hände. Als ich aufblicke, steht im Lauftext am unteren Bildschirmrand gerade etwas über einen Arbeiteraufstand in Usbekistan, der die Berylliumproduktion in Gefahr bringen könnte. Der Sprecher ist derweil zu einem Bericht über die Orbitalplattform übergegangen, die sie über Nebraska bauen, und dass die Anwohner dort sehr, sehr erbost über den Standort der Rectenna sind.

„Haus“, sage ich. „Vids. Suchanfrage: Apokalypse.“

„Diese Suche hat eins Komma sieben Millionen Treffer. Möchten Sie diese filtern?“

„Lösch alles, was Entertainment ist, raus.“

„Damit sind wir bei zweihundertfünfzigtausend Treffern.“

„Beschränke es auf Nachrichten, Nordamerika, von heute.“

„Das ergibt zwölf Treffer.“

„Fang mit dem aktuellsten an.“

Der Wandschirm zeigt zwei Männer in Anzügen, die auf einem Sofa sitzen. Haus blendet ein: *Lokalnachrichten, Charleston, WV. Erschienen: Heute, 12:32:00.*

„Willkommen bei *Good News Sunday*“, sagt der Mann rechts. „Heute begrüßen wir Reverend Donald Blakesly bei uns, der glaubt, dass wir uns in der letzten Phase der Endzeit befinden. Willkommen bei uns, Reverend Blakesly.“

„Vielen Dank, Jerome“, erwidert der Reverend. „Danke, dass Sie mich eingeladen haben.“

Ich muss mich wohl mal mit Haus über das unterhalten, was ich unter „Nachrichten“ verstehe – doch da das, was da draußen vor sich geht, auch biblischen Ursprungs sein kann, lasse ich es laufen.

„Reverend Blakesly“, sagt Jerome, „wir haben schon häufig gehört, dass sich die Prophezeiungen aus der Offenbarung erfüllen werden und dass das Ende nahe wäre. Warum glauben Sie, dass es dieses Mal anders ist?“

„Die Sache ist so, Jerome“, entgegnete der Reverend, „ich weiß, dass früher schon andere behauptet haben, sie hätten die Zeichen der Zeit erkannt, und mir ist auch die Ermahnung unseres Herrn und Erlösers im Gedächtnis geblieben, dass er wie ein Dieb in der Nacht zu uns kommen wird und uns die Stunde seines Erscheinens nicht offenbart wird.“

Jerome beugt sich vor und zieht die Augenbrauen hoch.

„Aber Sie haben wiederholt in der Öffentlichkeit und im privaten Rahmen gesagt, Sie glauben, das Ende stünde kurz bevor. Wie kann das sein, wo der Herr selbst doch gesagt hat, dass niemand den genauen Zeitpunkt kennen wird?“

Der Reverend lehnt sich zurück und stützt die Fingerkuppen gegeneinander.

„Ich habe nie behauptet, dass ich den Tag und den Zeitpunkt

der Rückkehr unseres Herrn ergründet hätte, Jerome. Doch ich denke, wenn man sich das sechste Kapitel der Offenbarung ansieht, wird offensichtlich, dass die Siegel gebrochen wurden, und zwar eins nach dem anderen. Der erste Reiter, der auf einem weißen Ross daherkommt, und der zweite mit einem roten Pferd sind Vorboten von Krieg und Gemetzel. Sehen wir das nicht überall auf der ganzen Welt, wohin wir auch blicken? Im Süden treten diese gottlosen Brasilianer ihre gläubigen Nachbarn mit den Füßen. Im Osten haben die Chinesen halb Asien unterworfen. Im Norden kniet das christliche Russland vor den furchtbaren Schweden. Und im Westen scheint Kalifornien kurz davor zu sein, Proposition 117 zu genehmigen."

„Proposition 117? Dass temporäre Vertragsehen erlaubt sind?"

„Genau so ist es."

Jetzt reicht es mir aber.

„Vorspulen", ordne ich an. „Schlagwort ‚Apokalypse'."

Haus lässt das Vid ein Stück vorlaufen. Jetzt lehnt sich Jerome gerade auf seinem Stuhl zurück, und wenn ich seinen Gesichtsausdruck richtig deute, ist ihm endlich klar geworden, dass er einen Verrückten in seine Sendung eingeladen hat.

„Dann verraten Sie mir doch mal eins", sagt er. „In welcher Form wird sich die letzte Apokalypse Ihrer Meinung nach ereignen?"

„Tja, Jerome, das führt uns zu Kapitel fünfzehn und den letzten sieben Plagen. Die erste tritt in Form schmerzhafter Geschwüre auf, die sich an all jenen zeigen, die das Zeichen des Tieres tragen. Ist Ihnen bewusst, wie weit verbreitet die gegen Antibiotika resistente Gonorrhöe inzwischen ist? Die zweite Plage betrifft verseuchtes Meerwasser, was in Form der immer weiter zunehmenden Übersäuerung der Ozeane längst eingetreten ist. Die dritte Plage ist die Verseuchung des Grundwassers, was längst eingetreten ist, und die vierte bezieht sich auf die größere Hitze der Sonne. Die fünfte Plage bringt eine große Finsternis und ist wohl noch nicht eingetreten. Ebenso wenig die sechste und die siebte, die das Austrocknen des Euphrats und ein starkes Erdbeben nebst Feuerregen prophezeien. Meiner Meinung nach werden diese in Form eines großen Asteroideneinschlags eintreten, höchstwahrscheinlich irgendwo im Mittleren Osten."

Erneut beugt sich Jerome vor und scheint bereit zum finalen Schlag zu sein.

„Aber Sie dürfen nicht vergessen", entgegnet er, „dass unsere Regierung schon seit vielen Jahren einen sehr genauen Katalog aller erdnahen Asteroiden angelegt hat und wir daher wissen werden ..."

„Pause", verlange ich. Ich hatte gehofft, sie würden mit den sieben Plagen Fortschritte machen, aber nichts von all dem, was der gute Reverend da erzählt hat, bezog sich auf gewaltige anale Blutungen.

„Haus. Öffne den Live-Newsfeed."

Jetzt ist eine Ansagerin zu sehen, eine Blondine mit sehr ernstem Gesicht, und im Lauftext am unteren Bildschirmrand steht immer wieder *SCHRECKEN IN HAGERSTOWN*.

„... wiederhole, noch ist nichts über die Art des Ausbruchs in Hagerstown bekannt. Regierungssprecher haben unmissverständlich klargestellt, dass es in Hagerstown keine Seuchenforschungszentren gibt und dass nach derzeitigem Kenntnisstand keine terroristischen Drohungen diese Region betreffend vorliegen. Wir schalten jetzt live ins Weiße Haus, wo Pressesprecher Darryl Browning gleich eine Erklärung abgeben wird."

Okay, das hört sich doch schon viel besser an. Auf dem Schirm erscheint ein Podium vor einem schlichten blauen Hintergrund. Ein großer Mann mit grauem Bürstenhaarschnitt kommt ins Bild und schaut direkt in die Kamera.

„Meine Damen und Herren von der Presse", beginnt er. „Um schätzungsweise sechzehn Uhr dreißig kam es zu einem gewaltigen Ausbruch einer unbekannten, sehr ansteckenden und ausgesprochen tödlichen Krankheit in Hagerstown, Maryland. Wir wissen momentan nichts Genaues über die Art der Erkrankung, aber die Aufnahmen der Überwachungskameras und Drohnen aus dem Gebiet lassen vermuten, dass sie höchstwahrscheinlich hämorrhagischer Natur ist. An allen Zugangspunkten zum Zentrum von Hagerstown wurden Eindämmungskontrollpunkte errichtet, aber bisher konnten keine Überlebenden gesichtet werden. Innerhalb der Stadtgrenzen von Hagerstown wurden von den Kameras keine Bewegungen festgestellt. Momentan gehen wir von einer einhundertprozentigen Sterberate in dem betroffenen Gebiet aus."

Einige Personen im Publikum keuchen auf, und ich kann hören, wie sich im Hintergrund ein Raunen erhebt.

„Sie können jetzt Ihre Fragen stellen, aber ich muss Sie darauf hinweisen, dass wir bis auf Weiteres nur sehr begrenzt Informationen herausgeben werden."

Ich kann die Reporter im Publikum nicht sehen, aber das lange Schweigen, das seinen Worten folgt, lässt vermuten, dass sie alle mit offenem Mund dasitzen und sich vielleicht sogar eingenässt haben. Schließlich sagt Darryl Browning: „Ja, Miss Barringer."

Die Kamera schwenkt auf die Galerie, auf der die Blogger und Pressevertreter fast genau so aussehen, wie ich sie mir vorgestellt habe. Eine ältere Frau, die in der Mitte der ersten Reihe sitzt, steht auf.

„Und …", sagt sie. „Was … Was machen wir jetzt?"

Darryl Browning starrt einige Sekunden lang sein Podium an und schaut dann wieder in die Kamera.

„Nun ja", meint er dann. „Angesichts der existenziellen Gefahr, die dieser Ausbruch für unsere Nation darstellt, scheint es unsere einzige Option zu sein, eine möglichst gründliche

Sterilisation der gesamten Hagerstown-Region durchzuführen."

Er spricht noch weiter, aber ich höre ihm nicht mehr zu. Sterilisation. Ich bin mir nicht ganz sicher, was er damit meint, aber es kann eigentlich nichts Gutes bedeuten. Wie sterilisiert man Dinge? Mit kochendem Wasser? Jod? Feuer?

Feuer.

Ich muss sofort einen dieser Kontrollpunkte aufsuchen.

Bevor ich aufbreche, tausche ich meinen Rock gegen Shorts und meine Sandalen gegen Turnschuhe aus. Ich nehme mein Mountainbike von der Wandhalterung im Flur und gehe damit durch die Tür und auf die Straße. Einige Häuser weiter steht ein Junge auf dem Bürgersteig. Er starrt in den Himmel, wedelt wild mit den Armen in der Luft herum und schreit. Ich schätze ihn auf etwa zehn Jahre. Er ist barfuß, schmutzig und trägt seine zu große *Orioles*-Kappe verkehrt herum auf dem braunen Haar. Nach allem, was ich heute gesehen habe, gehe ich davon aus, dass seine Eltern tot sind. Ich frage mich, ob ich ihn wohl adoptieren kann, wenn diese ganze Sache vorüber ist.

„Hey", rufe ich und steige in den Sattel. „Was machst du da?"

Er bleibt stehen, dreht sich um und starrt mich an.

„Oh, hey", erwidert er. „Der Mann im Nachrichten-Vid sagte, sie glauben nicht, dass hier noch irgendwer am Leben ist. Daher wollte ich versuchen, einen der Bewegungssucher an einer Nachrichtendrohne zu aktivieren, damit sie mich aufnimmt und den Feed an einen der großen Sender weiterleitet."

Ich radle auf ihn zu.

„Er hat auch gesagt, dass sie rings um die Stadt Kontrollpunkte eingerichtet haben", meine ich. „Ich werde versuchen, einen davon zu finden. Möchtest du nicht mitkommen?"

Er starrt seine Füße an, und ich halte neben ihm am Straßenrand.

„Ne“, antwortet er. „Ich bleibe lieber hier. Mom hat mich hier abgesetzt, als sie heute Morgen zur Arbeit gefahren ist, und sie wird mich auch hier wieder abholen wollen.“

Beinahe hätte ich ihm gesagt, dass seine Mom nicht mehr wiederkommen wird, aber dann beschließe ich, dass dies nicht der richtige Zeitpunkt für derart grausame Mitteilungen ist.

„Du solltest wirklich mitkommen“, beharre ich stattdessen. „Es heißt, dass sie hier bald richtig schlimme Sachen machen werden, und ich bin mir nicht sicher, ob deine Mom bis dahin schon wieder hier sein wird.“

„‚Schlimme Sachen‘, was?“ Er schaut mir in die Augen. „Wissen Sie, was eine Vakuumbombe ist?“

Ich schüttle den Kopf.

„Ich schon“, meint er. „Das ist eine Aerosolbombe, Dummerchen. Das ist die ‚schlimme Sache‘, die hier passieren wird. Und wenn sie sich entschließen, hier eine abzuwerfen, dann werden Sie mit Ihrem lausigen Fahrrad auch nicht mehr rechtzeitig wegkommen.“

Ich starre ihn an. Aus der Nähe sieht er gar nicht mehr so niedlich aus.

„Ich kann mir auch nicht vorstellen, dass an diesen Kontrollpunkten nette Ärzte warten“, fährt er fort. „Da stehen eher Killbots der Armee. Der Mann im Vid hat gesagt, dass sie diese Gegend als Gefahrengebiet betrachten. Da werden sie ganz bestimmt niemanden rauslassen.“

„Aber …“

„Der einzige Weg, wie wir verhindern können, dass wir gegrillt werden, ist, eine zivile Drohne auf uns aufmerksam zu machen. Sie werden nicht zulassen, dass NatSec den roten Knopf drückt, wenn sie Vids von niedlichen Kindern und hübschen Frauen haben, die in dieser Stadt noch am Leben sind. Oder sogar von Ihnen, schätze ich. Daher sollten Sie sich ein freies Fleckchen suchen und anfangen, mit den Armen zu wedeln.“

Ich muss mich förmlich dazu zwingen, den Mund zu schließen. Der Kleine wendet mir den Rücken zu und springt erneut auf und ab. Kopfschüttelnd radle ich weiter.

„Sie können natürlich auch einfach weiter stadtauswärts fahren und sich die Titten wegschießen lassen", ruft er mir hinterher. „Das ist auch eine Lösung."

Jetzt sind weitaus mehr Menschen unterwegs als vorhin, als ich nach Hause gelaufen bin. Bei den meisten handelt es sich um kleine Kinder, aber es sind auch einige Erwachsene darunter. Nichts von alldem ergibt einen Sinn. Keiner von ihnen ist krank. Jeder ist entweder kerngesund oder tot. Heißt es nicht auch, dass Kinder ein sehr anfälliges Immunsystem haben? Wie könnte man ein Virus, ein Gift oder was immer das gewesen ist hergestellt haben und damit mehr Erwachsene als Kinder umbringen? Vielleicht hatte Reverend Blakesly ja doch recht und diese Kinder sind am Leben, weil sie noch nicht genug Zeit hatten, um Sünden zu begehen.

Doch das erklärt nicht, wieso ich noch da bin.

Ich fahre über die Jefferson in Richtung Osten. Zuerst radle ich an einer rennenden Frau vorbei, und einige Minuten später kommt ein Mann mit seinem Auto so schnell angerast, dass ich beinahe von der Straße abkomme. Immer wieder höre ich ein dumpfes Hämmern in der Ferne. Die Kinder, die ich sehe, laufen fast alle einfach nur ziellos herum und weinen. Ich überlege, ob ich einigen von ihnen helfen soll, aber ich muss immer wieder an das denken, was der kleine Scheißer vorhin über die Killbots gesagt hat.

Kurz nachdem ich die Eastern überquert habe, hört das Hämmern auf und ich höre eine Stimme, die klingt, als käme sie aus einem Lautsprecher. Dann sehe ich vor mir einen hellen Lichtblitz, höre eine Sekunde später einen Knall und werde von einer Hitzewelle getroffen, die mich derart erschreckt, dass ich in die Bremsen gehe. Zweimal taumele ich hin und her, verliere dann jedoch das Gleichgewicht und stürze zu Boden. Ich schlage mit dem Kopf auf dem Asphalt auf und sehe noch einen zweiten Lichtblitz, diesmal hinter meinen geschlossenen Augenlidern.

Vorsichtig setze ich mich auf. Ich habe mir die Hände aufgescheuert und den Geschmack von Blut im Mund. Meine Beine hängen im Gestänge des Fahrrads. Das Vorderrad ist verbogen. Ich stehe auf, wobei mir ganz schwindlig und übel wird. Sofort beuge ich mich vor und frage mich panisch, ob die Seuche wohl auf diese Weise ihren Anfang nimmt. Aber dann beruhigt sich mein Magen wieder und ich komme zu der Erkenntnis, dass ich vermutlich nur eine leichte Gehirnerschütterung habe. Ich richte mich wieder auf. Die Stimme aus dem Lautsprecher ist noch immer zu hören, aber ich verstehe kein Wort. Die Sonne hat den Horizont schon fast erreicht, und mein Schatten streckt sich endlos vor mir aus. Ich marschiere los.

Nach einhundert Metern kann ich erkennen, was meinen Sturz herbeigeführt hat: Es ist der Wagen, der eben noch an mir vorbeigerast ist. Nun liegt er, fast in zwei Stücke zerrissen, auf dem Dach mitten auf der Straße und brennt. Etwas weiter vorn blockiert etwas Breites, Flaches und Grünes ungefähr an der Stelle, an der die Little Antietam abzweigt, die Straße. Anscheinend hat es mich gesehen, da es sich auf seine vier gespreizten Beine erhebt und das Geschütz, das darauf montiert ist, auf mich gerichtet wird. Zwischen dem Bot und dem brennenden Wagen liegen mehrere Leichen auf dem Boden.

„Dieses Gebiet steht unter Quarantäne", teilt er mir mit. „Sie können diesen Kontrollpunkt nicht passieren. Kehren Sie bitte nach Hause zurück und warten Sie auf weitere Anweisungen."

Das ist die Lautsprecherstimme, die ich vorhin gehört habe.

„Ich bin nicht krank!", schreie ich und gehe langsam weiter. „Ich bin nicht infiziert! Ich war nicht in der Stadt!"

„Es tut mir sehr leid, Miss“, sagt der Bot, „aber ich kann Sie nicht durchlassen. Sie müssen jetzt umkehren und wieder nach Hause gehen.“

Ich bleibe ein kleines Stück von dem brennenden Auto entfernt stehen, da ich davon ausgehe, dass nicht weit vor mir die für mich verbotene Zone beginnt.

„Sind Sie ein Mensch?“, will ich wissen. „Können Sie mit mir reden?“

„Ich bin ein vollständig interaktiver Avatar“, antwortet er. „Ich kann mit Ihnen reden, aber es steht mir nicht frei, Sie diesen Kontrollpunkt passieren zu lassen.“

Auf der rechten Straßenseite stehen mehrere Bäume dicht nebeneinander. Vorsichtig mache ich einen Schritt in diese Richtung. Eine Kugel prallt direkt vor meinen Füßen vom Asphalt ab.

„Tut mir leid“, erklärt der Bot. „Ich kann Sie auch nicht dorthin gehen lassen. Wenn Sie nicht den Weg zurückgehen, den Sie gekommen sind, muss ich Sie erschießen.“

Mistkerl. Dieser kleine Hosenscheißer hat genau gewusst, was hier vor sich geht. Warum bin ich nicht genauso schlau gewesen?

„Pass mal auf“, erwidere ich. „Hier sind noch viele Menschen am Leben, größtenteils Kinder. Du darfst doch nicht einfach einen Haufen Kinder umbringen, oder?“

„Ich habe in dieser Hinsicht keinen Ermessensspielraum“, teilt er mir mit und schafft es dabei tatsächlich, so zu klingen, als würde es ihm leidtun. Rechts von mir sehe ich ein baugleiches Modell am Waldrand entlanglaufen. Während ich hinsehe, feuert der Bot zweimal. Ein gellender Schrei hallt durch die Luft, gefolgt von einem dritten Schuss und Stille. Ich drehe mich wieder zu dem Bot um, der die Straße versperrt.

„Sie werden uns verbrennen, nicht wahr?“

Der Bot zögert und verlagert betreten das Gewicht.

„Das weiß ich nicht.“

Ich spüre, wie mir die Tränen kommen. Trotzig kneife ich die Augen zusammen und kämpfe dagegen an. Ich werde nicht heulend vor einem Killbot sterben.

„Kannst du mich zu jemandem durchstellen?", frage ich. „Zu einem richtigen Menschen, meine ich?"

Er bewegt sich beinahe so, als würde er mit den Achseln zucken.

„Tut mir leid, Miss, aber das kann ich nicht."

Ich werfe einen Blick über die Schulter. Die Sonne steht als dicker roter Ball am Horizont, und rosa- und lilafarbene Wolken erstrecken sich im Norden und Süden, so weit ich blicken kann. Das ist ein umwerfender Anblick, und falls dies mein letzter Sonnenuntergang sein sollte, dann war es wenigstens ein wunderschöner.

Tariq hat die Feeds garantiert gesehen. Er denkt bestimmt, ich wäre ebenfalls tot. Ich frage mich, ob er sich auch gerade den Sonnenuntergang ansieht.

Nach einer gefühlten Ewigkeit drehe ich mich wieder zu dem Bot um.

„Was wird mehr wehtun?", frage ich ihn.

Der Bot hatte sich wieder auf den Bauch gelegt, steht jetzt jedoch wieder auf.

„Bitte formulieren Sie die Frage um."

Ich hole tief Luft und stoße sie wieder aus.

„Was wird schmerzhafter sein: Wenn du mich erschießt oder wenn ich warte und durch die Bombe umkomme?"

Er zögert.

„Das weiß ich nicht, Miss. Ich würde Ihnen mit einem panzerbrechenden Geschoss Kaliber fünfzig in den Kopf schießen. Davon würden Sie vermutlich nicht viel spüren. Eine Aerosolbombe ist hingegen sehr durchschlagskräftig. Ihr subjektives Empfinden dürfte sich in beiden Fällen nicht sehr voneinander unterscheiden."

Ich wende dem Bot den Rücken zu. Der Sonnenuntergang sieht aus wie ein Ölgemälde. Es wäre ein perfekter Abend, würde es den Bot, die Bomben und den Gestank der Exkremente, der von den Leichen auf der Straße ausgeht, nicht geben.

„Falls es Sie beruhigt", ergänzt der Bot noch, „ich werde ebenfalls zerstört, wenn sie die Bombe abwerfen."

Das beruhigt mich nicht im Geringsten.

„Das begreife ich nicht", erwidere ich. „Inwiefern soll mir das helfen?"

„Na ja", meint er. „Wenigstens sterben wir dann nicht allein."

Ich drehe mich wieder zu ihm um. Die Panzerabwehrwaffe auf dem Geschütz ist weiterhin auf mich gerichtet.

„Steht das Angebot noch?", erkundige ich mich.

„Ja", antwortet er, „aber Sie sollten sich lieber bald entscheiden."

Ich bilde mir ein, aus dem Westen ein leises, tiefes, dumpfes Brummen zu hören. Als ich meine Augen mit einer Hand abschirme und mit zusammengekniffenen Augen in den Sonnenuntergang blicke, kann ich vor der aufgeblähten roten Sonne einen schwarzen Punkt erkennen. Nicht weit vom zweiten Bot entfernt kommt ein Mann mit einem Helm auf dem Kopf auf einem dreirädrigen Gefährt zwischen den Bäumen hervor. Aus irgendeinem Grund ignoriert der Bot den Neuankömmling, der schlitternd auf die Straße abbiegt und auf uns zugerast kommt. Hinter mir macht der Bot klappernd zwei Schritte auf mich zu, aber er spricht den Mann nicht an und scheint nicht einmal zu bemerken, dass er da ist. Ich glaube beinahe, den warmen Fleck, den sein Ziellaser auf meinem Hinterkopf erzeugt, spüren zu können. Der Mann kommt immer näher. Er klappt sein Visier hoch und brüllt: „Runter mit dir, Elise!"

Tariq?

Der Bot kommt noch einen Schritt näher.

4. Gary

Terry lässt ihr Handy sinken und verlangt: „Mach einen Newsfeed an."

Ich gucke nicht gern Nachrichten. Während der letzten zwei Stunden habe ich eine Mischung aus BrainBump und Rum in mich reingeschüttet. Die Nanos regen meine Implantate an, und ich möchte eigentlich nur noch mehr Blödsinn gucken.

„Hey", erwidere ich. „Wie wäre es mit noch mehr *SpaceLab*? Letzten Sommer lief eine Folge ..."

Sie schleudert ihr leeres Glas nach mir. Ich zucke zusammen, aber es fliegt an meinem Kopf vorbei und zerschellt an der Wand.

„Ruf jetzt einen Newsfeed auf, du bekiffter Pisser! Ich habe jetzt keine Zeit für deine bescheuerte Kackserie!"

Anscheinend ist die Zeit für Frotzeleien vorbei.

„Haus", sage ich. „Nachrichten. Lokal. Live. Liberal."

Auf dem Bildschirm erscheint etwas, bei dem es sich um eine Lobeshymne auf Senatorin Nguyen zu handeln scheint. Sie trägt ein Flanellhemd und Jeans und geht mit einer lächelnden jungen Frau über ein Sojabohnenfeld.

„Das hier sind meine Wurzeln", sagt die Senatorin. „Wenn es mir in Washington zu viel wird und ich das Gefühl habe, die Bodenhaftung zu verlieren, dann komme ich hierher. Meine Familie bearbeitet dieses Land jetzt schon seit fünfzig Jahren, und so Gott will, werden wir noch in einhundertundfünfzig Jahren hier sein."

„Nicht so was", schimpft Terry. „Ruf einen lokalen Feed aus Hagerstown auf."

„Gary?", fragt Haus.

„Autorisiert“, sage ich. „Sie kann sich ansehen, was immer sie will, solange sie mich nicht wieder mit Sachen bewirft.“

Der Bildschirm wird schwarz.

„Momentan sind keine Feeds aus Hagerstown verfügbar“, teilt Haus uns mit.

„Frederick“, fordert Terry. „Dann zeig mir einen Feed aus Frederick.“

Daraufhin erscheint ein sehr junger Ansager mit einem goldenen Tech-Shirt und Shorts, der neben einer langen Autoreihe steht, die auf einer Highwayzufahrt wartet.

„… anscheinend jeglichen Verkehr auf der Siebzig in Richtung Westen angehalten, was, wie Sie sehen, zu sehr langen Staus geführt hat. Am Himmel sind ständig Militärhubschrauber zu sehen, die in Richtung Nordwesten nach Hagerstown fliegen. Mickey Liu in Martinsburg sagte, dass es auf der Einundachtzig North genauso aussieht. Ich habe versucht, Kontakt zu einigen Kollegen in Hagerstown aufzunehmen, konnte sie jedoch nicht erreichen. Weder die örtlichen noch die nationalen Behörden waren bisher zu einer Stellungnahme bereit.“

Das Bild wechselt zu einem älteren Mann im Anzug. Er sitzt in einem Gleitstuhl auf einer Terrasse.

„In Hagerstown gehen seltsame Dinge vor sich“, sagt er. „Ich habe versucht, eine Reihe ziviler Drohnen anzupingen, die in dem Gebiet unterwegs sein müssten, aber sie wurden offenbar alle in den letzten ein oder zwei Stunden offline genommen. Dasselbe gilt für die Kameras und Sicherheitssysteme am Boden. Was immer dort geschieht, es ist offensichtlich, dass jemand mit großem Einfluss will, dass wir es erfahren …“

Er stockt, und sein linkes Auge zuckt. Anscheinend lädt er über ein Okular etwas herunter. Nach mehreren Sekunden fokussiert sich das Auge wieder. „Wir schalten jetzt auf einen nationalen Feed um. Menschen mit schwachem Magen sollten jetzt lieber nicht hinsehen.“

Auf dem Schirm erscheint ein Standbild mit der Innenansicht eines *McDonald's*. Darauf sind etwa fünfzehn Menschen zu sehen – in Nischen, auf dem Boden, über Tischen zusammengesackt. Keiner bewegt sich, und die meisten sehen aus, als hätten sie Blut erbrochen.

„Derartige Szenen spielen sich zurzeit in ganz Hagerstown ab“, sagt eine Stimme aus dem Off. Nach einem Schnitt sieht man eine Verkehrskamera an einer Innenstadtkreuzung, an der vier Autos ineinandergekracht sind. Der Fahrer eines Wagens hängt halb aus der offenen Tür heraus, und etwas Ekelerregendes hat sich unter seinem offenen Mund auf dem Asphalt angesammelt. Wieder ein Sprung, dieses Mal in ein Büro, danach in einen Park, in dem achtzehn oder zwanzig Männer offenbar mitten während eines Fußballspiels umgefallen sind.

„Die Behörden prüfen gerade alle verfügbaren Datenquellen“, sagt die Stimme, „aber bis jetzt konnten noch keine Überlebenden gefunden werden.“

„Großer Gott“, flüstert Terry.

„Kennst du da jemanden?“, erkundige ich mich.

„Meine Schwester lebt dort“, antwortet sie. Sie fängt an zu weinen. Ich muss Anders holen.

Als ich im ersten Stock angekommen bin, treffen auch Feeds über mein Okular ein – von meinen Leuten, nicht den Deppen, die unten auf dem Schirm zu sehen sind. Es kommt ein zwanzigsekündiger Clip rein, der aus dem niedrigen Erdorbit aufgenommen worden zu sein scheint und auf dem sich Autos auf einer Straße erst ganz normal bewegen, dann jedoch außer Kontrolle geraten und gegeneinanderprallen. Doch es steigt niemand aus. Als Nächstes kommt eine Luftaufnahme des Fußballfelds, das ich schon unten im Wohnzimmer gesehen habe, nur, dass die Spieler hier noch am Leben sind. Auf einmal bleibt einer von ihnen stehen, hält sich den Bauch und fällt auf die Knie. Es dauert keine fünf Sekunden, da liegen alle anderen ebenfalls am Boden. Einige zucken noch, als sich die Drohne auf einmal wie wild dreht und die Übertragung endet.

„Gary?“ Anders steht vor mir und schnippt mit den Fingern vor meiner Nase herum. „Bist du da, Mann? Es ist Sonntagnachmittag, um Himmels willen! Was hast du genommen?“

Ich beende den Feed und schüttle den Kopf.

„Nichts. Na ja, nicht viel. Nur ein paar Bump-n-Dumps, aber es geht mir gut. Du musst mit nach unten kommen.“

„Da wollte ich sowieso gerade hin. Was ist denn los?“

„Du hast Besuch. Außerdem sieht es so aus, als wäre in Hagerstown die Kacke am Dampfen. Da lebt übrigens auch die Schwester deiner Besucherin, der es deshalb gerade nicht besonders gut geht. Und mit meinen Feeds scheint irgendwas nicht in Ordnung zu sein …“

„Augenblick mal.“ Er hebt eine Hand. „Was meinst du damit, dass in Hagerstown ‚die Kacke am Dampfen‘ ist? Ist da eine Bombe hochgegangen? War es ein Attentat? Was für ein bescheuerter Terrorist sollte es denn auf Hagerstown abgesehen haben?“

„Nein“, erwidere ich. „Keine Bombe. Irgendein anderer Scheiß. Sie sind alle tot. Es sieht so aus, als wären alle in der Stadt einfach umgekippt und gestorben.“

Er blinzelt langsam.

„Alle auf einmal?“

Ich zucke mit den Achseln.

„Ja, scheint so.“

„Woher weißt du das?“

„Mann, ich kriegte gerade einige Feeds von meinen Leuten rein, als du mich angesprochen hast.“

Er reibt sich mit beiden Händen das Gesicht.

„Okay. Du hast gesagt, ich hätte Besuch?“

„Ja. Deine Freundin von letzter Nacht. Und sie ist ziemlich neben der Spur.“

„Und ihre Schwester lebt in Hagerstown?“

„Das hat sie gesagt.“

„Scheiße. Okay.“

Er geht die Treppe hinunter, und ich widme mich erneut meinen Feeds. Im Grunde genommen sehe ich immer wieder dasselbe, nur aus einem anderen Blickwinkel: Menschen, die lebendig sind und stinknormale Sachen machen, um dann plötzlich wild zu zucken, Scheiße, Blut und Kotze von sich zu geben und tot umzufallen. Sie alle sind etwa zehn bis fünfzehn Sekunden, nachdem sie so durchdrehen, nicht mehr am Leben. Die Drohnenfeeds erwecken am Ende der Übertragungen immer den Eindruck, als hätte man die Kontrolle über die Drohnen verloren, und dann wird das Bild schwarz. Die Feeds der Satelliten- und Überwachungskameras hören einfach auf. Ich öffne direkt neben dem Vid ein Chatfenster.

Sir Munchalot: <Hey. Warum brechen die Feeds einfach ab?>

Drew P. Wiener: <Keine Ahnung. Wir haben diese Clips nur, weil einer meiner Bots sie als ungewöhnlich markiert und in Echtzeit archiviert hat. Inzwischen sind sie alle nicht mehr in den öffentlichen Netzen zu finden.>

Sir Munchalot: <Saurons Auge?>

Drew P. Wiener: <Wahrscheinlich. Ich wüsste nicht, wer sonst noch die Ressourcen/Berechtigungen hätte, um jeden Feed aus einem derart großen Gebiet zu löschen.>

Die Tatsache, dass Drew die Clips sichern konnte, bevor sie von Saurons Auge redigiert werden konnten, verrät mir, dass die Bots von NatSec etwa zehn Sekunden langsamer sind als Drews. Gut zu wissen. Aber dass die Feeds überhaupt redigiert worden sind, bedeutet auch, dass NatSec die Notfallprotokolle aktiviert hat. Auch das ist gut zu wissen, denn es sagt mir, dass der Besitz dieser Clips dafür sorgen könnte, dass wir alle in irgendeinem Loch verschwinden.

Hayley 9000: <Ich hab ein paar erste Überlegungen darüber angestellt, was die biologischen Effekte, die wir gesehen haben, erklären könnte. Fenrir sagt, es gebe zahlreiche Aerosole oder Gase, die den Verdauungstrakt eines Menschen auf derartige Weise zerstören können. Hohe oral aufgenommene Dosen eines Alphaemitters könnten solche Symptome ebenfalls hervorrufen.>

Argyle Dragon: <Fenrir ist ein Idiot. Diese Clips wurden doch manipuliert. Darin kippen alle gleichzeitig um. Ein Aerosol oder Gas hätte ein zeitliches Verteilungsmuster. Etwas Radiologisches würde sich noch langsamer ausbreiten und wäre auf jedem Rad-Sensor im Umkreis von hundertfünfzig Kilometern aufgetaucht, bevor auch nur ein Mensch gestorben wäre.>

Fenrir: <Du kannst mich mal, Argyle. Was ist mit biologischen Methoden? Ich habe schon einige angepasste Varianten des hämorrhagischen Fiebers gesehen, die ähnliche Auswirkungen hatten.>

Argyle Dragon: <Da stellt sich dasselbe Problem: die zeitliche Verteilung. Versuch's weiter.>

Fenrir: <Und wenn sie einen Timer hatten?>

Argyle Dragon: <Wie meinst du das?>

Fenrir: <Siebzehnjährige Heuschrecken.>

Hayley 9000: <Jetzt hör aber auf, Fenrir. Wenn du was weißt, dann spuck's aus.>

Fenrir: <Siebzehnjährige Heuschrecken leben siebzehn Jahre lang im Boden und kommen dann alle auf einmal raus. Das ist dasselbe Prinzip. Man erschafft ein Virus oder ein Bakterium, das sich im Verdauungstrakt einnistet. Es ist so programmiert, dass es eine Zeit lang inaktiv bleibt.

Vielleicht sogar sehr lange Zeit. Dann werden alle auf einmal aktiviert, aber anstatt deinen Garten leer zu fressen, reißen sie dich in Stücke.>
Argyle Dragon: <Quellen?>
Fenrir: <Keine. Das ist nur eine Theorie.>
Sir Munchalot: <Was ist mit dem Auslöser?>
Fenrir: <Wie meinst du das?>
Sir Munchalot: <Anstelle eines Timers könnte es auch ein Signal sein. Vielleicht HF? Könnte man etwas Biologisches erschaffen, das auf ein Hochfrequenzsignal reagiert?>
Fenrir: <Keine Ahnung. Ich setze einen Bot darauf an und versuche herauszufinden, ob es so was schon mal gegeben hat.>
Angry Irish Inch: <Hey. Seht euch das an.>

Inch schickt einen Link zu einer Audiodatei rum. Ich streame sie.

„… müssen wissen, womit wir es hier zu tun haben. Wie hoch ist die Sterberate?“

„Die aktuellen Schätzungen liegen bei achtundachtzig Prozent. Alle Überlebenden scheinen nicht im Geringsten betroffen zu sein. Seit dem Erstschlag wurden keine weiteren Todesfälle verzeichnet.“

„Steht die Eindämmung?“

„Ja. Über achtzig Prozent der Überlebenden sind Kinder. Die meisten rühren sich nicht vom Fleck. An den Grenzen des Sicherheitsbereiches gab es einige Todesfälle, und wir rechnen damit, dass im Verlauf der nächsten beiden Stunden weitere hinzukommen werden.“

„Können wir die Verbrennung einleiten?“

„Ja. Momentan wird alles in Position gebracht.“

„Gibt es in dieser Hinsicht eine Einigung? Trotz der zwölf Prozent Überlebenden?“

„Wenn das hier ausbricht, gehen unsere Schätzungen davon aus, dass schon eine fünfzigprozentige Sterberate für einen nationalen Softkill ausreichen würde."

„Wir wissen nicht einmal, ob die Sache ansteckend ist."

„Wir können aber auch nicht garantieren, dass sie es nicht ist."

Fenrir: <Inch? War das ein NatSec-internes Gespräch?>
Angry Irish Inch: <Kann schon sein.>
Argyle Dragon: <Hast du jetzt völlig den Verstand verloren? Saurons Auge sieht alles, Bruder. Ich bin raus.>
Hayley 9000: <Ich auch. Löschen.>
Sir Munchalot: <Haltet die Augen und Ohren offen, Freunde. Wir hören uns in ein paar Stunden.>

Ich schließe die Fenster durch ein Blinzeln und gehe wieder nach unten.

Anders blickt auf, als ich ins Wohnzimmer komme. Er sitzt neben Terry auf dem Sofa und hält sie in den Armen. Sie drückt den Kopf gegen seine Brust. Aha. Damit hätte ich jetzt nicht gerechnet.

„Und?", will er wissen.

„Sieht finster aus", erwidere ich und lasse mich in einen Sessel fallen. „Weniger als fünfzehn Prozent haben überlebt, größtenteils Kinder."

Bei diesen Worten blickt Terry auf. Sie hat das Gesicht noch immer verzogen, als würde sie gleich wieder losschluchzen, was aufgrund dieses Augenbrauenwulsts und des Schnodders, der aus ihrem linken Nasenloch hängt, schon verdammt schaurig aussieht.

„Es gibt Überlebende?", hakt Terry nach. „Im Vid haben sie doch gesagt, es würde keine Überlebenden geben."

Ich zucke mit den Achseln.

„Tja, das wird auch sehr bald so sein, da sie da alles niederbrennen wollen."

Sie wischt sich mit dem Arm die Nase ab und verschmiert dabei den ganzen Rotz. Ich werfe ihr ein Tuch aus dem Fach in der Armlehne des Sessels zu, mit dem ich sonst meine Bildschirme abwische. Sie fängt es auf, trocknet sich damit das Gesicht und den Arm und wickelt es schon zusammen, um es zu mir zurückzuwerfen. Rasch hebe ich eine Hand.

„Du kannst es behalten", sage ich.

Sie schenkt mir ein dankbares schiefes Lächeln.

„Das begreife ich nicht", meint sie dann. „Was genau wollen sie denn machen?"

Irgendwie sieht sie jetzt schon fast hoffnungsvoll aus. Möglicherweise bedeutete „niederbrennen" damals, als man sie in Kryostase versetzt hat, nicht dasselbe wie heute.

„Ich bin mir nicht sicher", antworte ich und werfe einen Blick zu Anders hinüber. Seltsamerweise starrt er mich wütend an. „Ich schätze, sie könnten einfach eine Atombombe werfen, aber da wir den Fallout abkriegen würden, will ich das nicht hoffen. Wahrscheinlich benutzen sie eine Aerosolbombe."

„Das reicht jetzt", knurrt Anders, dessen Kopf aussieht, als würde er gleich explodieren.

„Eine Aerosolbombe?", hakt Terry nach.

„Ganz genau", bestätige ich. „Eine Vakuumbombe. Die Atombombe des kleinen Mannes. Beinahe genauso effektiv, aber ohne die unangenehmen Nachwirkungen."

„Halt die Klappe", faucht Anders.

„Du hast gesagt, es gibt Überlebende", merkt Terry an. „Das würden sie doch nicht machen, wenn da noch jemand am Leben ist, oder?"

„*Au contraire …*"

„Ich hab gesagt, du sollst die Klappe halten", knurrt Anders mich an.

„Nein, Anders", erwidert Terry. „Halt du die Klappe. Ich bin hier nicht deine gottverdammte Jungfrau in Nöten. Ich will hören, was er zu sagen hat."

Als ich gerade zu weiteren Erklärungen ansetzen will, erscheint auf einmal irgendein Verwaltungsfuzzi auf dem Schirm und erzählt etwas über Sterilisation. Wir hören ihm alle schweigend zu.

„Siehst du?", frage ich, als er endlich fertig ist und sie wieder zurück ins Studio geschaltet haben. „Wie ich's gesagt habe. Die werden den ganzen Ort in ein rauchendes Loch im Boden verwandeln, damit ja nichts nach draußen dringen kann."

Terry weint jetzt wieder.

„Meine Schwester ist noch dort", stößt sie schluchzend hervor.

„Das bezweifle ich", erkläre ich kopfschüttelnd. „Laut der Schätzungen, die ich gehört habe und die aus einer ungenannten, aber verlässlichen Quelle stammen, haben zwölf Prozent überlebt, von denen wiederum achtzig Prozent Kinder sind. Somit liegt die Überlebensrate der Erwachsenen bei zwei Komma vier Prozent."

Ich stutze und überlege kurz.

„Augenblick mal, das stimmt nicht. Ich habe die bestehenden Demografien außer Acht gelassen. Gehen wir mal davon aus, dass Kinder unter achtzehn dreißig Prozent der ursprünglichen Bevölkerung ausmachen. Wenn die allgemeine Überlebensrate bei zwölf Prozent liegt und achtzig Prozent davon Kinder sind, dann liegt die Überlebensrate der Kinder bei ... dreißig Prozent ... und für Erwachsene bei vier Komma drei Prozent."

Daraufhin herrscht ganze zehn Sekunden lang Totenstille.

„Das ist doch unwichtig", erklärt Terry schließlich. „Wenn das, was du da sagst, der Wahrheit entspricht, dann müssen dort noch mehr als fünftausend Menschen am Leben sein. Die können sie doch nicht alle verbrennen, oder?"

Wieder schüttle ich den Kopf.

„Darauf wollte ich ja gerade hinaus, bevor mich Anders unterbrochen hat. Wenn bereits alle tot wären, wie sie behaupten, dann könnten sie es sich vermutlich erlauben, noch eine Weile zu warten und vielleicht ein paar Bots hinzuschicken, um sich umzusehen und herauszufinden, was eigentlich passiert ist. Aber da es Überlebende gibt ... Falls es sich um ein Virus handelt, muss nur eine Person die Stadt verlassen, die bereits damit infiziert ist, und über kurz oder lang sind achtundachtzig Prozent der Bevölkerung Nordamerikas tot. Da ist es besser, einfach Hagerstown dem Erdboden gleichzumachen und es dabei zu belassen."

Wieder starrt mich Anders wütend an. Terrys Miene ist ausdruckslos und erschlafft.

„Und sie haben gesagt ..."

„Genau", falle ich ihr ins Wort. „Sie haben gesagt, es gäbe keine Überlebenden, denn wenn sie zugeben würden, dass sie ein paar Tausend kleine Hosenscheißer in Asche verwandeln, dann würden sich bestimmt einige Leute darüber aufregen."

Sie starrt mich während einer langen, betretenen Schweigepause an.

„Aber du hältst es für das Richtige", erkennt sie schließlich.

Ich fahre die Fußstütze aus, lege die Finger hinter meinen Kopf und schaue zur Zimmerdecke. Da ist ein Riss, der sich von einer Wand zur anderen zieht und der mir bisher nie aufgefallen ist.

„Lass es mich mal so sagen", entgegne ich. „Wenn ich hier der Obermotz wäre und die Entscheidung treffen müsste, ob ich ein paar Tausend Bälger auslösche, um zu verhindern, dass sich ein hochentwickeltes Virus weiter verbreitet, das eine ganze Stadt in nicht einmal einer Stunde ausgelöscht hat und das eine Todesrate von achtundachtzig Prozent hat ... Dann wäre die Versuchung groß, den Knopf einfach zu drücken."

Das Sofa knarrt, als Anders das Gewicht verlagert. Der Riss verläuft direkt unter der Wand, die Anders' Zimmer vom Flur trennt. Ist das eine tragende Wand?

„Und deine Freunde glauben auch, dass es sich um ein Virus handelt?", will Terry wissen.

Ich seufze tief.

„Nein, Ma'am, das tun sie nicht."

Erneut sitzen wir schweigend da. Terry und Anders sehen sich auf dem Schirm eine Weile an, wie irgendein Idiot etwas über Eindämmungsprotokolle von sich gibt, danach werden erneut die Clips gezeigt, die wir längst gesehen haben. Ich aktiviere mein Okular durch ein Blinzeln und recherchiere, ob es in den letzten fünfzehn Jahren ähnliche Vorfälle gegeben hat. Dabei stoße ich auf einen Link zu einem Artikel über einen Pockenausbruch in einer Anlage der Seuchenschutzbehörde in Bismarck, einige Links, bei denen es um diesen Hirnpilz geht, der vor einigen Jahren in Tokio freigesetzt worden ist, und mehrere Dutzend fiktiver Vids über Viren, die die ganze Bevölkerung in Zombies verwandeln.

Kurz überlege ich, weiter ernsthafte Nachforschungen zu betreiben, aber da ich schon immer auf Zombie-Vids gestanden habe, streame ich stattdessen einen davon. Er heißt *Das Omegaprotokoll*, es spielen einige ganz anständige Schauspieler mit und die CGI ist ordentlich. Der Film beginnt vielversprechend, doch nach etwa zwanzig Minuten schalte ich angewidert aus. Ich mag Zombies, aber ich kann Zombie-Vids nicht leiden, die sich zu ernst nehmen. In diesem Film werden die Menschen durch ein Virus zu Zombies, der jedoch nur durch den Biss eines Infizierten übertragen wird. Sobald das Opfer gebissen wurde, ruht das Virus eine Weile – vermutlich, damit sich das Opfer völlig verängstigt mit seinen Angehörigen unterhalten und in Ruhe über Selbstmord nachdenken kann –, um den Menschen dann in ein herumtaumelndes, verrottendes Wrack mit unersättlicher

Gier nach Menschenfleisch zu verwandeln. Als der Film so richtig in Fahrt kommt, ist so gut wie jeder auf der Erde infiziert – mit Ausnahme des Helden natürlich.

Was zwar schön und gut ist, schätze ich, aber es gibt da einen Haken: Es existiert bereits ein Virus, das über Bisse übertragen wird und dafür sorgt, dass der Gebissene sich irrational verhält, und das zu einhundert Prozent tödlich ist: die Tollwut. Aber seltsamerweise hat sich bisher noch nicht die gesamte Weltbevölkerung damit angesteckt.

Etwas geht mir durch den Kopf. Ich schalte das Okular ab und schaue zu Anders hinüber.

„Hey“, sagt er. „Warum meldest du dich nicht mal bei deinen Freunden und findest heraus, was wirklich los ist?“

Okay. Ich mache ein neues Chatfenster auf.

Sir Munchalot: <Gibt's was Neues?>

Angry Irish Inch: <Ja, ich habe Neuigkeiten. In der letzten halben Stunde wurde dreimal versucht, in mein System einzudringen.>

Sir Munchalot: <Bist du geschützt?!?!>

Angry Irish Inch: <Bisher schon. Aber es könnte erforderlich werden, mein ganzes Equipment abzustoßen.>

Argyle Dragon: <Das hast du davon, in anderer Leute Dinge herumzuschnüffeln.>

Argyle Dragon: <Vielleicht solltest du aus diesem Netz verschwinden, bis sich der Trubel wieder etwas gelegt hat, Inch. Wir wollen doch nicht, dass du uns die Gesetzeshüter noch auf den Leib hetzt.>

Angry Irish Inch: <Danke für die Unterstützung, A-Loch. Ich werde alles neu booten und gründlich durchputzen. Ciao.>

Fenrir: <Ich hab eine komplette Präzedenzsuche nach HF-empfindlichen Bakterien durchgeführt. Da waren

zwar einige Pings, aber nichts kam auch nur in der Nähe des Erregers, den man für so etwas brauchen würde.>
Hayley 9000: <Was bleibt dann noch übrig?>
Drew P. Wiener: <Keine Ahnung. Hexerei?>
Argyle Dragon: <Ja, klar. Du weißt ja, was man mit Hexen macht.>

Mit einem Blinzeln schließe ich das Fenster wieder. Sie haben offensichtlich nichts herausgefunden. Ich setze mich auf und schaue mich um. Terry und Anders sitzen dicht nebeneinander. Er hat die Hände auf dem Schoß, sie stützt den Kopf gegen seine Schulter. Der Schirm ist auf lautlos gestellt. Die Bilder darauf wechseln weiterhin zwischen Standbildern von Leichen, Luftaufnahmen von Leichen und Satellitenbildern, auf denen Leichen zu sehen sind.

„Keine Neuigkeiten", teile ich ihnen mit. „Nur, dass NatSec einem von ihnen auf die Pelle rückt."

Die beiden sehen mich nicht einmal an. Ich lasse die Fußstütze herunter und stehe auf.

„Ich hole mir was zu trinken. Möchte einer von euch auch was?"

Terry schließt die Augen. Anders sieht mich an, als wäre ich etwas, das er sich gerade von der Schuhsohle gekratzt hat.

„Äh ... Anscheinend nicht", murmele ich, drehe mich um und gehe in die Küche.

Der Schirm über dem Herd wird aktiviert, als ich die Kühlschranktür öffne. Ich nehme eine Dose BrainBump heraus, schüttle sie kurz und öffne sie. Normalerweise trinke ich das Zeug nicht unverdünnt, aber ich finde, dass ich unter diesen Umständen mal eine Ausnahme machen kann. Daher trinke ich das süße, schokoladige Getränk mit einem Zug aus, während eine hübsche blonde Ansagerin aus Washington erklärt, dass zwar niemand tun möchte, was sie vorhaben, es aber eine Sache der nationalen Sicherheit wäre.

„Haus“, sage ich. „Kannst du mir einen Feed raussuchen, der nicht ganz so schwachsinnig ist?“

Auf dem Schirm erscheint *SpaceLab*.

„Ooooh, Baby. Du weißt wirklich, was ich mag.“

Selbstverständlich habe ich die Folge bereits gesehen, aber sie gehört zu den Klassikern. Wissenschaftsoffizier Scott reist mit einem Shuttle zurück zur Station und trifft dabei auf eine temporale Anomalie – als er gerade einen Furz in seinen Raumanzug absetzen will, verliert er die Kontrolle und scheißt sich stattdessen ein. Die Anomalie wirft ihn dreißig Sekunden in der Zeit zurück und er ist gezwungen, sich wieder und wieder in die Hose zu machen, bis er irgendwann begreift, was gerade passiert, und einen Weg findet, den temporalen Kreislauf zu durchbrechen. In diesem Fall muss er dazu das ganze Gas aus seinem Verdauungstrakt nach oben befördern und durch einen Rülpser loswerden. Ich bin mir nicht so ganz sicher, wie genau das funktionieren soll, aber die BrainBump-Nanos stimulieren mein Kicherzentrum, und als die Folge vorbei ist, lache ich laut.

Zumindest so lange, bis Anders meinen Kopf mit einer riesigen Spinnenhand packt, nach hinten zerrt, bis mein Nacken knackt, und mich zu Boden schleudert.

Ich will schon etwas sagen und ihn vielleicht fragen, was zum Teufel er sich eigentlich dabei gedacht hat, doch dann werfe ich einen Blick in sein Gesicht und klappe den Mund wieder zu. In diesem Augenblick blitzt es vor dem Fenster, als hätte sich das Sonnenlicht in der Windschutzscheibe eines vorbeifahrenden Wagens gespiegelt. Anders verpasst mir noch einen Tritt in den Hintern und geht dann raus. Ich liege etwa eine Minute lang auf dem Boden und frage mich, was da eigentlich gerade passiert ist. Als ich wieder aufstehen will, knallt es laut, als würde es in der Ferne donnern, und die Fenster klappern.

Ach ja. Das.

Eine Dreiviertelstunde später sitzen wir alle drei wieder im Wohnzimmer und sehen uns in unzähligen Wiederholungen und aus mehreren unterschiedlichen Winkeln an, wie die Bombe hochgeht. Wie sich herausstellt, haben sie sogar drei Bomben benutzt und sie gleichzeitig detonieren lassen. Nach einer Weile zeigen sie dann Orbitalperspektiven der Gegend nach der Explosion. Ich hätte eigentlich damit gerechnet, dass alles brennen würde, doch dem ist nicht so. Die ganze Stadt ist nur ein riesiger, schwarzer, klumpiger Fleck am Boden. Anscheinend gehört das zu den Vorteilen einer Aerosolbombe. Sie saugt den ganzen Sauerstoff über einem großen Gebiet ab, sodass man sich erstens keine Sorgen machen muss, es könnte innerhalb des Detonationsradius noch Überlebende geben, denn die müssten schon Raumanzüge tragen, und zweitens gibt es kaum Sekundärbrände, was bedeutet, dass die Truppen schon kurze Zeit nach der Bombardierung in das Gebiet vorrücken können.

In diesem Fall gibt es natürlich keine Truppen, nur einige Bots, die sich umsehen und nach Beweisen suchen, die Aufschluss darüber geben können, was dort eigentlich passiert ist.

Terry und Anders haben seit der Explosion keinen Ton von sich gegeben. Sie sitzen einfach nur nebeneinander auf dem Sofa und starren den Schirm an. Ich kann durchaus nachvollziehen, dass Terry verstört ist, da ihre Schwester gerade vaporisiert wurde, aber ich habe keine Ahnung, was in Anders gefahren ist. Die ganze Stimmung in diesem Zimmer ist echt unangenehm. Es kommt mir fast so vor, als würden die beiden denken, ich hätte etwas falsch gemacht. Außerdem ist es beinahe acht und ich habe seit heute Mittag nichts mehr gegessen. Ich will sie gerade fragen, wie es um ihren Hunger steht, als mein Okular pingt. Ich blinzle ein Chatfenster auf.

Fenrir: <Es hat nicht lange gedauert, bis die Verschwörungstheoretiker loslegen. Seht euch das an.>

Was NatSec euch über Hagerstown verschweigt
Heute ist etwas wirklich Schreckliches in Hagerstown, Maryland, passiert. Ein furchtbares Virus hat mit Lichtgeschwindigkeit zugeschlagen und die gesamte Bevölkerung bis hinunter zum letzten Mann, zur letzten Frau und dem letzten Kind innerhalb von Minuten ausgelöscht. Glücklicherweise waren NatSec-Einheiten bereits im Gebiet rings um Hagerstown postiert und konnten die Gegend in weniger als einer Stunde absperren. Mithilfe von Drohnen und Crawlern wurde eine gründliche Suche nach Überlebenden durchgeführt, und nachdem keine gefunden wurden, hat der amtierende NatSec-Leiter Dey widerstrebend die schwere Entscheidung getroffen, das Gebiet zu sterilisieren, um den Rest von uns vor einer möglichen Ansteckung zu schützen.

Zumindest ist das die Version, die uns unsere guten Freunde bei NatSec unterjubeln wollen. Die Fakten sehen folgendermaßen aus:

1. Innerhalb weniger Sekunden nach dem Ausbruch in Hagerstown wurde jede zivile Drohne, jeder Crawler, jede Überwachungskamera und jede Orbitalstation offline genommen, und alle existierenden Feeds wurden redigiert, sodass sie etwa zehn Sekunden vor dem ersten Todesfall enden. **Wenn wirklich jeder Einwohner von Hagerstown innerhalb weniger Minuten nach dem Ausbruch ums Leben gekommen ist, was sollen wir dann ihrer Meinung nach lieber nicht sehen?**
2. Während der Krise waren die einzige Daten-Feeds aus Hagerstown jene, die über die offiziellen NatSec-Kanäle

an die offiziellen Medien geschickt wurden. **Was sollten wir nicht zu sehen bekommen?**

3. Die militärische Absperrung rings um Hagerstown war tatsächlich schon zwanzig Minuten nach dem eigentlichen Ausbruch sichergestellt. **Wie konnten sie so schnell reagieren, wenn sie nicht schon vorher gewusst haben, was sich dort ereignen würde?**

4. Die Aerosolbomben, die über Hagerstown abgeworfen wurden, waren viel zu durchschlagskräftig, als es für die bloße Ausmerzung eines biologischen Pathogens nötig gewesen wäre. **Was wollten sie dort wirklich zerstören?**

Ich behaupte nicht, ich würde die Antworten auf all diese Fragen kennen, aber ich weiß eines mit derselben Sicherheit, mit der ich weiß, dass die Sonne auch morgen wieder im Osten aufgehen wird: **Die Geschichte, die uns NatSec da auftischt, stinkt!**

Verlangt, die Wahrheit zu erfahren!

Argyle Dragon: <Cool. Wo kommt das her?>

Fenrir: <Aus dem öffentlichen Feed von jemandem, der sich Lone Stranger nennt.>

Drew P. Wiener: <Ist das ein Affe oder ein Silico-Amerikaner?>

Fenrir: <Keine Ahnung. Es macht allerdings nicht den Anschein, als würde er mehr wissen als wir.>

Drew P. Wiener: <Stimmt. Er wirbelt hingegen ordentlich Staub auf. Wie viele Views hat er schon?>

Fenrir: <Knapp eine Million.>

Argyle Dragon: <Wie lange wird es dauern, bis Saurons Auge Wind davon bekommt?>

Fenrir: <Es würde mich überraschen, wenn sie nicht längst davon weiß. Hoffentlich ist der gute Lone Stranger anständig geschützt.>

Sir Munchalot: <Oder auch nicht. Als Affe weiß ich echt nicht, ob wir auf derartige Hetzreden im Augenblick nicht lieber verzichten sollten.>

Ich ignoriere das Chatfenster, als ich höre, wie jemand leise dreimal an die Haustür klopft. Als ich mich umsehe, stelle ich fest, dass Anders mich anstarrt.

„Erwartest du jemanden?"

Ich zucke mit den Achseln. Das Klopfen ertönt erneut, dieses Mal etwas lauter. Anders schließt die Augen und lehnt den Hinterkopf an die Wand.

„Geh an die Tür", verlangt er.

Na gut. Ich stehe auf, gehe in die Diele, nehme die Kette ab und öffne die Tür. Davor steht eine Frau, die aussieht wie ein Supermodel, das sich gerade übel geprügelt hat. Sie hat getrocknetes Blut im Gesicht und in den Haaren, ihre Knie sind aufgeschürft und bluten, und sie scheint die Augen nicht fokussieren zu können. Hinter ihr wartet ein kleinerer, dunkelhäutiger, durchtrieben aussehender Kerl in ausgebeulten Shorts, zu denen er ein pinkfarbenes Golfhemd trägt. Er sieht ebenfalls mitgenommen aus, aber nicht so schlimm wie sie. Sie riechen beide nach verbrannten Autoreifen.

„Kann ich Ihnen helfen?", frage ich.

Sie sieht mich an, und es kommt mir so vor, als hätte ich sie gerade aus dem Tiefschlaf gerissen.

„Hi", sagt sie. „Mein Name ist Elise. Ist Terry hier?"

5. Anders

Ich sitze am kleinen Küchentisch und starre meinen zweiten glasierten Donut dieses Morgens an, als Gary hereinkommt. Er trägt einen Mundschutz.

„Ist das dein Ernst?“, frage ich. „Eine Chirurgenmaske? Wo hast du die überhaupt her?“

„Die ist noch vom letzten Halloween“, antwortet er und setzt sich mir gegenüber. „Erinnerst du dich an Doktor Love?“

Ich schaue kurz zur Decke und sehe dann wieder Gary an. Ja, er sieht noch immer genauso albern aus.

„Okay“, meine ich. „Doktor Love. Dann stammt die Maske eigentlich aus einem Kostümgeschäft und nicht aus einem Krankenhaus.“

Er zuckt mit den Achseln.

„Macht das einen Unterschied? Glaubst du etwa, die fertigen besondere Masken nur für Halloween an, die nicht krankenhaustauglich sind?“

Ich stecke mir den restlichen Donut in den Mund und kaue. Vermutlich hat er sogar recht.

„Aber trotzdem ist es albern“, murmele ich. „Denkst du wirklich …“

„Kau erst mal, Mann.“

Schnell spüle ich den Donut mit einem halben Glas Orangensaft herunter.

„Denkst du wirklich, ein Stück Stoff könnte dich vor etwas schützen, das eine ganze Stadt in weniger als fünf Minuten ausgelöscht hat?“

„Nein“, erwidert er, und ich kann erkennen, dass er unter der Maske nicht grinst. „Was mich viel mehr vor etwas schützen würde, das eine ganze Stadt in weniger als fünf Minuten ausgelöscht hat, ware, wenn wir der Ausbruchtussi, ihrem Verlobten und ihrer Schwester nicht erlaubt hätten, hier zu übernachten. Aber ich wurde in dieser Frage von dem Kerl überstimmt, der nur hin und wieder mal seine Miete zahlt, und das haben wir jetzt davon."

Ich lehne mich seufzend zurück und leere mein Glas. Eigentlich dachte ich, wir hätten dieses Thema letzte Nacht schon ausreichend behandelt, aber da hatte ich mich wohl geirrt.

„Hör mal", meine ich. „Ihr denkt doch sowieso nicht, dass das in Hagerstown ein Virus gewesen ist, oder?"

„Na und?"

„Wenn es kein Virus war, dann muss etwas anderes dafür verantwortlich gewesen sein. Aber was? Gift? Ein Todesstrahl? Voodoo?"

Er kneift die Augen zusammen.

„Kann schon sein. Und?"

„Und das ist alles nicht ansteckend", schließe ich.

Dann greife ich über den Tisch und zerre seine Maske herunter. Er springt auf und versucht, sie festzuhalten, aber ich bin viel schneller und er ist viel zu klein. Schließlich lässt er sich wieder auf seinen Stuhl fallen, verschränkt die Arme vor der Brust und starrt mich finster an.

„Na gut", knurrt er. „Aber wenn sich meine Leber auflöst und mir aus dem Arsch quillt, dann werde ich mich als letzte Tat in deinem Bett herumrollen."

Ich stecke seine Maske grinsend weg.

„Das klingt fair."

Gary nimmt sich einen Donut aus der Schachtel, die auf dem Tisch steht. Ich bin losgezogen und habe sie von der *Jolly Pirate*-Filiale ein Stück die Straße entlang geholt, nachdem ich aufgewacht bin. Normalerweise haben wir nichts Richtiges zu essen im Haus, aber ich dachte, wir brauchen für unsere Gäste noch etwas anderes als das BrainBump, das Gary ständig im Kühlschrank aufbewahrt.

„Und“, stößt er mit vollem Mund hervor, und ich unterdrücke den Drang, ihn zu bitten, erst einmal alles herunterzuschlucken. „Was denkst du, was ihre wahre Geschichte ist?“

„Wessen wahre Geschichte?“

Er verdreht die Augen.

„Ich rede von Elise, du Trottel. Was glaubst du, was ihr gestern wirklich passiert ist?“

„Was denn?“, spotte ich. „Glaubst du ihr etwa nicht, dass dieser Tariq in letzter Sekunde in die Stadt gekommen ist und sie verletzt und bewusstlos am Straßenrand gefunden hat, nur um sie dann mit seinem supercoolen Trike zu retten? Diese Geschichte klingt doch sehr glaubhaft.“

Er schnaubt nur.

„Ja, klar. Sein Trike, sein elektrisches Dreirad, schafft gerade mal fünfundfünfzig Kilometer pro Stunde. Auf dieser Mühle würde ich nicht einmal versuchen, einem Rudel wütender Bananenschnecken zu entkommen, und Tariq will mir weismachen, er hätte darauf den NatSec-Perimeter durchbrochen, seine Geliebte gesucht – die übrigens behauptet, zu diesem Zeitpunkt in der Schusslinie eines NatSec-Killbots gestanden zu haben – und sie gerade noch rechtzeitig gerettet, bevor die Bomben abgeworfen wurden.“

Ich seufze tief.

„Na ja, sie haben beide gesagt, dass sie eine Gehirnerschütterung hat. Vielleicht hat sie sich das mit dem Killbot nur eingebildet. Hast du schon mal von jemandem gehört, der sich mit so einem Ding unterhalten hat?“

„Nein“, erwidert er. „Aber ihre Steuerhardware ist dazu in der Lage, einen vollständig interaktiven Avatar hochzuladen, daher wäre dieser Teil durchaus möglich. Völlig unmöglich ist allerdings, dass sie sich nach der Absperrung noch innerhalb des Perimeters aufgehalten hat und jetzt kein schmieriger schwarzer Fleck in der Straßenmitte ist."

Er nimmt sich noch einen Donut. Vielleicht hätte ich doch lieber zwei Schachteln kaufen sollen.

„Was ist denn deiner Meinung nach wirklich passiert?"

„Was weiß ich. Möglicherweise war er bei ihr, als der ganze Mist da losgegangen ist, und es ist ihnen irgendwie gelungen, noch rauszukommen, bevor alles abgeriegelt wurde. Vielleicht waren sie auch gar nicht in Hagerstown und tischen uns bloß irgendwelchen Blödsinn auf. Oder das, was sie uns als Erstes erzählt hat, stimmt tatsächlich und Tariq ist ein böser Zauberer. Wer weiß das schon?"

Ich denke kurz über seine Worte nach.

„Na ja, Terry hat gesagt, er wäre eine Art Straßenzauberer oder so was in der Art. Vielleicht war ja doch ein bisschen Magie mit im Spiel."

Gary hört auf zu kauen und beugt sich vor.

„Das hat Terry gesagt?"

„Ja", bestätige ich. „Sie meinte, er würde sich seinen Lebensunterhalt mit Sachen wie Gedankenlesen und derartigem Kram verdienen."

„Aha." Er kaut mit nachdenklicher Miene weiter. „Ich war gestern Abend die ganze Zeit im Wohnzimmer, bis alle zu Bett gegangen sind. Wann genau hat Terry das erzählt?"

Oha, jetzt kommt's. Er tippt sich mit einem Finger gegen das Kinn.

„Da stellt sich doch die Frage", setzt er hinterher, „wo Terry eigentlich gerade steckt."

Ich blicke zur Seite.

„Keine Ahnung. Bestimmt duscht sie gerade."

„Ah ja. Und wo war sie vor einer Stunde?"

Als ich ihn wieder anschaue, grinst er breit.

„Okay", gebe ich zu. „Sie hat bei mir geschlafen. Elise und

Tariq brauchten ein wenig Privatsphäre, und ich habe ein großes Bett."

Er lacht laut auf.

„Ach, wie schön. Du kannst dir endlich deinen Traum erfüllen und mit dem Captain des Footballteams zusammen sein."

Das ist das Problem mit Gary. Er mag zwar einen IQ von einhundertundfünfzig haben, besitzt dazu aber auch die emotionale Reife eines Zwölfjährigen.

„Pass mal auf, Gary. Terry hatte gestern einen harten Tag. Versuch doch bitte, ein bisschen nachsichtig mit ihr zu sein."

Er kichert noch immer.

„Klar", erwidert er. „Ich werde es versuchen, aber ich kann nichts versprechen."

Wie sich herausstellt, mag Terry keine Donuts. Sie isst gern Fleisch, doch wir haben keins im Haus. Tariq und Elise sind hingegen strikte Veganer und können die Donuts nicht essen, weil sie nicht wissen, in welchem Öl sie frittiert wurden. Das ist ein Problem, da unser Viertel zu denen gehört, die von Stadtplanern „Essenswüste" genannt werden – hier gibt es keine Supermärkte, keine Obst- und Gemüsestände und keine Händler, die tote Mammuts verkaufen oder wonach Terry auch sonst der Sinn stehen mag.

„Das begreife ich nicht", sagt Elise, die vor dem offenen, leeren Kühlschrank steht. „Wie könnt ihr nur so leben?"

Ich zucke mit den Achseln.

„Das war für uns eigentlich nie ein Problem. Gary ernährt sich größtenteils von BrainBump, und ich bekomme meine Nährstoffe durch die Donuts von *Jolly Pirate* und gelegentliche Pizzalieferungen."

Elise runzelt die Stirn. Anscheinend ist sie ebenso gegen BrainBump wie gegen *Jolly Pirate*.

„Ich habe eine Lösung", erklärt Tariq. Das sind die ersten

Worte, die er von sich gibt, seitdem er vor zwanzig Minuten nach unten gekommen ist. „Mein Trike steht vor der Tür. Ich kann einkaufen fahren."

„Mit dem Trike?", ruft Gary aus dem Wohnzimmer herüber. „Aber klar. Wenn du unbemerkt in eine NatSec-Quarantänezone rein- und wieder rauskommen kannst, sollte es für dich kein Problem sein, zum Supermarkt an der Dreiunddreißigsten zu fahren."

Jetzt macht auch Tariq ein finsteres Gesicht. Er legt eine Hand auf Elises Arm, beugt sich vor, flüstert ihr etwas ins Ohr, wendet sich dann ab und geht zur Tür.

„Na, das lief doch super", meint Terry. „Jetzt hast du ihn so auf die Palme gebracht, dass er vergessen hat, mich um Würstchengeld zu bitten."

Elise schließt die Kühlschranktür und setzt sich zu uns an den Frühstückstisch. Der Tisch ist das einzige Möbelstück abgesehen von den Dingen, die in meinem Zimmer stehen, das mir gehört. Es ist im Grunde genommen nur ein schlichtes Rechteck aus Resopal auf vier dünnen Aluminiumbeinen. Was Gary nicht weiß, ist, dass ich den Tisch eine Woche, bevor ich hier eingezogen bin, in einem Müllcontainer gefunden habe.

Elise beugt sich vor und stützt die Stirn auf die Hände. Ich kann die Stelle auf ihrem Schädel sehen, die gestern noch geblutet hat und heute rot und entzündet aussieht. Als sie wieder hochschaut, schimmern Tränen auf ihren Wangen.

„Ellie?", fragt Terry. „Alles okay?"

„Ich weiß es nicht", flüstert Elise. „Ich habe kein Zuhause mehr und keinen Job. Meine Credits sind zwar noch da, aber ich habe Angst, sie anzurühren. Ich weiß nicht, was ich jetzt tun soll."

Terry rückt mit ihrem Stuhl zu Elise hinüber, legt ihrer Schwester einen Arm um die Taille und ihren Kopf auf deren Schulter.

„Du kannst bei mir bleiben", schlägt sie vor. „Ich habe mehr als genug Platz und …"

„Hör auf damit", fällt ihr Elise ins Wort. „Lass es einfach, Terry. Du magst mich für dumm halten, aber das bin ich nicht. NatSec hat gestern versucht, mich umzubringen. Ich kann nicht bei dir bleiben. Es ist mir schon unbegreiflich, dass mich diese Leute nicht längst hier aufgespürt haben."

„Geht mir genauso", wirft Gary ein.

„Jetzt komm schon", meine ich. „Sie haben nicht *per se* versucht, dich umzubringen. Sie wollten schlichtweg jeden töten, der sich dort aufgehalten hat, wo du zufälligerweise auch warst. Das war nichts Persönliches."

Sie schüttelt den Kopf.

„Das ist unwichtig. Sie wissen, dass ich dort gewesen bin. Sie haben dank des Killbots Video- und Audioaufnahmen von mir. Selbst wenn sie mich nicht für ansteckend halten, müssten sie mich schon deswegen umbringen, weil ich weiß, dass es Überlebende gegeben hat und sie trotzdem die Bomben abgeworfen haben."

„Da wollte ich doch eh noch was fragen", werfe ich ein. „Bist du dir sicher, dass all das, was du über den Killbot erzählt hast, wirklich passiert ist? Denn Tariq behauptet, es wäre ganz anders gewesen. Er sagt, er hätte dich bewusstlos neben deinem demolierten Fahrrad gefunden, und ich hatte letzte Nacht den Eindruck, dass du seine Version nicht wirklich anzweifelst."

Sie lehnt den Kopf gegen Terrys und schließt die Augen.

„Ich weiß es nicht", gibt sie nach einer Weile zu. „Ich liebe Tariq, und ich würde ihm mein Leben anvertrauen … Aber du weißt ebenso gut wie ich, dass vieles, was er gestern Abend gesagt hat, einfach keinen Sinn ergibt."

„Das stimmt", bestätigt Gary.

„Hör mal, Gary", meine ich. „Wenn du dich an dieser Unterhaltung beteiligen willst, dann komm her und setz dich zu uns. Willst du allerdings weiterhin im Wohnzimmer schmollen, dann link dich in eine *SpaceLab*-Folge und halt gefälligst die Klappe."

„Ich versuche nur, eine minimale Pathogen-Eindämmung vorzunehmen", erwidert Gary. „Wenn mir nicht jemand meine Schutzausrüstung weggenommen hätte, würde ich selbstverständlich lieber bei euch sitzen."

Terry wirft mir einen fragenden Blick zu, und ich ziehe die Chirurgenmaske aus der Hosentasche und werfe sie ihr zu. Sie verdreht die Augen und legt sie auf den Tisch.

„So", sage ich dann. „Wenn wir uns alle einig sind, dass Tariq nicht auf seinem Trike nach Hagerstown gefahren, dort ein Wortgefecht mit einem Killbot geführt, dich in seine dürren Arme gerissen und mit dir wieder abgehauen ist, ohne in Brand gesetzt oder erschossen zu werden, was ist dann wirklich dort passiert? Du bist doch tatsächlich in der Stadt gewesen, oder? Und du bist wirklich da rausgekommen?"

Elise nickt.

„Aber wie hast du das geschafft? Denn es sieht ganz so aus, als wärst du die Einzige, der das gelungen ist."

Terry starrt mich jetzt wütend an, und mir ist auch klar, dass ich jemandem zusetze, der ein paar harte Tage hinter sich hat, aber ich bin ebenso der Ansicht, dass es verdammt wichtig ist, Antworten auf diese Fragen zu bekommen. Elise hebt den Kopf und öffnet die Augen.

„Ich weiß es nicht", gibt sie zu. „Ich hatte wirklich einen Unfall mit dem Fahrrad, und ich bin mir ziemlich sicher, dass ich kurz ohnmächtig geworden bin. Irgendwann bin ich wieder aufgestanden und losgegangen, um dann plötzlich vor dem Killbot zu stehen. Ich habe versucht, ihn dazu zu überreden, mich durchzulassen, aber als er sich strikt geweigert hat, war ich drauf und dran … aufzugeben, schätze ich. Ich dachte, es wäre schön, wenn ich mir einfach den Sonnenuntergang ansehe. Der Anblick war umwerfend. Dann ist die Drohne am Horizont aufgetaucht und …"

„Und dann was?", will Terry wissen.

„Und dann war Tariq auf einmal da. Er hat mich zu Boden gerissen, und wir sind übereinandergestürzt, und der Killbot hat geschossen und … Das Nächste, an das ich mich erinnere, ist, dass ich hinten auf seinem Trike saß und wir schon fast in Baltimore gewesen sind."

„Wie beim Teleportieren?", frage ich. „Du bist einfach verschwunden und an einem anderen Ort wieder aufgetaucht? Ehrlich gesagt halte ich das für völlig unmöglich."

„Nein", erwidert sie, „so war das nicht. Ich habe doch eben gesagt, dass er mich umgeworfen hat. Eventuell habe ich mir dabei noch mal den Kopf angestoßen. Ich erinnere mich noch daran, dass der Killbot geschossen hat, und dann … Keine Ahnung. Danach ist alles durcheinander, bis ich vor eurem Haus gestanden und darauf gewartet habe, dass Gary die Tür öffnet."

„Anders", sagt Gary. „Komm mal her. Das musst du dir ansehen."

Ich blicke vom Herd hoch. Garys Gesicht ist in fünffacher Lebensgröße auf dem Küchenschirm zu sehen.

„Ich brate gerade Würstchen", erwidere ich. „Kann das nicht warten?"

„Nein, das kann es nicht. Komm sofort her. Terry weiß bestimmt auch selbst, wie man mit einem Würstchen umgeht."

Dann kichert er. Himmel, dieser Kerl ist wirklich infantil.

„Geh schon", meint Terry. „Hier ist es sowieso viel zu voll."

Damit hat sie recht. Tariq und Elise haben den Großteil unseres Frühstückstischs sowie fast alle unsere Schüsseln für ihre gehackten Nüsse und Früchte in Beschlag genommen, und Terry brutzelt auf einer Herdplatte Bacon und auf einer anderen Würstchen. Ich kenne einige Veganer, die sich weigern, in einem

Raum zu bleiben, in dem Würstchen gebraten werden, aber Tariq und Elise scheint das nicht weiter zu stören.

„Okay", sage ich. „Denk daran, den Herd auszustellen, wenn du fertig bist. Das ist nämlich kein intelligenter Herd."

Sie starrt mich ungläubig an.

„Ihr lebt hier echt wie die Tiere."

Ich gehe rüber ins Wohnzimmer. Gary liegt ausgebreitet auf dem Fernsehsessel, der der Wand am nächsten steht, und hat sich ein Kopftuch vor Mund und Nase gebunden.

„Und", beginne ich, „rauben wir nachher noch die Postkutsche aus?"

„Halt die Klappe", entgegnet er, „und sieh dir das an."

Er zwinkert, und auf dem Schirm erscheint ein Text.

<Veröffentlicht heute, 09:22:17. Redigiert heute, 09:22:21. Quelle: unbekannt.>

NatSec hat uns mitgeteilt, dass gestern alle Einwohner von Hagerstown ums Leben gekommen sind, und das mag stimmen. Aber wie **Lone Stranger** und auch andere dokumentiert haben, ergibt die Geschichte, die sie uns über Hagerstown erzählen, keinen Sinn. Bei einer **tiefgreifenden Literaturrecherche** konnte kein bekanntes Pathogen oder Gift gefunden werden, das die von NatSec bei den Einwohnern von Hagerstown beobachteten Auswirkungen zeigt. Es ist schlichtweg nicht möglich, dass jeder Mann, jede Frau und jedes Kind innerhalb von wenigen Minuten als Resultat von **Superbakterien** oder **Terroristen** ums Leben kommen konnte. Was ist also wirklich passiert?

Erstens wird immer offensichtlicher, dass gar nicht jeder Einwohner ums Leben gekommen ist. Mehrere Quellen haben **Links** gepostet, die angeblich Video-Feeds sind, auf denen zumindest einige Bewohner von Hagerstown Stunden nach dem Angriff lebendig zu sehen sind. All diese Feeds wurden innerhalb von Sekunden redigiert, und diejenigen, die sie veröffentlicht haben und nicht gut genug geschützt waren, wurden zum Schweigen gebracht, aber derart viele unabhängige Quellen lassen vermuten, dass an diesem Gerücht auch etwas dran ist.

Zweitens wird durch die wenigen Posts derjenigen, die behaupten, diese Feeds tatsächlich gesehen zu haben, eines klar: Die Überlebenden stellen keinen zufälligen Querschnitt durch die Bevölkerung dar. Vielmehr sind es durchweg **Unveränderte**.

Diese beiden Punkte sorgen dafür, dass die Ereignisse des gestrigen Nachmittags in einem anderen Licht betrachtet werden müssen. Dabei stellt sich folgende Frage: Welches Softwareunternehmen würde eine App ohne einen **Notausschalter** veröffentlichen? Unternehmen bringen diese wenigen Bits Malware in ihren Produkten unter, damit sie aus der Ferne einige oder alle Kopien dieser App deaktivieren können – und in einigen Fällen auch die Hardware, auf der die App läuft, deaktivieren oder zerstören können –, wann immer ihre Kunden ihr Missfallen erregen. Die Männer und Frauen, die die **genetisch** und **technologisch Veränderten** geschaffen haben, die jetzt unter uns wandeln, werden ähnliche Ansichten haben. Wer weiß denn schon, ob sie nicht einige eigene Notausschalter in die Frankensteinmonster eingebaut haben, die auf die Welt losgelassen wurden?

Diese Erkenntnis führt natürlich zu weiteren Fragen. Vorausgesetzt, derartige Notausschalter existieren tatsächlich, warum würden ihre Hersteller sie dann ausgerechnet bei den Einwohnern von Hagerstown aktivieren? Und falls die mehreren Tausend Unveränderten in Hagerstown in Wahrheit gar nicht von dem ursprünglichen Angriff betroffen waren, wieso trifft NatSec dann die Entscheidung, sie kaltblütig zu ermorden?

Die erste dieser Fragen lässt sich schwerer beantworten. Niemand weiß, was derartig gierige Kreaturen wie die Geschäftsführer von **Bioteka** und **GeneCraft** wirklich motiviert. Die wahrscheinlichste Erklärung ist allerdings, dass die Informationen darüber, wie diese Codes aktiviert werden können, durchgesickert ist und gestern eine Demonstration stattgefunden hat. Wenn wir von dieser Prämisse ausgehen, ist die Antwort auf die zweite Frage offensichtlich: Unsere Regierung ist eigentlich nur ein Tochterunternehmen der Biotech-Industrie. In einem derartigen Szenario würden NatSec und andere Regierungselemente tatsächlich alles versuchen, um die Wahrheit zu unterdrücken.

<Ende des Posts>

„Hm", murmele ich. „Das war vier Sekunden lang online? Wer hat es runtergenommen?"

„Keine Ahnung. Ich würde auf Saurons Auge tippen."

„Auf wen?"

„Auf Saurons Auge", wiederholt Gary. „Die Spinne in der Mitte des Netzes, wenn du verstehst? Die allsehende Königin des Panoptikums."

„Des was?"

Er sieht mich an, als hätte ich gerade zugegeben, dass ich dümmer bin, als die Polizei erlaubt.

„Sind dir schon mal diese gläsernen augapfelartigen Dinge an Straßenschildern, auf Dächern und Ampeln aufgefallen? Oder die kleinen Hubschrauber mit vier Propellern, die immer durch die Luft sausen? Oder diese Dinger, die aussehen wie große Käfer und die in den schäbigeren Stadtteilen an Hauswänden hängen?"

Ich bedenke ihn mit meinem besten „Übertreib's ja nicht"-Blick.

„Ich weiß, was eine Überwachungskamera ist, Gary. Worauf willst du hinaus?"

Er seufzt.

„Ich will damit sagen, dass das nicht nur Kameras, Drohnen oder Crawler sind. Sie sind die Augen des Panoptikums. Jedes einzelne Spionageauge in Nordamerika ist vernetzt oder wurde angezapft, Anders. Sie hängen alle am Netzwerk von NatSec."

Manchmal fällt es mir schwer, mit Gewissheit zu sagen, ob mich Gary gerade auf den Arm nimmt, und dies ist einer dieser Momente. Ich starre ihn einige Sekunden lang an, er starrt zurück und verdreht dann die Augen.

„Pass mal auf", sagt er. „Ob du mir nun glaubst oder nicht, es ist jedenfalls wahr. NatSec kann jedes Handysignal auf der Welt anzapfen und jeden Pieper zwischen Mexiko City und Nunavut. All diese Daten werden von Saurons Auge verarbeitet und sortiert."

„Bei dir klingt es fast so, als würde es sich dabei um eine Person handeln."

Er nickt.

„Dem ist auch fast so. Sie ist der Avatar, der für die Security-Netze von NatSec verantwortlich ist. Alle in meinem Berufszweig haben zu ihr dieselbe Beziehung wie Feldmäuse zu einem Adler."

Ich beuge mich vor und stütze die Stirn in die Hände. Von dieser Unterhaltung bekomme ich Kopfschmerzen.

„Und nach allem, was passiert ist", sage ich schließlich, „glaubst du, dass NatSec Zeit und Ressourcen vergeudet, um Verschwörungstheoretiker zu jagen?"

Er zuckt mit den Achseln.

„Ich bezweifle, dass sie Leute darauf angesetzt haben, aber

ein paar Avatare zum Herumschnüffeln ganz bestimmt. Hast du überhaupt eine Ahnung, was sie allein im letzten Jahr für ein Budget hatten?"

Das ist ein gutes Argument.

„Wie weit reicht diese Sache?"

„Auch das ist unbekannt. In den vier Sekunden, die dieser Text online war, wurde er knapp eine Million Mal weiterverlinkt. Die Redigierer werden versucht haben, ihn von allen Servern zu löschen, die sie finden konnten, aber einige sind ihnen garantiert entgangen."

„Wie deiner beispielsweise."

Er grinst mich an.

„Ganz genau."

Sein rechter Augapfel fängt an zu zucken. Es ist mir irgendwie noch immer unangenehm, ihm dabei zuzusehen, wie er etwas herunterlädt. Die Augen von Menschen wurden nicht dazu geschaffen, sich unabhängig voneinander zu bewegen. Das sieht bei einer Echse schon unheimlich genug aus.

„Und?", will er endlich wissen. „Kaufst du ihm die Sache ab?"

Ich schüttle den Kopf.

„Ich weiß nicht so recht. Das mit den Unveränderten stört mich schon. Da hat er anscheinend noch mit jemandem ein Hühnchen zu rupfen. Aber seinen logischen Argumenten ist auch nur schwer beizukommen, und das mit dem Notausschalter ist die erste logische Erklärung für das, was gestern passiert ist."

Gary stimmt mir nickend zu.

„Es klingt vernünftig, aber wie will man so etwas implementieren? Ich weiß, wie ein Notausschalter in einer Software aussieht, immerhin habe ich mehr als genug davon entwickelt. Ich könnte mir sogar grob vorstellen, wie man einen Notausschalter in implantierte Geräte einbaut, auf jeden Fall in Neuralimplantate, aber wahrscheinlich auch in viele andere. Doch wie soll man das in den Genen eines anderen Menschen bewerkstelligen?"

Ich denke eine Minute lang darüber nach und muss feststellen, dass er recht hat. Man könnte die DNA wahrscheinlich so anlegen, dass das Produkt nur eine begrenzte Lebensdauer hat, aber wie soll man es anstellen, dass eine Gruppe an einem festgelegten Ort einfach so deaktiviert wird?

„Könnte es sein, dass doch nur Menschen mit biomechanischen Implantaten daran gestorben sind?"

Gary schüttelt den Kopf.

„Nicht, wenn die NatSec-Übertragung, die wir gestern abgefangen haben, auch nur ansatzweise korrekt ist. Der Prozentsatz der Menschen mit gravierenden Implantaten liegt irgendwo zwischen dreißig und vierzig. Selbst wenn man die genetisch modifizierten mit einbezieht, liegt man gerade mal bei vierzig oder fünfundvierzig Prozent."

„Hast du die geringfügigen Mods schon mit eingerechnet – wie bei den Hübschen und all den anderen?"

„Du meinst, wie die Neandertalerladys und ihre Mausmänner? Ja, die habe ich bereits mit eingerechnet. Wenn man unseren Umgang betrachtet, würde man es vielleicht nicht glauben, aber der Großteil der Bevölkerung besteht noch immer aus dem guten alten *Homo sapiens*."

Ich kneife die Augen zu und reibe mir die Schläfen. Meine Kopfschmerzen wollen einfach nicht verschwinden.

„Aber Hagerstown ist heutzutage eigentlich nur noch eine Pendlerstadt für Leute, die in Bethesda arbeiten, richtig? Außerdem befindet sich dort die Zentrale von BrainBump. Daher wohnen da bestimmt auch weitaus mehr Verbesserte und Modifizierte als in anderen Städten."

„Kann schon sein", meint Gary. „Aber die machen bestimmt keine knapp neunzig Prozent der Bevölkerung aus."

„Was bleibt dann noch übrig?"

Er verschränkt die Finger hinter dem Kopf, lässt die Fußstütze raus und lehnt sich zurück. „Ich bin mir nicht sicher. Die Idee mit dem Notausschalter gefällt mir irgendwie. Vielleicht hat NatSec die Sterberate auch bewusst übertrieben. Wir müssen aber genauer darüber nachdenken, wie man so etwas bewerkstelligen könnte. Lass mich mal mit meinen Freunden darüber reden. Ich bin gespannt, was denen dazu einfällt."

Er schließt die Augen. Ich will schon aufstehen, als der Schirm pingt. Es ist eine Direktverbindungsanfrage von Doug.

„Verbinden", verlange ich. Auf dem Schirm erscheint eine Großaufnahme von Dougs Gesicht, und im Hintergrund ist etwas zu sehen, das mich an einen industriellen Reinraum erinnert.

„Hey", sagt er. „Hast du dir schon die Dokumente angesehen, die ich dir geschickt habe?"

Ich schüttle den Kopf.

„Ich war ziemlich beschäftigt. Es ist dir vielleicht noch nicht aufgefallen, aber gestern sind einige verrückte Sachen passiert."

Er runzelt die Stirn, was aufgrund der vielen Hardware in seinem Gesicht echt schaurig aussieht.

„Das ist mir bekannt. Aus genau aus diesem Grund musst du dich auch beeilen. Wir können jetzt nicht mehr warten, bis du deine Abschlussprüfungen – oder was auch immer du da machen musst – zu Ende gebracht hast."

Auf einmal habe ich das Gefühl, dass Elise nicht die Einzige hier sein könnte, die sich wegen NatSec Sorgen machen muss.

„Doug?", meine ich daher. „Gibt es da vielleicht etwas, das du mir über diese Dokumente sagen möchtest?"

„Nein", antwortet er. „Du sollst mir etwas über diese Dokumente erzählen. Genauer gesagt möchte ich wissen, was überhaupt darin steht. Das hast du mir schließlich versprochen, falls du dich erinnerst."

„Ja", bestätige ich. „Daran erinnere ich mich. Aber ich wüsste doch gern, warum das auf einmal so dringend ist. Vor allem interessiert mich, ob es dadurch, dass diese Dokumente in meinem Besitz sind, passieren kann, dass NatSec mir in Kürze ein Brecheisen ins Haus schmeißt."

„Nein", versichert er mir. „Das ist unwahrscheinlich. Höchst unwahrscheinlich. Außerdem hast du sie bereits erhalten, daher solltest du mich vielleicht lieber wissen lassen, was darin steht, bevor du Ärger mit NatSecs Brecheisen bekommst."

„Danke, Doug. Deine Sorge um mich ist herzergreifend. Aber ich sag dir was: Ich versuche, sie mir heute Abend anzusehen."

Seine Miene wird noch finsterer, und ein Servo über seinem linken Ohr gibt ein hohes Jaulen von sich.

„Etwas Besseres hast du mir nicht anzubieten?"

„Nein, das habe ich nicht."

Er entspannt sich wieder und stößt einen theatralischen Seufzer aus.

„Na gut. Dann hören wir uns morgen?"

„Ja. Verbindung trennen."

„Was hatte das denn zu bedeuten?", will Terry wissen. Sie steht im Flur, hat ein halbes Würstchen in der einen und ein Stück Bacon in der anderen Hand.

„Das war Doug", erwidere ich. „Er nervt mich, damit ich die Arbeit erledige, die ich ihm versprochen habe."

„Ist das der Freund, mit dem du dich gestern treffen wolltest, nachdem du meine Wohnung verlassen hattest?"

„Genau der ist es."

„Er klingt wie ein wahrer Menschenfreund."

Ich verdrehe die Augen.

„Ach, Doug ist ganz okay. Er ist halt sehr auf seine eigenen Bedürfnisse fokussiert und neigt dazu, die der anderen vollständig auszuklammern."

„Und das ist okay, weil …"

Ich versuche gerade, mir eine gute Antwort einfallen zu lassen, als Elise den Kopf um die Ecke steckt und fragt: „Was ist ein Brecheisen?"

Ich schaue Terry an, und sie zuckt mit den Achseln.

„Das weiß ich auch nicht", antwortet sie. „Natürlich weiß ich, was ein Brecheisen ist, aber ich vermute, das ist nicht das, was Doug und du eben gemeint habt."

Als ich mich zu Gary umdrehe, stelle ich fest, dass sein rechtes Auge jetzt offen ist und er uns beobachtet.

„Möchtest du das erklären?", will ich wissen.

„Klar", erwidert er. „Ein Brecheisen ist das, was böse Jungs und Mädchen von Saurons Auge zu Weihnachten bekommen."

„Äh …", murmelt Terry.

„Brecheisen sind KEWs", füge ich hinzu und werfe Gary eine zusammengerollte Socke an den Kopf. Er setzt sich auf, nimmt die Socke vom Boden und schleudert sie zurück. Allerdings fliegt sie einen knappen Meter an mir vorbei. Ich bezweifle, dass Gary als Kind viele Ballsportarten gespielt hat.

„KEWs?", wiederholt Elise. „Das hilft mir jetzt auch nicht weiter."

„Kinetische Energiewaffen", erläutere ich. „Das sind im Grunde genommen Bowlingkugeln, an denen kleine Motoren befestigt wurden. NatSec hat davon ständig mehrere Hundert im niedrigen Erdorbit."

„Ganz genau", bestätigt Gary. „Und wenn sie sich über jemanden ärgern – wenn man beispielsweise eine völlig erklärbare und durch und durch legitime Überprüfung ihrer Passcode-Generierungsalgorithmen vornimmt –, dann kommen sie mit ihren kleinen Raketenmotoren aus dem Orbit zum Haus der entsprechenden Person geflogen."

„Sprichst du da aus Erfahrung?", erkundigt sich Terry.

„Nein“, erwidert Gary. „Ich habe dir doch gesagt, dass ich in der Dateneingabe arbeite.“

„Ich begreife es noch immer nicht“, beharrt Elise. „Was ist so schlimm daran, wenn man eine Bowlingkugel auf das Haus eines Menschen wirft?“

Ich muss kichern. Terry bekommt es mit und wirft mir einen richtiggehend einschüchternden Blick zu. Ihr Brauenwulst ist in dieser Hinsicht wirklich nicht zu verachten.

„Energie ist Masse mal Geschwindigkeit im Quadrat“, erklärt Gary, „und ein Brecheisen kommt mit sieben Klicks pro Sekunde angeflogen. Das bedeutet, dass eine Zehnkilowaffe bei der Landung etwa vierhundertundneunzig Megajoule abgibt.“

„Und das bedeutet …“

„Man kann es mit etwa einhundert Kilogramm TNT vergleichen“, sage ich. „Wie viel davon tatsächlich in Explosionskraft umgewandelt wird, hängt von zahlreichen Faktoren ab, wie beispielsweise dem Aufprallwinkel oder der Dichte und Härte des Objekts, auf dem die Bombe landet, aber man sollte sich lieber nicht in der Nähe aufhalten, wenn eines dieser Dinger vom Himmel fällt.“

„Ich weiß nicht“, wirft Gary ein. „Wenn NatSec es auf dich abgesehen hat, dann gibt es weitaus schlimmere Dinge als ein Brecheisen, die dir passieren können.“

„Ich habe es noch immer nicht kapiert“, gesteht Elise. „Ich dachte, es wäre gar nicht erlaubt, bewaffnete Drohnen gegen amerikanische Staatsbürger einzusetzen. Wenn das wirklich stimmt, hätte man dann nicht längst etwas darüber gehört?“

„Ach, Elise“, murmelt Gary. „Du süßes, unschuldiges Kind. Erinnerst du dich an das Gasleck bei San Antonio vor ein paar Wochen?“

Elise sieht erst mich und dann Gary an.

„Willst du damit etwa sagen …“

Gary tippt sich mit einem Finger an die Nase.

„Gaslecks hinterlassen normalerweise keine Krater."

Elise sieht aus, als müsste sie sich gleich übergeben.

„Jetzt bist du im Bilde", meint Gary. „Willkommen in der wirklichen Welt."

„Gary denkt, wir würden gerade miteinander schlafen, nicht wahr?"

Ich nicke. Terrys Kopf liegt auf meiner Brust. Ich kann die kleinen Schweißperlen sehen, die sich auf ihrer Stirn bilden. Es ist Nachmittag, und die Sonne scheint durch mein Zimmerfenster herein. Ich muss um drei unterrichten und hatte gehofft, vorher noch ein Nickerchen machen zu können. Momentan sieht es nicht so aus, als wäre das möglich.

„Wir könnten es auch tun, weißt du."

Wieder nicke ich. Das hat sie mir deutlich zu verstehen gegeben.

„Ich wollte es nur noch mal gesagt haben. Wir hätten es auch letzte Nacht schon tun können, ganz im Gegensatz zu vorletzter Nacht."

Ich lege einen Arm um ihre Schultern und streiche ihr das Haar aus dem Gesicht. Sie schaut zu mir auf, lächelt und zieht meinen Arm etwas enger an sich.

„Gary ist ein ziemlicher Idiot, was?"

Ich muss lachen.

„Man muss sich einfach an ihn gewöhnen", erwidere ich. „Er verbringt den Großteil seiner Zeit in den Netzen, daher vergisst er manchmal, wie man sich hier draußen zu benehmen hat."

Sie lässt seufzend den Kopf sinken und legt mir eine Hand auf den Bauch. Ihre Atmung verlangsamt sich, und ihr Kopf rutscht etwas weiter nach unten, als würde sie eine bequemere Stelle suchen. Ich schließe die Augen und bin schon am Eindösen, als sie unvermittelt sagt: „Ich weiß, dass du zu hübsch für mich bist."

Daraufhin ziehe ich sie enger an mich und streiche ihr über das Haar. „Das ist schon okay", murmelt sie. Ihre Stimme klingt schwer, und ich bin mir nicht sicher, ob sie überhaupt noch wach ist. Ihre Hand rutscht langsam nach unten und bleibt direkt über meiner Hüfte liegen. Ich atme ein und wieder aus und kann durch den Boden hören, dass Gary unten lacht.

6. Terry

Als ich aufwache, bin ich allein, durchgeschwitzt und keuche. Die Nachmittagssonne, die durch Anders' Fenster hereinscheint, hat das Zimmer in eine Sauna verwandelt. Offenbar ist die hervorragende Klimaanlage nur in Garys Teil des Hauses aktiviert. Ich habe von Elise geträumt. Sie stand schweigend in der Straßenmitte, hatte mir den Rücken zugewandt und den Kopf gesenkt. Die Sonne ging hinter ihr gerade unter, und ich konnte das tiefe Brummen eines Bombers hören, der am Horizont auftauchte. Ich rannte los. Elise wurde immer kleiner, bis sie nur noch ein Punkt war und auch dieser verschwand. Als ich nach oben blickte, segelte die Bombe gerade an einem großen roten Fallschirm nach unten. Der Himmel wurde grellweiß und die Luft schien zu brennen.

Kein Wunder, dass ich davon geträumt habe, in Flammen zu stehen. In diesem Raum müssen es locker achtunddreißig Grad sein. Ich setze mich auf, schiebe mir das Haar mit einer Hand aus der Stirn und wische mir mit Anders' Bettdecke das Gesicht ab. Fünf Sekunden später frage ich mich, warum ich mir überhaupt die Mühe gemacht habe. Ich muss wieder unter die Dusche. Ich brauche eine funktionierende Klimaanlage. Ich muss mich umziehen.

Ich muss nach Hause.

Gary liegt auf dem Sofa, als ich nach unten komme. Er bewegt ein Auge und sieht mich an. Das andere bewegt sich so schnell hin und her, dass ich mich schon frage, ob er einen Kurzschluss hat.

„Guten Morgen, Prinzessin", sagt er. „Anders lässt ausrichten, dass er dich nach dem Unterricht anpingen wird. Deine Schwester ist mit Tariq losgezogen und wird dich wissen lassen, wo sie unterkommen werden. Tariq sagt, er hält uns alle für Idioten, die glauben, er hätte NatSec auf einem dreirädrigen Golfwagen ausgetrickst. Kann ich dir irgendwas bringen?"

„Nein, danke", erwidere ich. „Ich wollte gerade gehen."

„Großartig." Er macht die Augen zu. Jetzt kann ich sehen, wie beide Augäpfel unter seinen Lidern zucken. „Hat mich gefreut, dich kennenzulernen. Und ich bin froh, dass deine Schwester doch nicht tot ist. Schönen Tag noch."

Ich habe gerade mal zehn Schritte gemacht, als mir klar wird, dass es klüger gewesen wäre, Gary vor dem Aufbruch noch um eine Flasche Wasser zu bitten. Nach all dem, was ich in Anders' Bett ausgeschwitzt habe und was gerade aus meinen Poren quillt, werde ich wie eine Schnecke im Salz ausgedörrt sein, bevor ich zu Hause ankomme.

Von all den Dingen, die mir mein hirnamputierter DNA-Verschneider verpasst hat, kann ich den Eiszeit-Metabolismus am wenigsten leiden. Ich schätze, einige Leute würden sich darüber freuen, noch bei einem Schneesturm im Bikini rumlaufen zu können, aber ich lebe nun mal in Baltimore. Hier hat es nicht mehr geschneit, seit Obama im Weißen Haus gesessen hat, und wenn ich im Sommer draußen herumlaufe, kann man meine rote Rübe wahrscheinlich noch aus dem Orbit erkennen.

Glücklicherweise befindet sich am Ende des Blocks eine *Jolly Pirate*-Filiale. Zwar würde ich deren Donuts nur unter Androhung von Gewalt essen, aber die Wasserflaschen werden schon trinkbar sein. Die Tür klingelt, als ich den Laden betrete. Drinnen ist es locker zwanzig Grad kühler als draußen, und ich überlege schon, ob ich nicht einfach hierbleiben und warten soll, bis ich mich abgekühlt habe, als der Junge hinter der Kasse mit einer Handfläche auf den Tresen schlägt und sagt: „Hey! Nein!“

Ich blicke mich um. Außer uns hält sich niemand im Laden auf. Er sieht mich direkt an und zeigt zur Tür. Der drahtige kleine Kerl hat einen rasierten Kopf und einen dünnen braunen Ziegenbart. Die *Jolly Pirate*-Uniform sieht an ihm aus, als hätte er sich zu Halloween die Klamotten seines Vaters ausgeliehen.

„Entschuldigung“, erwidere ich. „Redest du mit mir?“

„Ja“, antwortet er. „Ich rede mit dir.“ Seine Stimme bricht, und seine Unterlippe zittert. „Keine Verbesserten. Du musst gehen.“

Jetzt starre ich ihn an. Er knirscht mit den Zähnen, wendet den Blick aber nicht ab. Ich gehe langsam zum Getränkekühlschrank in der Ecke. Zwar habe ich nicht die geringste Ahnung, was hier gerade passiert, doch ich komme beinahe um vor Durst und werde mir jetzt eine Flasche Wasser kaufen. Ich öffne die Kühlschranktür und lasse mir beim Aussuchen Zeit, während mir die kühle Luft um die Beine weht. Nachdem ich eine Literflasche Appalachian Sweet herausgenommen habe, lasse ich die Tür zufallen und stelle die Flasche auf den Tresen.

Sie steht geschlagene dreißig Sekunden zwischen uns.

Schließlich hebe ich sie hoch, tippe damit gegen das Lesegerät und dann gegen mein Handy, um sie zu bezahlen. Eine Quittung erscheint auf dem Display, die ich wegwerfe.

Auf einmal schlägt er mich.

Ich ziehe das Kinn an die Brust, und seine Faust knallt mir gegen den Kopf. Das Knacken seiner brechenden Hand geht mir durch Mark und Bein. Ich taumele einen halben Schritt nach hinten und blicke auf. Er hält sich die rechte Hand vors Gesicht. Der Zeige- und der Mittelfinger sind auf unnatürliche Weise verdreht. Er hat die Augen so weit aufgerissen, dass er in einem Anime mitspielen könnte, und ein hohes Pfeifen dringt aus seiner Nase.

Wieder einmal schießt mir durch den Kopf, dass ich nie begreifen werde, wie Leute wie er es geschafft haben, dass Leute wie ich ausgestorben sind.

„Danke", sage ich. „Du warst unglaublich hilfreich." Bei diesen Worten dreh ich mich zur Tür um.

„Wir werden Hagerstown nicht vergessen", ruft er mir krächzend hinterher, als meine Hand bereits am Türgriff liegt.

„Ich auch nicht", erwidere ich wie aus der Pistole geschossen. „Meine Schwester war dort."

Danach stehe ich einige Minuten lang an der Straßenecke, trinke mein Wasser und versuche zu begreifen, was gerade passiert ist. Der Kleine hatte sich offensichtlich wegen irgendwas aufgeregt, schon bevor seine Hand zertrümmert wurde, aber ich weiß beim besten Willen nicht, worüber. Ich leere die Flasche mit einem langen Zug. Am liebsten würde ich mir noch eine holen. Ich werfe sie in den Mülleimer, der neben der Tür steht, und berühre mit zwei Fingern meinen Kopf. Da ist eine kleine Beule, aber nichts, was mir Sorgen bereiten müsste. Dann ziehe ich die Tür auf und gehe erneut in den Laden. Der Angestellte steht am Trinkbrunnen und versucht, mit der linken Hand Eiswürfel in einen Plastikbeutel zu schaufeln, was allerdings nicht wirklich gut funktioniert.

„Entschuldige, dass ich dich noch mal stören muss", sage ich, „aber ich möchte noch eine Wasserflasche. Außerdem wäre es nett, wenn du mir erklären könntest, warum du mich gerade angegriffen hast."

Er fummelt weiterhin am Eiswürfelspender herum. Auf dem Boden liegen bereits zahlreiche Eiswürfel.

„Es tut mir leid, dass ich dich geschlagen habe", meint er nach einer Weile. „Verschwinde einfach, okay?"

Ich gehe zu ihm hinüber. Seine Hand ist geschwollen und lila angelaufen. Ich nehme ihm den Beutel ab und schiebe ihn zur Seite. Nachdem ich die Eiswürfel in den Beutel gefüllt und diesen zugebunden habe, drücke ich ihn dem Angestellten in die Hand. Er zuckt zusammen, als er sich das Eis auf den Handrücken presst.

„Und“, will ich wissen, „hast du gerade zum ersten Mal überhaupt jemanden geschlagen?“

Er zögert, nickt dann aber doch, will mir allerdings nicht in die Augen sehen.

„Ein kleiner Tipp für die Zukunft“, meine ich, „alles zwischen den Augenbrauen und dem Scheitel ist dabei nicht empfehlenswert. Das gilt ganz besonders bei jemandem wie mir, aber du hättest dir vermutlich auch am Schädel eines normalen *Homo sap* die Hand gebrochen.“

Er zuckt mit den Achseln und starrt weiterhin den Boden an. Ich komme mir vor, als würde ich mit einem Riesenbaby sprechen.

„Du weißt schon, dass du dir die Finger richten lassen musst?“

Ich will nach seiner Hand greifen, aber er zieht sie weg.

„Das weiß ich“, entgegnet er. „Aber ich bin der Einzige, der heute zur Nachmittagsschicht erschienen ist. Ich kann hier erst weg, wenn die Abendschicht um acht herkommt.“

Ich verdrehe die Augen.

„Das ist sehr pflichtbewusst von dir. Offenbar hast du das Mitarbeiterhandbuch gelesen. Steht da auch was über das Schlagen von Kunden drin? Vielleicht sogar speziell von Kundinnen?“

Endlich sieht er mich doch an.

„Ich habe mich doch entschuldigt, außerdem scheinst du ja nicht mal was gespürt zu haben.“

Ich grinse ihn an.

„Das stimmt, aber es beantwortet nicht meine Frage. Was genau hast du für ein Problem mit mir?“

Wieder wendet er den Blick ab.

„Hast du die Feeds denn nicht mitbekommen?“

Ich schüttle den Kopf.

„Nein, das habe ich nicht. Ich habe fast den ganzen Nachmittag geschlafen.“

Er runzelt die Stirn, hebt jedoch nicht den Kopf. Fast könnte er mir leidtun.

„Es heißt, dass gar nicht alle an der Seuche gestorben sind“, teilt er mir mit. „Nur die Verbesserten. Alle *Homo saps* waren noch am Leben, als sie die Bomben abgeworfen haben.“

Ich muss aufhören, darüber nachzudenken. Der einzige Mensch, von dem ich mit Sicherheit weiß, dass er überlebt hat, ist durch und durch unmodifiziert. Elise hat die meiste Zeit nicht einmal ihr Handy bei sich. Bei Tariq habe ich zwar so meine Zweifel, aber er behauptet steif und fest, ebenfalls zu einhundert Prozent natürlich zu sein.

„Okay“, meine ich schließlich. „Gehen wir mal davon aus, ich würde das akzeptieren. Wie kommen wir dann an den Punkt, an dem du mich geschlagen hast?“

„Na ja“, murmelt er. „Das ist doch der Anfang, oder nicht? Jemand hat einen Weg gefunden, die Veränderten auszuschalten … und zwar alle. Und dann haben die Veränderten, die bei NatSec das Sagen haben, jeden Menschen in Hagerstown getötet, damit das nicht ans Licht kommt.“

Das ist doch der Anfang, oder nicht? Ich denke noch immer über diese Frage nach, als ich zu Hause ankomme.

„Haus“, sage ich. „Suche nach Posts in den öffentlichen Feeds. Zeitrahmen: ab heute Mittag. Kernaussage: Dies ist der Anfang. Verbunden mit: Unverändertenbewegung. Verbunden mit: Hagerstown.“

Mein Hausavatar erscheint auf dem Wohnzimmerschirm. Heute sieht sie aus wie ein Zeichentrickroboter mit silbriger Haut und einem Trichter auf dem Kopf.

„Muss das sein, Terry? Ich bin gerade sehr beschäftigt."

„Ja, es muss sein", erwidere ich. „Und was soll das heißen, du bist beschäftigt? Du bist ein Avatar, verdammt noch mal."

Sie schmollt und wendet sich von mir ab.

„Na und? Avatare haben auch ein Leben, musst du wissen."

„Nein, das haben sie nicht. Zumindest nicht die Avatare anderer Menschen. Und jetzt starte den Suchlauf."

„Bitte?"

Ich seufze.

„Bitte."

Der Roboter erstarrt, während das System mit der Suche beschäftigt ist.

„Zwei Ergebnisse", verkündet sie schließlich.

Dann, einige Sekunden später: „Korrektur: keine Ergebnisse."

Ich starre sie an. Sie grinst zurück.

„Korrektur?", wiederhole ich ungläubig. „Du hast noch nie zuvor ‚Korrektur' gesagt. Was hat das zu bedeuten?"

Sie zuckt mit den Achseln.

„Es wurden zwei Ergebnisse heruntergeladen, aber beide wurden redigiert, bevor sie angezeigt werden konnten."

„Sie wurden redigiert? Soll das heißen, dass die Autoren sie zurückgezogen haben?"

„Nein", antwortet sie. „Sie wurden von unseren Servern gelöscht."

Ich gehe in Richtung Badezimmer und ziehe mich dabei schon mal aus.

„Sie wurden gelöscht? Von wem?"

„Unbekannt."

„Wie kann so etwas passieren? Bist du nicht geschützt?"

Sie erscheint auf dem Badezimmerschirm und schenkt mir ein betretenes Lächeln.

„Unser System enthält eine Reihe von vorgeschriebenen

Hintertüren für Werbezwecke und die Regierung", erklärt sie mir. „Ich kann nicht herausfinden, welche davon verwendet wurde, um die Ergebnisse zu redigieren."

Ich gehe unter die Dusche und drehe das Wasser auf. Inzwischen muss ich die Möglichkeit in Betracht ziehen, dass Mr. *Jolly Pirate* einen Netzwerkzugriff hat, der weitaus besser gesichert ist als meiner. Außerdem muss ich davon ausgehen, dass diese Posts höchstwahrscheinlich von NatSec redigiert wurden – was wiederum bedeutet, dass ich durch meine Suche wahrscheinlich selbst als NatSec-Schnüffler markiert worden bin.

„Hey", meint Haus. „Mir fällt gerade ein, dass Dimitri angerufen hat, während du weg warst."

„Ach ja?", frage ich. „Was wollte er denn?"

„Er wollte wissen, ob du eine Schwester hast."

Mein Herz schlägt plötzlich wie verrückt.

„Hat er auch gesagt, warum er das wissen will?"

„Eigentlich nicht. Er hat nur gefragt, ob du mit einer Elise Freberg verwandt bist, und dabei ziemlich aufgeregt gewirkt."

Das kann nichts Gutes bedeuten.

„Was hast du ihm gesagt?"

„Ich habe ihm mitgeteilt, dass ich nicht autorisiert bin, persönliche Informationen über dich weiterzugeben, auch nicht an superheiße Geheimagenten. Er schien nicht gerade amüsiert zu sein."

Ich wasche mir den Schweiß von der Haut und aus den Haaren, stehe dann einige Minuten lang mit geschlossenen Augen unter dem Wasserstrahl und denke nach. Warum sollte mich Dimitri nach Elise fragen?

Zieh keine voreiligen Schlüsse. Wir haben einen ungewöhnlichen Nachnamen, und sie stand möglicherweise auf einer Opferliste. Vielleicht hat er ihren Namen irgendwo gesehen und war einfach nur besorgt.

Es könnte aber auch sein, dass er das Video gesehen hat, das der Killbot von ihr aufgenommen hat, und jetzt weiß, dass sie gar nicht zu den Opfern zählt. Doch wenn dem so wäre, würde ich jetzt wohl eher in einem winzigen Zimmer an einem unbekannten Ort sitzen und verhört werden.

Ich stelle das Wasser ab und greife nach einem Handtuch.

„Haus", sage ich. „Kannst du die letzte Suche wiederholen?"

„Natürlich", erwidert sie. „Aber ich weiß nicht, was das bringen soll."

„Kannst du die Ergebnisse herunterladen und danach sofort alle externen Zugänge sperren?"

Sie zuckt mit den Achseln.

„Ich kann es versuchen."

„Bitte tu das."

Ich gehe ins Schlafzimmer. Haus hat einen Stapel sauberer Klamotten produziert, während ich weg war. Zum ersten Mal seit zwei Tagen kann ich saubere Unterwäsche anziehen.

„Haus. Ergebnisse?"

„Keine Ergebnisse."

Hm.

„Es wurden keine Feeds gefunden?"

„Das stimmt nicht ganz", stellt sie richtig. „Ein passender Feed wurde gefunden, doch er wurde drei Sekunden nach dem Download redigiert."

„Hast du den externen Zugang nach dem Download geschlossen?"

„Das habe ich getan, aber er wurde wieder geöffnet und der Feed wurde redigiert."

Verdammte Scheiße.

Ich ziehe mir Shorts und ein weiches Baumwoll-T-Shirt über und gehe in die Küche, wo ich den Kühlschrank öffne und einen Berg Putenbrust sowie ein Stück Schinken heraushole. Nach kurzem Überlegen nehme ich noch einige Scheiben Provolone-

Käse, um alles darin einzuwickeln. In meinem Kühlschrank gibt es kaum etwas, das nicht auf die eine oder andere Weise von einem Tier stammt. Jetzt, wo es wenigstens ein paar von uns gibt, gilt es als so gut wie erwiesen, dass Neandertaler sehr viel mehr Proteine zu sich nehmen müssen als *Homo saps*, aber wir sind auch keine reinen Fleischfresser.

Mein Dad ist jedoch während meiner Kindheit davon ausgegangen, und ich habe mich inzwischen an diese Art der Ernährung gewöhnt.

Ich nehme meinen Snack mit ins Wohnzimmer, lasse mich aufs Sofa fallen und lege die Füße auf den Tisch, den Anders Samstagnacht beinahe zerstört hätte. Es frustriert mich wahnsinnig, dass ich nichts herunterladen kann, das mit meiner Unterhaltung von vorhin im Donutladen zu tun hat. Ebenso nervig ist es, dass NatSec offenbar nach Lust und Laune auf meine Server zugreifen kann. Hier geht viel zu viel vor sich, was ich nicht begreife.

Aber Dimitri würde es bestimmt verstehen.

Wenn ich an mein Gespräch mit dem Haus denke, dann wäre es durchaus möglich, dass er weitaus mehr weiß, als mir lieb ist. Daher ist es vermutlich keine gute Idee, jetzt zu versuchen, ihm aus dem Weg zu gehen.

„Haus“, sage ich. „Direktkontakt zu Dimitri.“

Ich rechne schon damit, erneut den Bären zu sehen zu bekommen, aber einige Sekunden später erscheint Dimitris Gesicht auf dem Wohnzimmerschirm. Er sieht aus, als hätte er seit einer Woche nicht geschlafen.

„Terry“, begrüßt er mich. „Ich freue mich sehr, dass es dir gut geht.“

Ich lächle ihn an.

„Ich wünschte, ich könnte dasselbe sagen. Du siehst hundemüde aus, Dimitri.“

Er schneidet eine Grimasse.

„Der gestrige Tag war hart. Heute war es noch härter. Was kann ich für dich tun?“

Ich gebe mir große Mühe, geknickt zu lächeln.

„Ich habe einige Fragen.“

Seine Miene wird sanfter.

„Dann stell sie. Du weißt, dass ich keine Versprechungen machen kann, aber ich werde dir so viel sagen, wie mir möglich ist.“

Gehen wir die Sache lieber langsam an.

„Sehr viele öffentliche Feeds, auf die ich heute zugreifen wollte, wurden redigiert. Dabei handelt es sich nur um Open-Source-Gelaber, nicht die Art von Sachen, die NatSec normalerweise Sorgen bereiten würden. Hast du eine Ahnung, was da los ist?“

Er reibt sich mit beiden Händen das Gesicht.

„Es ist dir vermutlich nicht bekannt, aber gewisse Organisationen versuchen, das, was gestern passiert ist, dazu zu benutzen, öffentlich Unruhe zu stiften. Die Anspannung ist auch so schon groß genug, ohne dass noch jemand Öl ins Feuer gießt.“

Ja, das wusste ich bereits.

„Welche Organisationen“, will ich wissen, „und was für eine Art von Unruhe? Ein Mann hat mich eben in einem Donutladen geschlagen und meinte, er würde das wegen der Dinge tun, die in den öffentlichen Feeds rumgehen.“

Dimitri seufzt.

„Hast du schon mal von der Unverändertenbewegung gehört?“

Ich schüttle den Kopf.

„Politik ist nicht so mein Ding.“

Er runzelt die Stirn.

„Die Unveränderten sind fast schon eine religiöse Gruppe, die die Reinheit des Körpers und des Genoms predigt. Sie verdammen sowohl die genetische als auch die mechanische

Manipulation. Einige Splittergruppen behaupten sogar, Veränderte würden keine Seele besitzen."

„Okay", erwidere ich. „Ich glaube, von denen habe sogar ich schon gehört. Das ist ein Kult, richtig? Wie der Satanistische Tempel oder die Kirche von Cthulhu?"

„Nein", korrigiert Dimitri mich. „Dummerweise sind die Unveränderten längst keine Randgruppe mehr, und man kann sie auch nicht länger als Witz auffassen. Im Verlauf der letzten fünf Jahre hat sich ihre Zahl vervielfacht. Inzwischen sind es so viele, dass sie eine ernsthafte Gefahr darstellen könnten, falls sie beschließen sollten, es so weit kommen zu lassen."

Sein Gesicht gleicht jetzt einer versteinerten Maske, und mir läuft es kalt den Rücken herunter. Auch wenn ich nicht ganz genau weiß, was Dimitri für einen Job hat, habe ich doch genug mitbekommen, um mir darüber klar zu sein, dass er mich niemals auch nur im Entferntesten als ernsthafte Gefahr ansehen darf. Dimitri sieht sich als eine Art Schäferhund, der treu seine Herde hütet. Aber was würde passieren, wenn er beschließt, dass ich ein Wolf bin?

„Okay", meine ich schließlich. „Und was hat das alles mit Hagerstown zu tun?"

Er blickt nach unten, hebt dann wieder den Kopf, und ich kann fast schon erkennen, wie er darüber nachdenkt, was genau er mir verraten kann.

„Das ist nicht öffentlich bekannt", beginnt er, „und wir wollen auch, dass das so bleibt. Aber gewisse Personen innerhalb der Unveränderten behaupten, dass das, was gestern in Hagerstown passiert ist – sowohl die Seuche als auch der Luftschlag –, die ersten Kampfhandlungen im Krieg zwischen den Veränderten und den Unveränderten waren."

Ich lache auf, aber Dimitri fällt nicht mit ein.

„Augenblick mal", sage ich, als ich mich wieder beruhigt habe. „Ist das dein Ernst? Du glaubst wirklich, jemand würde versuchen, einen Krieg zwischen uns und den *Homo saps* anzuzetteln?"

„Es ist völlig unwichtig, was ich denke", erwidert Dimitri. „Wenn die Unveränderten daran glauben, könnte es sich zu einer sich selbst erfüllenden Prophezeiung entwickeln."

„Okay. Ich kann nachvollziehen, warum ihr das unter Verschluss halten wollt. Aber im Augenblick kommt es mir so vor, als würde so gut wie alles, was irgendjemand über Hagerstown von sich gibt, redigiert. Heute Nachmittag wurden sogar einige Dateien von meinen Servern gelöscht. Hat NatSec wirklich die Befugnis dazu?"

Jetzt sieht er nicht mehr müde, dafür aber umso gereizter aus.

„NatSec hat die Aufgabe, die Menschen zu beschützen und die öffentliche Ordnung aufrechtzuerhalten. Dass Verschwörungstheoretiker Dummheiten in der Öffentlichkeit verbreiten, ist momentan die geringste unserer Sorgen."

„Der Erste Zusatzartikel der Verfassung und die darin festgeschriebene Meinungsfreiheit interessiert euch in der Hinsicht wohl nicht besonders, was?"

Sein Blick wird härter.

„Hierbei geht es nicht um Meinungsäußerungen, Terry, sondern darum, dass jemand in einem überfüllten Theater ‚Feuer' ruft."

Mir ist klar, dass ich mich auf dünnem Eis bewege, aber ich muss herausfinden, wie ehrlich er zu mir ist.

„Na gut", meine ich. „Aber was ist damit, dass viele Menschen behaupten, sie hätten Videos von Überlebenden gesehen, die gestern Nachmittag in Hagerstown herumgelaufen sind. Ist da etwas Wahres dran?"

Damit habe ich einen Nerv getroffen.

„Es hat keine Überlebenden gegeben, Terry. Der amtierende Leiter Dey hat das in seiner Erklärung vor der Bombardierung eindeutig klargestellt."

„Aber die Feeds …“

„Es gibt keine Feeds, wie du sie beschrieben hast. Jeder, der so etwas behauptet, ist ein Lügner.“ Er blickt auf seine Hände hinab, schaut dann aber doch wieder zur Kamera. „So langsam kommt mir dieses Gespräch wie ein Verhör vor. Bist du jetzt unter die Reporter gegangen, Terry?“

Er scheint jetzt richtig wütend zu sein. Ich sollte wohl lieber einen Gang runterschalten.

„Nein, Dimitri, ich bin keine Reporterin. Ich hatte nur gehofft, du könntest mir dabei helfen zu verstehen, was hier gerade passiert.“

Wieder reibt er sich das Gesicht und fährt sich mit den Händen durchs Haar. „Tut mir leid“, sagt er leise. „Ich werde immer leicht reizbar, wenn ich nicht geschlafen habe. Mir ist klar, dass diese ganze Situation beängstigend ist. Bitte vertraue darauf, dass wir tun, was wir können, um die Lage unter Kontrolle zu behalten.“

„Das weiß ich doch, Dimitri. Ich vertraue dir. Versuch, ein bisschen zu schlafen.“

„Ich werde es versuchen. Mach's gut, Terry.“

„Tschüss, Dimitri. Verbindung beenden.“

Wahrscheinlich sollte es mich nicht überraschen, dass mir Dimitri nicht die Wahrheit sagen kann. Ich weiß noch immer nicht genau, in welcher Beziehung er zu NatSec steht, aber selbst wenn er freiberuflich für sie arbeitet, wird man ihn mit internen Überwachungsgeräten ausgestattet haben. Außerdem ist es gut möglich, dass er tatsächlich glaubt, es wäre besser, die Wahrheit in diesem Fall nicht ans Licht kommen zu lassen, und dass er mich sogar angelogen hätte, wenn es gar nicht notwendig gewesen wäre.

Vielleicht hat er auch einfach nur recht.

Erst als ich zurück in die Küche gehe, um mir eine Wasserflasche zu holen, fällt mir auf, dass er Elise mit keinem Wort erwähnt hat. Ich weiß nicht, ob mich das nun noch nervöser machen sollte oder nicht.

Die nächsten beiden Stunden schwanke ich zwischen Langeweile und Frustration. Welche Kombination aus Suchbegriffen ich auch eingebe, ich kann weder in den professionellen Medien noch den privaten Netzen etwas entdecken, dass die NatSec-Version der Ereignisse, die sich in Hagerstown abgespielt haben, nicht bestätigt. Irgendwann finde ich jedoch dank meiner Suche nach aktuellen Geschehnissen einen Treffer, und zwar aus Washington. Eine junge Frau wurde im Rock Creek Park, wo sie joggen war, bewusstlos geschlagen. Sie wurde nicht beraubt oder sexuell missbraucht. Man hat sie einfach nur zusammengeschlagen und blutend auf dem Weg liegen gelassen.

Sie war eine Hübsche.

Ich überlege schon, ob ich der Sache weiter nachgehen soll, als der Schirm pingt.

„Anders Jensen steht vor der Tür", teilt mir das Haus mit.

Mein Herz macht einen Satz. Was zum Teufel ist nur los mit mir?

„Aufmachen."

Ich höre, wie die Tür entriegelt und geöffnet wird und Anders hereinkommt. Er lächelt, als er mich sieht.

„Hey", sagt er. „Ich weiß, dass ich gesagt habe, ich pinge dich an, aber ich muss auf dem Heimweg von der Hopkins sowieso an deinem Apartment vorbeilaufen. Ist es okay, dass ich hier einfach so reinplatze?"

„Komm rein", fordere ich ihn auf. „Und setz dich. Aber fall nicht wieder über den Tisch."

Er trägt Khakis und ein Oberhemd und sieht nicht im Geringsten durchgeschwitzt aus. Offenbar kann ein großer, dünner Mausmann die Hitze weitaus besser ab als eine kleine, wie eine Bowlingkugel geformte Neandertalerin.

„Du siehst ziemlich mitgenommen aus", stellt er fest. Er setzt sich neben mich – zwar nicht so dicht, dass wir uns berühren würden, aber auch nicht ans andere Ende der Couch. Das ist irgendwie genau zwischen Liebhaber und Cousin dritten Grades. „Was hast du getrieben?"

„Ich hatte heute Nachmittag einiges zu tun", berichte ich. „Ich habe herausgefunden, dass ein Mann, mit dem ich seit über drei Jahren befreundet bin, problemlos dazu in der Lage ist, mir in die Augen zu sehen und mich anzulügen. Ich habe herausgefunden, dass NatSec auf meinen Servern anstellen kann, was sie wollen und wann sie wollen, selbst wenn ich anordne, dass die Verbindung zu den Netzwerken getrennt wird. Ich habe herausgefunden, dass noch ganz andere Leute versuchen, das, was gestern passiert ist, den Veränderten in die Schuhe zu schieben. Ach ja, und ich wurde von dem Donuttypen bei *Jolly Pirate* geschlagen. Daher war es alles in allem ein guter Tag."

„Augenblick mal", erwidert er. „Du wurdest bei *Jolly Pirate* geschlagen? In meinem Donutladen?"

„Ja. Der Kerl hinter dem Tresen hat mir eine verpasst."

„Was, Joey? So ein dünner Kerl mit Ziegenbart?"

„Ganz genau."

Anders sieht aus, als wäre er sich nicht sicher, ob er wütend oder verwirrt sein soll.

„Warum sollte Joey dich schlagen? Hast du ihm etwas getan? Sonst ist er immer ein echt netter Kerl. Er steckt mir immer einen Extradonut in die Schachtel, wenn ich ein Dutzend kaufe."

Ich schüttle den Kopf.

„Das machen sie alle, Anders, und bei jedem. Das nennt man ein Bäckersdutzend."

Das scheint ihn zu verblüffen, und ich muss mir das Lachen verkneifen.

„Oh", murmelt er. „Aber warum sollte er dich schlagen? Das hat er bei mir noch nie versucht."

Ich kichere. Das ist merkwürdig. Ich kichere sonst nie.

„Erstens würde er gar nicht an deinen Kopf rankommen. Zweitens hat er auf mich nicht den Eindruck gemacht, als besäße er genug Mumm, um einen anderen Mann zu schlagen. Und drittens hat er mich geschlagen, weil ich verändert bin und die Veränderten aus irgendeinem Grund alle normalen Menschen in Hagerstown getötet haben."

Jetzt ist Anders ganz eindeutig verwirrt.

„Aber ... Ich bin auch ein Veränderter. Und ich habe mir auf dem Weg zum Unterricht noch einen Donut bei ihm geholt. Dabei hat er mich nicht mal schief angesehen."

„Ja, du bist ein Veränderter", stimme ich ihm zu, „aber das merkt man erst, wenn man mal beobachtet hat, wie du vor einer Katze wegelaufen bist. Für mich ist das jetzt offensichtlich."

Er grinst schief, und ich kann nur hoffen, dass es kein mitleidiges Grinsen ist.

„Jedenfalls habe ich bisher geglaubt, sie hätten gesagt, die Veränderten wären gestorben und die Unveränderten hätten überlebt, oder nicht?", fragt er. „Hättest du da nicht eher ihn schlagen müssen?"

„Das stimmt, aber dann haben die Veränderten, die ja, wie jeder weiß, bei NatSec das Sagen haben, die Aerosolbomben abgeworfen, um sicherzustellen, dass alle *Homo saps* ebenfalls ums Leben kommen."

Er denkt kurz darüber nach.

„Das ist nicht gut", erkennt er schließlich.

„Nein, das ist es nicht."

„Wer behauptet so was?"

„Soweit ich weiß, haben die Leute von der Unveränderten-bewegung dieses Gerücht in die Welt gesetzt. Aber du darfst nicht vergessen, dass ich den Großteil meiner Informationen aus einer Unterhaltung mit einem Kerl habe, der mich geschlagen hat, und den Rest von einem erwiesenen Lügner."

Er schüttelt den Kopf.

„Ich kann es noch immer nicht fassen, dass Joey dich geschlagen hat. Geht es dir gut? Oder möchtest du, dass ich noch mal hingehe und ihm die Meinung geige?“

Ich lächle ihn an.

„Nein, schon okay. Ich habe ihm hinterher erklärt, dass man einen Neandertaler nicht unbedingt auf den Kopf schlagen sollte.“

„Hat er sich die Hand gebrochen?“

„Aber hallo.“

Wir sitzen eine oder zwei Minuten schweigend da.

„Und“, meine ich dann. „Wie war dein Tag, Schatz?“

„Ach, ganz gut“, antwortet er. „Mich hat niemand geschlagen, aber ich habe gerade drei Stunden lang versucht, einem Haufen zu Tode gelangweilter Kids zu erklären, wie die Fullerenherstellung funktioniert. Die Hälfte meiner Studenten hat die ganze Zeit Pornos auf ihren Okularen geguckt, und eine Hälfte des Rests wollte mir ja zuhören und etwas lernen, konnte das aber nicht, weil sie die Aufmerksamkeitsspanne von Stechmücken haben. Alle anderen haben eventuell einen Teil kapiert, werden mir am Ende des Semesters aber dennoch eine schlechte Bewertung verpassen, weil es mir nicht gelungen ist, *SpaceLab*-Anspielungen in meine Schaubilder einzuarbeiten.“

Ich lehne mich zurück und verschränke die Arme vor der Brust.

„Ich würde ja gern in dein Altmännergezeter über ‚die furchtbaren Kinder von heute‘ einstimmen“, erkläre ich. „Aber das kann ich nicht, weil ich dir eigentlich schon seit ‚Fullerenherstellung‘ nicht mehr folgen konnte.“

Jetzt ist er an der Reihe, die Augen zu verdrehen.

„Fullerenherstellung. Fußballmoleküle, Kohlenstoffnanoröhrchen. All solche Dinge.“

Ich nicke übertrieben emsig.

„Oh, ja, genau. Fußballmoleküle. Gary hat mir bereits erzählt, dass du ein glamouröses Leben führst, aber die Fußballmoleküle hat er mir bisher verschwiegen."

Sein Lächeln wird noch breiter.

„Du hast nicht die geringste Ahnung, was ein Fußballmolekül ist, oder?"

Ich schüttle den Kopf.

„Keinen blassen Schimmer."

Seine Augen strahlen.

„Das ist eigentlich sehr interessant", fängt er an, und diese Worte leiten meist nur eine Erklärung ein, die tatsächlich kein bisschen interessant ist. „Ein Fulleren ist eine hohle Struktur, die aus Kohlenstoffatomen besteht. Ein Fußballmolekül ist hingegen ein kugelförmiges Fulleren. Sie sind in der Isolierung sehr praktisch, aber man kann auch Makrostrukturen daraus herstellen, die wirklich erstaunliche mechanische Eigenschaften besitzen und ..."

Unvermittelt packe ich ihn am Kragen, ziehe ihn auf mich und küsse ihn. Er hat die Augen aufgerissen und verkrampft den Unterkiefer, aber als ich ihn nicht loslasse, entspannt er sich langsam. Nach einer Weile muss ich von ihm ablassen und Luft holen. Er rückt einige Zentimeter von mir ab und sieht mich fragend an.

„Entschuldige", murmele ich. „Aber ich musste dich irgendwie zum Schweigen bringen."

„Schon okay", entgegnet er. „Gut, ich war ein bisschen überrascht und dachte ..."

Schon ziehe ich ihn wieder an mich. Anders ist mir eindeutig lieber, wenn er den Mund hält. Er schiebt eine Hand unter mein T-Shirt und über meine Rippen. Ich erschaudere und spüre, wie ich eine Gänsehaut auf den Armen bekomme. Sein Mund schmeckt nach Pfefferminz, sein Haar riecht nach Kamille und Schweiß, und ich kann unter meinen Fingern spüren, wie er die Muskeln im Nacken und Rücken anspannt und wieder lockert.

Einige wundervolle Sekunden verstreichen.

„Möchtest du … Äh …“

Ich nicke.

„Kann ich …“

Wieder nicke ich.

„Weißt du“, sage ich dann. „Das macht eindeutig mehr Spaß, wenn du bei Bewusstsein bist.“

Er lacht und drückt die Nase gegen meinen Bauch. Ich fahre mit den Fingern durch sein Haar und schiebe seinen Kopf weiter nach unten.

7. Elise

„Und, wo fahren wir hin?“

Tariq gibt mir keine Antwort. Er versucht gerade, einen hupenden Wagen mit Handzeichen dazu zu bewegen, an uns vorbeizufahren. Wir sind auf der York in Richtung Norden unterwegs und eben am Loyola-Campus vorbeigekommen. Ich habe die Arme fest um seine Taille gelegt und drücke die Beine an seine Hüften. Zuerst habe ich versucht, mein Kinn auf seine Schulter zu stützen, doch das ging aufgrund unserer Helme einfach nicht. Daher musste ich mich zurücklehnen und sehe nun nichts außer seinen Hinterkopf. Tariq hat mich auf diesem Gefährt schon häufig in Hagerstown herumgefahren, und das war okay. Aber im dichten Verkehr von Nord-Baltimore an einem Montagnachmittag sieht die Sache schon ganz anders aus.

Ich muss zugeben, dass Gary gar nicht mal so falsch damit lag, als er Tariq wegen seines Trikes aufgezogen hat. Es ist wirklich nur ein dreirädriger Golfwagen. Wenn man richtig Gas gibt, schafft das Ding gerade mal fünfundsechzig Kilometer pro Stunde, was zwar ausreicht, damit wir auf dieser Straße nicht von einem Bus überfahren werden, jedoch bei Weitem nicht verhindern kann, dass wir von jedem Autofahrer auf dem Weg zur Arbeit wütend mit einem Hupkonzert bedacht oder angeschrien werden. Tariq brüllt immer zurück, manchmal auf Englisch, dann wieder in einer Sprache, die ich bei ihm sonst nur in Stresssituationen gehört habe. Einmal habe ich ihn gefragt, was das für eine Sprache ist, nachdem er einem Touristen, der ihm am Hafen einen Zwanziger aus dem Hut geklaut hatte, etwas Unverständliches hinterhergerufen hat, aber er hat nur gelacht und erwidert, dass ich mir lieber eine Übersetzungs-App besorgen soll.

Als der Wagen hinter uns beschleunigt und uns überholt, hebt Tariq die linke Hand, streckte den kleinen Finger aus und wackelt damit in der Luft herum. Diese Geste habe ich schon ein paar Mal bei ihm gesehen, aber ich habe nicht die geringste Ahnung, was sie bedeutet. Der Autofahrer weiß es vermutlich auch nicht, aber er zeigt uns durch das Fenster den Mittelfinger und fährt zur Sicherheit schnell weiter.

Einige Minuten später zieht ein Taxi neben uns auf die linke Spur. Es ist ein zweisitziges selbstfahrendes Modell, kaum größer als Tariqs Trike und auch nicht viel schneller. Darin sitzt ein dicker, fast kahler Mann mittleren Alters, der einen zerknautschten grauen Anzug trägt. Er starrt uns durch das Fenster an, dreht sich dann um und begafft mich. Ich will ihm schon den Mittelfinger zeigen, als das Taxi auf einmal den Blinker setzt und auf unsere Spur herüberzieht.

Mein erster Gedanke ist, dass der Fahrgast irgendwie die Kontrolle über den Wagen übernommen hat. Automatische Wagen vergessen es nicht, ihren toten Winkel zu überprüfen. Danach schießt mir durch den Kopf, dass es doch unfassbar wäre, wenn ich jetzt unter den Rädern eines Taxis auf der York Road ums Leben komme, nachdem ich gerade erst eine apokalyptische Seuche, eine Bombardierung und einen psychotischen Killbot überlebt habe. Tariq flucht und bremst scharf. Das Taxi zieht vor uns, während die Hinterreifen des Trikes vom Boden abheben und das Visier meines Helms gegen die Rückseite von Tariqs Helm knallt. Hinter uns wird laut gehupt, und Tariq beugt sich nach hinten. Einige lange Sekunden halten wir so das Gleichgewicht, während der Vorderreifen auf dem Asphalt quietscht und die Hinterreifen sich in der Luft drehen, bis die Schwerkraft endlich wieder zum Tragen kommt. Sobald alle Räder auf der Straße sind, schlingern wir ein-, zweimal heftig hin und her, doch dann lässt Tariq die Bremse los und schafft es irgendwie, das Gefährt unter Kontrolle zu bekommen.

„Tariq!“, rufe ich. „Was zum Teufel ist da gerade passiert?“

Er wirft mir einen kurzen Blick über die Schulter zu.

„Das Taxi konnte uns nicht sehen“, antwortet er.

„Was? Das selbstfahrende Taxi? Das Ding hat doch keine Augen, Tariq, sondern Sensoren, und die machen keine derartigen Fehler!“

„Sie haben durchaus Augen“, bestätigt er, „aber sie können uns heute nicht sehen. Ich darf das nicht vergessen und muss vorsichtiger sein.“

Wir biegen in die Auffahrt eines kleinen Hauses am Nordrand von Towson, das etwas abseits der Straße liegt. Der Verkehrslärm von der nahe gelegenen Interstate 695 sorgt für ein ständiges Dröhnen in meinen Ohren. Tariq parkt vor der Garage und hängt seinen Helm am Riemen an den Lenker. Ich mache es ihm nach, steige ab und recke mich. Meine Arme sind steif, weil ich mich die ganze Fahrt über an Tariq geklammert habe, und mein Nacken schmerzt, wenn ich den Kopf nach links drehe. Der Vorgarten des Hauses ist klein und gut gepflegt, der Weg von ordentlich gestutzten Hecken eingerahmt, und in der Mitte des Rasens steht ein riesiger, knorriger Fächerahorn.

„Das Innere dieses Hauses wird dir merkwürdig vorkommen“, meint Tariq. „Bitte versuch, dir nichts anmerken zu lassen.“

Er klopft mit seinem Handy an die Tür. Nach wenigen Augenblicken geht die Tür auf und wir betreten das Haus. Die Luft darin ist kühl und trocken, erst recht im Vergleich zu dem, was wir während der vergangenen Stunde eingeatmet haben. Die Vorhänge sind zugezogen, und das Licht ist gedämpft und leicht bläulich. Zu unserer Linken führt eine schmale Treppe nach oben. Durch den Flur auf der rechten Seite gelangt man in einen pechschwarzen Raum.

Eine Frau kommt angelaufen und wirft sich Tariq in die Arme. Sie ist kleiner als er, hat langes dunkles Haar und so dunkle Haut, dass sie in diesen Lichtverhältnissen beinahe schwarz aussieht. Die Ärmel ihres Kleides reichen ihr bis zu den Fingerspitzen, und der Saum berührt den Boden. Sie legt die Arme um Tariq, drückt den Kopf gegen seinen Hals und sagt etwas in einer Sprache, die so klingt wie die, in der Tariq immer flucht. Er flüstert ihr etwas ins Ohr und schiebt sie auf Armeslänge von sich weg. Dann sieht er mich über die Schulter hinweg an und sagt: „Aaliyah, das ist Elise. Ich habe dir schon von ihr erzählt. Elise, das ist Aaliyah. Meine Schwester."

Ich nicke, aber sie tritt bereits vor, um mich zu umarmen – und zwar nicht etwa, indem sie sich nur vorbeugt und die Arme um mich legt, so wie es in meiner Familie üblich ist, vielmehr presst sie ihren ganzen Körper an mich, schlingt die Arme eng um meinen Rücken und drückt die Nase gegen die Stelle zwischen meiner Schulter und meiner linken Brust. Ich lege die Arme um sie, sehe Tariq in die Augen und schneide eine Grimasse. Er zwinkert mir zu, wendet sich ab und verkneift sich ein Lachen.

Nach einer gefühlten Ewigkeit löst sich Aaliyah von mir. Sie macht einen Schritt nach hinten und mustert mich von Kopf bis Fuß.

„Tariq", meint sie dann. „Du hast mich angelogen. Du hast gesagt, sie wäre schön, dabei ist sie eine Walküre." Sie legt mir eine Hand ans Kinn und dreht meinen Kopf hin und her. „Und noch dazu unmodifiziert, wie ich sehe. Das ist in der Tat ein Wunder."

Tariq wirft mir einen warnenden Blick zu und schüttelt leicht den Kopf. Ich zwinge mich dazu, sie anzulächeln.

„Ich freue mich sehr, dass wir uns endlich kennenlernen, Aaliyah. Tariq hat mir schon so viel über dich erzählt."

Sie strahlt mich an.

„Das sind alles Lügen. Tariq ist ein schrecklicher Lügner."

Das stimmt. Dasselbe gilt allerdings auch für mich. Tariq hat mir mehr als einmal erzählt, er hätte keine Geschwister.

„Ah", murmelt sie, „aber die Wahrheit kommt immer ans Licht. Kommt rein und setzt euch. Ihr müsst mir alles über die Hochzeit erzählen."

Sie führt uns ins dunkle Wohnzimmer. Als wir den Raum betreten, geht das Licht an, aber es ist ebenso gedämpft wie im Flur. Mir wäre es fast lieber gewesen, wenn es dunkel geblieben wäre. Auf dem Boden liegen viele Kissen, und in der Mitte steht ein niedriger Tisch. Es gibt keinen Wandschirm, und ich kann auch sonst nirgendwo ein elektronisches Gerät erkennen. Ich werfe Tariq einen fragenden Blick zu, aber er schüttelt nur erneut kaum merklich mit dem Kopf und bedeutet mir, dass ich mich hinsetzen soll.

„Danke, dass du uns aufnimmst, Aaliyah", meint Tariq. „Ich bin mir nicht sicher, ob du weißt, dass unsere Häuser zerstört worden sind. NatSec hat gestern etwas Furchtbares getan, und ich glaube, wir werden erst wieder in Sicherheit sein, wenn sich der Staub gelegt hat."

Aaliyah setzt sich auf ein Kissen und lehnt sich mit dem Rücken an die Wand. „Das mache ich doch gern", erwidert sie. „Aber wir werden jetzt nicht über traurige Dinge sprechen. Erzählt mir von der Hochzeit."

Tariq sieht mich erwartungsvoll an.

„Na ja", beginne ich zögerlich. „Ich weiß eigentlich gar nicht ... Unsere Pläne sind momentan etwas in der Schwebe. Wir hatten geplant, die Zeremonie unter freiem Himmel im Cunningham Falls Park abzuhalten, aber nach dem gestrigen Tag ..."

„Plant ihr eine religiöse Zeremonie?"

Ich wusste nicht einmal, dass Tariq religiös ist.

„Elise gehört nicht dem Glauben an“, erwidert Tariq. „Daher werden wir nur standesamtlich heiraten.“

„Wirst du konvertieren?“, will sie von mir wissen.

Ich schaue Tariq an. Er weicht meinem Blick aus.

„Wir ... haben noch nicht darüber gesprochen“, sage ich schließlich.

„Danach habe ich nicht gefragt“, beharrt Aaliyah langsam und überdeutlich. „Ich möchte wissen, ob du konvertieren wirst.“

„Aaliyah“, wirft Tariq ein. „Dies ist nicht die richtige Zeit für so eine Frage. Elise war gestern in Hagerstown. Sie kann jetzt nicht über Glaubensangelegenheiten nachdenken.“

Aaliyah schaut von Tariq zu mir und wieder zu ihm.

„Wenn sie in Hagerstown war“, meint sie, „warum ist sie dann noch am Leben?“

„Sie ist am Leben“, erwidert Tariq, „weil ich sie gerettet habe.“

„Tariq“, sage ich. „Wir müssen reden.“

Er schlägt die Augen auf. Wir liegen in einem durchgelegenen Doppelbett in Aaliyahs Gästezimmer. Hier sind die Vorhänge ebenfalls zugezogen, aber ich habe entschieden, dass mir das nichts ausmacht, da sich dahinter ohnehin ein sehr feines Metallgitter befindet, das so gut wie kein Licht hereinlässt. In der Deckenlampe in diesem Zimmer ist eine ebenso schwache, blau fluoreszierende Birne eingedreht wie im Wohnzimmer und in der Diele.

„Dann rede“, erwidert er. „Ich höre dir zu.“

„Gut. Zuerst einmal würde ich gern wissen, warum es hier drin so dunkel ist und warum alle Fenster abgedeckt sind.“

Er runzelt die Stirn.

„Ich habe dir doch gesagt, dass dir das Haus meiner Schwester seltsam vorkommen wird. Es ist sehr nett von ihr, dass sie uns hier wohnen lässt. Normalerweise empfängt sie nur selten Besuch."

Ich starre ihn mit finsterer Miene an.

„Das ist keine Antwort, Tariq."

„Doch, es ist eine", beharrt er. „Das Licht und die Fenster sind so, weil es meiner Schwester so gefällt. Wer gibt dir das Recht, darüber zu urteilen?"

Zwar starre ich ihn weiterhin an, muss aber zugeben, dass dies ein gutes Argument ist.

„Na gut", meine ich schließlich. „Und was ist mit gestern? Deine Schwester hat genau die richtige Frage gestellt, Tariq. Warum bin ich noch am Leben?"

Er dreht sich auf die Seite und blickt mir eine gefühlte Ewigkeit in die Augen.

„Ich habe ihre Frage doch beantwortet", erwidert er. „Du bist noch am Leben, weil ich dich gerettet habe."

„Das stimmt", bestätige ich. „Ich weiß, dass es so ist. Aber, Tariq ... Wie hast du das gemacht? Ich weiß, was gestern passiert ist. Ich erinnere mich daran, dass ich mit dem Killbot gesprochen habe. Das habe ich mir nicht nur eingebildet, und es war auch kein Traum. Ich weiß ganz genau, dass ich mit ihm gesprochen habe, und ich erinnere mich auch an die Drohne. Aber danach ..."

„Du irrst dich", korrigiert mich Tariq mit leiser, fast schon trauriger Stimme. „Du hast nicht mit dem Wächter gesprochen. Du hast auch den Bomber nicht gesehen. Als ich dich gefunden habe, lagst du am Straßenrand, und ich habe dich in Sicherheit gebracht."

„Auf deinem Trike."

„Ja, auf meinem Trike."

„Auf demselben Trike, das vorhin fast nicht schnell genug war, sodass wir beinahe auf der York Road von einem Bus zerquetscht worden wären."

Die Worte hängen eine Weile zwischen uns in der Luft. Tariq schließt die Augen, und ich glaube schon, er sei eingeschlafen, doch dann schlägt er sie wieder auf. „Du bist noch am Leben, weil ich dich liebe, Elise. Du bist am Leben, weil ich ohne dich auch nicht mehr weiterleben könnte. Das sollte dir doch genug sein."

Ich rutsche näher an ihn heran, lege ihm eine Hand auf die Schulter und gebe ihm einen Kuss auf die Stirn.

„Ja", erwidere ich. „Das reicht mir vorerst."

Er küsst meine Nasenspitze und drückt seine Stirn gegen meine.

„Danke", murmelt er. „Ich würde dir mehr erzählen, wenn es mehr zu sagen gäbe."

„Vergiss nicht", rufe ich ihm ins Gedächtnis, „dass ich ‚vorerst' gesagt habe. Du bist nicht für immer vom Haken gelassen worden."

Er dreht sich auf den Rücken und schließt die Augen wieder. Ich beobachte, wie seine Atmung langsamer wird, und mache dann ebenfalls die Augen zu. Als ich schon am Einschlafen bin, sagt er auf einmal: „Es ist ein faradayscher Käfig."

„Was?" Ich mache die Augen wieder auf. Er hat sich nicht bewegt, und ich frage mich schon, ob ich das eben geträumt habe.

„Das Haus", meint er, und es hört sich fast so an, als würde er seufzen. „Es ist ein faradayscher Käfig. Darum sehen die Fenster so aus."

Ich würde ihn gern fragen, was ein faradayscher Käfig eigentlich ist, aber seine Lider flattern und sein Gesicht erschlafft. Jetzt bin ich davon überzeugt, dass er eingeschlafen ist. Ich betrachte ihn noch eine Minute länger, während er ruhig und gleichmäßig atmet, drehe mich dann vorsichtig um und setze mich an der Bettkante auf, um nach meinem Handy zu greifen und es mir vor den Mund zu halten.

„Frage“, sage ich. „Was ist ein faradayscher Käfig?“

Das Handy piept. Das hat es bisher erst ein anderes Mal gemacht: Als ich gestern Nachmittag in Hagerstown herumgelaufen bin. Auf dem Display steht: *Keine Netzwerkverbindung*.

Hm. Ich wüsste nicht, dass ich diese Nachricht schon einmal auf einem Handydisplay gesehen hätte. Man hat doch überall eine Verbindung. Mir schießt durch den Kopf, dass mein Handy vielleicht bei meinem Fahrradunfall oder als Tariq mich zu Boden geworfen hat, kaputtgegangen ist. Tariqs Handy liegt auf dem Nachtisch auf der anderen Seite des Bettes. Ich beuge mich über ihn und greife danach. Auch hier sehe ich dieselbe Nachricht auf dem Display.

„Haus“, flüstere ich. „Bist du da?“

Nichts.

Mir wird erschreckend bewusst, dass ich, vermutlich zum ersten Mal in meinem Leben, von der Außenwelt abgeschnitten bin.

Später sitzen wir wieder auf den Kissen rings um den Tisch im Wohnzimmer herum. Ich weiß nicht, wie viel später es ist, da die Zeit in diesem Haus keine Bedeutung zu haben scheint. Zwar bin ich bisher immer davon ausgegangen, dass mein Handy eine interne Uhr hat, doch dem ist offenbar nicht so, denn abgesehen davon, dass keine Netzwerkverbindung besteht, kann ich dem dummen Ding nichts entlocken. Es gibt in diesem Zimmer keine Uhr, auch nicht im Schlafzimmer oder im Bad oben, und das sind die einzigen Räume, die ich bisher betreten durfte. Man hat mir sehr deutlich zu verstehen gegeben, dass ich nicht herausfinden werde, was sich am anderen Ende des dunklen Flurs befindet.

„Tee?“, fragt Tariq. Ich nicke, und er schenkt mir aus einer schweren Keramikkanne ein. Vorsichtig nippe ich daran. Der Tee ist heiß und bitter, und er hat einen Nachgeschmack, den ich erst als süß einstufe, der sich dann jedoch in etwas Undefinierbares verwandelt. Ich nehme ein Stück Fladenbrot vom Teller in der Tischmitte und tunke es in eine dicke gelbe Masse, die sich in der letzten der fünf Schüsseln auf dem Tisch befindet. Bisher ist es mir nur gelungen, einige der Gerichte zu identifizieren, die Aaliyah uns anbietet – eine Schüssel enthält meiner Meinung nach Baba Ghanoush und eine andere irgendeine Hummusvariante –, aber bei dieser Masse bin ich völlig ratlos. Sie ist würzig und süß und hat eine grobkörnige Struktur. Vielleicht etwas mit Maismehl? Aaliyah sieht mich erwartungsvoll an, und ich nicke.

„Ich hoffe, es ist alles zu eurer Zufriedenheit", sagt sie. „Ich bin keine gute Köchin und hatte auch schon lange keinen Besuch mehr."

„Es schmeckt alles köstlich", erwidere ich. „Ich kann mich nicht daran erinnern, wann ich das letzte Mal bei einer Mahlzeit derart viele verschiedene Aromen und Konsistenzen erlebt habe."

„Meine Schwester ist zu bescheiden", meint Tariq. „Sie hat die Lektionen unserer Mutter verinnerlicht. Ich habe jedoch nicht aufgepasst und muss mich daher von Beeren und Nüssen ernähren."

Aaliyah lacht.

„Jetzt ist mir auch klar, warum du es mit dem Heiraten so eilig hast", stellt sie fest. „Du brauchst sie, damit sie dich vor dem Verhungern rettet und nicht etwa vor der Einsamkeit."

Tariq grinst.

„Elise hat viele Vorzüge, Schwesterherz, aber Kochen gehört definitiv nicht dazu."

Das stimmt nicht ganz. Früher konnte ich ein recht gutes Steak *au poivre* zubereiten, doch dann habe ich Tariq kennengelernt. Aus diesem Grund standen während der letzten acht Monate meist Beeren und Nüsse auf dem Speiseplan.

„Na ja“, sagt Aaliyah, „sie wird es bestimmt lernen. Ich könnte ihr ja zur Hochzeit ein Kochbuch schenken.“

Ich hätte beinahe gesagt, dass sie das lieber Tariq schenken sollte, der aus Respekt vor allen lebendigen Kreaturen keine essen will, auch wenn sie noch so lecker schmecken. Dann könnte er lernen, wie man Hummus, Baba Ghanoush und irgendwelche Gerichte mit Maismehl zubereitet, aber dies ist vermutlich weder der richtige Zeitpunkt noch der passende Ort für so eine Diskussion.

Daher esse ich noch etwas von dem Hummus und dem anderen geheimnisvollen Gericht. Ich benutze dabei nur die rechte Hand, wie Tariq es mir vorher gesagt hat. Meine linke Hand liegt in meinem Schoß. Das tue ich, obwohl ich ihm vorher erklärt habe, dass ich mir eigentlich mit der rechten Hand den Hintern abwische. Aber hierbei geht es offenbar eher um den Schein als die Realität.

„Aaliyah“, ergreife ich nach langem Schweigen das Wort. „Ich hoffe, ich spreche damit kein Tabuthema an, aber mir ist aufgefallen, dass mein Handy hier nicht zu funktionieren scheint.“

Sie wirft Tariq einen kurzen, wütenden Blick zu.

„So ist es auch“, bestätigt sie. „Hat Tariq dir das nicht erklärt?“

Ich zucke mit den Achseln. „Er hat irgendwas über einen faradayschen Käfig gesagt, aber ich weiß nicht, was das ist, und ohne Handy konnte ich es auch nicht nachschlagen.“

„Ich weiß auch nicht, was ein faradayscher Käfig ist“, sagt sie. „Mein Haus ist eine Zuflucht. Das, was da draußen ist, kann uns hier nicht erreichen, und Objekte aus der Außenwelt wie dein Handy oder Implantate, falls du welche hättest, würden hier nicht funktionieren.“

„Implantate?“, hake ich nach. „Du meinst, Okulare?“ Aaliyah nickt. „Was ist mit medizinischen Nanos? Oder Makrogeräten wie Herzschrittmachern?“

Sie schüttelt den Kopf.

„All diese Dinge sind vom Kontakt mit der Außenwelt abhängig“, erklärt sie. „Daher würden sie hier alle nicht funktionieren.“

Ich sehe Tariq an.

„Ich hätte es dir erklärt, wenn ich es für nötig gehalten hätte“, meint er. „Aber da du keine Implantate hast, schien es mir nicht wichtig zu sein.“

Mein Blick wird immer bohrender. Sehr viele Menschen behaupten, zu einhundert Prozent natürlich zu sein, sind es aber eigentlich gar nicht. Das wäre vielleicht eine unangenehme Überraschung gewesen, wenn ich direkt nach Betreten von Aaliyahs Haus das Bewusstsein verloren hätte.

Natürlich wäre das auch eine gute Methode für ihn gewesen, um herauszufinden, dass ich doch nicht die Richtige für ihn bin.

„Du hättest Elise das alles erklären müssen“, tadelt Aaliyah ihren Bruder. „Und zwar nicht etwa, weil sie sterben müsste, was sie ja in Ermangelung von Implantaten gar nicht muss, sondern weil es ein wichtiger Aspekt unseres Glaubens ist.“ Sie wendet sich an mich. „Was hat dir mein Bruder über seinen Glauben erzählt oder über seine Familie?“

Tariq reißt die Augen auf. Tatsächlich hat er mir so gut wie gar nichts über seine Familie erzählt, und ich hatte nicht die geringste Ahnung, dass er gläubig ist, bis mich Aaliyah gefragt hat, ob ich konvertieren würde.

„Nun ja“, beginne ich, aber Tariq fällt mir ins Wort.

„Ich habe mit Elise nicht über unsere Familie gesprochen“, erklärt er. „Und auch nicht über unseren Glauben. Das weißt du ganz genau, Aaliyah, und es ist wirklich nicht nett von dir, sie jetzt so zu quälen.“

„Ja, ich weiß“, gibt Aaliyah zu. „Ich weiß, dass ich einer Fremden mein Heim geöffnet habe.“

Tariq schüttelt den Kopf und will schon etwas sagen, aber ich lege ihm einen Finger an die Lippen.

„Nein", widerspreche ich ihr, „ich bin keine Fremde. Tariq hat mir vielleicht nicht so viel erzählt, wie er es hätte tun sollen, aber jetzt wird er es tun. Noch mag ich vielleicht nicht zur Familie gehören, aber das wird sich ändern, und zwar bald."

Aaliyah schaut zwischen mir und Tariq hin und her. Ich schließe die Augen, und als ich sie wieder öffne, lächelt sie.

„Dann erzähl doch mal", bittet sie mich. „Wie habt ihr euch kennengelernt?"

Ich habe Tariq am letzten Freitagabend im August am Hafen kennengelernt. Terry und ich gingen nach dem Abendessen am Aquarium vorbei und überlegten gerade, in Fells Point noch etwas trinken zu gehen, als ich Tariq entdeckte, der sich in dem kleinen Amphitheater an der Light Street vor Touristen präsentierte. Um ihn herum hatte sich eine richtige Traube gebildet, die vor allem aus Frauen bestand, die entweder betrunken oder auf dem besten Weg dorthin waren. Er zeigte ihnen eine Mischung aus lustigen Akrobatikkunststücken und Kartentricks, und sie kreischten, jubelten und feuerten ihn an. Ich wollte eigentlich gar nicht stehen bleiben, aber Terry amüsierte sich über ihn, und auf einmal begegneten sich unsere Blicke.

„Elise Freberg", sagte er. „Komm zu uns. Wir haben bereits auf dich gewartet."

Terry blieb wie vom Donner gerührt stehen und starrte mich an. „Kennst du den Kerl?"

Ich schüttelte den Kopf. Tariq krümmte einen Finger und lächelte mich an.

„Wirklich nicht?", fragte Terry. Sie legte mir eine Hand auf den Ellbogen, aber ich zog den Arm weg. Tariq hielt ein Kartenspiel hoch, breitete es aus, und die Buchstaben, die auf die Rückseiten geschrieben waren, ergaben meinen Namen.

„Komm schon", sagte Terry. „Das *Green Goose* wartet."

Aber ich hatte mein Interesse an einem Drink verloren. Tariq faszinierte mich. Dieser kleine, drahtige Mann in den lächerlichen Cargoshorts und dem T-Shirt mit dem Bild von Theodore Roosevelt, der gegen ein Känguru boxte, auf der Front. Seine Zähne waren leicht schief, und seine Haare sahen aus, als hätte er sie selbst geschnitten. Aber auf seinen Karten stand mein Name, und aus irgendeinem Grund war alles andere auf einmal unwichtig geworden.

Später, als die Touristen weg waren, die Sonne längst untergegangen war und Terry mit einem Taxi nach Hause gefahren war, fragte ich ihn, woher er meinen Namen kannte.

„Ich habe deinen Namen schon immer gekannt", sagte er. „Ich wusste nur nicht, wann ich ihn endlich aussprechen kann."

Als wir wieder im Gästezimmer sind, packe ich Tariq an den Schultern und drücke ihn aufs Bett.

„Elise", sagt er. „Was soll denn das? Du hättest mich doch nur fragen müssen."

Er sieht mich erwartungsvoll an, aber ich bleibe ernst. Sein Lächeln verblasst. Ich setze mich neben ihn, stütze die Ellbogen auf die Knie und fahre mir mit den Händen durchs Haar. Ich habe es jetzt seit zwei Tagen nicht mehr gewaschen – oder sind es etwa schon drei? –, und meine Finger fühlen sich leicht fettig an.

„Jetzt pass mal auf", sage ich. „Ich muss wirklich wissen, was passiert ist, Tariq. Du warst nicht ehrlich zu mir, und das ist nicht gut, vor allem in Anbetracht der Tatsache, dass wir in nicht einmal einem Monat heiraten wollen."

„Das hat absolut nichts mit der Hochzeit zu tun", erwidert er. „In unser Leben haben sich größere Kräfte eingemischt."

Ich schüttle den Kopf.

„Es hat eine ganze Menge mit unserer Hochzeit zu tun. Wir haben alle unsere kleinen Geheimnisse. Ich war vielleicht auch nicht ganz ehrlich zu dir, was meine Vorliebe für medium gegarte Steaks betrifft, aber, Tariq … Das hier ist ein sehr großes Geheimnis. Warum hast du mir nie erzählt, dass du eine Schwester hast? Ich bin die ganze Zeit davon ausgegangen, du hättest gar keine Angehörigen mehr. Hattest du vor, sie mir alle an unserem Hochzeitstag vorzustellen? Ach, übrigens, wie groß ist deine Familie denn wirklich?"

Er starrt mich an, und einige Sekunden lang glaube ich schon, er wird mir wegen des Steaks den Kopf abreißen.

„Mehr gibt es nicht", teilt er mir schließlich mit. „Meine Eltern weilen nicht länger unter uns, und ich habe keine anderen Geschwister, keine Nichten oder Neffen, keine Onkel oder Tanten. Aaliyah ist meine ganze Familie."

„Und warum hast du mir nie von ihr erzählt?"

Er wendet den Blick ab.

„Weil ich Angst davor hatte, wie euer Treffen verlaufen würde. Du hast ja gesehen, wie sie ist, wie sie über Kochbücher und das Konvertieren spricht. Ich war besorgt, sie könnte … dich abschrecken."

Ich sehe ihn an. Er hat die Augen aufgerissen, und sein Blick wirkt, als würde er mich anflehen.

„Hast du etwa geglaubt, du könntest sie für immer vor mir verstecken?"

Er schüttelt den Kopf.

„Nein! Nicht für immer. Nur bis nach der Hochzeit. Bis du feststellen konntest, dass ihre Worte auch nicht mehr als Worte sind. Bis du davon überzeugt gewesen wärest, dass ich nicht versuche, aus dir einen Menschen zu machen, der du nicht bist. Aaliyah ist alles, was ich noch an Familie habe, und ich liebe sie sehr. Aber wir sind sehr unterschiedlich, und ich wollte, dass du das auch ganz genau weißt, bevor du das erste Mal mit ihr sprichst."

Er nimmt meine Hand und drückt sie.

„Okay", murmele ich. „In Bezug auf deine Schwester lasse ich dir dein Verhalten durchgehen – aber was ist mit eurem Glauben? Ich bin immer davon ausgegangen, du wärst Rastafari oder etwas in der Art, aber jetzt bin ich mir da nicht mehr so sicher."

Er lacht auf.

„Nein, ich bin kein Rastafari."

„Was bist du dann? Als Nächstes hätte ich auf Moslem getippt, aber das trifft wahrscheinlich auch nicht zu, oder?"

„Nein", bestätigt er. „Ich bin auch kein Moslem. Eigentlich bin ich gar nichts mehr. Ich stehe außen vor. Ich kann ebenso wenig den Glauben meiner Mutter wie ihre Kochkünste für mich beanspruchen."

Seine Stimme klingt bei diesen Worten sehr traurig, und ich möchte ihn nicht drängen, aber ich brauche Antworten.

„Aber was ist mit Aaliyah? Ihr Glaube scheint ihr sehr wichtig zu sein, und ich hatte den Eindruck, dass sie glaubt, bei dir wäre es genauso."

Er senkt den Kopf und wendet den Blick dann ab.

„Es macht sie traurig, dass ich vom Glauben abgekommen bin, aber so ist es nun mal. Es gibt nur noch wenige von uns, und jeder weitere Verlust ist ein weiterer Schritt auf dem Weg in die Vergessenheit. Im Glauben liegen große Schönheit und tiefgründige Wahrheit. Aber im Kern des Glaubens gibt es auch eine derartige Verbitterung, die ich irgendwann erkannt habe und seitdem einfach nicht länger leugnen kann."

Ich rutsche zu ihm herüber, bis wir dicht nebeneinandersitzen.

„Aber gilt das nicht für jeden Glauben? Grace wurde katholisch erzogen, aber sie gibt gar nicht erst vor, jeden Grundsatz ihres Glaubens zu befolgen, und ich bezweifle, dass es in ganz Nordamerika auch nur einen einzigen Katholiken gibt, der das tut."

Er schüttelt den Kopf.

„Das mag ja so sein, aber unser Glaube ist keiner, den man nur teilweise annehmen kann. Entweder man geht ganz in ihm auf oder man lässt es. Aaliyah tut Ersteres, und du siehst ja, was aus ihr geworden ist. Ich habe mich davon abgewandt und stehe demzufolge außen vor."

Ich lege ihm die Arme um die Taille. Er stützt den Kopf gegen meinen und schließt die Augen.

„Ist dir aufgefallen", frage ich, „dass du mir noch immer nicht gesagt hast, zu welchem Glauben ich nicht konvertieren werde?"

Er lächelt und tätschelt mit einer Hand mein Bein.

„Nein", gibt er zu, „das habe ich nicht."

Ich fahre aus dem Tiefschlaf hoch, als es an der Tür klopft.

„Aaliyah?" Tariqs Stimme klingt noch ganz benommen, als er sich neben mir auf einem Ellbogen aufstützt.

„Wach auf, Bruderherz", sagt Aaliyah auf der anderen Seite der Tür. „Du musst gehen."

Er setzt sich ganz auf und reibt sich die Augen.

„Ich muss gehen? Wohin denn? Du warst doch damit einverstanden, dass wir hierbleiben."

„Ja", bestätigt sie, „und ich ziehe mein Angebot auch nicht zurück. Aber alles geschieht so schnell, und es gibt da einiges, das du tun musst. Ich werde Elise hierbehalten. Du wirst tun, was du tun musst, und hierher zurückkehren."

„Aber warum denn? Habe ich nicht schon genug getan?"

Erst nach längerem Schweigen kommt Aaliyahs Antwort.

„Es tut mir leid, Bruderherz – aber es sieht ganz so aus, als hättest du zu viel getan."

8. Gary

Angry Irish Inch: <Hey, Munchie, bist du da?>
Sir Munchalot: <Inch! Schön, von dir zu hören. Es hieß schon, sie hätten dich erwischt.>
Angry Irish Inch: <Quatsch, die Mistkerle kriegen mich doch nicht in die Finger.>
Angry Irish Inch: <Aber ich musste einiges von meiner coolen Ausrüstung abstoßen.>
Sir Munchalot: <Das ist nun mal der Preis unseres Jobs, mein Freund.>
Angry Irish Inch: <Zweifellos. Ich hoffe allerdings, dass das so schnell nicht noch mal vorkommt, denn das war eine ganz schön kostspielige Angelegenheit.>
Sir Munchalot: <Verstehe. Wo wir gerade dabei sind: Gibt es im aktuellen Projekt schon Fortschritte?>
Angry Irish Inch: <Ach ja, das. Ich bin eigentlich gerade dabei, das Projekt abzuschreiben. Ich kann mir nicht noch so einen Reinfall erlauben.>
Sir Munchalot: <Inch. Wir machen hier echte Fortschritte. Bist du sicher, dass du deinen Anteil aufgeben willst?>
Angry Irish Inch: <Zwölf Prozent von nichts ist immer noch nichts, Munchie.>
Sir Munchalot: <Dem kann ich nicht widersprechen, Inch. Aber ich bin immer noch optimistisch, auch wenn du es nicht mehr bist.>
Angry Irish Inch: <Du hast ja noch Fenrir, nicht wahr?>
Sir Munchalot: <Genau. Bastard.>
Angry Irish Inch: <Gute Jagd.>
Sir Munchalot: <Gute Jagd, Inch.>

Ich mache die Augen auf. Jemand hämmert gegen die Tür. Als ich kurz zur Uhr wechsle, stelle ich fest, dass es kurz nach neun ist.

„Anders!“, rufe ich. „Bist du das?“

„Ja, ich bin’s, Gary. Mach die Tür auf!“

Ich schüttle den Kopf, damit er wieder klar wird, drücke den Rücken durch und strecke mich.

„Ich weiß nicht so recht, Anders. Du hast deine Ausgehzeit ziemlich überschritten. Ich hatte dich um sechs zu Hause erwartet.“

Er schlägt gegen den Türsturz.

„Mach die gottverdammte Tür auf!“

Okay, er findet das anscheinend nicht witzig. Ich lasse die Fußstütze des Fernsehsessels herunter, stehe auf und recke mich erneut. Irgendwie habe ich schon fast den ganzen Tag so einen dumpfen Schmerz in der Steißbeingegend, und der strahlt jetzt auch noch bis in die Schulterblätter aus. Im Allgemeinen kann ich mich nicht über meinen Job beschweren, aber er ist definitiv nicht gut für meinen Rücken.

Mein Großvater, der noch Gräben gebuddelt hat, hätte mir da bestimmt zugestimmt.

Ich gehe in die Diele. Anders hat die Tür aufgeschlossen und einen Spalt weit aufgeschoben, aber ich hatte die Kette vorgelegt. Er rasselt damit, als er mich kommen sieht.

„Was soll die Kette, Gary?“

„Dies sind verrückte Zeiten“, erwidere ich. „Unveränderte laufen herum und schlagen unschuldige Mutanten und Cyborgs zusammen. Da muss man auf Nummer sicher gehen.“

Ich schließe die Tür, nehme die Kette ab und lasse Anders herein. Er drängelt sich an mir vorbei und marschiert in die Küche. Ich schließe die Tür hinter mir, verriegle sie und lege die Kette wieder vor.

„Ganz ruhig, Großer“, beruhige ich ihn. „Was ist passiert?

Hattest du einen schlimmen Tag im Büro? Haben deine Studenten endlich herausgefunden, dass du keinen blassen Schimmer hast, was du ihnen da eigentlich erzählst?"

Die Kühlschranktür wird geöffnet. Ich höre, wie Anders herumkramt und die Tür wieder zuknallt.

„Kein Bier?"

„Nein", bestätige ich. „Ich glaube, deine Höhlenlady hat gestern das letzte getrunken."

Er knurrt. Wie ein Hund, aber kein furchterregender Hund. Eher wie ein Zwergspitz.

„Was ist denn los, mein Freund?", erkundige ich mich. „Du drehst ja völlig am Rad."

„Nichts", antwortet er. Dann stampft er ins Wohnzimmer und lässt sich auf die Couch fallen. Ich folge ihm. Er sitzt mit hinter dem Kopf verschränkten Fingern da und starrt die Wand an.

„Okay", sage ich. „Jetzt hab ich's begriffen. Du kommst drei Stunden zu spät vom Unterricht zurück und rennst wie eine Sechzehnjährige, die keine Einladung zum Abschlussball bekommen hat, durchs Haus. Lass mich raten: Gibt es Ärger im prähistorischen Paradies?"

Er kneift die Augen zusammen und presst die Lippen so fest aufeinander, dass sie eine harte, dünne Linie bilden. Bingo.

Ich setze mich neben ihn und lege ihm eine Hand aufs Knie.

„Was ist passiert, Kumpel? Ich bin für dich da."

Er sieht mir erst in die Augen und starrt meine Hand an, die ich schnell wieder wegziehe. Wenn er sauer auf mich ist, haut er mich immer. Dabei ist er zu schnell, als dass ich ihm ausweichen könnte, und es tut höllisch weh.

„Jetzt mal im Ernst", meine ich. „Es gefällt mir nicht, meinen großen, schwedischen Fleischklops so niedergeschlagen zu sehen. Was ist denn los?"

„Wirklich nichts", erwidert er. „Überhaupt nichts. Ich bin auf dem Heimweg noch bei Terry vorbeigegangen, das ist alles."

„Hat sie dich gefüttert?“

Er schaut mich fragend an.

„Hat sie dir was zu essen gemacht?“

Er verdreht die Augen. Ich weiß wirklich nicht, was das soll.

„Nein, Gary. Sie hat mir nichts zu essen gemacht.“

Ich grinse ihn an.

„Damit wäre das Problem gelöst. Du benimmst dich wie ein Idiot, weil dein Blutzuckerspiegel im Keller ist. Ebenso wie dein Blutalkohol. Ich rufe uns ein Taxi.“

Das Taxi setzt uns um kurz nach zehn vor dem *Green Goose* ab. Anders steigt aus, während ich den Fahrer bezahle. Die fahrerlosen Taxis sind billiger, aber bei meinem Job ist es eine gute Idee, lieber etwas mehr zu zahlen und dabei keine Spuren zu hinterlassen.

„Und?“, meine ich dann. „Wie lange müssen Sie heute noch arbeiten?“

„Das weiß ich noch nicht“, antwortet der Fahrer. „Heute ist nicht viel los. Vielleicht fahre ich auch nach Hause und hau mich aufs Ohr.“

Ich gebe ihm das Doppelte der Summe, die ich ihm schuldig bin.

„Ich mache Ihnen einen Vorschlag“, sagt er und reicht mir seine Visitenkarte. „Wenn Sie später nach Hause wollen, rufen Sie mich einfach an, okay?“

Ich steige aus und schließe die Tür. Der Fahrer blinkt, fährt auf die leere Straße und beschleunigt.

Das *Green Goose* liegt an der Thames Street gleich hinter dem Broadway in Fells Point. Normalerweise ist es da am Wochenende brechend voll, und auch unter der Woche ist eigentlich immer viel los. Heute sind jedoch kaum Gäste da. Wir sehen zwei Barkeeper – einen großen Kerl mit rotem Vollbart und eine Frau, die offensichtlich eine Hübsche ist – und mehrere Kellnerinnen, aber gerade mal ein halbes Dutzend Menschen an den Tischen. Anders setzt sich auf einen Barhocker, und ich lasse mich neben ihm nieder. Ich liebe diese Bar. Die Barhocker sind bequem, die Messingbeschläge sind poliert, die Anlage ist laut genug, dass man die Musik hört, aber nicht so laut, dass man schreien muss, um sich zu unterhalten. Ich muss dabei immer an *Ein sauberes, gut beleuchtetes Café* denken.

Allerdings habe ich einmal den Fehler gemacht, das Anders zu sagen. Er hat mich angestarrt, als wäre mir spontan ein zweiter Kopf gewachsen.

„Hemingway“, erläuterte ich.

Keine Reaktion. Es war, als würde man sich mit einem Schimpansen unterhalten.

„Hemingway“, wiederholte ich. „Ernest Hemingway, du ungebildeter Depp.“

Da hat er mich geschlagen, dieser Mistkerl.

Die Hübsche kommt zu uns herüber. Ihr Blick wandert an mir vorbei und bleibt an Anders hängen.

„Hey“, sagt sie, „wo steckt denn dein Roboterfreund, der nie Trinkgeld gibt?“

Anders starrt sie erst irritiert an, schnippt dann aber mit den Fingern.

„Du arbeitest auch oben in dem Diner an der Charles, richtig?“

„Ganz genau“, bestätigt sie, dreht sich um und beugt sich über die Bar, sodass wir ihren Hintern bewundern können. „Erkennst du mich jetzt?“

Anders wird rot, und ich fange an zu lachen. Sie grinst und dreht sich wieder um.

„Schon okay. Da starren alle meinen Hintern an. Ich bin mir ziemlich sicher, dass sie mich überhaupt nur aus dem Grund eingestellt haben. Aber egal. Was kann ich euch bringen?“

Anders kratzt sich den Kopf.

„Für den Anfang erst mal zwei IPAs. Habt ihr den Grill noch an?“

Sie mustert den Barkeeper mit dem Vollbart, und der schüttelt den Kopf.

„Leider nicht, dafür ist heute einfach zu wenig los. Aber ich kann euch was Kaltes bringen, vielleicht ein Sandwich und einen Salat?“

„Gern. Schinken und Cheddar mit etwas Senf?“

„Geht klar.“ Dann sieht sie mich an. „Und was ist mit dir, Schätzchen? Hast du Hunger oder nur Durst?“

Ich zucke mit den Achseln.

„Ich nehme dasselbe wie er. Und ein BrainBump.“

Wieder schaut sie zum Vollbart hinüber, und der runzelt die Stirn. Daraufhin beugt sie sich über die Bar zu mir herüber und senkt die Stimme.

„Das Zeug führen wir vorerst nicht mehr. Da musst du dich schon ans Bier halten.“

Schon verschwindet sie in Richtung Küche.

„Hm“, murmele ich, sobald sie weg ist. „Was hat das denn zu bedeuten?“

Anders sieht sich um. Der Vollbart macht gerade unsere Bierflaschen auf. Außer uns ist niemand an der Bar.

„Ich bin mir nicht sicher“, antwortet er. „Aber ich habe gehört, dass einige schlimme Sachen passiert sind. Terry hat mir erzählt, dass Joey sie heute Nachmittag im Donutladen geschlagen hat.“

Ich will schon auflachen, aber Anders bleibt todernst.

„Was, ist das etwa dein Ernst? Hat sie ihn in kleine Stücke zerlegt?“

Er schüttelt den Kopf.

„Das war gar nicht nötig. Anscheinend hat er sich an ihrem Schädel die Hand gebrochen.“

Der Vollbart stellt unsere Biere vor uns ab. Anders stößt mit mir an und leert dann sein halbes Glas, ohne zwischendurch Luft zu holen. Ich nippe an meinem Bier und hätte beinahe das Gesicht verzogen. Eigentlich trinke ich gar kein Bier. Ich hätte viel lieber eine Margarita, aber dann müsste ich mir wieder Anders' dumme Sprüche anhören. Der gute Vollbart sieht auch nicht so aus, als könnte er Kerle leiden, die Mädchencocktails trinken.

„Aber eins verstehe ich nicht", stelle ich fest. „Was hat die Tatsache, dass Terry geschlagen wurde, damit zu tun, dass diese Idioten mir kein BrainBump zu meinem Schinkensandwich bringen wollen?"

„Denk doch mal darüber nach", sagt Anders und trinkt noch einen Schluck Bier. „Wer trinkt denn BrainBump?"

Ich starre ihn verständnislos an.

„Keine Ahnung. Jeder?"

Er schüttelt den Kopf.

„Nicht ganz. Unveränderte rühren das Zeug nicht an. Sie glauben, die Nanos würden die natürliche Ordnung von was auch immer stören. Du hast die Propaganda doch gesehen, die seit Hagerstown umgeht. Wenn du ein verblendeter Unveränderter wärst und jemanden verprügeln willst, dann stellt Terry doch ein ziemlich offensichtliches Ziel dar. Aber was ist mit mir? Oder auch mit dir, wenn du nicht gerade mitten in einem Download bist. Die meisten Verbesserten und auch viele Leute mit internen Implantaten sind nicht so leicht zu erkennen. Da kann es helfen, sich auf die zu konzentrieren, die BrainBump in sich reinschütten."

Darüber habe ich noch gar nicht nachgedacht.

„Und was hat sie deiner Meinung nach mit ‚vorerst' gemeint?"

Er zuckt mit den Achseln.

„Bis sich alles wieder normalisiert hat, schätze ich. Bis sich nicht mehr alle wegen dem, was gestern passiert ist, in die Hose machen, sondern ihr Leben weiterführen."

„Genau“, stimme ich ihm zu. „Und wie lange wird das wohl dauern?“

Er leert sein Bier und winkt den Vollbart zu uns herüber, um sich noch eins zu bestellen.

„Wenn ich eine Schätzung abgeben müsste, würde ich sagen, dass das verdammt lange dauern kann.“

Wie sich herausstellt, schmeckt das Sandwich ziemlich lecker. Es ist mit richtigem Schinken belegt, den man mit einem echten Messer aus einem echten Schwein herausgeschnitten hat. Der Käse ist leicht cremig und der Senf nicht zu scharf. Der Salat besteht nur aus welkem Blattsalat und Tomaten, aber ich hatte ohnehin nicht vor, ihn zu essen.

Die Hübsche bleibt noch, nachdem sie uns das Essen gebracht hat, um mit Anders zu plaudern. Ich sage ihm oft, dass er grottenhässlich ist, aber sie – Anders teilt mir irgendwann mit, dass sie Charity heißt – sieht das offensichtlich anders. Sie spielt mit ihrem Haar, während sie sich unterhalten, und lacht über seine albernen Witze. Während ich mein Sandwich vertilge, wird immer klarer, dass Anders heute Nacht noch Sex haben wird, und diese Gewissheit bewirkt, dass ich Magenschmerzen bekomme.

„Und“, wendet sich Charity an mich, „gibst du wenigstens Trinkgeld?“

Ich spüle den letzten Bissen meines Sandwichs mit dem letzten Rest Bier herunter.

„Das ist eine ziemlich direkte Frage, findest du nicht?“

„Ich versuche nur herauszufinden, ob all seine Freunde knausrig sind oder ob das nur für den Roboter gilt“, entgegnet sie lachend.

Ah, sie spricht von Doug.

„Nein“, antworte ich. „Ich bin nicht knausrig. Doug ist es eigentlich auch nicht, aber er hat irgendwie ein Problem mit Trinkgeld.“

„Ja", stimmt mir Anders zu. „Er denkt, wenn niemand mehr Trinkgeld gibt, dann werden die Kellner irgendwann durch sehr effektive Roboter ersetzt und er muss sich keine Sorgen mehr machen, dass ihm jemand ins Rührei spucken könnte."

„Andererseits", werfe ich ein, „müsste er sich auch gar nicht erst Sorgen machen, dass man ihm ins Essen spuckt, wenn er ein anständiges Trinkgeld geben würde."

„Ich spucke niemandem ins Essen", sagt Charity. „Aber ich beeile mich auch nicht gerade bei seinen Bestellungen."

Ich schaue mich um. Es wäre schön, wenn noch eine weitere Frau anwesend wäre. Anders hat diese hier ja offensichtlich in Beschlag genommen, und ich freue mich wirklich nicht darauf, heute Nacht mit anhören zu müssen, wie er dafür sorgt, dass der Riss in der Wohnzimmerdecke noch größer wird, während ich mir direkt unter seinem Zimmer *SpaceLab* anschaue. Doch es ist keine andere da. An einem Tisch etwas weiter hinten sitzen drei Männer und arbeiten sich durch drei Krüge, die mit einer dunklen, schaumigen Flüssigkeit gefüllt sind, und in der Nähe der Tür sitzt ein Paar mittleren Alters vor leeren Gläsern und unterhält sich. Ich überlege, eine der Kellnerinnen anzugraben, aber die sehen alle nicht besonders freundlich aus, und ich wüsste auch nicht, wie ich eine Unterhaltung in Gang bringen sollte, solange Charity und der Vollbart dafür sorgen, dass ich Sandwiches und Bier bekomme.

Anders erzählt Charity gerade davon, wie er mal eins gegen eins gegen den Ersatz-Pointguard der Celtics gespielt hat. Das ist nicht seine beste Story – sie endet damit, dass er in der Notaufnahme landet –, aber Charity hängt an seinen Lippen. Sie sitzen an der Bar, berühren sich immer wieder zaghaft und lachen weitaus mehr, als es die Geschichte rechtfertigen würde. Ich male mir aus, wie sie am Wasserloch hocken und sich gegenseitig lausen, und schwenke mein leeres Glas, um die Aufmerksamkeit des Vollbarts zu erregen. Er nimmt ein sauberes und schenkt mir ein weiteres IPA ein. Dabei bekomme ich den

Eindruck, dass ihm der Flirt noch viel weniger gefällt als mir.

Nicht, dass ich es ihm verdenken könnte. Charity ist wirklich eine Hammerbraut. Das Hübsch-Paket war einer der ersten Genhacks, die man kaufen konnte. Es war nur etwa fünf oder sechs Jahre lang in Mode, aber der Geburtsjahrgang ist gerade im besten Bikinialter, daher sieht man ständig Exemplare daraus herumlaufen. Die Hübsch-Mods sind alle oberflächlich – Haarfarbe und -textur, Augenfarbe, Gesichtssymmetrie, Metabolismusgrundzüge –, und wenn man all das auf die von den Eltern vorgegebene Körperstruktur legt, dann bekommt man manches Mal erstaunlich komische Resultate. Allerdings nicht bei Charity. Ich schätze, sie wäre auch ohne die Mods ein Hingucker gewesen, und sie hat sich offensichtlich Mühe gegeben und versucht, das, was ihr Mutter Natur und GeneCraft gegeben haben, auch zu ihrem Vorteil zu nutzen.

Der Vollbart bringt mir mein Bier. Ich salutiere und trinke einen großen Schluck des bitteren Gebräus. Hinter mir schaben Stuhlbeine über den Boden. Das Paar geht. Am Tisch weiter hinten kommt es zu einem kurzen, heftigen Streit, der jedoch bald wieder behoben ist. Als das Paar hinausgeht, hält der Mann einem Neuankömmling die Tür auf.

Selbstverständlich handelt es sich auch bei diesem nicht um ein hübsches Mädchen. Vielmehr ist es ein unscheinbarer Asiate, der eine Bundfaltenhose und ein schwarzes Kompressionsshirt trägt. Dieses Outfit steht eigentlich niemandem, aber der Kerl ist zu schwabblig, sodass er nicht einmal arrogant rüberkommt. Er setzt sich ein Stück weit entfernt an die Bar, sieht sich um und klopft dann mit den Fingerknöcheln auf den Tresen. Der Vollbart ist auf wundersame Weise verschwunden. Charity ist damit beschäftigt, Anders das Haar aus der Stirn zu streichen. Der Asiate klopft erneut auf den Tresen, dieses Mal etwas lauter. Charity verdreht die Augen, macht einen Schritt von Anders weg und dreht sich zu unserem neuen Freund um.

„Was kann ich Ihnen bringen?"

„Einen Gin Tonic", verlangt er. „Nicht zu viel Eis."

Sie wendet sich ab und kümmert sich um seinen Drink. Anders beäugt den Mann. Wie viele Biere hat er schon getrunken? Drei? Vier? Er hat gerade mal das halbe Sandwich verspeist. Wenn Anders betrunken ist, prügelt er sich gern, und dann passiert es immer wieder, dass ich ihn in die Notaufnahme bringen muss, weil er sich das Wadenbein gebrochen hat.

„Hey", meine ich. „Wollen wir abhauen?"

Anders dreht sich zu mir um und sieht mich fragend an.

„Was? Nein. Ich habe mein Sandwich noch gar nicht aufgegessen."

Charity bringt dem Mann seinen Drink. Er nippt daran, verzieht das Gesicht und schiebt das Glas zurück über den Tresen.

„Das ist Wodka", sagt er. „Ich habe Gin bestellt."

Sie schüttelt den Kopf. „Tut mir leid, aber ich bin mir ziemlich sicher, dass Sie Wodka bestellt haben."

„Nein", beharrt er etwas lauter. „Ich habe Gin bestellt."

„Hey", mischt sich Anders ein. „Wollen Sie sich nicht vielleicht ein bisschen weniger wie ein Arschloch benehmen?"

Scheiße!

Der Mann steht auf. Die Typen am Tisch weiter hinten drehen sich zu uns um.

„Entschuldigung", sagt der Mann. „Ist meine Bestellung etwa Ihrem nächsten Blowjob im Weg?"

Charity klappt die Kinnlade herunter. Sie nimmt das Glas und gießt es über der Hose des Mannes aus. Er springt nach hinten und brüllt etwas Unverständliches.

„Wisst ihr", werfe ich ein. „Ich glaube, er hat wirklich einen Gin Tonic bestellt."

Niemand achtet auf mich. Anders lacht sich schlapp, während der Mann an seiner Hose herumwischt.

„Dämliche Schlampe", knurrt er und sieht dann Anders an.

„Und du halt die Klappe, du Wichser."

Ich lege Anders eine Hand auf die Schulter, aber er schüttelt sie ab und steht auf.

„Verschwinde", faucht er.

Auf einmal steht der Vollbart wieder hinter der Bar.

„Ja, Sie sollten gehen, Sir", meint er. „Der Drink geht aufs Haus."

Mr. Gin Tonic sieht erst Anders, dann den Vollbart und danach wieder Anders an. Vermutlich versucht er, ihre Köpfe durch seine Psychokräfte zur Explosion zu bringen, aber das klappt nicht. Ich bilde mir ein zu hören, wie er mit den Zähnen knirscht. Nach einigen Sekunden, die mir wie Stunden vorkommen, wirft er einen Barhocker um und stürmt durch die Tür nach draußen.

„Tja", meine ich, nachdem sich ein betretenes Schweigen über den Raum gelegt hatte. „Das war ja echt witzig, aber ich bin jetzt müde. Kommst du mit, Anders?"

Anders setzt sich wieder und greift nach seinem Sandwich. Er nimmt einen Bissen, kaut und schluckt. Als er gerade erneut zubeißen will, wird die Tür aufgerissen.

Mr. Gin Tonic kommt wieder herein.

Er hat eine Pistole in der Hand.

Mit der Waffe sieht er irgendwie nicht mehr so albern aus. Der Vollbart duckt sich hinter die Bar. Mr. Gin Tonic macht drei Schritte, hebt den Arm und zielt auf Charity, die mit offenem Mund und herunterhängenden Armen dasteht.

Anders wirft sein Sandwich.

Es fällt in der Luft halb auseinander, aber der Schinken und die untere Brotscheibe treffen Mr. Gin Tonic mitten im Gesicht. Er zuckt zusammen, als er abdrückt, und die Kugel dringt über dem Tresen in die Decke ein.

In diesem Augenblick wird mir erst bewusst, dass ich noch nie gesehen habe, wie sich Anders mit Höchstgeschwindigkeit bewegt. Mr. Gin Tonic bekommt gar nicht mehr die Gelegenheit zu einem zweiten Schuss. Anders steht auf den Beinen und hat ein Bierglas in der Hand, bevor der Knall des ersten Schusses auch nur verhallt ist. Er macht zwei Schritte auf den Mann zu und wirft das Bierglas, das gegen dessen Stirn knallt und dort wie eine Bombe explodiert. Mr. Gin Tonic taumelt nach hinten und schlägt im Fallen noch mit dem Kopf gegen einen Tisch. Die Waffe rutscht über den Boden.

„Ach, du Scheiße", murmelt Charity.

Zuerst glaube ich schon, der Mann wäre tot. Anders macht vorsichtig einen Schritt auf ihn zu, und der Vollbart taucht wieder hinter der Bar auf. Aber Mr. Gin Tonic ist nicht tot. Er rollt sich auf die Seite, rappelt sich auf, hält sich mit einer Hand den Hinterkopf und tastet mit der anderen nach der Waffe, die jedoch längst nicht mehr da ist. Sein Gesicht sieht aus, als hätte man es in einen Müllschlucker gedrückt.

„Ganz ruhig", sagt Anders, aber der Mann hört ihm überhaupt nicht zu. Er macht zwei Schritte rückwärts, stößt gegen einen Tisch, dreht sich dann um und rennt hinaus.

„Lass ihn gehen", meint der Vollbart.

Anders dreht sich zu ihm um.

„Im Ernst? Und wenn er sich die nächste Waffe holt?"

„Das hat er nicht vor", erwidert der Vollbart. „Der rennt jetzt nach Hause und verarztet sein geschundenes Gesicht. Lass ihn abhauen."

Anders zögert, schüttelt dann den Kopf und geht zur Tür. Ich schaue zuerst den Vollbart und danach Charity an. Sie zieht nur eine Augenbraue hoch. Mit finsterer Miene renne ich Anders hinterher. Ich laufe direkt hinter ihm durch die Tür und pralle dann gegen seinen Rücken, als er auf einmal stehen bleibt.

„Hey", sage ich, aber er scheint mich gar nicht zu hören. Stattdessen starrt er auf die andere Straßenseite hinüber. Ich beuge mich um ihn herum und versuche, auch etwas mitzukriegen, gleichzeitig aber hinter ihm in Deckung zu bleiben. Mr. Gin Tonic steht da drüben und lehnt sich gegen einen langen, flachen roten Wagen. Jemand steht bei ihm, ein bulliger Mann, der ganz in Schwarz gekleidet ist. Sie stehen dicht beieinander, als würden sie sich unterhalten – aber nein, Mr. Gin Tonic redet nicht. Er zuckt. Er zuckt wie verrückt, und der andere Mann drückt ihm etwas gegen den Hals.

Während ich zusehe, erschlafft Mr. Gin Tonic. Sein Kopf fällt nach hinten, und er rutscht nach unten, bis er auf dem Boden sitzt. Der andere Mann hockt sich neben ihn und beugt sich vor. Dabei steckt er das, was er dem anderen eben noch an die Kehle gedrückt hat, in die Tasche.

Dann sieht er sich rasch um.

Unsere Blicke begegnen sich.

Sie sind zehn Meter von uns weg, aber mein Okular zoomt so dicht heran, dass ich die Poren in seinem Gesicht erkennen kann. Er legt einen Finger an die Lippen und schüttelt langsam den Kopf. Ich nicke. Er steht auf, ignoriert Anders und wendet den Blick von mir ab. Der Mann aus der Bar fällt auf die Seite und liegt schließlich bäuchlings auf der Straße. Der andere Mann sieht sich noch einmal um und geht dann weg.

Ich trete hinter Anders hervor. Er schaut nach unten, als hätte er eben erst gemerkt, dass ich da bin.

„Was zum Henker ist gerade passiert?“, fragt er.

„Ich bin mir ziemlich sicher, dass Mr. Gin Tonic eliminiert worden ist“, antworte ich.

„Ach, du Scheiße“, sagt Anders etwas lauter. „Scheiße. Dieser Kerl …“

„Ja“, meine ich. „Das war der Kerl, der dich Sonntagfrüh sprechen wollte. Das war Dimitri.“

Fenrir: <Wie läuft's? Hast du Fortschritte gemacht?>

Sir Munchalot: <Ich bin mir ziemlich sicher, dass ich ge-

rade gesehen habe, wie ein NatSec-Agent einen Mann ausgeschaltet hat. Zählt das auch?>

Fenrir: <Das hängt davon ab, ob der Tote ein Unveränderter war.>

Sir Munchalot: <Das weiß ich nicht. Ist das wichtig?>

Fenrir: <Und ob. Sieh dir das an.>

Fenrir linkt mir eine Audiodatei. Ich blinzle, um den Stream zu starten. Sofort höre ich eine Männerstimme, die tief und heiser klingt und mit leiser, unheilschwangerer Musik unterlegt ist, wie man sie normalerweise nur aus negativen politischen Werbespots kennt.

„Mitamerikaner und Mitmenschen: Die Zeit, auf die wir ebenso voller Angst wie voller Vorfreude gewartet haben, ist gekommen. Gestern hat ein unbekannter Held den ersten Schlag im heiligen Krieg gegen jene ausgeführt, die uns das Eine rauben wollen, was uns das Kostbarste ist: unsere Menschlichkeit und die Menschlichkeit unserer Kinder.

Seit über dreißig Jahren verwandeln die Monster in Bethesda Menschen in niedere Kreaturen. Doch was macht uns Menschen denn aus, wenn nicht unser Genom? Man hat uns erzählt, dass sich unsere Gene nur zu zwei Prozent von jenen eines Schimpansen unterscheiden. Doch wie groß ist der Unterschied zu jenen von Hübschen? Oder zu den veränderten Geschöpfen, die die Reichen jetzt als ihre Kinder bezeichnen? Diese Wesen als Menschen zu bezeichnen ist eine Beleidigung unserer Spezies und dessen, was Gott geschaffen hat.

Dies ist natürlich nicht das erste Mal, dass es zwei Spezies menschenartiger Kreaturen auf dieser Welt gegeben hat. In längst vergangener Zeit haben wir mit dem *Homo erectus* auf der Erde gelebt, ebenso mit den Denisova-Menschen und den wahren Neandertalern. Aber wie endet es immer, wenn eine menschliche Spezies auf eine andere trifft? Das lehrt uns die

Geschichte eindeutig. Eine der beiden Spezies gedeiht, die andere stirbt aus.

Freunde, dieselbe Dynamik kommt heute zum Tragen. Diese Pseudo-Menschen werden von Jahr zu Jahr zahlreicher. Heute machen sie vielleicht ein Zehntel unserer Bevölkerung aus. In zwanzig Jahren könnte es bereits die Hälfte aller Amerikaner sein. Schon jetzt bezeichnen sie wahre Menschen als *Homo saps*. Wie lange wird es dauern, bis sie beschließen, dass der *Homo sap* eine überholte Spezies ist und es nicht länger verdient hat, neben dem *Homo erectus* auf dieser Welt zu verweilen?

Wir, die Unveränderten, werden nicht tatenlos zusehen, wie unsere Spezies vom Angesicht dieser Erde vertrieben wird. Unsere Ahnen haben sich den Platz auf diesem Planeten verdient. Sie haben mit Schweiß und Blut dafür bezahlt, und wir werden nicht kampflos aufgeben. Erhebt euch, meine Freunde, und kämpft gegen die Veränderten, wo immer ihr auf sie trefft. So Gott will, wird es noch mehr Vorfälle wie in Hagerstown geben. Und wenn das geschieht, werden sich die Unveränderten zusammen mit euch erheben, und wir werden verhindern, dass NatSec die wahren Menschen vernichtet, die alles unversehrt überstanden haben.

Wir leben in schrecklichen Zeiten, meine Freunde, und in Zeiten wie diesen müssen schreckliche Maßnahmen getroffen werden. Aber eines sollte euch gewiss sein: Dies ist unsere beste Chance – unsere letzte Chance –, unsere Spezies vor dem Aussterben zu retten. Möge Gott euch Mut und Kraft verleihen."

Argyle Dragon: <Wow. Wie weit hat sich das schon verbreitet?>
Fenrir: <Es gab mehrere Millionen Downloads. NatSec ist wie verrückt hinter dem Ursprung her. Keine Ahnung, wie viele Versionen davon bereits redigiert wurden.>
Argyle Dragon: <Nimmt diesen Scheiß wirklich irgendwer ernst?>

Sir Munchalot: <Heute Morgen hat ein Typ im Donutladen es ernst genug genommen und einen Neandertaler geschlagen.>
Hayley 9000: <Das ist verdammt ernst.>
Drew P. Wiener: <Im Verlauf der letzten vierundzwanzig Stunden hat es einige Übergriffe gegen Veränderte gegeben, aber bisher nichts Organisiertes.>
Argyle Dragon: <Der Teil, in dem er hofft, dass so was wie in Hagerstown noch öfter passiert, ist erschreckend.>
Sir Munchalot: <Für mich klang das weniger nach hoffen und eher nach planen.>
Argyle Dragon: <Daher meine eigentliche Frage: Gibt es Fortschritte?>
Fenrir: <Ich arbeite noch immer an der Notausschaltertheorie. Ebenso daran, die Systeme von GeneCraft zu knacken. Bisher ohne Erfolg. Dort hat man anscheinend sehr viel mehr Geld in die Sicherheit gesteckt als bei NatSec.>
Hayley 9000: <Ich habe ein paar kleinere Erfolge bei Biotek gehabt.>
Argyle Dragon: <Was Interessantes gefunden?>
Hayley 9000: <Na ja, der Geschäftsführer steht auf ziemlich krassen Scheiß. Das war leider schon alles.>
Argyle Dragon: <Dann haben wir bisher nichts als Spekulationen.>
Drew P. Wiener: <Sieht ganz danach aus.>
Sir Munchalot: <Sucht weiter, Leute. Ich weiß, dass uns diese Zeit bei unseren geschäftlichen Interessen fehlt, aber wenn diese Spirale außer Kontrolle gerät, dann sind unsere Geschäfte auch nicht mehr wichtig.>

Ich schließe das Textfenster durch ein Blinzeln. Laut meinem Chronometer ist es 02:45:05. Ich sitze auf der Couch. Mein Nacken knackt, als ich den Rücken durchdrücke und mich strecke.

„Hey“, sagt Charity. „Hast du endlich genug von deinen Pornos?“

„Wieso glauben das immer alle?“, erwidere ich. „Man kann mit dem Okular auch sehr viele andere Sachen machen, die überhaupt nichts mit Pornos zu tun haben, weißt du?“

„Ach ja?“, meint sie lachend. „Ich dachte, man holt sich so ein Ding nur aus dem einzigen Grund, damit man in Ruhe seinen Perversionen frönen kann.“

„Das mag bei einigen Leuten der Fall sein“, stelle ich klar, „aber ich benutze meins nur für berufliche Zwecke.“

Sie lacht erneut. Ich glaube, ich mag ihr Lachen.

„Das mit Anders tut mir leid“, sage ich. „Ich habe keine Ahnung, warum er jetzt so ungesellig ist.“

Sie zuckt mit den Achseln.

„Ist ja auch egal. Ich hatte eigentlich vor, ihm dafür zu danken, dass er mir das Leben gerettet hat, aber …“

„Du musst nicht beleidigt sein“, beruhige ich sie. „Das hat nichts mit dir zu tun.“

„Was?“, fragt sie. „Hat er etwa eine Freundin?“

„Nicht so ganz.“

„Einen Freund.“

„Schon eher. Die Sache ist kompliziert.“

Wir sitzen eine Weile schweigend da. Ich döse gerade ein, als sie auf einmal fragt: „Es ist schon ziemlich spät. Hast du was dagegen, wenn ich hier schlafe?“

Ich seufze.

„Du bist doch kein Hagerstown-Freak, oder?“

Sie lächelt mich an.

„Äh … Nein. Ich glaube nicht.“

„Dann läufst du auch nicht Gefahr, auf meiner schwarzen Liste zu landen. Um elf musst du allerdings auschecken. Schönen Aufenthalt bei uns.“

9. Intermezzo

<Veröffentlicht heute, 09:00:00. Redigiert heute, 09:00:02. Quelle: unbekannt.>
Seid gegrüßt, Unveränderte. Mein Name ist Denise Magliano. Bisher habt ihr mich als **Princess Blue** gekannt. Wenn ihr diese Nachricht lesen könnt, liegt das daran, dass es mir nicht gelungen ist, den Code entweder um 09:00 oder um 21:00 hochzuladen, der verhindert hätte, dass dies in all meinen öffentlichen und privaten Feeds erscheint. Der einzige Grund, weshalb das gescheitert sein kann (und der einzige Grund, weshalb ich euch meinen richtigen Namen verraten würde), ist, dass ich jetzt tot bin.

Ich bin (war?) ein gesundes siebzehnjähriges Mädchen ohne bekannte genetische Defekte, ohne gefährliche oder ungesunde Angewohnheiten und ohne Hang zu gewalttätigen oder gefährlichen Sportarten oder anderen Aktivitäten. Die aktuelle Sterberate für jemanden mit meinem demografischen, sozialen oder genetischen Profil liegt bei weniger als zwei pro einhunderttausend pro Jahr. Sollte ich jetzt tot sein, dann ist die Wahrscheinlichkeit groß, dass jemand entscheidend dazu beigetragen hat.

Aber was habe ich denn getan, dass mich jemand umbringen will? Irgendetwas muss es offenbar gewesen sein, sonst hätte ich mir wohl kaum die Mühe gemacht, diese Nachricht mit einem Totmannschalter zu versehen. Doch ich habe nur eines getan, was einen auf mich angesetzten Killer rechtfertigen könnte, und das ist, mein gottgegebenes Recht der freien Meinungsäußerung auszuüben. Ich war so dreist, Informationen an euch alle weiterzugeben, die der offiziellen NatSec-Version über das, was den guten Leuten in Hagerstown zugestoßen ist, widersprechen. Aus diesem Grund hat irgendjemand bei NatSec beschlossen, dass ich sterben muss.

Wenn ihr meinen Namen jetzt in den Newsfeeds von Baltimore sucht, werdet ihr bestimmt eine Geschichte über ein armes Mädchen entdecken, das bei einem Autounfall ums Leben gekommen ist, das bei einem Raubüberfall erschossen wurde oder das betrunken in der Badewanne ertrunken ist. Glaubt den Gerüchten nicht, die NatSec über mich in die Welt setzt. Ich bin kein Verbrechensopfer, kein suizidgefährdeter Loser und auch kein armes Mädchen, das sich zur falschen Zeit am falschen Ort aufgehalten hat.

Ich bin ein Opfer des Krieges.

<Veröffentlicht heute, 10:13:33 von Hobo Joe>

Okay, ich habe heute Morgen bestimmt ein halbes Dutzend dieser Abschiedsbotschaften von unseren unveränderten Freunden gesehen, und so langsam gehen sie mir auf die Nerven. Sie behaupten alle, von NatSec ermordet worden zu sein, angeblich wegen ihrer subversiven Feeds, durch die sie als Feind der Republik angesehen wurden. Wisst ihr was? Ich habe einige dieser Feeds gelesen. Die sind nicht subversiv. Die sind sub-gebildet. Diese Leute sind alle gleich und jammern darüber, dass die Manipulierten und Veränderten nicht mehr wissen, was es bedeutet, Mensch zu sein, und all dieses Zeugs. Aber wisst ihr was, ihr Arschlöcher? Der Mensch im Naturzustand hatte eine Kindersterblichkeitsrate von fünfundzwanzig Prozent und eine mittlere Lebenserwartung von achtundzwanzig Jahren. Er hat im Dschungel gelebt und Scheiße gefressen, die er vom Boden aufgehoben hat. Wenn das eurer Lebenserfahrung nicht entspricht, dann gehört ihr auch zu den Veränderten, ob ihr es nun wisst oder nicht. Meine Implantate sind auch nicht groß etwas anderes als Impfstoffe, Blutdruckpillen oder künstliche Hüftgelenke.

Wenn es da draußen also keine gewaltige Verschwörung gibt, die es darauf abgesehen hat, jeden Unveränderten mit einem zweistelligen IQ umzulegen, was löst dann die Totmannschalter dieser Idioten aus? Meine Vermutung ist ja, dass sie letzte Nacht auf der Suche nach Verbesserten waren, die sie plattmachen wollten – so wie diese Hübsche, die neulich im Rock Creek Park zu Brei geschlagen wurde. Die Mods der Hübschen sind rein oberflächlich, aber viele der unseren sind es nicht. Ich bin davon überzeugt, dass ich es im Notfall mit einem Dutzend Unveränderter aufnehmen könnte, und nach allem, was in den letzten paar Tagen passiert ist, würde ich mich dabei auch nicht zurückhalten.

<Veröffentlicht heute, 10:18:08 von <u>Shark Sandwich</u>>
Ich bin eigentlich niemand, der jeden Blödsinn kommentieren muss, aber ich möchte doch etwas zu **<u>Hobo Joe</u>** sagen. Erstens: Obwohl ich davon überzeugt bin, dass er ein echt harter Kerl ist und am ganzen Körper modifizierte Muskeln besitzt, möchte ich feststellen, dass so etwas zumindest in den letzten fünfzigtausend Jahren nicht der entscheidende Faktor bei zwischenmenschlichen Konflikten gewesen ist. Gorillas, Elefanten und Löwen sind auch sehr stark, und sie haben Klauen, Rüssel und was auch immer. Doch was hat es ihnen gebracht? Sollte einer unserer unveränderten Brüder beschließen, ihn auszuschalten, wird er ihn wohl kaum zu einem Faustkampf herausfordern. Es ist viel wahrscheinlicher, dass er

ihm aus einem Kilometer Entfernung eine Kugel Kaliber fünfzig zwischen die Augen jagt.

Zweitens bin ich zwar durchaus bereit, jemanden mit einem Okular oder sogar einem Exoskelett noch als Mensch zu bezeichnen, doch das lässt sich nicht über jeden Veränderten sagen. Eine Spezies wird durch ihr Genom definiert. Wer eine Modifikation auf Keimbasis besitzt, ist per Definition kein Mensch mehr. Zu behaupten, das Splicen von Affengenen, Neandertalergenen oder sogar Pumagenen ins menschliche Genom wäre nichts anderes als eine Impfung, ist schlichtweg dumm. Man kann argumentieren, dass derartige Veränderungen unausweichlich sind oder dass sie eine gute Sache darstellen, aber man kann nicht behaupten, sie würden nicht für die Erschaffung einer Vielzahl neuer Spezies stehen. Eine derart schnelle Artenbildung hat es auf unserem Planeten noch nie zuvor gegeben, und wir haben nicht die geringste Ahnung, welche Konsequenzen sie letzten Endes haben wird.

<Veröffentlicht heute, 10:19:23 von Agent of Change>
Hey, **NatSec** – vielleicht solltet ihr **Shark Sandwich** auf eure Todesliste setzen. Ich bin mir ziemlich sicher, dass er gerade gedroht hat, **Hobo Joe** zu erschießen.

<Veröffentlicht heute, 10:22:57 von Thomas Pain>
Echt jetzt, **Agent of Change**? Du hältst das wirklich für witzig? Teile der Regierung haben Sonntagnachmittag mehrere Tausend amerikanische Staatsbürger ermordet. Teile der Regierung sind momentan dabei, amerikanische Staatsbürger auf den Straßen und in ihren Betten zu exekutieren, ohne dass es auch nur einen Prozess oder eine Anhörung gegeben hätte. Wer seine essenzi-

ellen Freiheiten im Austausch für ein bisschen vorübergehende Sicherheit opfert, hat beides nicht verdient, und das essenziellste Recht, das wir haben, ist das Recht auf Leben. Die Gründerväter dieser einst großen Nation würden das Amerika, in dem wir heute leben, nicht mehr wiedererkennen. Wir haben zugelassen, dass das Panoptikum nach und nach immer größer werden konnte, weil es die Gesetzesvollstreckung vereinfacht hat. Wir haben es toleriert, dass so gut wie jeder Kommunikationskanal, der uns zur Verfügung steht, von der Regierung angezapft wurde, weil das Handwerk terroristischer Organisationen dadurch marginal erschwert wurde. Und jetzt tolerieren wir außergerichtliche Massenexekutionen, weil uns NatSec weismachen will, dass sie notwendig sind, um eine Wiederholung der Schrecken von Hagerstown zu verhindern. Wie viel tiefer können wir noch sinken und uns weiterhin als Amerikaner bezeichnen?

<Veröffentlicht heute, 10:30:42 von Lord Fizzlebottom>
Thomas Pain hat völlig recht damit, dass die Gründerväter das Amerika, in dem wir heute leben, nicht wiedererkennen würden. In ihrem Amerika hätte Thomas Pain seine Ergüsse beispielsweise durch eine Druckerpresse schieben und händisch an seine Mitbürger verteilen müssen, wohingegen er in unserem Amerika durch einen Klick, ein Blinzeln oder was immer ihr Idioten, die ihr noch immer kein Okular habt, so macht, eine große Zahl seiner Mitbürger erreichen und sagen kann, was immer er will. Natürlich würden die meisten behaupten, dass das eine gute Veränderung ist, dass wir unser Recht auf freie Meinungsäußerung ausüben können, da eine derartige Reichweite wahre Freiheit bedeutet – denn schließlich

hatte nicht jeder ignorante Bauer im achtzehnten Jahrhundert überhaupt Zugriff auf eine Druckerpresse.

Aber es gibt einige andere Veränderungen im heutigen Amerika, die weitaus weniger positiv sind. Zu Thomas Pains Zeit hatte ein Mensch, der anderen seiner guten Mitbürger schaden wollte, weitaus weniger Möglichkeiten, dies zu tun. Mit einer Muskete ist ein Amoklauf schwer möglich, und mit Schwarzpulver lässt sich auch keine besonders effektive Bombe herstellen. Heute kann jedoch jeder, der den Wunsch danach verspürt, sich ein leistungsstarkes Automatikgewehr zulegen. Wenn er Ambitionen und genug Geld hat, ist es sogar vorstellbar, dass er ein Virus erschafft, mit dem man die Hälfte der Bevölkerung Nordamerikas in wenigen Wochen auslöschen kann.

Die Frage ist daher diese: Selbst wenn wir uns einig sind, dass wir unsere essenziellen Freiheiten nicht gegen ein wenig vorübergehende Sicherheit eintauschen wollen, wären wir dennoch bereit, zumindest einige davon zu beschneiden, um unser Überleben als Nation zu gewährleisten?

Wir wissen noch immer nicht genau, was in Hagerstown passiert ist. Laut **NatSec** ist jeder Mensch innerhalb des gesicherten Perimeters innerhalb weniger Minuten gestorben. Die Unveränderten behaupten, es wären nur neunzig Prozent gewesen. Selbst wenn sie recht haben, war dies ein Schuss vor unseren Bug. Ich kann nur für mich selbst sprechen, aber ich wäre bereit, NatSec eine ganze Menge durchgehen zu lassen, wenn sie nur dafür sorgen, dass so etwas nicht noch einmal passiert.

<Veröffentlicht heute, 10:39:09 von Thomas Pain>

Ich widerspreche dir nur ungern, **Lord Fizzlebottom**,

aber an unserem Zeitalter ist nichts einzigartig. Angst ist schon immer der beste Freund des Tyrannen gewesen. Man kann sich graue Haare wachsen lassen, weil irgendein Irrer möglicherweise in seinem Keller ein Virus zusammenschustert, das die halbe Bevölkerung auslöschen könnte. Unsere Ahnen wären da bestimmt sehr verständnisvoll. Hast du schon mal was von den Pocken gehört? Oder der Beulenpest? Diese beiden völlig natürlichen Krankheiten haben etwa neunzig Prozent der nordamerikanischen Bevölkerung und sechzig Prozent der europäischen Bevölkerung ausgelöscht. Du fürchtest dich davor, dass ein Terrorist ein Gebäude in die Luft jagen könnte – oder, hey, vielleicht sogar eine ganze Stadt? Die Mongolen haben Dutzende von Städten dem Erdboden gleichgemacht und die Schädel der Einwohner vor den Stadttoren aufgetürmt.

Es ist leicht, sich etwas gegenüberzusehen, das einem wie eine existenzielle Bedrohung vorkommt, und sich zu wünschen, jemand würde herbeigeeilt kommen und einen retten. Auch das ist nicht einzigartig für unser Zeitalter. Die Menschen sind schon immer Königen, Kaisern und Diktatoren gefolgt, wenn sie sich äußeren Bedrohungen gegenübersahen, und das schon, seitdem Gilgamesch noch in Uruk geherrscht hat. Aber die Tatsache, dass dieser Drang zur Selbstverkindlichung Teil der menschlichen Natur zu sein scheint, macht es nicht besser, und wenn wir freie Menschen bleiben – oder wieder werden – wollen, dann müssen wir dem bis zu unserem letzten Atemzug widerstehen.

Du scheinst zu glauben, uns kleinlaut zu unterwerfen und zuzulassen, dass NatSec jeden Bereich unseres Lebens unterwandert, wäre unsere einzige Chance zu überleben. Da widerspreche ich dir. Aber selbst, wenn du recht haben solltest, gibt es einen Unterschied zwischen Überleben und Leben. Es lohnt sich, beides zu riskieren, um beides tun zu können.

<Veröffentlicht heute, 10:41:50 von Agent of Change>
Hört, hört, **Thomas Pain**. Zerlegen wir den Sicherheitsapparat, den **NatSec** und andere Regierungsabteilungen während der letzten vierzig Jahre aufgebaut haben. Du weißt schon – den, der unseres Wissens nach wenigstens drei Atomangriffe auf amerikanische Städte verhindert hat, der El Kaida in Nordamerika bis auf den letzten Mann ausgelöscht hat und der dazu beigetragen hat, dass Amerika die niedrigste Gewaltverbrechensrate der ganzen Welt hat. Gut, es gibt keinen Beweis dafür, dass dieser Apparat jemals benutzt wurde, um unsere politische Freiheit einzuschränken oder auch nur einen einzigen unschuldigen amerikanischen Staatsbürger zu schikanieren, aber wer weiß schon, was wirklich passiert? Vielleicht kommt es eines Tages ja dazu. Ein paar Millionen Tote hier und da sind doch sicher nur ein kleiner Preis, den wir bezahlen können, um diese Möglichkeit auszuschließen.

<Veröffentlicht heute, 10:42:30 von Captain Obvious>
Das ist langweilig. Wo stecken denn die Unveränderten? Lasst doch mal eine eurer *Genetische Modifikationen sind Teufelswerk*-Predigten vom Stapel. Es macht immer solchen Spaß, die zu lesen.

<Veröffentlicht heute, 10:43:44. Redigiert heute 10:43:47. Quelle: unbekannt.>
Haltet die Klappe, ihr Pisser. Es gibt mehr von uns als von euch, und wir haben keine eingebauten Notausschalter. Es wird schon bald etwas passieren, und danach wird der

Homo sapiens erneut die einzige menschliche Spezies auf diesem Planeten sein.

<Veröffentlicht heute, 10:44:08. Redigiert heute, 10:44:14. Quelle: unbekannt.>
Die *Homo saps* mögen noch immer in der Mehrheit sein, aber NatSec und das Militär bestehen zu mehr als vierzig Prozent aus Veränderten und zu einhundert Prozent aus Augmentierten. Falls und wenn etwas passiert, dann werden wir nicht die Leidtragenden sein, das kann ich euch versichern. Ihr könnt ja mal eure unveränderten Freunde aus Hagerstown fragen, was sie dazu sagen.

<Veröffentlicht heute, 10:45:19 von Captain Obvious>
Ich nehme alles zurück. Das war überhaupt nicht witzig.

10. Anders

Zum zweiten Mal in drei Tagen wache ich mit einem Kater auf. Positiv dabei ist, dass ich dieses Mal in meinem eigenen Bett liege und noch dazu allein bin. Negativ ist allerdings, dass ich noch schlimmere Kopfschmerzen habe als am Sonntag und außerdem ein seltsames, nagendes Gefühl in der Magengrube, das vermutlich nichts mit der Menge an Alkohol zu tun hat, die ich zu mir genommen habe.

Außerdem bin ich mir ziemlich sicher, dass ich einen NatSec-Agenten dabei beobachtet habe, wie er letzte Nacht einen Mann umgebracht hat – noch dazu einen NatSec-Agenten, der anscheinend Sonntagmorgen vor meiner Tür stand und mit mir reden wollte. Ich nehme mir vor, Terry darauf anzusprechen.

Ich will mich schon aufsetzen, als ich auf einmal einen stechenden Schmerz in der Seite spüre und wieder auf die Matratze falle. Bei meiner Speedy-Gonzales-Nummer in der Bar muss ich mir was gezerrt haben. Hoffentlich ist es nichts Schlimmeres. Risse tun doppelt so weh und brauchen eine Ewigkeit, bis sie wieder geheilt sind. Ich drehe mich langsam auf die Seite, stelle die Füße auf den Boden und setze mich vorsichtig auf. Genau aus diesem Grund spiele ich auch kein Basketball mehr. Ich weiß nämlich noch genau, dass ich jeden Morgen nach einem Spiel mit solchen Schmerzen aufgewacht bin und gedacht habe, so muss man sich fühlen, wenn man sehr, sehr alt ist.

Ein Blick auf das Handydisplay verrät mir, dass es kurz nach neun ist. Ich sehe keine Benachrichtigungen, also ist die Welt anscheinend nicht mehr aus den Fugen geraten, als sie es sowieso schon war, während ich geschlafen habe. Angenehm ist auch, dass es in meinem Zimmer kühl ist, wie seit Tagen nicht mehr. Die Hitzewelle scheint endlich vorbei zu sein. Der Himmel ist grau und wolkenverhangen, und im Süden sieht er sogar noch dunkler aus. Das Wetter passt perfekt zu meiner Stimmung.

Ich stehe ganz langsam auf. Der Schmerz macht sich vor allem auf der rechten Seite zwischen dem Becken und den Rippen bemerkbar, aber ich glaube, dass auch irgendetwas in meiner Brust passiert ist. Als ich versuche, mich zu recken, warnen mich die Muskeln mit einem leichten Stich vor, und ich beschließe, sie lieber nicht anzustrengen. Ich nehme die Hose vom Boden, die ich letzte Nacht dort liegen gelassen habe, und ziehe sie an. Danach hole ich ein T-Shirt aus der obersten Schublade meiner Kommode und streife es mir behutsam über den Kopf. Das erinnert mich auf jeden Fall an meine Zeit als Basketballspieler. Träge schlurfe ich in den Flur und ziehe die Tür hinter mir zu.

Es überrascht mich, dass Gary schon wach ist. Er lehnt sich mit hinter dem Kopf verschränkten Fingern in einem Sessel im Wohnzimmer zurück und hat ein Auge geöffnet, während das andere zuckt, wie es das immer bei einem Download tut.

„Morgen", sagt er. „Kaffee und Donuts sind in der Küche. Ich wollte dir eigentlich etwas gegen die Chlamydien mitbringen, die du dir bestimmt gestern Nachmittag eingefangen hast, aber das hab ich vergessen."

„Danke für die Donuts, du Arsch. Aber warum bist du so früh schon auf? Ich hatte nicht erwartet, dich am Vormittag überhaupt zu sehen."

Jetzt macht er beide Augen auf, setzt sich hin und reckt sich.

„Große Ereignisse", teilt er mir mit. „Ich überwache die Frühphase des HERAKRI."

„Des was?"

Er wackelt langsam mit dem Kopf, und ich kann hören, wie seine Wirbelsäule knackt.

„Des HERAKRI", wiederholt er. „Des heiligen Rassenkriegs. Dieser Begriff wurde von weißen Rassistengruppen gegen Ende des zwanzigsten Jahrhunderts geprägt. Damit bezeichneten sie den nahenden apokalyptischen Zusammenstoß zwischen den genetisch reinen und moralisch aufrechten Ariern und den degenerierten Mischlingen. Das waren ganz offensichtlich Spinner, aber das Akronym klingt ganz nett, daher dachte ich, ich könnte es wiederbeleben und damit den aktuellen Firlefanz beschreiben."

Jetzt bin ich völlig verwirrt.

„Die Arier?", frage ich. „Stammten die nicht aus Indien?"

Er grinst mich an und steht auf.

„Wir reden hier über weiße Rassisten, Anders. Die haben den Sozialkundeunterricht in der zehnten Klasse nicht mehr mitgemacht. Schreib diesen Typen und ihrer Weltansicht bitte nicht die Fähigkeit zu, kritisch denken zu können."

„Okay", sage ich. „Und wo wir gerade von genetisch reinen Menschen sprechen: Wo steckt Charity? Ist sie doch noch nach Hause gegangen?"

Er schüttelt den Kopf.

„Ich dachte auch, sie würde abhauen, sobald sie begriffen hatte, dass du anscheinend sexuell verwirrt gewesen bist", sagt er. „Aber sie hat dann letzten Endes doch auf der Couch geschlafen."

„Super. Und jetzt ist sie ..."

„Im Bad, glaube ich."

„Aha. Und wie laufen die Dinge in Bezug auf HERAKRI so?"

Er zuckt mit den Achseln.

„Momentan ist da vor allem viel Lärm um nichts. Es gibt jede Menge bedrohlicher Feeds von beiden Seiten, aber tatsächliche

Gewalt wurde bisher nur in kleinem Rahmen und sporadisch ausgeübt. Die Hübschen scheinen das meiste abzubekommen, was vermutlich daran liegt, dass man sie am leichtesten entdecken und problemlos zusammenschlagen kann. Außerdem gibt es Hinweise darauf, dass NatSec letzte Nacht einige Razzien durchgeführt hat. Das Feed-Verteilungsnetzwerk der Unveränderten scheint seitdem stark kompromittiert zu sein."

„Es gab Razzien?"

„Oh ja. Ich habe allein elf Totmannschalter-Nachrichten von Unveränderten-Netzwerkrepeatern gesehen. Sie behaupten alle, von NatSec ermordet worden zu sein, und die beiden, die hier in der Gegend wohnen, habe ich überprüft und ihnen ist letzte Nacht definitiv etwas Schlimmes zugestoßen. Eine war eine Highschoolschülerin, die an einer Heroinüberdosis gestorben ist – einer Droge, die sie bis dahin übrigens nie genommen hat –, und der andere war ein Bundfaltenhosen tragender Mann mittleren Alters namens Christopher Cai, der angeblich auf der Straße an einem Aneurysma gestorben ist, nachdem ihm im *Green Goose* irgendein Idiot ein Bierglas an den Kopf geknallt hat."

„Fick dich, Gary."

„Nein", erwidert er. „Das ist mein Ernst. Der Kerl, den du letzte Nacht fertiggemacht hast, war offenbar ein hohes Tier bei den Unveränderten. Er bringt einen täglichen Feed mit über einer Million zahlenden Abonnenten heraus. Das erklärt auch irgendwie, warum er so ein Widerling war, was? Jedenfalls ist er eindeutig tot, daher bezweifle ich, dass du so bald noch mal was mit ihm zu tun bekommst, aber du solltest dich vor seinen Fans in Acht nehmen. Dein Name ist in den Feeds aufgetaucht, und es macht ganz den Anschein, als wären sehr viele seiner Anhänger stinksauer auf dich."

Na, großartig. Diese Woche wird ja immer besser.

Charity hat die Nacht also auf unserer Couch verbracht. Zusammen mit Gary? Nein, darüber möchte ich vor dem Frühstück lieber nicht nachdenken. Sie kommt gerade unten aus dem Bad, als ich meinen dritten Donut zur Hälfte verspeist habe. Gary betritt hinter ihr die Küche, und beide setzen sich zu mir an den Tisch. Charity hebt den Deckel der Schachtel hoch, nimmt sich einen Donut heraus und hält ihn zwischen Daumen und Zeigefinger fest, als wäre er eine tote Maus. Sie betrachtet ihn, rümpft die Nase und beißt zaghaft hinein.

„Lass mich raten", meine ich. „Du magst eigentlich gar keine Donuts?"

„Ehrlich gesagt habe ich noch nie einen gegessen", gibt sie zu und beißt ein etwas größeres Stück ab. „Aber er schmeckt nicht übel. Das ist eigentlich nur Fett und Zucker, richtig? Und davon ernährt ihr euch?"

„Größtenteils schon", antwortet Gary. Er holt drei Kaffeetassen aus dem Küchenschrank, füllt sie und stellt sie vor uns ab.

„Und wie in aller Welt erklärt ihr euch dann, dass ihr überhaupt noch am Leben seid?", will Charity wissen.

„Eine sehr gute Frage." Gary nimmt sich den nächsten Donut und beißt gleich die Hälfte ab. „Anders hat einen sehr guten Stoffwechsel. Er braucht etwa fünftausend Kalorien am Tag, sonst fällt er vom Fleisch." Er spült den Bissen mit Kaffee herunter und steckt sich den restlichen Donut in den Mund. „Ich hingegen esse gar nicht so viel. Dabei achte ich auf ständige Disziplin, was bedeutet, dass das Wenige, was ich esse, so widerlich wie möglich sein muss."

Charity legt ihren halb aufgegessenen Donut auf den Tisch und trinkt einen Schluck Kaffee.

„Großartig", meint sie. „Ich denke, mir reicht das jetzt."

„Siehst du? Es funktioniert auch bei dir. Schon bald bist du auch so dünn und attraktiv wie ich."

Sie kichert.

„Ich glaube, wir haben noch Obst im Kühlschrank", fällt mir ein. „Greif ruhig zu. Wir essen es ja vermutlich sowieso nicht."

Doch sie schüttelt den Kopf.

„Nein, danke. Normalerweise frühstücke ich gar nicht."

Ich leere meine Kaffeetasse. Gary kaut nachdenklich auf seinem Donut herum und starrt Charitys Brüste an.

„Und, was hast du heute noch so vor, Charity?", erkundige ich mich.

Sie schneidet eine Grimasse.

„Ich muss um elf im Diner sein, weil ich die Mittagsschicht habe, und vorher muss ich noch zu Hause vorbeischauen und mich umziehen. Dabei fällt mir ein: Hat einer von euch vielleicht ein Auto?"

Ich schüttle den Kopf. Gary hört überhaupt nicht zu. Es ist, als hätte er sich ihre Brustwarzen in die Ohren gesteckt. Charity seufzt.

„Das hatte ich beinahe befürchtet. Aber kein Problem, dann nehme ich eben ein Taxi."

Sie holt ihr Handy aus der Tasche und starrt auf das Display.

„Oh", murmelt sie. „Anscheinend ist das gar nicht mehr nötig."

„Bist du sicher?", frage ich. „Ich weiß ja nicht, wo du wohnst, aber von hier bis zum Diner sind es über drei Kilometer."

„Ich bin mir sicher", erwidert sie. „Offenbar wurde ich gerade gefeuert."

„Ich wurde auch mal gefeuert", wirft Gary ein. „Seitdem bin ich selbstständig."

Charity tippt auf ihrem Handy herum. „Na, vielen Dank auch. Bin schon dabei. Ist man auch selbstständig, wenn man sich um einen Regierungskredit bemüht?"

„Eigentlich nicht", erwidere ich. „Aber du könntest das

Diner wegen ungerechtfertigter Kündigung verklagen. Hat man dir denn einen Grund genannt?"

„Nein. Sie haben nur geschrieben, dass ich heute nicht kommen muss."

„Nur mal so aus Neugier gefragt", meint Gary. „Ist dein Boss ein Veränderter?"

„Nein", antwortet sie. „Keine Mods, keine Implantate."

„HERAKRI", murmelt Gary.

„Ich habe mich noch nicht genauer damit beschäftigt", sage ich, „aber ich bin mir ziemlich sicher, dass das Feuern einer Kellnerin nicht dazugehört."

Charity sieht erst Gary und dann mich fragend an.

„HERAKRI?"

„Heiliger Rassenkrieg", erkläre ich. „Das ist Garys neuestes Ding."

„Ein kataklystischer Kampf bis zum Tod zwischen den Veränderten und den Unveränderten", führt Gary aus. „Zuerst hatten sie es auf die Höhlenladys abgesehen, und ich habe nichts gesagt, weil ich keine Höhlenlady bin. Dann gingen sie auf heiße Kellnerinnen los, und ich habe nichts gesagt, weil ich keine heiße Kellnerin bin. Danach war das uneheliche Kind von Micky Maus und einer zwei Meter großen Transvestiten-Prostituierten an der Reihe, und ich habe nichts gesagt, weil ich nicht Anders bin. Als sie schließlich meinetwegen kamen, war niemand mehr da, der noch etwas sagen konnte."

Charity sieht mich fragend an, und ich zucke mit den Achseln.

„Martin Niemöller", erläutert Gary. „Du warst doch auf dem College oder nicht?"

Anstatt zu antworten, bedenkt sie ihn nur mit einem verständnislosen Blick.

„Du glaubst, man hat mich gefeuert, weil ich eine Hübsche

bin?“

„Ja“, antworte ich. „Genau das will er damit sagen.“

„Aber das bin ich nicht“, meint sie.

„Was bist du nicht?“, hake ich nach.

„Ich bin keine Hübsche. Ich weiß, dass ich wie eine aussehe, aber ich bin keine.“

Ich versuche, Gary einen warnenden Blick zuzuwerfen, aber er starrt die Stelle an, an der sich ihr Shirt eng an ihre Brüste drückt.

„Jetzt komm schon“, meint er. „Das alles“, er macht eine Geste, die ihren ganzen Körper mit einschließt, „kann doch nicht nur Zufall sein.“

Sie grinst ihn an.

„Ich habe nicht behauptet, dass ich keine Veränderte bin. Ihr habt vermutlich mehr mit einem Bonobo gemein als mit mir. Aber ich bin keine Hübsche.“

Charity steht oben unter der Dusche, als mich Doug anpingt.

„Verbinden“, sage ich. „Vid auf den Schirm.“

Ich gehe ins Wohnzimmer und setze mich auf die Couch. Meine Seite tut immer noch ganz schön weh, aber die Brust fühlt sich besser an, und ich habe so langsam den Eindruck, dass ich vielleicht doch noch mal glimpflich davongekommen bin. Dougs Gesicht erscheint auf dem Schirm. Er sieht nicht gerade glücklich aus.

„Anders“, sagt er. „Was gibt's Neues?“

„HERAKRI, wie es aussieht. Hast du die Feeds nicht verfolgt?“

Er verzieht das Gesicht.

„Das habe ich, und das ist auch der Grund, warum ich mich melde. Wir brauchen dringend dein Feedback zu diesen Dokumenten. Hast du sie schon geöffnet?“

Ich schüttle den Kopf.

„Nein, das habe ich nicht. Ich hatte viel um die Ohren. Aber heute setze ich mich ganz bestimmt dran. Ich werde gleich damit anfangen, sobald wir dieses Gespräch beendet haben."

„Es ist wirklich wichtig", betont er. „Vielleicht habe ich das noch nicht deutlich genug zum Ausdruck gebracht, aber ich möchte unbedingt, dass du dich so schnell wie möglich an diese Sache setzt."

Ich verdrehe die Augen.

„Ist ja gut, Doug. Ich habe es dir doch gesagt, dass ich dir nichts versprechen kann, aber heute Nachmittag werde ich mehr wissen."

„Gut."

Der Schirm wird schwarz.

„Toll", murmele ich. „Hat mich auch gefreut, mit dir zu plaudern, Doug. Schönen Tag noch. Tschüss."

Es gibt eigentlich keinen Grund dafür, in meinem Zimmer daran zu arbeiten – eigentlich bin ich sogar überzeugt davon, dass Gary mich hier ebenso leicht überwachen kann wie in der Küche –, aber ich mache es trotzdem. Wahrscheinlich ist die Illusion von Privatsphäre immer noch besser als nichts. Als ich mich gerade auf meinen Arbeitsstuhl gesetzt und die Dateien aufgerufen habe, kommt Charity herein. Sie hat sich ihre Klamotten über den Arm geworfen und ein Handtuch um den Leib geschlungen.

„Hey", sagt sie. „Was machst du gerade?"

Ich versuche, sie nicht anzustarren.

„Etwas, das ich offenbar schon vor ein paar Tagen hätte tun sollen", erwidere ich.

Sie setzt sich auf die Bettkante, schlägt die Beine übereinander und sieht zum Schirm. Darauf ist eine dreidimensionale schematische Darstellung zu sehen, die sich langsam dreht.

„Was ist das?", will sie wissen.

Ich zucke mit den Achseln.

„Genau das versuche ich herauszufinden."

Ich wedle mit einer Hand, und das Bild verschwindet und wird durch eine herunterscrollende Reihe voller Zahlen und Symbole ersetzt. Als Doug mich gebeten hat, mir ein paar Dokumente anzusehen, war ich eigentlich davon ausgegangen, er würde auch wirklich von Dokumenten sprechen. Aber das hier sind keine Dokumente. Hier ist nichts, was dazu gedacht ist, von einem Menschen verarbeitet zu werden.

Charity rutscht näher an mich heran. Ich habe noch nie eine Hübsche aus dieser Nähe gesehen, und auch wenn sie behauptet, keine zu sein, besitzt sie eindeutig die entsprechenden Modifikationen und wer weiß was noch alles. Ihre Brüste hängen nicht im Geringsten durch. Ich weiß nicht, ob das an den verschnittenen Genen liegt oder nicht, bin jedoch der Ansicht, dass es physikalisch eigentlich unmöglich ist.

„Wie sieht es aus", meine ich, „möchtest du dir vielleicht etwas anziehen?"

Sie lächelt mich an.

„Ich glaube, das hat bisher noch niemand zu mir gesagt. Lenke ich dich etwa ab?"

„Ja, ein bisschen."

Sie lehnt sich zurück und stützt sich auf die Ellbogen.

„Bist du dir sicher, dass du wirklich nicht abgelenkt werden möchtest?"

Mein Blick wandert kurz hoch in ihr Gesicht und dann wieder nach unten.

„So langsam bekomme ich fast den Eindruck, du bist ein Sukkubus", murmele ich.

Ich bewege erneut eine Hand und ein weiteres Diagramm erscheint. Dabei scheint es sich um eine Molekularstruktur zu handeln. Charity runzelt die Stirn und fängt an, sich anzuziehen. Ich mache eine Handbewegung, woraufhin eine dreidimensionale Darstellung von etwas, das ich für ein Protein halte, auf dem Schirm erscheint. Nach einem weiteren Wischen taucht ein drittes Diagramm auf.

Das ich erkenne.

Das ist der Bauplan einer simplen Nanomaschine, die ich schon im Unterricht als Beispiel benutzt habe. Dabei handelt es sich um einen temperaturempfindlichen Molekularkäfig, dessen Grundstruktur einem Fußballmolekül ähnelt. Man kann ein kleines Molekül darin einfügen, das auf chemische Weise von der Außenwelt abgeschirmt ist, solange die Integrität des Käfigs gewährleistet bleibt – was jedoch bei einer Temperatur über sechsunddreißig Grad nicht mehr der Fall ist.

Charity geht hinaus und knallt die Tür hinter sich zu.

Jetzt weiß ich, worum es in diesen Dateien geht.

Doug will mich anscheinend umbringen.

„Und", meint Doug, „was hast du für mich?"

Er grinst. Ich bin todernst.

„Na ja", erwidere ich. „Ich bin mir ziemlich sicher, dass du längst weißt, was in diesen Dateien zu finden ist und was man damit anfängt. Daher würde ich jetzt gern wissen, wie du überhaupt darangekommen bist."

Sein Grinsen wird noch breiter.

„Jetzt komm schon, Anders. Das kann ich dir nicht sagen. Geschäftsgeheimnisse und so weiter. Was sind das für Dateien?"

„Weißt du das wirklich nicht?"

Sein linkes Auge fängt an zu vibrieren, wie es das immer bei einem Download tut.

„Musst du das jetzt machen?", frage ich.

„Was denn?"

„Das mit deinem Auge. Es nervt mich, wenn andere das machen. Müsstest du deine Downloads nicht längst über dein Hirnteil regeln können?"

„Mein was?"

„Entschuldige. Dein drahtloses Neuralinterface. Solltest du deine Downloads nicht darüber laufen lassen?“

Er zuckt mit den Achseln.

„Eigentlich schon, aber Bilder werden noch immer an mein Okular geschickt. Das ist effektiver, als den Sehnerv direkt anzuzapfen, selbst wenn du das Implantat längst hast.“

Ich fahre mir mit einer Hand durch das Haar.

„Okay. Ich hatte gehofft, dass mit dem Aufkommen dieser Hirnteile diese ganze Echsenaugensache Geschichte sein würde, aber da habe ich mich wohl geirrt. Und du weißt wirklich nicht, was du mir da gegeben hast?“

Er stößt einen langen, theatralischen Seufzer aus.

„Habe ich nicht zugestimmt, deine Beratergebühr zu bezahlen, die jedem Kriegsgewinnler alle Ehre machen würde? Hätte ich das getan, wenn ich längst wüsste, worum es in den Dateien geht?“

„Ich habe keine Ahnung, was du momentan tun oder lassen würdest, Doug. Wo hast du diese Dateien her?“

Er zuckt nur mit den Achseln.

„Ich habe sie von irgendeinem Server gesaugt.“

„Aha. Von wessen Server?“

„Von einem anderen Dieb.“

„Und du hast allen Ernstes keine Ahnung, was das ist?“

„Nicht die geringste.“

Auf einmal wird mir bewusst, dass meine Meinung von Doug während der letzten fünfzehn Jahre stark von seinen krassen Augmentierungen beeinflusst worden ist. Wie sich jetzt herausstellt, ist er gar kein intelligenter Mann.

„Woher willst du dann wissen, dass sie wichtig sind?“, frage ich und rede jetzt ganz langsam. „Wieso hast du zugestimmt, mich zu bezahlen?“

Er lächelt, was wie immer sehr unheimlich aussieht.

„Weil der Kerl, von dem ich sie habe, sie verdammt gut gesichert hatte.“

„Und was ist, wenn ich dir jetzt erzähle, dass es der verschlüsselte Privatporno von irgendjemandem ist?“

Sein Lächeln verblasst.

„Dann wäre ich schwer enttäuscht. Es sei denn, es handelt sich um etwas wirklich Abgefahrenes, das wir mit einer reichen und zurückgezogen lebenden Person in Verbindung bringen können. Ist es was Versautes?“

Ich seufze schwer.

„Nein, Doug, es ist kein Porno. Du hast dir die Dateien doch wenigstens angesehen, oder?“

„Nein, das habe ich nicht.“

„Dann hast du … Augenblick mal. Du hast nicht mal einen Blick darauf geworfen?“

„Nein.“

Dazu fällt mir jetzt auch nichts mehr ein.

„Guck mich nicht so an“, faucht er. „Ich hatte befürchtet, sie kämen vielleicht von NatSec.“

„Und?“

„NatSec versieht alle Dateien auf ihren Servern mit Tracker-Bugs. Immer wenn eine ihrer Dateien geöffnet wird, aktiviert sich der Bug und überprüft, ob er sich noch auf NatSec-Servern befindet. Tut er das nicht, ruft er auf allen verfügbaren Kanälen um Hilfe. Ich habe natürlich entsprechende Eindämmungssysteme, aber die NatSec-Programmierer sind nicht blöd, daher bin ich mir nicht ganz sicher, dass mich meine Systeme wirklich schützen würden.“

Mir dreht sich auf einmal der Magen um, und ich spüre, dass mir die Kinnlade herunterklappt.

„Wenn du sagst, dass er um Hilfe ruft, meinst du damit, dass er ein Brecheisen anfordert, richtig?“, frage ich zaghaft.

Er nickt.

„Ja, wenn man Glück hat."

Ich starre den Schirm an. Offenbar muss ich meine Meinung von Doug erneut revidieren. Er ist nicht dumm, er ist schlichtweg der Teufel.

„Jetzt komm schon", meint er. „Du hast das doch gewusst, oder nicht? Was denkst du denn, warum ich dir eine Gefahrenzulage zahle?"

„Was für eine Gefahrenzulage?"

Er verdreht sein normales Auge. Das andere tut immer noch so, als würde es einer Echse gehören.

„Sechshundert die Stunde? Ich weiß, was du verdienst, Anders. Warum solltest du mir eine derart übertriebene Summe an den Kopf werfen, wenn du nicht wüsstest, dass du mit dieser Sache deinen Arsch riskierst?"

„Es ist dir nie in den Sinn gekommen, dass ich einfach nur gierig sein könnte?"

Seine Miene erschlafft. Auf diese Idee war er offensichtlich nicht gekommen.

„Es tut mir wirklich leid, Anders", sagt er schließlich mit vor gespieltem Mitleid triefender Stimme. „Ich war bisher davon ausgegangen, dass du in deinem Schädel auch ein funktionstüchtiges Gehirn hättest. Es hätte uns beiden sehr viel Mühe erspart, wenn du mir von Anfang an gesagt hättest, dass dem nicht so ist."

Ich will schon den Mund aufmachen und ihn zum Teufel jagen, klappe die Kinnlade dann jedoch wieder hoch. Er hat ja recht. Ein Mann, der nicht mal zwei Dollar Trinkgeld gibt, um zu verhindern, dass der Kellner seine Pancakes nicht anleckt, lässt sich, ohne mit der Wimper zu zucken, auf meine sechshundert Dollar pro Stunde ein. Ich lasse den Kopf in die Hände sinken.

„Ach, jetzt hab dich nicht so", meint Doug. „Es ist doch sowieso nicht weiter wichtig, oder? Du arbeitest über Garys

System, richtig? Der ist sogar noch besser geschützt als ich. Das ist auch einer der Gründe, warum ich mich überhaupt erst an dich gewandt habe."

Das ist vermutlich nicht der Zeitpunkt, um ihm zu gestehen, dass ich anfangs vorgehabt hatte, mir seine Dateien in dem Büro an der Hopkins anzusehen, das ich mir mit mehreren anderen teile.

„Pass mal auf", fährt er fort. „Du hast gerade keine Analsonde eines NatSec-Agenten in dir stecken und dein Haus ist auch kein rauchendes Loch im Boden. Daher hat doch alles geklappt, oder nicht? Was hast du denn jetzt für mich?"

Ich hebe den Kopf. Er lächelt wieder und sieht aus wie ein kleiner Junge am Weihnachtsmorgen.

Na ja, ein kleiner Junge, der teilweise von seinem Spielzeug aufgefressen worden ist.

„Zuerst einmal", teile ich ihm erschöpft mit, „sind das überhaupt gar keine Dokumente. Es sind Konfigurationsdateien."

Sein Lächeln wird noch breiter.

„Bingo. Es sind Konfigurationsdateien wofür?"

„Für einen Nanopartikelerzeuger, Doug. Ich glaube, sie wurden für ein Siemens-System formatiert, aber da bin ich mir nicht ganz sicher."

Doug reckt eine Faust in die Luft und führt einen kleinen Siegestanz auf. Diesen Anblick als verstörend zu bezeichnen wäre die Untertreibung des Jahres.

„Volltreffer!", brüllt er. „Was sind das für Pläne? Was können wir damit herstellen? Ist es eine Waffe? Es ist ganz bestimmt eine Waffe, oder nicht?"

Ich reibe mir die Augen und streiche mir das Haar aus der Stirn. Mir ist klar, dass ich dringend schlafen sollte.

„Nein, Doug, es ist keine Waffe. Ich bin mir auch nur zu neunzig Prozent sicher, womit wir es da zu tun haben. Eine der Darstellungen ist mir bekannt, und ich kann mir denken, wofür einige der anderen gedacht sind, aber der Rest ist mir mehr oder weniger ein Rätsel."

„Jetzt spuck's schon aus", verlangt er. „Spann mich nicht länger auf die Folter. Bin ich jetzt ein reicher Mann oder nicht?"

„Nun ja", antworte ich. „Ich bin mir nicht sicher, wie genau du das zu Geld machen kannst, aber du bist da auf jeden Fall auf etwas Wertvolles gestoßen. Ich bin mir nämlich ziemlich sicher, dass es dir gelungen ist, das Geheimrezept der Nanosuite in BrainBump zu stehlen."

Doug starrt mich entgeistert an und sieht einen Augenblick lang fast so aus, als würde er gleich zu weinen anfangen. Doch dann schüttelt er den Kopf, und die Hälfte seines Gesichts, die noch dazu in der Lage ist, lächelt.

„Okay", meint er. „Gut. Damit kann ich was anfangen. Für so etwas gibt es da draußen doch ganz bestimmt einen Käufer. ‚Ziemlich sicher' reicht mir aber nicht, ich muss mir zu einhundert Prozent sicher sein."

Ich zucke mit den Achseln.

„Ich habe keinen Zugriff auf einen Siemens-Fabrikator", erkläre ich ihm. „Aber ich kann die Dateien durch einen Emulator laufen lassen, wenn du willst. Du wirst zwar keine Nanos rauskriegen, aber bekommst zumindest eine Übersicht darüber, welche Partikel produziert worden wären, wenn du die Dateien in eine richtige Einheit eingespeist hättest."

„Das reicht mir", erwidert Doug. „Die eigentlichen Partikel sind mir völlig egal. Ich brauche nur genug Beweise, die ich einem Käufer zeigen kann."

Ich hebe den Kopf, starte den Emulator und füttere ihn mit den Konfigurationsdateien. Doug beugt sich zur Kamera vor, und mir ist beinahe so, als wollte er versuchen, mir über die Schulter zu schauen. Zuerst überlege ich, ob ich ihm erklären soll, dass er das Ganze nicht besser sehen kann, wenn er einen Stirnabdruck auf seinem Schirm produziert, aber er ist schon wieder dieser kleine Junge, der sich auf seine Geschenke freut. Ich starte die Produktionssimulation und rechne damit, nach zwanzig bis dreißig Sekunden ein Ergebnis zu bekommen, aber es wird schon nach fünf Sekunden ausgegeben.

„Und?", will Doug wissen. „Was wissen wir jetzt?"

„Gar nichts", teile ich ihm mit. „Deine Dateien haben den Emulator zum Absturz gebracht."

Diesen Worten folgt eine fünfsekündige betretene Stille.

„Äh, Anders? Was hat das zu bedeuten?"

Ich zucke mit den Achseln.

„Keine Ahnung. So etwas ist noch nie passiert. Das ist natürlich Freeware, aber es gibt sie schon mehrere Jahre. Die meisten Bugs wurden im Laufe der Zeit ausgemerzt."

Er lehnt sich nach hinten, und sein Lächeln ist verschwunden.

„Und was machen wir jetzt?"

„Ich bin mir nicht sicher. Ich habe zwar den Quellcode des Emulators, aber der ist viel zu kompliziert, als dass ich ihn debuggen könnte. Gary ist vielleicht dazu in der Lage, sich damit zu …"

„Nein", fällt mir Doug ins Wort. „Ich möchte Gary jetzt noch nicht dabei haben. Was kannst du noch machen?"

Ich überlege, ob ich Doug sagen soll, dass Gary jederzeit herausfinden könnte, was wir hier gerade machen, ohne dass er uns vorher fragen müsste, aber ich will nicht, dass Doug sich noch mehr aufregt, als er es ohnehin schon tut.

„Wie wäre es damit, dass ich die Dateien der verschiedenen Partikel nach und nach in den Emulator eingebe?", schlage ich vor. „Vielleicht verursacht ja nur eine davon das Problem."

„Gut", meint Doug. „Aber beeil dich. Ich bezahle dich nicht fürs Rumsitzen."

Ich werfe dem Schirm einen giftigen Blick zu.

„Genau genommen hast du mich noch gar nicht bezahlt", kontere ich.

„Tja, nun … Wenn du willst, dass sich das ändert, dann finde eine Lösung. Hopp, hopp."

Ich verschränke die Arme vor der Brust.

„Geht's noch, Doug?"

Er stampft mit beiden Füßen auf und wendet sich halb von mir ab.

„Jetzt komm schon, Anders. Du machst mich fertig."

„Wie lautet das magische Wort, Doug?"

„Arschloch?"

Ich muss lachen. „Na, fast."

Es dauert etwa zehn Minuten, bis ich alle Dateien analysiert habe. Es sind Pläne für fünf verschiedene Partikel in der Größenordnung zwischen einem riesigen Bot, der vermutlich dafür entwickelt wurde, mit einem speziellen Implantat zu interagieren, über einen bescheidenen Neurostimulator bis hin zu dem kleinen Molekularkäfig. Ich fange mit der größten an, da ich davon ausgehe, dass die Wahrscheinlichkeit eines Fehlers bei den komplexeren Dateien deutlich größer ist. Der Emulator läuft etwa zehn Sekunden lang und spuckt dann einen Datenstrom aus.

„Und?"

Wieder zucke ich mit den Achseln.

„Die Datei lief sauber durch. Probieren wir es mit der nächsten."

Ich arbeite mich durch die Dateien, die immer kleiner werden. Bei keiner tritt ein Problem auf.

Bis zur letzten – dem netten kleinen Fußballmolekül. Die Datei sorgt direkt nach dem Start für einen Absturz.

„Tja", murmele ich. „Da haben wir das Problem."

Doug macht ein finsteres Gesicht.

„Das hat der Kerl, der meinen Arm repariert hat, auch gesagt, bevor er meinte, ich schulde ihm achttausend Dollar."

Ich starre den Schirm an.

„Das ergibt doch keinen Sinn", erkläre ich. „Ich kenne diesen Bot. Ich verwende die Darstellung eines Molekularkäfigs, der diesem sehr ähnelt, ständig als Beispiel bei den dämlichen reichen Bälgern. So kompliziert ist das nun wirklich nicht."

„Wie willst du das Problem beheben?"

„Warte kurz", meine ich. „Lass mich noch eine Sache versuchen."

Ich öffne meinen Kursordner und suche die Konfigurationsdatei des Molekularkäfigs heraus. Vielleicht kann ich die beiden Dateien ja einfach miteinander vergleichen, aber als ich sie nebeneinander darstellen lasse, ist die von Doug mehr als doppelt so groß. Ich öffne beide. Die Pläne ähneln sich. Die Dateispezifikationen sind nahezu identisch. Ich komme am Ende der Dateien an, ohne irgendwelche großen Unterschiede gefunden zu haben.

Mit der einzigen Ausnahme, dass die von Doug doppelt so groß ist.

„Und?", will Doug wissen. „Weißt du jetzt, was los ist?"

„Ja", antworte ich. „Hier ist noch jede Menge anderer Kram drin, der hier gar nicht hingehört."

11. Terry

Elise ist verschwunden.

Sie ist nicht tot. Wenn sie es wäre, könnte ich ihr Handy erreichen und ein Avatar würde mir mitteilen: „Tut mir leid, Elise kann gerade nicht mit dir sprechen. Sie ist tot.“ Sie hat natürlich einen Cloud-Avatar, aber der kann mir auch nicht sagen, wo sie sich aufhält.

Der einzige Grund, der mir einfallen will, weshalb jede Spur von ihr aus den Netzwerken verschwunden sein könnte, wäre, wenn sie, ihr Handy, ihr Haus und all ihre anderen mit den Netzwerken verbundenen Geräte auf einen Schlag vaporisiert worden wären.

Doch sie hat mir vor zwei Tagen eindeutig zu verstehen gegeben, dass genau das nicht passiert ist.

Tariq sagte gestern Morgen, dass sie einen sicheren Ort aufsuchen würden. Mir ist allerdings nicht in den Sinn gekommen, ihn zu fragen, ob er mit „sicher“ in Wahrheit meinte „auf der Marsoberfläche“.

„Haus“, sage ich. „Wie viele Orte im Umkreis von einhundert Kilometern um Baltimore sind völlig von allen öffentlichen Netzwerken abgeschnitten?“

Darüber muss das Haus etwa eine Minute lang nachdenken. Sie taucht auf meinem Küchenschirm auf und presst einen Finger an ihre Lippen. Dabei runzelt sie konzentriert die silbrige Stirn.

„Zwei bekannte Orte“, antwortet sie schließlich. „Plus eventuell ein weiterer.“

„Wo befinden sie sich?“

„Die beiden bekannten Orte sind das Innere der Eindämmungseinheiten eins und zwei in der Chesapeake-Fusionsanlage. Der vermeintliche Treffer liegt innerhalb der NatSec-Einrichtung in Chantilly, Virginia."

„Ist das dein Ernst?", frage ich. „Mehr fällt dir dazu nicht ein?"

Sie zuckt nur mit den Achseln.

„Du hast nach Orten gefragt, an denen man völlig abgeschnitten ist. Davon gibt es heutzutage nicht mehr besonders viele."

Okay. Elise hält sich wahrscheinlich an keinem der beiden bekannten Orte auf, und ich bezweifle, dass Tariq sie zu NatSec gebracht hat. Und wie bringt mich das jetzt weiter?

„Na gut", meine ich. „Stell eine Verbindung zu Dimitri her. Vid auf den Schirm."

Sie verschwindet und pingt Dimitris System an, taucht dann jedoch noch mal lange genug auf, um mir mitzuteilen: „Tut mir leid, wir haben kein Glück. Hier ist immerhin einer seiner Avatare."

Es ist der Bär.

„Terry", sagt er. „Wie schön, dass du dich meldest. Dimitri würde sehr gern mit dir reden, aber er schläft gerade. Kann ich dir vielleicht weiterhelfen?"

Ich sehe auf meinen Chronometer. Es ist 10:45:15.

„Ich bin mir nicht sicher", erwidere ich. „Was glaubst du, wann Dimitri wieder aufwachen wird?"

Er sieht mich unsicher an.

„Das weiß ich nicht. Dimitri hat in den letzten drei Tagen sehr schlecht geschlafen, daher möchte ich ihn nur ungern früher als notwendig wecken."

„Kannst du ihn bitten, sich bei mir zu melden, sobald er wach ist?"

„Das werde ich tun. Tschüss, Terry."

„Verbindung trennen."

Ich gehe ins Wohnzimmer und setze mich auf die Couch.

Eigentlich könnte ich ein bisschen arbeiten – ich sollte es sogar tun. Meine Kundin rechnet damit, dass ich ihr zum Wochenende einen ersten Entwurf schicke, doch ich kann mich jetzt unmöglich auf Farbpaletten, Möbeldesigns und die Platzierung von Kunstgegenständen konzentrieren. Es ergibt für mich wenig Sinn, sich Gedanken darüber zu machen, ob man den Renoir jetzt im richtigen Licht präsentiert, wenn die Welt gerade den Bach runtergeht.

„Haus", sage ich. „Vids. Nachrichten. Lokal. Gemäßigt."

Auf dem Schirm erscheinen zwei Männer, die einander gegenüber auf niedrigen Sofas an einem Kaffeetisch sitzen. Laut Einblendung handelt es sich bei dem Clip um ein Interview mit dem amtierenden NatSec-Leiter Dey, das heute ab 09:00 live gesendet wird. Ich erkenne den Reporter. Sein Name ist John Flaherty. Er hat schon Promis und Politiker interviewt, als ich noch in die Grundschule gegangen bin.

Der Interviewer ist in diesem Fall berühmter als sein Gast, den ich noch nie zuvor gesehen habe. Dey macht diesen Job erst seit wenigen Monaten und hat ihn nach dem Rücktritt von Direktor Stevens angetreten. Ich weiß noch, dass es da irgendeinen Skandal gegeben hat, was mich allerdings nicht besonders interessiert hat, daher kann ich mich auch beim besten Willen nicht mehr daran erinnern. Dey ist klein und dünn, hat dunkle Haut und dunkles Haar sowie einen dicken schwarzen Schnurrbart, der sich um seine Mundwinkel krümmt und fast bis hinunter zur Kinnlinie reicht. Er trägt einen dunkelbraunen Anzug, der aussieht, als wäre er ihm zwei Nummern zu groß.

„Guten Morgen", sagt Flaherty. „Wir haben heute den amtierenden NatSec-Direktor Dey zu Gast. Danke, dass Sie zu uns kommen konnten, Mr. Dey."

„Es ist mir ein Vergnügen, hier sein zu dürfen", erwidert Dey. Er hat einen ganz leichten Akzent, der sich zwischen Südasien und britischem Privatinternat zu bewegen scheint.

„Kommen wir direkt zum Punkt", meint Flaherty. „Vor zwei Tagen musste die Nation den wohl verheerendsten terroristischen Angriff ihrer Geschichte erleben, bei dem fast fünfzigtausend Menschen umgekommen sind. Was hat NatSec bisher über diesen Anschlag herausgefunden, und wie wollen Sie sicherstellen, dass so etwas nicht noch einmal passiert?"

Dey lächelt.

„Sie reden nicht um den heißen Brei herum, nicht wahr, John? Sehr schön. Zuerst einmal möchte ich betonen, dass wir zwar die Antiterrorismusprotokolle in Kraft gesetzt haben, dass es jedoch noch keine handfesten Beweise gibt und wir nicht mit Sicherheit sagen können, ob das, was sich in Hagerstown abgespielt hat, tatsächlich ein terroristischer Anschlag gewesen ist. Bisher hat keine Gruppe die Verantwortung dafür übernommen, und es konnten nur sehr wenig physikalische Beweise gesichert werden, was zum Teil an unserer Reaktion auf den Vorfall liegt, sodass wir noch nicht erklären können, was eigentlich passiert ist. Augenblicklich haben wir mehrere widersprüchliche Theorien bezüglich dessen, was für den Tod der guten Bürger von Hagerstown verantwortlich ist. Bisher hat sich jedoch noch keiner der fraglichen Mechanismen als wirkungsvoll genug erwiesen, um die dort eingetretenen Effekte zu bewirken.

Momentan tun wir bei NatSec alles in unserer Macht Stehende, um sowohl herauszufinden, wer oder was für diese Tragödie verantwortlich ist, als auch sicherzustellen, dass so etwas nicht noch einmal geschehen kann. Unsere physikalischen wie unsere virtuellen Agenten sind seit Sonntagnachmittag rund um die Uhr im Einsatz, und das wird auch so bleiben, solange die Sachlage nicht eindeutig geklärt ist."

Flaherty beugt sich vor.

„Ich hoffe, Sie werden mir verzeihen", setzt er an, „wenn ich anmerke, dass Sie meine Frage nicht ganz beantwortet haben."

Deys Lächeln wird noch breiter.

„Ich verzeihe Ihnen, aber Sie werden gewiss verstehen, dass es Grenzen für das gibt, was ich der Öffentlichkeit mitteilen kann.“

Flaherty nickt, sieht aber nicht überzeugt aus.

„Natürlich, Sir. Überdies sind in der letzten Stunde Anschuldigungen erhoben worden, dass NatSec-Agenten während der vergangenen Nacht eine Reihe gezielter Morde an Führern der Unverändertenbewegung begangen haben. Können Sie entweder bestätigen oder verneinen, dass derartige Operationen stattgefunden haben?“

Jetzt beugt sich Dey, dessen Lächeln verblasst ist, vor.

„Sie überraschen mich, John. Ich werde dieser Frage nicht durch eine Antwort Gewicht verleihen und dazu nur sagen, dass es NatSecs Aufgabe ist, das Leben amerikanischer Staatsbürger zu beschützen und nicht etwa zu beenden.“

„Genau so ist es, Sir. Jedoch werden auch Sie die Feeds gesehen haben, die die sogenannte Unverändertenbewegung seit Hagerstown veröffentlicht hat. Viele davon wurden später redigiert, aber es ist meiner Organisation im Verlauf der letzten beiden Tage gelungen, so viele Informationen zusammenzutragen, dass sich ein Bild ergibt, und dieses grenzt an Anstiftung zum Terrorismus. Können Sie das bestätigen?“

Dey lehnt sich zurück und schlägt die Beine übereinander.

„Ich kann zu laufenden Ermittlungen keine Kommentare abgeben, und das wissen Sie ebenso gut wie ich.“

„Das verstehe ich, Mr. Dey. Aber wenn NatSec, mal rein hypothetisch gesprochen, zu dem Schluss kommt, dass ein Individuum oder eine organisierte Gruppe mithilfe öffentlicher Feeds zu terroristischen Aktivitäten aufruft, wären Sie dann nicht gezwungen, gewaltsam einzugreifen?“

Deys Miene bleibt ruhig, aber seine Stimme wird eiskalt.

„Wie Sie wissen, leben wir in den Vereinigten Staaten von

Amerika, in denen es noch immer das Recht auf Meinungsfreiheit gibt. Demzufolge gibt es Gesetze, die bei einem öffentlichen Aufruf zu Gewalt angewandt werden, und diese wurden wiederholt als verfassungsmäßig erachtet. Würden wir oder ein anderes Exekutivorgan feststellen, dass diese Gesetze gebrochen werden, dann wäre es unsere Pflicht einzuschreiten."

„Und würden dazu auch gezielte Eliminierungen gehören?"

Deys Miene verfinstert sich.

„Ich denke, ich habe diese Frage bereits beantwortet, Mr. Flaherty."

„Das haben Sie, Sir, in der Tat."

Ich halte den Feed an. Aus der Diele ist ein Pochen zu hören.

„Haus", sage ich. „Was ist das für ein Geräusch?"

Sie erscheint auf dem Schirm, wo sie neben Augustus Dey auf der Couch sitzt. Dann zwinkert sie mir zu und legt ihm einen Arm um die Schultern.

„Jemand klopft an deine Tür", teilt sie mir mit.

„Jemand klopft an? Wer ist es denn?"

Sie beugt sich vor und knabbert an Deys Ohr.

„Unbekannt. Diese Person hat keine rückverfolgbaren Geräte bei sich."

Aus diesem Grund klopft er vermutlich auch an.

„Kann ich ein Bild bekommen?"

Haus zögert. Sie beugt sich von Dey weg, und ihre Miene und ihre Stimme werden auf einmal ernst.

„Es ist kein Bild verfügbar."

Mein Herz klopft schneller.

„Was?"

„Es ist kein Bild verfügbar. Die Türkamera funktioniert nicht."

Das Klopfen ertönt erneut. Mir zieht sich vor Nervosität der Magen zusammen.

„Wie lange ist die Kamera schon ausgefallen?“

„Seit fünfundvierzig Sekunden.“

„Funktioniert die Kamera am Gebäudeeingang noch?“

„Ja.“

„Dann zeig mir die Bilder von jedem, der in den letzten fünf Minuten das Haus betreten hat.“

Erneut zögert Haus. Mir gefällt überhaupt nicht, wie sich diese Sache entwickelt.

„Es sind keine Bilder verfügbar.“

„Dann hat während dieser Zeit niemand das Gebäude betreten?“

„Unbekannt. Die Kamera am Gebäudeeingang war während dieser Zeit fünfunddreißig Sekunden lang außer Betrieb.“

Ich höre das Klopfen ein drittes Mal, nun etwas lauter. Da steht jemand vor meiner Tür.

Jemand, der es schafft, für das Panoptikum ein Geist zu sein.

Ich wohne im zweiten Stock. Es gibt keine Hintertür und keine Feuerleiter. Ich überlege panisch, ob ich mehrere Bettlaken aneinanderknüpfen und aus dem Fenster klettern kann, als eine gedämpfte Stimme durch die Tür hereindringt.

„Bist du da, Terry? Ich hoffe, ich störe dich nicht, aber ich muss unbedingt sofort mit dir sprechen. Bitte lass mich rein.“

Es dauert einen Moment, bis ich die Stimme erkannt habe, und einen weiteren, um zu überprüfen, dass ich mir nicht in die Hose gemacht habe.

„Haus …“, beginne ich, aber meine Stimme bricht. Ich räuspere mich und versuche es noch einmal. „Haus. Öffne die Tür.“

Ich stehe auf. Meine Hände zittern, und ich spüre, wie das Adrenalin durch meine Adern jagt. Dann höre ich, wie die Tür aufgeht und Schritte im Flur erklingen.

„Großer Gott“, entfährt es mir. „Was machst du denn hier, Tariq?“

„Na, wenigstens ergibt jetzt langsam alles einen Sinn", meine ich. „Du wirst in einem Monat mein Schwager sein. Wann wolltest du mir anvertrauen, dass du für NatSec arbeitest? Weiß Elise es überhaupt schon?"

Tariq rutscht verlegen auf der Couch herum.

„Ich weiß nicht, was du meinst", erwidert er. „Ich arbeite ganz bestimmt nicht für NatSec. Ich habe mir ihre Einstellungskriterien zwar nicht angesehen, aber ich bezweifle, dass sie Performancekünstler in ihren Reihen haben."

Ich muss lachen.

„Ja, klar. Performancekünstler. Gibt es so was überhaupt? Himmel, ich komme mir vor wie eine Idiotin."

Er legt mir eine Hand aufs Knie, zieht sie aber sofort wieder zurück, als er meinen Gesichtsausdruck sieht.

„Terry, bitte. Ich kann dir versichern, dass ich wirklich der bin, der ich zu sein behaupte. Würde ich für NatSec arbeiten, müsste ich dich jetzt nicht um Hilfe bitten."

Ich lehne mich zurück und fahre mir mit den Händen durchs Haar. Mein Flucht-oder-Kampf-Reflex lässt langsam nach, und ich bin kurz davor loszukichern.

„Hör mal, Tariq, ich sagte, dass ich mir vorkomme wie eine Idiotin, nicht, dass ich eine bin. Wenn wir diese Unterhaltung fortsetzen wollen, musst du mir zunächst einiges erklären. Erstens: Wenn du wirklich nur ein einfacher Straßenkünstler bist, wie hast du es dann geschafft, die Sicherheitssysteme meines Hauses auszuschalten?"

Er wendet den Blick ab, und mir schießt durch den Kopf, dass NatSec ihn auch gar nicht anheuern würde, da er ein unglaublich schlechter Lügner ist.

„Ich weiß nicht, was du meinst."

„Haus", sage ich. „Überprüfe die Eingangskamera."

„Sie funktioniert normal."

„Was ist passiert, als Tariq vor meiner Tür gestanden hat?"

„Sie hat nicht funktioniert."

„Und was war vor seinem Eintreffen?"

„Da hat sie normal funktioniert."

„Das, mein lieber zukünftiger Schwager, ist das, was ich damit meine. Du bist für das Panoptikum unsichtbar. Das ist nicht gerade einfach, und soweit ich weiß, sind die einzigen Menschen, die zu so etwas imstande sind, NatSec-Agenten."

„Könnte es nicht einfach sein, dass deine Kamera eine Fehlfunktion hatte?", fragt er. „Vielleicht war das bloß Zufall."

Ich beuge mich vor.

„Dann willst du mir also weismachen, meine Türkamera hätte eine Fehlfunktion gehabt, die genau zu dem Zeitpunkt auftrat, in dem du davorgestanden hast, und beendet war, sobald du meine Wohnung betreten hattest?"

Er zuckt mit den Achseln, kann mir aber noch immer nicht in die Augen sehen.

„Das ist doch möglich, oder nicht? Eine Korrelation ist noch lange keine Ursächlichkeit."

„Und die Tatsache, dass die Gebäudekamera genau sechzig Sekunden zuvor dieselbe Fehlfunktion hatte – erneut genau in dem Moment, in dem du daran vorbeigegangen bist –, ist ebenfalls ein reiner Zufall?"

Tariq starrt den Boden an, und ich muss ganz kurz an den Kerl aus dem Donutladen denken.

„Ich habe nie behauptet, ein gewöhnlicher Mann zu sein", sagt er leise. „Mein Beruf besteht darin, dass ich ungewöhnliche Dinge tue. Aber ich schwöre dir, dass das alles nichts mit NatSec zu tun hat."

Ich hole tief Luft und stoße sie wieder aus. Dimitri ist der einzige Mensch, den ich kenne und von dem ich mit Sicherheit weiß, dass er irgendwie für NatSec arbeitet. Er hat es nie direkt zugegeben – und ich gehe davon aus, dass ihnen das auch gar nicht gestattet ist –, aber er hat es auch nie geleugnet. Tariq wirkt sehr aufrichtig, und ich bekomme leichte Gewissensbisse, dass ich ihm derart zugesetzt habe.

„Na gut“, gebe ich nach. „Du arbeitest nicht für NatSec. Nehmen wir doch einfach an, du wärst in Wirklichkeit ein Vampir. Was kann ich denn für dich tun?“

„Ich brauche deine Hilfe“, sagt er. „Aber nicht Elise zuliebe, sondern meinetwegen.“

Damit hat er meine Aufmerksamkeit erregt.

„Elise?“, wiederhole ich. „Wo ist sie? Geht es ihr gut?“

„Es geht ihr gut, und sie ist in Sicherheit. Aber ... Ich muss dir gestehen, dass ich in Bezug auf das, was in Hagerstown passiert ist, nicht ganz ehrlich gewesen bin.“

Ich setze mich ruckartig auf und schlage beide Hände vor den Mund.

„Was? Jetzt bin ich aber schockiert, Tariq! Richtig schockiert! Du hast uns wirklich alle reingelegt.“

Er macht ein finsteres Gesicht.

„Ich weiß, dass ihr mich alle für einen Lügner haltet, und möglicherweise habt ihr sogar recht. Im Großen und Ganzen ist das, woran sich Elise erinnert, auch genau so passiert. Sie hat mit einem Wächter gesprochen, und seine Sensoren haben ihr Gesicht und ihre Stimme erfasst. Es ist sehr wahrscheinlich, dass sie auch Teile ihrer Flucht aufgezeichnet haben.“

„Auf deinem Trike?“

Seine Miene verfinstert sich noch weiter.

„Das ist doch unwichtig. Entscheidend ist, dass NatSec Beweise dafür hat, dass sie in Hagerstown gewesen ist, und dass sie dort nicht gestorben ist. Ich glaube nicht, dass irgendjemand, der etwas zu sagen hat, schon davon weiß – aber sollte es dazu kommen, weiß ich nicht, ob ich in der Lage sein werde, sie zu beschützen.“

Ich verdrehe die Augen. Zumindest in dieser Hinsicht hat er recht.

„Und was gedenkst du deswegen zu unternehmen?", will ich wissen.

„Das ist genau der Grund, warum ich deine Hilfe brauche", erwidert er. „Ich habe vor, die Beweise zu vernichten, bevor jemand darauf stößt."

Gary reißt die Tür auf, als ich gerade die Hand hebe, um anzuklopfen.

„Böser Zauberer!", ruft er. „Höhlenlady! Willkommen! Was führt euch so bald, nachdem wir euch endlich losgeworden sind, wieder hierher?"

„Hallo, Gary", sage ich. „Können wir reinkommen?"

„Klar", erwidert er und tritt mit einer Verbeugung zur Seite. „Warum nicht? Ich führe ja jetzt eine Pension. Macht es euch bequem."

Wir gehen ins Haus, und er schließt die Tür hinter uns.

„Falls du mit Anders sprechen willst, er ist oben in seinem Zimmer und macht irgendwelche streng geheimen Sachen, von denen ich eigentlich gar nichts wissen sollte. Wollt ihr zuschauen? Ich sehe es mir auf dem Wohnzimmerschirm an."

„Nein", antworte ich. „Eigentlich nicht. Außerdem sind wir hier, um mit dir zu reden."

Tariq setzt sich auf die Couch, ich nehme neben ihm Platz, und Gary lässt sich in einen Sessel fallen. Auf dem Schirm dreht sich etwas, das wie ein Molekulardiagramm aussieht.

„Hey", meint Gary. „Soll ich dir was Witziges erzählen? Ich glaube, ich habe letzte Nacht gesehen, wie dein Kumpel Dimitri einen Mann umgelegt hat. Möchtest du etwas dazu sagen?"

Ich starre ihn an. Er schaut ebenso durchdringend und mit schiefem Grinsen zurück.

„Was hast du gerade gesagt?", frage ich schließlich.

„Dimitri", wiederholt er. „Du weißt schon, dieser echt gruselige Typ, der Sonntagmorgen vor meiner Tür gestanden hat und Anders sprechen wollte, weil er sauer war auf euer kleines … was immer ihr beide da so am Laufen habt."

„Ja", entgegne ich. „Ich weiß, wer Dimitri ist. Und du hast gesehen, wie er jemanden geschlagen hat?"

„Nein", korrigiert mich Gary. „Ich habe nicht gesehen, wie er jemanden geschlagen hat, ich habe gesehen, wie er jemanden ausgeschaltet hat, einen Christopher Cai, wie ich später erfahren habe, der noch dazu berüchtigter Rassist war, Unveränderten-Aufrührer und Lebemann."

„Ich glaube", schaltet sich Tariq ein, „Gary will dir sagen, dass dein Freund einen Mord begangen hat."

„Nein", widerspreche ich ihm, „das will er nicht."

„Doch, das will ich", beharrt Gary.

Ich sehe erst Tariq und dann Gary an.

„Du willst mir also erzählen, du hättest gesehen, wie Dimitri letzte Nacht jemanden umgebracht hat, in der Öffentlichkeit, wo ihn jede Drohne und Überwachungskamera von Baltimore sehen konnte?"

„Nein", erwidert Gary. „Ich habe zwar gesehen, wie er jemanden ermordet hat, aber ich bezweifle, dass ihn außer Anders oder mir jemand sehen konnte. Dimitri arbeitet für NatSec, richtig? Daher schätze ich, dass er als Geist unterwegs war."

„Nur, um das klarzustellen", fügt er nach einem Augenblick hinzu, „ich bin durchaus bereit, dem guten alten Dimitri diesen Mord nachzusehen. Der Mann, den er getötet hat, war ein Riesenarschloch, und er hatte sich gerade bei dem Versuch, eine sehr heiße Barkeeperin umzulegen, zum Affen gemacht. Im Allgemeinen bin ich zwar strikt gegen außergerichtliche Exekutionen, aber in diesem besonderen Fall würde ich behaupten, dass es der Kerl mehr als verdient hatte."

Ich weiß wirklich nicht, was ich dazu sagen soll.

„Hör mal“, meine ich endlich, „ich weiß nicht, was du gesehen oder dir eingebildet hast oder was auch immer, aber ich möchte jetzt wirklich nicht über Dimitri reden.“

„Okay“, stimmt mir Gary zu. „Ich auch nicht. Das ist langweilig. Wollen wir eine Folge *SpaceLab* gucken?“

Das Bild auf dem Schirm ändert sich. Ich muss sofort etwas unternehmen und verhindern, dass die Folge beginnt.

„Nein“, sage ich schnell. „Das wollen wir nicht. Wir möchten mit dir über etwas sehr Wichtiges reden.“

Er sieht mich fragend an.

„Über was Wichtiges? Na, dann schießt los.“ Er zwinkert, und der Schirm wird schwarz. „Was kann ich für euch tun?“

Ich sehe Tariq an, aber er schüttelt den Kopf. Seine Miene gibt mir deutlich zu verstehen, dass er glaubt, ich würde unser Leben in die Hände eines Wahnsinnigen legen. Offenbar muss ich hier das Reden übernehmen.

„Nun ja“, beginne ich. „Es gibt da etwas, das wir erledigen müssen, und ich hatte gehofft, dass du uns helfen kannst oder vielleicht jemanden kennst, der das kann.“

Gary lacht laut los.

„Oh, Mann, ich kann es kaum erwarten zu erfahren, worum es hierbei geht. Hast du auch nur die geringste Ahnung, was ich den lieben langen Tag so mache?“

„Wir möchten, dass du einen Server knackst und einige Daten darauf löschst.“

„Hm“, murmelt Gary und kratzt sich den Kopf. „Du weißt anscheinend doch, was ich mache. Okay. Wessen Server, wie gut ist er gesichert, haben sie einen Cloud- und einen lokalen Speicher und soll ich die Datei extrahieren oder nur zerstören? Bitte beantwortet die Fragen so genau wie möglich, da meine Schätzungen nicht bindend sind, und wenn mir während des Jobs die Zeit oder das Material ausgeht, könnte euch am Ende eine exorbitant hohe Rechnung erwarten.“

„Die Daten müssen nur zerstört werden", antwortet Tariq. „Wir benötigen sie nicht. Und ich bin mir ziemlich sicher, dass die Daten lokal gespeichert sind."

„Gut", meint Gary. „Das vereinfacht die Sache. Möglicherweise müsst ihr nur eine Niere verkaufen, um mich zu bezahlen. Über wessen Server reden wir hier überhaupt?"

Ich sehe Tariq an, und er zuckt mit den Achseln.

„Den von NatSec", teile ich ihm mit. „Wir möchten, dass du alle Aufzeichnungen vernichtest, die die Wächtereinheit Sonntagnachmittag von Elise in Hagerstown angefertigt hat."

Gary lacht laut los. Er schaut zwischen mir und Tariq hin und her, und als wir ernst bleiben, wird er es auch wieder.

„Verschwindet", sagt er.

„Warte", bitte ich ihn. „Wir haben durchaus mehr Ressourcen zur Verfügung, als du denkst. Falls du noch jemanden hinzuziehen musst, um die Sache durchzuziehen, können wir auch das finanzieren. Es ist wirklich wichtig."

Gary schließt die Augen, reibt sich mit beiden Händen das Gesicht und zieht seine Dreadlocks dann zu einem komischen, fettig aussehenden Pferdeschwanz nach hinten.

„Das kann ich mir denken", meint er. „Dann geben wir diese ganze ‚Tariq und sein glitzerndes Trike'-Geschichte endlich auf? Wollt ihr mir jetzt verraten, was wirklich passiert ist?"

Ich würde ihm gern sagen, dass Tariq mir immer noch nicht verraten hat, was wirklich geschehen ist, aber dies ist nicht der richtige Zeitpunkt dafür.

„Tariq hat Elise tatsächlich gerettet", behaupte ich. „Wie genau er das angestellt hat, ist unwichtig. Wichtig ist nur, dass NatSec Videoaufnahmen von Elise in Hagerstown hat und vermutlich auch einige Bilder, auf denen sie beim Verlassen der Stadt zu sehen ist. Sobald jemand darauf stößt, wird man sich auf die Suche nach ihr machen."

Garys Miene wirkt jetzt ganz und gar nicht mehr amüsiert.

„Ja", sagt er. „Darauf kannst du deinen Arsch verwetten. Sie werden nach ihr suchen und nach jedem, der mit ihr in Kontakt gekommen ist. Verdammte Scheiße! Ich wusste ganz genau, dass man mir wegen dieser Sache ein Brecheisen auf den Hals schicken würde."

„So weit muss es nicht kommen", wirft Tariq schnell ein. „Wenn wir die Daten vernichten, ist alles gut."

Gary starrt Tariq einige Sekunden lang schweigend an.

„Entschuldige", murmelt er dann. „Ich bin nicht besonders gut darin, andere Menschen zu durchschauen. Noch ist mir nicht klar, ob ihr mich auf den Arm nehmen wollt oder ob ihr einfach nur total verblödet seid. Ich bin mir nicht sicher, ob ich diese Geschichte schon einmal erzählt habe, aber als diese ganze Sache angefangen hat, hat einer meiner Kumpel ein zwanzigsekündiges internes NatSec-Gespräch aufgefangen. Er hat es nur aufgefangen, versteht ihr, und nicht zerstört. Selbst mir ist völlig schleierhaft, wie ihm das gelungen ist. Zwölf Stunden später wurde seine Wohnung, die er glücklicherweise schon längst gesäubert hatte, von NatSec-Agenten durchwühlt. Ich mag dieses Haus wirklich sehr und habe keine Lust, hier alles zu verbrennen. Außerdem ist das, worum ihr mich bittet, dreimal schwerer als das, was Inchy getan hat. Es tut mir leid, aber es ist schlichtweg nicht möglich."

Tariq sieht aus, als wollte er etwas erwidern, aber auf einmal sind Schritte auf der Treppe zu hören. Eine Frau, die Elise sehr ähnlich sieht, kommt herein und sieht uns an. Sie trägt Shorts, ein gelbes Poloshirt mit dem *Green Goose*-Logo auf ihrer absurd prallen linken Brust und ein Handtuch auf dem Kopf, unter dem ihr wallendes blondes Haar hervorlugt. Bei ihrem Anblick zieht sich mein Magen zusammen.

„Ist dir klar, dass dein Mitbewohner ein Arschloch ist?", meint sie an Gary gewandt.

„Da hast du allerdings recht", erwidert er. „Barflittchen, darf ich dir die Höhlenlady und den bösen Zauberer vorstellen? Höhlenlady und böser Zauberer, das ist Barflittchen – noch ein weiterer uneingeladener Hausgast."

„Wow", murmelt sie, „du bist auch ein ziemliches Arschloch. Freut mich, euch beide kennenzulernen. Ich bin Charity. Seid ihr Freunde von Gary?"

„Klar", antworte ich. „Belassen wir es dabei."

Charity lässt sich in einen Sessel fallen und rubbelt ihr Haar trocken.

„Lasst euch von mir nicht stören", meint sie. „Macht einfach weiter mit dem, was ihr da gerade treibt."

Tariq wirft mir einen traurigen und mitleidigen Blick zu, und ich frage mich, was genau man mir ansehen kann. Gary wirkt auf einmal richtiggehend fröhlich.

„So", ruft er. „Wo waren wir? Ihr habt gerade versucht, mich davon zu überzeugen, Selbstmord zu begehen, richtig?"

„Das ist eine gute Idee", wirft Charity ein. „Du bist eine Last für deine Freunde und deine Familie. Geht es hier um die Hemlock Society?"

Er schüttelt den Kopf.

„Nein, es ist eher eine *Attacke der Leichten Brigade*."

Sie grinst.

„Du willst mir also erzählen, sie versuchen, dich zu etwas zu überreden, das so ungemein dumm ist, dass es fast schon wieder tapfer sein könnte?"

Gary strahlt sie an.

„Etwas in der Art. Bist du etwa ein Tennyson-Fan?"

Charity lässt das Handtuch sinken und wirft sich das Haar über die Schultern.

„Eine halbe Meil', eine halbe Meil', Auf Sattel und Schabracke, Vor, in Sturmeseil', Vor, zur Attacke. Ich habe einen Abschluss in englischer Literatur."

„Ah“, murmelt Gary. „Daher auch die Karriere als Bringerin von Speis und Trank.“

„Ganz genau.“ Sie schüttelt ihr Haar noch ein letztes Mal und legt das Handtuch dann über die Sessellehne. „Worüber reden wir hier eigentlich genau?“

„Wir reden eigentlich über Anders“, erwidert Gary, „und darüber, was für ein heißer Kerl er ist.“

„Dämlicher Kerl, wohl eher.“ Charity sieht aus, als hätte sie in etwas Verdorbenes gebissen. Ich spüre ein hoffnungsvolles Flattern in der Magengrube.

Großer Gott, ich bin wirklich ein hoffnungsloser Fall.

Ich klopfe leise an die Tür, warte einen Moment und öffne sie dann. Anders liegt auf dem Bett, starrt zur Decke und hat die Hände unter dem Kopf liegen.

„Hey“, sage ich.

Er sieht mich an und schaut dann wieder nach oben.

„Terry“, sagt er. „Mit dir hatte ich jetzt nicht gerechnet.“

„Ja, ich weiß.“

Ich setze mich mit dem Rücken zu ihm auf die Bettkante. In der Ferne donnert es. Es sah den ganzen Morgen schon nach Regen aus, aber noch sind die Straßen trocken.

„Charity scheint nett zu sein“, meine ich. „Wie habt ihr euch kennengelernt?“

„Sie arbeitet im *Green Goose*.“

„Das habe ich schon bemerkt. Hast du ihr auch einen Drink über die Klamotten geschüttet?“

Er lacht auf.

„Nein, ich habe den Kerl, der sie erschießen wollte, mit einem Sandwich beworfen.“

Ich lege den Kopf in den Nacken und drehe ihn langsam.

„Aha. Ich hätte mit dir geschlafen, wenn du das für mich getan hättest.“

„Du hast auch so mit mir geschlafen“, erwidert er lachend.

„Stimmt.“

Ich blicke auf meine Hände herab, die verschränkt in meinem Schoß liegen und die ich immer wieder anspanne.

„Hat sie es auch getan?“, frage ich schließlich.

„Nein“, antwortet Anders. „Das hat sie nicht.“

Garys Lachen dringt aus dem Wohnzimmer zu uns nach oben. Ich habe es ihm überlassen, Charity und Tariq mit *Space-Lab* bekannt zu machen.

„Hey“, meint Anders. „Trinkst du BrainBump?“

Ich drehe den Kopf und sehe ihn an. Er wirkt besorgt.

„Was? Nein. Ich will nicht, dass Nanobots irgendeines Konzerns in meinem Gehirn herumwuseln.“

Er nickt.

„Was ist mit Elise? Trinkt sie es?“

Ich schüttle den Kopf.

„Elise isst nicht einmal genmanipulierten Mais. Sie würde eine Dose BrainBump nur anfassen, wenn man sie vorher in ein Ganzkörperkondom steckt.“

„Hm.“

Er wendet den Blick ab. Ich kann beinahe sehen, wie es in ihm arbeitet.

„Warum fragst du mich so was? Hat jemand Garys BrainBump-Vorrat geplündert?“

„Nein“, erwidert er. „Ich wollte es einfach wissen.“

Wieder donnert es, und ein plötzlicher Windstoß lässt die Fenster wackeln.

„Da zieht ein Sturm auf“, sagt er.

Ich lächle ihn an.

„Das wurde auch Zeit. Diese Hitze war ja unerträglich.“

Er legt mir eine Hand auf den Rücken und lässt sie nach oben zu meiner Schulter wandern. Dann zieht er mich erst sanft, dann etwas fester. Ich lasse mich nach hinten fallen, bis ich mit dem Kopf auf seinem Bauch liege.

„Hör mal“, meint er. „Das mit gestern …“

Ich schüttle den Kopf.

„Sag jetzt nichts. Das bringt nur Ärger.“

Seine Hand liegt noch immer auf meiner Schulter. Ich verschränke die Finger mit seinen. Vor dem Fenster blitzt es, und eine Sekunde später ist der Donner zu hören, so laut, als wäre in der Straße eine Bombe eingeschlagen. Einige Regentropfen prasseln gegen die Fensterscheibe, dann noch ein paar mehr, und schließlich fängt es an zu gießen. Der Wind nimmt zu und jault um das Haus, während Hagelkörner gegen die Wände knallen. Anders legt die Finger fester um meine. Gary lacht wieder, und als der Wind nachlässt, höre ich auch Charity lachen.

„Und, warum bist du hier?“, will Anders wissen.

Ich zucke mit den Achseln.

„Ich war gerade in der Gegend und dachte, ich komme mal vorbei und sage Hallo.“

„Verstehe.“

Er schiebt mir mit der anderen Hand das Haar aus der Stirn und bewegt die Finger dann langsam in meinen Nacken. Ich drehe den Kopf ein wenig hin und her.

„Dir ist schon klar, dass ich kein Hund bin?“, frage ich nach einer Weile.

„Entschuldige“, sagt er und zieht die Hand weg.

Ich strecke den Arm aus und lege sie wieder an die Stelle zurück, an der sie eben gelegen hat.

„Ich habe nicht gesagt, dass du aufhören sollst.“

Der Wind wird immer stärker. Der Regen prasselt über uns aufs Dach, und das Tosen des Sturms draußen klingt, als wäre das Ende der Welt angebrochen.

12. Elise

„Und, hat sich mein Bruder grundlos Sorgen gemacht?“, fragt Aaliyah. „Oder bereust du deine voreilige Entscheidung, ihn zu heiraten, nachdem du jetzt seine verrückte Schwester kennengelernt hast?“

Ich lächle, hebe meine Teetasse an die Lippen und nippe daran.

„Noch nicht“, antworte ich. „Die Grenze zwischen Wahnsinn und Weisheit ist oftmals sehr schmal, und ich bin mir noch nicht sicher, auf welcher Seite ich dich einordnen muss.“

Aaliyah lacht. Wir sitzen einander gegenüber im Wohnzimmer, und auf dem Tisch zwischen uns stehen eine Teekanne und ein Teller mit klebrigem Gebäck.

„Du bist sehr freundlich“, meint sie. „Wenn ich weise bin, dann nur in dem Sinne, dass das Zulassen von Unwissenheit bereits der Anfang der Weisheit darstellt. Aber da bin ich mir selbst nicht mal sicher.“

„Tariq hält dich für weise.“

Sie schüttelt den Kopf und beißt in ein Teilchen.

„Tariq glaubt vieles“, erwidert sie. „Tariq hält dich für eine Närrin, weil du ihn heiraten willst. Was sagt das über sein Urteilsvermögen aus?“

„Ich denke, es spricht für ihn“, stelle ich fest. „Ich war schon dumm genug, seinen Heiratsantrag anzunehmen, bevor er mir das Leben gerettet hat.“

Sie schüttelt erneut den Kopf und schluckt den Bissen herunter.

„Kann schon sein“, sagt sie und trinkt einen Schluck Tee. „Tariq hat mich gebeten, nicht mit dir über unseren Glauben zu sprechen, und ich habe es ihm zugesichert. Aber er hat dich hier bei mir zurückgelassen, und wir können nicht offen miteinander reden, wenn du nicht die geringste Ahnung hast, was um dich herum geschieht. Außerdem kann ich es nicht ertragen, mein Heim mit dir zu teilen, wenn wir uns nicht offen unterhalten können."

Sie leert ihre Tasse und schenkt sich frischen Tee ein.

„Was du jetzt hörst, wirst du nie wieder vergessen. Hast du das verstanden?"

Ich nicke. Natürlich kenne ich die Missionierungsgespräche von Katholiken, Jehovas Zeugen, Scientologen und dergleichen – sie behaupten immer, sie würden dir etwas sagen, was deine Weltanschauung verändert, aber ich habe noch nie begriffen, warum sie sich überhaupt so ereifern.

„Du sagst, Tariq habe dir das Leben gerettet", beginnt Aaliyah, „aber du weißt selbst nicht, wie er das geschafft hat. Er hat es dir gesagt, doch du glaubst ihm nicht. Ist das richtig?"

Ich zucke mit den Achseln.

„Die Geschichte, die Tariq uns über das, was Sonntag geschehen ist, erzählt hat, ergibt keinen Sinn. Er kann mich unmöglich aus Hagerstown rausgebracht haben, nachdem NatSec die Stadt unter Quarantäne gestellt hatte."

Aaliyah lächelt mich an.

„Nein, das ist nicht korrekt. Tariq besitzt durchaus die Fähigkeiten, um das zu bewerkstelligen, und er hätte dir erklären können, wie er das geschafft hat. Was denkst du, warum er das nicht getan hat?"

Ich überlege kurz.

„Er will mich beschützen", erkenne ich. „Er versucht immerzu, mich zu beschützen. Vielleicht glaubt er, wenn ich wüsste, was Sonntag wirklich passiert ist, wäre ich ein noch größeres Ziel für NatSec."

„Damit liegst du nicht ganz falsch“, gibt Aaliyah zu. „Tariq beschützt dich tatsächlich, aber nicht vor NatSec. Er beschützt dich vor mir und vor dem Glauben.“

Einige Zeit später machen wir einen Spaziergang im Freien. Aaliyah hat mir zwar nicht gestattet, mein Handy mitzunehmen, aber ich schätze, dass es später Vormittag ist. Genau lässt sich das schwer sagen, da der Himmel voller grauer Wolken ist und sich die Sonne nicht sehen lässt. Ein kalter Wind weht von Norden herüber, und ich bin mir ziemlich sicher, dass uns einer dieser verrückten Stürme ins Haus steht, bei denen sich der Himmel grün färbt.

„Was ich nicht verstehe“, sage ich, „ist, warum du so zögerst und mir die Sache nicht einfach erklärst. Tariq hat mir erzählt, dass dein Glaube im Untergehen begriffen ist. Solltest du denn dann nicht versuchen, mich zu konvertieren?“

An der Straßenecke ist eine Kamera auf einem Mast montiert. Aaliyah sieht zu ihr hinauf, und die Linse dreht sich von uns weg. Dann schaut Aaliyah mich an.

„Hast du schon mal einen Hund besessen?“

„Ja, als Kind“, antworte ich mit wehmütigem Lächeln. „Einen Beagle. Wir haben ihn Ajax genannt.“

„War er glücklich?“

Da muss ich kurz nachdenken.

„Ja, ich denke schon. Aber er war ein Hund, was sollte er auch schon für Sorgen haben?“

Sie nickt.

„Hat ihn die Gewissheit gestört, dass er nur wenige Jahre leben würde, dass seine gesamte Lebensspanne gerade mal deine Kindheit umfasst? War es schlimm für ihn zu wissen, dass dein Vater ihn einschläfern lassen würde, sobald er euch zur Last fällt?“

Ich schüttle den Kopf.

„So ist das nicht gewesen. Aber selbst wenn es so gewesen wäre, hätte es ihn nicht gestört. Er war ein Hund und hat das alles nicht gewusst."

„Nein", stimmt sie mir zu. „Das hat er nicht. Er wusste, ob er einen vollen Bauch oder Hunger hatte. Er wusste, ob er seine Streicheleinheiten bekam oder nicht. Das hat ihm gereicht. Denkst du nicht auch?"

„Ich denke schon", erwidere ich achselzuckend.

„Ein Hund weiß nichts über die Zeit oder den Tod. Er lebt in der ewigen Gegenwart und zerbricht sich nicht den Kopf über Dinge, die gestern gewesen sind oder morgen geschehen können. Das ist auch der Grund dafür, dass er glücklich ist. Wenn du in der Lage gewesen wärst, Ajax zu erzählen, wie seine Zukunft aussehen wird, hättest du es dann getan?"

Ich mustere sie fragend und habe nicht die geringste Ahnung, worauf sie hinauswill.

„Ich wusste doch gar nicht, wie seine Zukunft aussieht", meine ich schließlich. „Er wurde von einem Auto überfahren, als ich zwölf war."

Aaliyah seufzt laut.

„Aber hättest du es gewusst und ihm sagen können, hättest du es dann getan?"

„Nein", antworte ich. „Warum hätte ich das tun sollen?"

Wieder nickt sie, als hätte ich ihr Argument gerade untermauert.

„Aus genau diesem Grund hat mich Tariq gebeten, nicht mit dir über den Glauben zu sprechen."

Es dauert eine Minute, bis ihre Worte ganz zu mir durchgedrungen sind.

„Dann bin ich in diesem Szenario also der Hund?"

„Ja, Elise, du bist der Hund."

Die Wolken sind jetzt noch dunkler, und immer wieder flackern Blitze in der Ferne auf. Das Wetter hat uns zurück auf die Veranda getrieben. Wir sitzen auf Korbstühlen und sehen zu, wie das Gewitter näherkommt.

„Was weißt du über die Geschichte unseres Volkes?", erkundigt sich Aaliyah.

„Das hängt davon ab, was genau du damit meinst", erwidere ich. „Mein Volk kommt aus Norwegen. Ich vermute, dass deines aus einem anderen Land hergekommen ist."

Sie schüttelt den Kopf und kneift die Augen zusammen.

„Nein", korrigiert sie mich. „Du siehst das falsch. Wir gehören alle einem Volk an. Alle, die heute am Leben sind, stellen ein einziges Volk dar, auch wenn es nicht immer so gewesen ist. In der Zeit der Allmutter gab es viele Völker, und wir waren nicht das stärkste. Unsere Vetter breiteten sich auf der ganzen Welt aus. Einige waren schneller und größer, andere kräftiger und robuster. Wir haben uns in einer Ecke Afrikas zusammengekauert, waren nur wenige und wurden noch weniger."

Ich erinnere mich dunkel daran, so etwas auf dem College in einem Anthropologiekurs gehört zu haben.

„Genau", sage ich. „Aber dann ist etwas passiert. Der Große Sprung nach vorn."

„Ja", bestätigt sie. „Der Große Sprung nach vorn. Dieser Große Sprung nach vorn war der Glaube."

„Der Glaube wurde im Sommer der Verbrennung geboren. In jenem Winter wartete die Allmutter auf Regen, doch der Regen kam nicht. Viele Jahre lang hatte die Allmutter mit ihrem Volk am Ufer eines großen Sees gelebt. Der See gewährte ihnen Fische und frisches Wasser, und aus dem Wald bekamen sie Wurzeln und Nüsse sowie hin und wieder ein totes Tier, wenn ihnen die Geister gnädig waren. Als der trockene Winter jedoch andauerte, wurde der große See immer kleiner und die Flüsse, die zu ihm führten, trockneten aus und verschwanden. Dann ging der Winter zu Ende, und eines Nachts kamen die großen Läufer. Sie vertrieben das Volk aus ihren Häusern, vom See und vom Wald – von allem, was sie bisher gekannt hatten.

Die Allmutter führte ihr Volk hinaus auf die Ebenen, fort von den großen Läufern und in das Land der Löwen und Paviane. Ohne den großen See fiel es ihnen schwer, Wasser zu finden, und als sie eine Wasserstelle entdeckten, lauerten ihnen dort Hyänen, Großkatzen und Krokodile auf. Der Sommer ging in den Herbst über, aber der Regen war noch immer nicht gekommen. Wolken brachten Blitze, aber keinen Regen, und die Blitze steckten die Steppe in Brand.

Die Flammen vertrieben das Volk von den Ebenen in die Berge im Osten. Die höheren Berghänge waren vor dem Feuer geschützt, und die Flüsse führten noch Wasser, aber es wurde nachts sehr kalt und es gab wenig zu essen. Die Menschen suchten tagelang nach Nahrung, konnten jedoch keine finden, und umklammerten des Nachts stöhnend ihre schmerzenden leeren Bäuche.

Die Allmutter blickte auf ihr Volk und sah, dass es im Sterben lag. Sie ging zu den Ältesten und fragte: ‚Was soll ich tun? Mein Volk stirbt. Wir haben nicht die Klauen der Löwen oder die Mäuler der Hyänen. Wir sind nicht so stark wie das Volk des Nordens oder so unermüdlich und schnell wie die großen Läufer. Wie sollen wir überleben?‘

Die Ältesten deuteten zu den schneebedeckten Berggipfeln und sagten: ‚Geh zur Schlafstätte des Mondgeistes. Sag ihm, dass deine Kinder sterben. Vielleicht hat er Mitleid mit uns und zeigt dir einen Weg, wie du dein Volk retten kannst.‘

Und so erklomm die Allmutter den Berg. Zwei Tage lang kletterte sie über Gras und Baumwurzeln. Zwei Tage lang wanderte sie über nackten Stein. Zwei Tage lang marschierte sie durch Eis und Schnee. Sie aß Insekten und trank Schnee, den sie in ihren Händen schmolz. Ihr Bauch wurde immer dünner, während sie unterwegs war, ihre Wangen fielen ein und ihre Augen lagen tief in den Höhlen. Ihre Haare fielen aus, und ihre Zähne lockerten sich in ihrem blutigen Zahnfleisch. Endlich in der siebten Nacht erreichte sie die Höhle auf dem Berggipfel, in der der Mondgeist tagsüber schläft. Sie erinnerte sich an das, was ihr die Ältesten aufgetragen hatten, war jedoch zu stolz, den Mondgeist um ein Geschenk anzuflehen. So versteckte sie sich im Höhleneingang und wartete auf seine Rückkehr.

Am nächsten Morgen kehrte der Mondgeist in seine Höhle zurück, um zu schlafen, und die Allmutter sprang ihm auf den Rücken. Sie legte ihre dünnen Arme um seinen Hals und ihre dünnen Beine um seine Taille und drückte ihn zu Boden. ‚Aufhören!', rief der Mondgeist. ‚Warum tust du mir weh, Allmutter?' Die Allmutter drückte noch fester zu und biss dem Mondgeist ins Ohr. ‚Mein Volk liegt im Sterben', zischte sie. ‚Du musst mir einen Weg zeigen, wie ich es retten kann.'

Der Mondgeist hatte Angst, weil er genau wusste, dass es keinen schlimmeren Gegner gibt als eine Mutter, die um ihre Kinder bangt. Aber er war auch wütend, dass sie in sein Haus gekommen war wie ein Dieb in der Nacht und nicht als Bittstellerin. Daher sagte er ihr: ‚Ich kann dir in der Tat etwas geben, um deine Kinder zu retten. Aber sobald du es erhalten hast, kannst du es mir nicht mehr zurückgeben.'

Die Allmutter biss ihm noch fester ins Ohr und erwiderte: ‚Gib es mir. Gib mir, was ich brauche, um meine Kinder zu retten, und ich werde es bis in alle Ewigkeit behalten.' Und so griff der Mondgeist in seine Tasche und holte einen ganz besonderen Pilz heraus. ‚Iss ihn', verlangte er. ‚Iss diesen Pilz und du wirst die Dinge so sehen, wie sie wirklich sind, und nicht so, wie du sie sehen möchtest. Dann wirst du auch wissen, was du zu tun hast, um deine Kinder zu retten.'

Die Allmutter nahm den Pilz und aß ihn, aber sie klammerte sich weiterhin eisern an den Mondgeist. ‚Lass mich los', verlangte er. ‚Ich habe dir gegeben, was du haben wolltest.' Aber die Allmutter wollte ihn erst loslassen, wenn sie wusste, wie sie ihre Kinder retten konnte. Ihr Magen brannte, und sie glaubte schon, der Mondgeist hätte sie vergiftet. Sie presste ihm mit all ihrer Kraft die Kehle zu und war entschlossen, ihn mit in den Tod zu nehmen. Doch dann schrie sie auf, und ihr wurden die Augen geöffnet. Zum ersten Mal sah sie die Welt so, wie sie wirklich war.

Sie sah die Welt vor sich, sowohl das Innere als auch das Äußere. Sie sah die Welt so, wie sie war, wie sie gewesen war und wie sie sein würde. Sie sah den Weg, den jedes ihrer Kinder einschlagen würde. Sie sah, wie jeder ihrer Söhne ängstlich den ersten und voller Schmerz den letzten Atemzug tat. Sie sah ihren eigenen Tod in ihrem Bauch heranwachsen, und sie sah, wie und wann er sie ereilen würde.

Zum Mondgeist sagte sie: ‚Du hast mich reingelegt! Du hast versprochen, mir einen Weg zu zeigen, wie ich meine Kinder vor dem Tod retten kann!' Aber der Mondgeist erwiderte: ‚Siehst du es denn nicht, Allmutter? Es gibt keinen Weg, deine Kinder vor dem Tod zu retten. Sie sind alle längst tot und sind es schon immer gewesen. Wenn ihr so weitermacht wie bisher, wird ihr Sterben in wenigen Generationen vorüber sein und ihr findet Frieden. Aber schau nach vorn, Allmutter, und du wirst erkennen, wie du dafür sorgen kannst, dass ihr Sterben mehrere tausend Generationen andauert. Deine Kinder werden die großen Läufer überleben und das Volk des Nordens vertreiben, bis sie jeden Winkel der Erde bevölkert haben. Und ich werde über euch wachen und bis ans Ende aller Tage über euer Leid lachen.'

Daher warf die Allmutter ein weiteres Mal einen Blick auf die Welt. Sie sah einen wilden Olivenbaum, doch anstelle der süßen Früchte erkannte sie, wie man einen Ast bearbeiten und zurechtschneiden konnte und wie man einen weiteren anfertigte, der an den ersten passte und dafür sorgte, dass ein Mann einen Speer mit der Kraft eines Riesen von sich schleudern konnte. Sie sah ein Schilfmeer und begriff, wie man die Halme flechten und mit Borke verstärken konnte, um ihre Kinder darauf auf die andere Seite des Sees zu bringen. Sie sah, wie mehr und mehr ihrer Kinder geboren wurden.

Und dann sah sie jedes ihrer Kinder unter Qualen sterben, während der Mondgeist lachend auf sie herabblickte."

„Das ist eine schöne Geschichte", sage ich. „Aber ich bin mir ziemlich sicher, dass ich sie schon einmal gehört habe. Der Garten Eden, richtig? Der Baum der Erkenntnis? In sehr vielen Kulturen gibt es ähnliche Geschichten. Was macht diese so besonders?"

„Du hast völlig recht", stimmt Aaliyah mir zu. „Es gibt in vielen Kulturen solche Geschichten. Es gibt auch in vielen Kulturen Geschichten über eine große Flut wie bei Noah. Weißt du, was der Grund dafür ist?"

Ich zucke mit den Achseln.

„Ich vermute, dass die eine auf der anderen aufbaut. Irgendjemand denkt sich die erste Geschichte aus, ein anderer hört sie und passt sie an seine Umstände an …"

Doch sie schüttelt den Kopf.

„Es gibt in vielen Kulturen Geschichten über eine katastrophale Flut, weil viele der Kulturen, wie wir sie heute kennen, in einer Zeit voller schrecklicher Überschwemmungen entstanden sind. Am Ende der letzten Eiszeit hat das Schmelzen der Eismassen dafür gesorgt, dass der Meeresspiegel um viele Meter angestiegen ist. An einigen Orten sorgte das Brechen der Eisdämme dafür, dass innerhalb eines Tages sintflutartige Wassermassen über die Menschen hereinbrachen. Dort, wo sich heute das Mittelmeer befindet, gab es früher fruchtbares Land. Stell dir vor, du würdest morgens dein Dorf verlassen, um in den Hügeln auf die Jagd zu gehen, und wenn du abends wiederkehrst, findest du dort ein Meer vor. Das ist eine Geschichte, die du nie mehr vergessen und die du deinen Kindern erzählen würdest."

Der Wind wird jetzt heftiger und weht aus dem Westen. Der Donner kommt immer näher, und mir läuft es eiskalt den Rücken herunter.

„Das ist gut möglich", erwidere ich, „aber in deiner Geschichte ging es nicht um eine Flut. Willst du mir etwa erzählen, es hätte wirklich einen Baum der Erkenntnis gegeben?"

„Nein", versichert sie mir. „Die Geschichte, die du in deiner Bibel gelesen hast, ist sehr weit von der Wahrheit entfernt. Es hat nie einen Baum der Erkenntnis gegeben."

Als ich sie anschaue, grinst sie.

„Worauf willst du dann hinaus?", frage ich.

„Ich will darauf hinaus, dass die Geschichte, die ich dir erzählt habe, nicht weit von der Wahrheit entfernt ist. Ich habe sie das erste Mal in der Muttersprache gehört. Die Geschichte, die ich dir erzählt habe, entspricht der Wahrheit."

Das Gewitter beginnt mit lautem Donner und einer Windbö, die Hagel mit sich bringt, der unter das Verandadach und auf unsere Füße prasselt. Aaliyah muss schon schreien, damit ich sie überhaupt noch verstehen kann.

„Ich glaube, es ist Zeit, ins Wohnzimmer zurückzukehren."

Sie hält mir die Tür auf und schließt sie dann hinter uns. Die plötzliche Stille, als die Tür zufällt, sorgt dafür, dass mir die Ohren klingeln.

„Setz dich doch", meint sie. „Ich bin gleich wieder da."

Ich gehe ins Wohnzimmer, schiebe mir ein Kissen an die Wand und setze mich darauf. Zwar gewöhne ich mich langsam an das Leben mit Aaliyah, würde aber wahnsinnig gern mal wieder auf einem richtigen Stuhl sitzen.

Die Kissen sind heute orange, gelb und rot. Die Farben bilden einen fröhlichen Kontrast zum Wetter. Ich nehme mein Handy vom Tisch und frage mich, warum ich es noch immer mit mir herumtrage. Seitdem mich Tariq hierhergebracht hat, funktioniert es ohnehin nicht mehr. Das erinnert mich daran, dass ich auch keine Ahnung habe, was in den letzten beiden Tagen in der Welt passiert ist. Ich möchte mit Terry reden und auch mit Tariq.

„Leg es weg", verlangt Aaliyah.

Als ich aufblicke, sitzt sie mir gegenüber und hat eine Teekanne in der Hand. Auf dem Tisch zwischen uns stehen zwei Tassen.

„Wie machst du das?"

Sie lächelt mich an.

„Vielleicht lernst du es eines Tages. Darüber müssen wir jetzt reden. Aber zuerst musst du jeden Gedanken daran, mein Haus mit diesem Gerät in der Hand zu verlassen, vergessen."

Ich starre das Handy an. Ohne Empfang scheint es mich nur zu verspotten.

„Wäre das denn so schlimm?", erwidere ich. „Ich möchte nur wissen, ob es Neuigkeiten gibt und wie es meiner Schwester geht."

„Nun ja", meint sie. „Du weißt mehr über diese Dinge als ich. Tariq sagte, die Wahrscheinlichkeit sei hoch, dass NatSec inzwischen auf der Suche nach dir ist. Wie lange würde es dauern, bis sie dich finden, sobald dein Handy wieder im Netzwerk ist?"

Sie hat natürlich recht.

„Du weißt ja nicht, wie das ist, wenn man derart von der Welt abgeschnitten ist", stelle ich fest.

„Du bist wie eine Süchtige, der man die Drogen weggenommen hat, richtig?"

Ich schiebe ihr das Handy über den Tisch zu.

„Es ist vermutlich besser, wenn du es an dich nimmst."

Sie steckt es in die Tasche.

„So", sagt sie. „Ich muss dir jetzt eine Frage stellen. Als ihr hier angekommen seid, habe ich Tariq gefragt, ob du konvertieren würdest. Er hat mir verboten, diese Frage erneut zu stellen. Doch er ist jetzt nicht hier, und ich bin kein Mensch, der sich etwas verbieten lässt. Ich habe dir heute viele wahre Dinge erzählt. Ich habe dich viel über die Welt und den Glauben gelehrt. Daher frage ich dich nun erneut: Wirst du konvertieren?"

Ihr Gesicht bleibt ausdruckslos, aber mir fällt auf, dass sie die Teetasse so fest umklammert wie nie zuvor. Ich senke den Blick, schaue ihr dann aber doch wieder in die Augen.

„Was würde Tariq dazu sagen?", will ich wissen. „Er hat mir erzählt, er hätte dem Glauben abgeschworen. Wenn ich konvertiere, würde er mich dann verlassen?"

„Nein", antwortet sie. „Tariq hat dem Glauben nicht abgeschworen. Das ist etwas, das du begreifen musst, bevor du dich entscheidest. Sobald man den Glauben einmal angenommen hat, kann man das nicht mehr rückgängig machen, ebenso wenig, wie man das Läuten einer Glocke zurücknehmen kann. Das gilt für uns ebenso wie einst für die Allmutter. Tariq wäre bestimmt wütend, wenn er wüsste, dass wir darüber sprechen, aber er wird dich nicht verlassen, wie deine Entscheidung auch aussehen mag."

Ihre Augen sind jetzt halb geschlossen, und sie malt mit den Fingern Halbkreise auf ihre Tasse.

„Was müsste ich dafür tun?", erkundige ich mich nach langem Schweigen. „Gibt es bestimmte Riten oder Rituale? Müsste ich erst einen Katechismus lernen?"

Aaliyah lächelt.

„Nein", antwortet sie. „Keine Roben, keine Rituale, keine Zeremonien. Keine Tattoos, Brandmale oder Tieropferungen."

Sie nimmt den Deckel von der Teekanne und schenkt uns ein, bis beide Tassen randvoll sind. Dann schiebt sie eine zu mir herüber.

„Du musst nichts weiter tun, als das Geschenk des Mondes annehmen."

Ich strecke eine Hand aus und lege sie um die Teetasse, während mir auf einmal übel wird.

„Trink jetzt", fordert mich Aaliyah auf. Sie hebt ihre Tasse an die Lippen und leert sie.

Ich führe die Tasse an den Mund. Der Tee ist dick und dunkel wie Melassesirup. Er riecht irgendwie alkalisch und ist so stark, dass meine Nase zu kribbeln beginnt.

„Du sagst, es lässt sich nicht mehr rückgängig machen", meine ich. „Aber wenn es möglich wäre, dem Glauben abzuschwören, würdest du es dann tun?"

Aaliyah zuckt mit den Achseln.

„Du hast gesagt, dein Hund Ajax wäre glücklich gewesen. Würdest du das Leben, das du jetzt führst, gegen seins eintauschen?"

Ich trinke den Tee.

Zuerst kommt der Schmerz, der sich wie ein Messer in meinen Magen bohrt, und ich krümme mich. Ich umklammere meinen Bauch und schnappe keuchend nach Luft, kann nicht mehr klar sehen und habe ein Dröhnen in den Ohren, das immer lauter wird. Es dauert gefühlte Stunden, nein, Tage, bis der Schmerz nachlässt und ein Kribbeln wie von einem Stromschlag meine Wirbelsäule hinaufläuft, durch meine Arme und Beine zieht und wieder verschwindet. Langsam setze ich mich auf. Mir laufen Tränen über die Wangen, und die Wärme in meinem Schritt verrät mir, dass ich entweder gerade verblute oder mir in die Hose gemacht habe.

Ich blicke auf meine Hände hinab. Sie scheinen irgendwie

verschwommen zu sein. Ich reibe mir die Tränen aus den Augen, blinzle mehrmals und schaue Aaliyah an. Sie lächelt.

Dann geht es mir wie Saulus auf dem Weg nach Damaskus, es fällt mir wie Schuppen von den Augen und ich kann sehen. Ich sehe die Stadt unter mir wie aus mehreren tausend Metern Höhe. Gleichzeitig sehe ich einzelne Menschen normale Dinge tun; sie gehen, reden, sitzen und schlafen in Parks, Autos, Büros und ihren Häusern. Doch all das ist nur der Hintergrund, und mit einem bewussten Gedanken konzentriere ich mich auf ein Teilstück: Ein Junge, vielleicht fünfzehn oder sechzehn, kauert in einem Hauseingang in der Light Street und wartet darauf, dass der Regen nachlässt. Die ganze Zeit über kann ich außerdem Aaliyah sehen, die mich beobachtet und deren Lächeln immer breiter wird.

Ich versuche zu begreifen, wie ich all das verarbeiten soll, als etwas, das aussieht wie das Chatfenster meines Handys, auf einmal aufgeht und neben Aaliyahs Kopf in der Luft schwebt. Zuerst ist es nur ein weißes Rechteck, aber nach einem Augenblick taucht darin eine Nachricht auf.

Saurons Auge: <Willkommen, Elise. Wir haben dich schon erwartet.>

13. Gary

Wie sich herausstellt, ist Charity nicht nur eine Barschlampe, die mit jedem Idioten nach Hause geht, der sie zufälligerweise vor einem durchgedrehten Schützen gerettet hat, sondern auch eine Frau mit Raffinesse und gutem Geschmack. Sie mag *Space-Lab* ebenso sehr wie ich, lacht an genau den richtigen Stellen und wirft mir nie diesen „Was zum Henker guckst du dir da eigentlich an"-Blick zu, den ich nur zu gut kenne.

Tariq ist hingegen ein Spießer. Er sitzt auf der Sofakante und zappelt während der ersten drei Clips herum, lacht nie und versucht hin und wieder, uns zu unterbrechen, aber ich ignoriere ihn geflissentlich.

Terry ist jetzt seit fast einer Stunde weg. Ich weiß wirklich nicht, was mit Anders los ist. Während der letzten anderthalb Jahre hatte er eine feste Beziehung mit seiner rechten Hand. Jetzt steht die Welt kurz vor dem Untergang und er hat eine Frau in seinem Zimmer und noch eine andere hier unten, die liebend gern in seinem Bett liegen würde, wenn er sie nur ließe.

Was nicht bedeuten soll, dass ich verbittert bin.

Die Folge, die wir uns gerade ansehen, ist ein Klassiker. Der Captain und der Wissenschaftsoffizier Scott verbringen die ganze Folge auf der Brücke und debattieren die Vor- und Nachteile davon, in ein tentakelbewehrtes Schwarmbewusstsein gesaugt zu werden, das an der Station hängt. Der Captain merkt als positiven Aspekt an, dass sich das Schwarmbewusstsein um alle exkretorischen Bedürfnisse kümmert und dass die einzige attraktive Frau der Station ohnehin schon eingesaugt wurde. Wissenschaftsoffizier Scott stimmt ihm zwar in dieser Hinsicht zu, erwidert jedoch, dass das Schwarmbewusstsein die exkretorischen Bedürfnisse in der Form regelt, dass es einem die eigenen Ausscheidungen wieder in den Mund steckt, und dass Kommunikationsoffizierin Keiko deutlich weniger attraktiv ist, wenn ihr ein Tentakel aus dem Hintern ragt. Letzten Endes sind natürlich alle Argumente überflüssig, weil der Captain seinen Drink auf den Selbstzerstörungsknopf stellt und die Station in die Luft jagt.

„Wow", sagt Charity. „Wieso habe ich diese geniale Serie bisher noch nie gesehen?"

„*SpaceLab* ist wie der Gran Canyon oder die Mona Lisa", erwidere ich. „Die Serie war schon immer da und hat nur darauf gewartet, dass du sie entdeckst."

Sie kichert. Normalerweise kann ich Kichern nicht ausstehen, aber bei Charity hört es sich nett an.

„Charity", schaltet sich Tariq ein. „Vielleicht könntest du uns jetzt ein wenig Privatsphäre gewähren? Gary und ich haben etwas Wichtiges zu besprechen."

Sie lacht laut los, und ich falle mit ein. Tariq schaut zwischen uns beiden hin und her. Er knirscht mit den Zähnen, und wenn er wirklich ein böser Zauberer wäre, hätte er uns beide vermutlich längst in Kröten verwandelt.

„Gary", sagt er. „Bitte. Die Zeit wird knapp, und du bist ebenfalls in Gefahr."

Charity sieht mich fragend an.

„Ist das sein Ernst? Störe ich hier gerade irgendeine Geheimmission?"

„In gewisser Weise schon", bestätige ich. „Er will, dass ich in die Server von NatSec eindringe und ein Video seiner Freundin lösche, auf dem sie auf dem Rücken einer Riesenfledermaus aus Hagerstown getragen wird."

„Gary …", setzt Tariq an.

„Ach, halt doch die Klappe", unterbreche ich ihn. „Wir werden das nicht tun, denn wie ich dir bereits mehrmals erklärt habe, ist es einfach nicht möglich. Außerdem gehört Charity nicht zu NatSec. Und selbst wenn sie es täte, können sie einem nicht ein Brecheisen auf den Hals schicken, nur weil man ein bisschen herumspinnt. Aber jetzt, wo ich es mir genauer überlege, könnten sie dir doch ein Brecheisen schicken, wenn sie wissen, dass deine Freundin lebendig aus Hagerstown rausgekommen ist. Du arbeitest doch nicht für NatSec, oder, Charity?"

Wieder lacht sie. Ihr Kichern ist süß, aber ihr Lachen klingt wie das einer Hyäne. Doch ich stelle fest, dass es mich nicht besonders stört, solange ich nur weiterhin beobachten kann, was dabei mit ihren Brüsten passiert.

„Nein", antwortet sie. „Ich arbeite nicht für NatSec, aber ich war mal mit einem NatSec-Agenten zusammen. Vielleicht kann er uns ja weiterhelfen."

„Ich bezweifle, dass dein Exfreund uns helfen würde", meint Tariq. „Vermutlich würde er eher das Brecheisen anfordern, das Gary so große Sorgen macht."

„Da hast du wahrscheinlich recht", erwidert sie. „Er stand echt auf seine Brecheisen. Dann sind wir wohl auf uns allein gestellt, was?"

„Wir?", hake ich nach.

„Na klar. Ihr habt mich in eure geheimen Pläne eingeweiht, jetzt müsst ihr auch zulassen, dass ich euch dabei helfe. Ansonsten erzähle ich es meinem Ex."

Sie macht Witze – hoffe ich wenigstens.

„Hör mal", sage ich. „Wir haben überhaupt keine Pläne. Ich sage es gern zum dritten Mal: Das, was Tariq da vorschlägt, ist unmöglich."

„Warum?"

Ich verdrehe die Augen.

„Angefangen mit der Tatsache, dass er NatSec knacken will. Deren Budget ist größer als das Bruttoinlandsprodukt von

Norwegen, und ein Großteil davon fließt in die Datensicherung."

„Pffft", spottet Charity. „Das ist nur Geld. Du bist doch ein Genie, oder nicht?"

„Ja, das stimmt schon", gebe ich achselzuckend zu. „Aber ihre Daten werden alle zu ihrer Niederlassung in Chantilly gespiegelt, die wiederum nicht an den öffentlichen Netzwerken hängt. Der einzige Weg, die Daten dort wieder rauszukriegen, läuft über einen virtuellen Agenten, den man in ihre externen Netze einschleust und der lange genug darin bleiben muss, damit er ebenfalls gespiegelt wird. Aber sie kämmen ihre Daten vor jeder Spiegelung sehr, sehr gründlich durch. Das ist der Teil, den ich für völlig unmöglich halte."

Tariq starrt den Fußboden an und verkrampft immer wieder die Hände. Auf einmal hebt er den Kopf.

„Was ist, wenn man physischen Zugang zu der Serverfarm in der Chantilly-Anlage hätte?"

Ich lache ihn aus, aber er sieht mir in die Augen, ohne zu blinzeln.

„Augenblick mal", sage ich. „Ist das dein Ernst?"

„Allerdings", bestätigt er. „Wenn man physischen Zugang zu ihren Servern hätte, wäre es möglich, nicht wahr?"

Darüber muss ich kurz nachdenken.

„Na ja", meine ich schließlich. „Rein hypothetisch gesprochen könnte man es versuchen, wenn ich physischen Zugriff auf die Server hätte und etwas Zeit, um daran zu arbeiten, ohne dass ich erschossen, erstochen oder durch einen Stromschlag getötet werde ... Ich müsste aber zuerst mit Inchy reden, um herauszufinden, ob er ein paar Hinweise für mich hat, wie man ihre Firewalls knacken kann. Könnte ich etwas von seinem Code in einen meiner Cracker-Avatare einfügen, stünden die Chancen deutlich besser, dass die Sache gelingt."

„So“, erklärt Charity. „Können wir loslegen?“

„Nein, Charity“, widerspreche ich ihr lachend. „Das können wir nicht. Ich sagte doch, dass das rein hypothetisch gesprochen war. Chantilly liegt im Herzen des Panoptikums, und ich bin kein Ninja. Es gibt keinen möglichen Weg, auf dem ich physikalischen Zugriff auf die NatSec-Serverfarm erhalten könnte.“

Tariq schaut von mir zu Charity und wieder zu mir.

„Ich könnte es“, erklärt er dann.

Sir Munchalot: <Munch an Inchy. Bitte kommen, Inchy.>

Sir Munchalot: <Inch, bist du da? Ich brauche einen Rat, Bruder.>

Angry Irish Inch: <Hey, Munch. Bin gerade sehr beschäftigt. Ist es dringend?>

Sir Munchalot: <Ich bin mir nicht sicher. Ich habe einige Fragen an dich, und wenn du die Antworten kennst, geht es schnell. Ansonsten eher nicht.>

Sir Munchalot: <Hallo?>

Angry Irish Inch: <Entschuldige. Ich bin gerade mit was anderem beschäftigt und kann nicht sofort reagieren. Aber ich tue für dich, was ich kann.>

Sir Munchalot: <Danke. Zuerst einmal: Erinnerst du dich daran, als du den Clip mit dem NatSec-Gespräch gefunden hast?>

Angry Irish Inch: <Du meinst den, der mich mein Haus gekostet hat? Ja, daran erinnere ich mich dunkel.>

Sir Munchalot: <Super. Tja, äh … Wie hast du das eigentlich gemacht?>

Sir Munchalot: <Es ist okay, wenn es eine Weile dauert, mir ausführlich zu antworten. Ich kann warten.>

Angry Irish Inch: <Sagte ich nicht, dass ich gerade sehr beschäftigt bin? Ich habe keine Zeit für den Quatsch.>

Sir Munchalot: <Jetzt verletzt du mich aber. Ich muss wissen, wie du ihren Server geknackt hast.>

Angry Irish Inch: <Wenn du Selbstmord begehen willst, gibt es einfachere Methoden. Du könntest den Kopf in einen Häcksler stecken.>

Sir Munchalot: <Du bist doch noch am Leben, oder?>

Angry Irish Inch: <Nichts für ungut, Munchie, aber du bist nicht ich.>

Sir Munchalot: <Das behaupte ich auch gar nicht. Mal angenommen, ich wäre lebensmüde und möchte mit etwas untergehen, das das Gegenteil von einem Glorienschein ist. Wie fange ich das an?>

Angry Irish Inch: <Das hängt davon ab, was genau du erreichen willst.>

Sir Munchalot: <Ich muss ein paar Minuten eines Videos aus ihrem Überwachungsarchiv löschen.>

Sir Munchalot: <Hallo?>

Angry Irish Inch: <Entschuldige, Munch. Darüber muss ich erst mal nachdenken. Du sagst also, du hättest einen Hirnschaden und dein IQ ist um achtzig Punkte gesunken?>

Sir Munchalot: <Ja, so ungefähr. Angenommen, der Zugang wäre kein Problem und ich müsste nur das machen, was theoretisch aus den öffentlichen Netzwerken möglich wäre.>

Angry Irish Inch: <Machst du dir keine Sorgen, dass alles, was du löschst, innerhalb von vierundzwanzig Stunden aus Chantilly wiederhergestellt werden kann?>

Sir Munchalot: <Nein, in diesem Fall nicht.>

Angry Irish Inch: <Tja, dann weiß ich eine sehr einfache Lösung für dich.>

Sir Munchalot: <Und die wäre?>

Angry Irish Inch: <Gib mir den Job.>

Sir Munchalot: <Ich dachte, du willst nichts mehr mit NatSec zu tun haben?>

Angry Irish Inch: <Dieses Mal werde ich Vorkehrungen treffen.>

Sir Munchalot: <Was für Vorkehrungen?>

Angry Irish Inch: <Ich werde alles durch deine Systeme leiten.>

Sir Munchalot: <Na, super. Ich will gar nicht wissen, wer das Brecheisen abkriegt …>

Angry Irish Inch: <Na, du natürlich.>

Sir Munchalot: <Perfekt. Ich schicke dir in Kürze die Einzelheiten und einen Vertrag. Zweite Frage: Wie knacke ich die Chantilly-Server?>

Angry Irish Inch: <???>

Sir Munchalot: <Rein hypothetisch gesprochen: Sollte ich Zugang zu der Serverfarm erlangen, wie käme ich durch die Sicherheitsmaßnahmen?>

Angry Irish Inch: <Unter der Voraussetzung, dass das in der wirklichen Welt überhaupt nicht möglich ist?>

Sir Munchalot: <Genau.>

Angry Irish Inch: <Dann ist das eigentlich sehr viel leichter, als etwas von ihren am Netzwerk hängenden Servern zu löschen. In Chantilly verlässt man sich vor allem auf physikalische Sicherheit. Du brauchst nur ein Set komplett autorisierter NatSec-Ausweise und eine entsprechend hohe Sicherheitsfreigabe, um da reinzukommen.>

Sir Munchalot: <Und wo kriege ich die her?>

Angry Irish Inch: <Wo kommen denn alle guten Dinge in deinem Leben her, mein Freund?>

Sir Munchalot: <Von meinem besten Freund Inchy?>

Angry Irish Inch: <So sieht es aus, Bruder.>

„Bevor wir noch mehr unternehmen, sollten wir über die Bezahlung sprechen“, merke ich an.

„Ganz genau“, stimmt mir Charity zu. „Gary muss in der Lage sein, seine Subunternehmer zu bezahlen.“

„Ich habe nur einen Subunternehmer“, stelle ich klar.

Sie schaut mich verwirrt an.

„Hast du nicht gesagt, du würdest dir von deinen Freunden helfen lassen?“

Ich nicke.

„Ganz genau. Von Inchy. Er arbeitet für mich.“

„Dann bin ich ein vollwertiger Partner?“

Wir sitzen am Frühstückstisch in der Küche. Anders hat eine Pizza und vier Liter Limonade bestellt, als sich der Sturm gelegt hatte, und wir reichen gerade Becher und Pizzastücke herum.

„Nein“, antworte ich. „Du bist kein vollwertiger Partner. Du bist eher eine unbezahlte Praktikantin.“

Sie schüttelt den Kopf.

„Das sehe ich anders. Ich habe bereits einen wertvollen Beitrag geleistet.“

„Und der wäre?“

„Na ja, zuerst einmal habe ich euch nicht meinen Exfreund auf den Hals gehetzt, der euch alle umbringt.“

„Das ist ein gutes Argument“, stimmt Anders ihr zu. „Du solltest die Lady lieber bezahlen.“

Tariq schabt den Käse von seiner Pizza und lässt ihn als fettigen Klumpen auf seinem Teller liegen. Terry sieht ihn fragend an, und als Tariq mit den Achseln zuckt, nimmt sich Terry den Käse und steckt ihn sich in den Mund.

„Ich dachte, wir wären uns darin einig, dass für dich ebenso viel auf dem Spiel steht wie für uns“, meint Tariq.

„Kann schon sein“, gebe ich zu, „aber wie Charity richtig erkannt hat, muss ich meine Leute bezahlen. Außerdem bin ich der Ansicht, dass meine Schuld weitaus geringer ist als eure. Ihr wollt alle Aufzeichnungen, die NatSec Sonntagnachmittag von Elise in Hagerstown gespeichert hat, löschen. Ich muss nur sichergehen, dass ihre Anwesenheit in meinem Haus nicht bekannt wird. Das lässt sich deutlich leichter bewerkstelligen. Wenn ich mich darauf konzentrieren und das Video vergessen soll, dann sind wir quitt."

Tariq macht ein finsteres Gesicht, und Terry greift nach dem nächsten Pizzastück.

„Okay", sagt sie. „Wie viel?"

„Na ja", murmele ich, „das hängt unter anderem auch davon ab, wie viel Barflittchen von mir haben will."

Charity zuckt mit den Achseln.

„Fünftausend?"

„Geht klar", bestätige ich. „Inchy will vermutlich eher fünfundzwanzig haben. Normalerweise würde ich eine ähnliche Summe verlangen, aber ich rechne die Arbeit dagegen, die ich ohnehin machen muss, um aus der Sache wieder rauszukommen. Insgesamt vierzigtausend sollten also reichen. Wie hört sich das für euch beide an?"

Terry sieht Tariq an, der sich auf seinem Stuhl zurücklehnt und seufzt.

„Ich denke, uns bleibt kein großer Raum zum Verhandeln", sieht er ein. „Wenn das dein Preis ist, dann werden wir ihn bezahlen."

„Klasse", sage ich. „Sobald der Transfer stattgefunden hat, mache ich mich an die Arbeit."

„Augenblick mal", wirft Terry ein. „Du erwartest, dass wir im Voraus bezahlen?"

„Aber ja", antworte ich. „Tariq hat anscheinend vor, in die am besten gesicherte Anlage in ganz Nordamerika einzudringen. Da verlange ich mein Geld auf jeden Fall im Voraus, da ich es sonst überhaupt nicht kriegen würde."

„Das ist ein gutes Argument", stellt Anders fest, was ihm einen giftigen Blick von Terry einbringt.

„Halt die Klappe, Anders."

Anders grinst. Ich werfe Charity einen Blick zu, die das mitbekommt und mir zuzwinkert.

„Okay", meint sie. „Kann es jetzt losgehen?"

„Ja", erwidere ich. „Ich denke, jetzt kann es losgehen."

Mein Fabber hat soeben einen Zugangspass ausgespuckt, von dem mir Inchy versichert, dass er NatSec-kodiert und auf Tariqs biometrische Daten programmiert ist, als in meinem Blickfeld ein Chatfenster aufgeht.

Argyle Dragon: <Achtung, Leute. Es gibt einen zweiten Vorfall. Verlässliche Quellen berichten davon, dass Portland gerade angegriffen wurde.>
Drew P. Wiener: <Ja, ich sehe es auch. In den öffentlichen Feeds steht aber noch nichts darüber.>
Fenrir: <Seht euch das an. Das muss direkt vor Aktivierung der Kommunikationssperre rausgegangen sein:>

Es ist eine Audiodatei, die ich mit einem Blinzeln streame.

„An jeden, der das hier hören kann. Mein Name ist Robert Barrow. Ich bin in Portland, Oregon. Was immer in Hagerstown am Sonntag passiert ist, geschieht jetzt hier. Menschen sterben, ersticken an ihrem eigenen Blut … Aber hört mir gut zu: Es trifft nicht jeden. Noch nicht einmal die meisten Menschen. Mir geht es gut, meiner Frau und meiner Tochter auch. Wir sind gerade bei einem Spiel. Einige Leute auf den Tribünen sind tot oder liegen im Sterben, aber wenigstens der Hälfte geht es gut. Ich bin mir sicher, dass NatSec behaupten wird, wir wären alle gestorben, und dass sie tun müssen, was sie in Hagerstown gemacht haben. Aber lasst es um Gottes willen nicht zu! Wahrscheinlich redigieren sie das hier, sobald sie herausfinden, was los ist, daher postet es bitte immer weiter. Wir brauchen eure Hilfe. Meine

Tochter ist erst sechs Jahre alt. Sie braucht eure Hilfe. Bitte lasst nicht zu, dass sie uns verbrennen."

Hayley 9000: <Krass. Was machen wir jetzt?>
Fenrir: <Keine Ahnung. Es über unsere privaten Feeds streuen, schätze ich. Er hat recht. NatSec wird auch da Bomben werfen wollen. Wenn die Hälfte der Einwohner von Portland noch am Leben ist, dürfen wir das nicht zulassen.>
Argyle Dragon: <Eine fünfzigprozentige Sterberate reicht noch immer für einen nationalen Softkill aus, falls es verbreitet wird.>
Fenrir: <Das hatten wir doch schon. Wir wissen nicht, was es ist, aber es ist definitiv kein Virus.>
Drew P. Wiener: <In Portland leben richtig viele Unveränderte, oder?>
Hayley 9000: <Ja, und?>
Drew P. Wiener: <Die inoffiziellen Schätzungen hinsichtlich der Sterberate in Hagerstown lagen bei etwa neunzig Prozent. In Hagerstown lebten sehr viele Veränderte und Augmentierte. In Portland nicht, und es hört sich ganz danach an, als wäre die Sterberate da deutlich niedriger.>
Fenrir: <Sind wir damit wieder bei der Notausschaltertheorie?>
Drew P. Wiener: <Das klingt doch fast danach, oder nicht?>

Ein zweites Fenster geht auf, und ich schließe das erste durch ein Blinzeln.

Angry Irish Inch: <Ist von deiner Seite alles klar?>
Sir Munchalot: <Im Großen und Ganzen schon. Ich habe die Zugangskarte. Ich habe einen Vernichtungsavatar auf

einen Datenpin geladen. Jetzt muss ich meinem Freund, dem bösen Zauberer, nur noch zeigen, wie man damit umgeht.>

Angry Irish Inch: <Sag ihm, er muss sich beeilen. Der Pass ist wahrscheinlich nur so lange gültig, bis der Kerl, dem er eigentlich gehört, eine Datenanfrage stellt.>

Sir Munchalot: <Alles klar. Ich sage ihm, er soll nicht rumtrödeln.>

Angry Irish Inch: <Gut. Wenn ihr das wirklich durchziehen wollt, dann solltet ihr es in der nächsten Stunde tun. NatSec wird dann stark abgelenkt sein. Ich starte meine Penetration jetzt.>

Sir Munchalot: <Hey, nur so aus reiner Neugier: Wessen Ausweis ist das?>

Angry Irish Inch: <Warum sollte dich das interessieren?>

Sir Munchalot: <Gehe ich recht in der Annahme, dass derjenige auf der Abschussliste stehen wird, wenn wir das Ding durchgezogen haben?>

Angry Irish Inch: <Vermutlich schon. Aber ich begreife noch immer nicht, warum dich das interessiert. Ich wusste gar nicht, dass viele deiner Freunde und Verwandten NatSec-Agenten sind.>

Sir Munchalot: <Es gibt eine ganze Menge Dinge, die du nicht über mich weißt.>

Angry Irish Inch: <Nein, Munch, da irrst du dich.>

Sir Munchalot: <Okay. Nenn mir einfach einen Namen. Falls Tariq angesprochen wird, kann es nicht schaden, wenn er weiß, wessen Namen er nennen sollte, um nicht erschossen zu werden.>

Angry Irish Inch: <Das bezweifle ich. Der Name der Person, der dieser Ausweis gehört, lautet Dimitri Yakovenko. Er lebt dort und kennt viele, die in Chantilly arbeiten. Wenn dein Freund im Verlauf dieses Fiaskos einem

anderen Menschen begegnet, fliegt er wahrscheinlich sowieso auf.>

Sir Munchalot: <Hm. Das sollte ich ihm lieber sagen.>

Angry Irish Inch: <Mach das. Gute Jagd, Munch.>

Sir Munchalot: <Ja. Gute Jagd, Inch.>

Ich blinzle das zweite Fenster zu.

„Und?“

Als ich mich umdrehe, steht Terry mit verschränkten Armen vor mir. Anders, Tariq und Charity stehen im Flur und blockieren die Tür.

„Na ja“, erwidere ich. „Erstens würde ich gern wissen, was ihr alle in meinem Zimmer zu suchen habt. Zweitens wurde Portland gerade angegriffen, daher müssen wir sofort loslegen.“

„Augenblick mal“, meint Anders. „Portland, Oregon? Du meinst, da passiert dasselbe wie in Hagerstown?“

„Sieht ganz danach aus. Was immer da draußen passiert, es wird NatSec für eine Weile ablenken.“

Ich fange Terrys Blick auf und bekomme Schuldgefühle.

„Hey, Terry?“, fange ich an, spreche aber nicht weiter. Sie schaut mich fragend an. Anders und Tariq drehen sich zu mir um.

„Hast du was zu sagen?“, will Anders wissen.

„Ja, irgendwie schon“, gebe ich zu. „Wie nah stehst du Dimitri eigentlich?“

Sie zuckt mit den Achseln.

„Keine Ahnung. Eigentlich sind wir nur Freunde, mehr nicht.“

„Aha“, murmele ich. „Freunde, aber nicht verwandt. Wenn du dich entscheiden müsstest, wer einen Eispickel in den Nacken kriegt, und nur Dimitri und Elise zur Auswahl hättest, würdest du definitiv Dimitri töten, richtig?“

Jetzt starren mich alle an.

„Gary“, sagt Anders genervt. „Willst du auf irgendwas hinaus?“

Ich sehe erst Anders, dann Terry und dann wieder Anders an. Vermutlich ist es das Beste, wenn ich die Sache einfach auf sich beruhen lasse.

„Nein“, antworte ich. „Will ich nicht.“

Ich gehe auf den Flur. Terry folgt mir. Sie sieht irgendwie unglücklich aus, aber sie sagt nichts weiter. Ich drücke Tariq den Ausweis in die Hand.

„Das und deine Netzhaut öffnen dir die Türen und sollten es dir ermöglichen, dich bei allen Systemen anzumelden, auf die der wahre Besitzer Zugriff hat. Aber sollte ein Mensch deine Identität überprüfen, dann wird er sich wahrscheinlich nicht reinlegen lassen.“

Zum ersten Mal überhaupt sieht Tariq besorgt aus.

„Arbeiten denn in Chantilly auch Menschen?“

Ich schüttle den Kopf.

„Nein. Die Sicherheit ist fast vollständig automatisiert. Sie lassen so gut wie jeden Quadratzentimeter der Anlage von Avataren visuell überwachen, aber da kommst du mit deinen Zauberkünsten doch locker durch, oder?“

Tariq wirkt bei Weitem nicht mehr so zuversichtlich wie zuvor. Ich gebe ihm den Datenpin.

„Lade das, was dadrauf ist, auf irgendeinen Rechner in der Serverfarm. Mein Avatar wird den Rest übernehmen. Verstanden?“

Er nickt. Ich sehe Anders an. Anders mustert Tariq. Terry räuspert sich. Schließlich ergreift Charity das Wort.

„Und, was passiert jetzt? Verschwindet er einfach in einer Rauchwolke? Ich habe noch nie einen Zauberer in Aktion gesehen.“

„Nein“, antworte ich. „Ich bin mir ziemlich sicher, dass er mit seinem magischen Trike überall hinfährt. Stimmt’s, Tariq?“

Wieder nickt er und geht die Treppe hinunter.

„Möchte jemand einen Gin Tonic, während wir warten?“, erkundigt sich Anders.

Wir sind wieder im Wohnzimmer. Anders und Terry sitzen auf der Couch, Charity in einem Sessel und ich in einem anderen. Wie sich herausgestellt hat, haben wir weder Gin noch Tonicwater im Haus, aber wir haben Rum und Traubenlimonade, daher sind alle zufrieden. In den offiziellen Newsfeeds gibt es noch nichts über Portland, aber einige der weniger ahnungslosen privaten Kanäle bringen erste Berichte.

„Erzähl doch mal, Anders“, sage ich. „Wie kommst du mit Dougs supergeheimem Projekt voran? Hast du schon eine neue Pornoart entdeckt? Nilpferde mit Gnus oder so was in der Art?“

„Nein“, antwortet er. „Wie sich herausgestellt hat, handelt es sich bei der Datei um einen sehr ausgeklügelten Witz.“

„Ich dachte, du hättest gesagt, es wäre die geheime Formel von BrainBump“, wirft Charity ein.

Anders verdreht die Augen.

„Dieses ganze Konzept von Dingen, die streng geheim sind, ist wohl zu hoch für dich, was, Charity?“

„Ach, bitte“, kontert sie. „Du hast mir ins Gesicht gesagt, worum es sich dabei handelt. Wenn du es der Barschlampe sagen kannst, dann doch wohl auch deinem Mitbewohner, der dich sowieso die ganze Zeit überwacht hat, oder?“

„Es heißt Barflittchen“, korrigiere ich sie. „Du musst schon mit wenigstens einem von uns schlafen, um dich als Barschlampe zu qualifizieren.“

„Das kommt mit der Zeit“, entgegnet sie.

Mein Herz setzt einen Schlag aus.

„Das habe ich nicht getan“, beharrt Anders.

„Du hast was nicht getan?“, frage ich.

„Ich habe nicht gesagt, dass Dougs Dateien die Designkonfiguration für die BrainBump-Nanos enthalten. Als ich mit Doug darüber gesprochen habe, war Charity längst nicht mehr in meinem Zimmer.“

Charity sieht mir in die Augen und sagt lautlos: „’tschuldigung.“ Anders starrt mich wütend an.

„Okay, okay“, sage ich. „Ich habe möglicherweise alles mitgehört und auf den Wohnzimmerschirm übertragen. Du hast über meine Systeme gearbeitet. Sollte ich da nicht wenigstens das Recht haben zu wissen, ob du etwas tust, das mir ein Brecheisen auf den Hals jagen kann?“

Die Muskeln an Anders’ Unterkiefer stehen so weit hervor, dass ich mir langsam Sorgen um seine Zähne mache.

„Wie dem auch sei“, meint er dann. „Ja, ich bin mir ziemlich sicher, dass es sich bei der Datei, die mir Doug gegeben hat, um die Designspezifikationen der Nanos in BrainBump handelt – aber das ist noch lange nicht alles. Da ist noch was anderes, und ich bin mir nicht sicher, was es ist. Ich habe zwar einen Verdacht, aber ich muss ihn erst an einem Siemens-Fabrikator überprüfen.“

„Was für einen Verdacht?“, hake ich nach, da ich auf einmal ein unangenehmes Kribbeln in der Magengrube spüre. Vermutlich habe ich in den letzten zehn Jahren mehr BrainBump getrunken als jeder andere Mensch in Nordamerika. Allein heute habe ich drei Dosen davon geleert.

„Hör mal, du musst dich deswegen nicht aufregen, solange ich die Dateien nicht durch eine richtige Fab-Einheit laufen lassen konnte“, versucht er, mich zu beruhigen.

Mir läuft ein Schweißtropfen die Stirn herunter. Die Richtung, die dieses Gespräch eingeschlagen hat, gefällt mir gar nicht.

„Da ich mich sowieso schon aufrege, kannst du mir doch auch einfach sagen, was du denkst, oder, Kumpel?“, bitte ich ihn.

Er sieht erst Terry, dann Charity und schließlich mich an.

„Na ja“, beginnt er zögerlich. „Wir haben doch über das gesprochen, was in Hagerstown passiert ist …“

Das Kribbeln in meinem Magen wird zu einem stechenden Schmerz. Anders fährt fort.

„Bisher hat niemand eine Erklärung gefunden, die Sinn ergeben würde. Deine Freunde sehen das doch auch so, oder, Gary? Ein Virus oder ein Gift könnte nicht so viele Menschen in einem so großen Gebiet zur gleichen Zeit ausschalten. Die einzige Idee, die der Sache nahe kam, war die von den Unveränderten: dass es sich um einen Notausschalter handelt.“

„Genau“, bestätigt Terry. „Aber die Sterberate war zu hoch, als dass es nur Veränderte und Augmentierte getroffen haben konnte, selbst in Hagerstown …“

„Aber in Hagerstown trinkt doch jeder BrainBump“, wirft Charity ein.

„Wenn ich raten müsste“, meint Anders, „dann würde ich auf etwa neunzig Prozent tippen.“

Alle sehen mich an.

„Dann glaubst du, jemand hätte Gift in die BrainBump-Fertigung eingeschleust?“, fragt Terry. „Aber das ergibt doch keinen Sinn. Müsste Gary dann inzwischen nicht längst tot sein?“

Plötzlich dreht sich mir der Magen um, und ich spucke Pizza, Traubenlimo und Rum auf meinen Holzfußboden.

Jetzt springen alle auf, schreien und machen sich zum Deppen. Ein Chatfenster erscheint in meinem Blickfeld.

Angry Irish Inch: <Gary. Raus aus dem Haus.>
Sir Munchalot: <Inch? Was?>

Er hat mich Gary genannt. Verdammte Scheiße!

Angry Irish Inch: <Keine Zeit, Gary. Verschwinde aus dem Haus. Du hast vierzig Sekunden.>

Ein Timer taucht in meinem linken Auge auf und zählt von vierzig runter. Ich blinzle das Chatfenster zu und springe auf.

„Hey, hey", meint Terry. „Ganz ruhig."

„Halt die Klappe", fauche ich und spucke dabei irgendetwas Ekliges aus. „Raus hier. Sofort."

Ich renne zur Tür.

„Was ist denn los?", schreit mir Anders hinterher.

„Auf uns kommt ein Brecheisen runter", rufe ich zurück und bin schon an der Tür. „Wir haben noch dreißig Sekunden."

Ich taumele ins Freie, die Stufen hinunter und auf die Straße. Charity stürzt dicht gefolgt von Anders und Terry nach draußen. Ich gehe zwischen dem leer stehenden Gebäude auf der anderen Straßenseite und der halb verfallenen Garage daneben in Deckung. Die anderen versammeln sich rings um mich. Es regnet nicht mehr, aber der Himmel ist voller dunkler Wolken, und ich knie in einem klebrigen Matsch, aus dem Müll herausragt. Der Timer, den Inch in meinem Okular gestartet hat, ist bei sechzehn … fünfzehn … vierzehn … Unsere Haustür steht offen, und die beiden Fenster darüber starren mich wie anklagende Augen an. Tut mir leid, alter Freund. Drei … zwei … eins … null.

Ein blendend heller Lichtblitz verbindet den Giebel mit der grauen Wolkendecke. Ich ducke mich und lege beide Arme über den Kopf, als die Schockwelle und der Knall gleichzeitig auf mich einstürmen. Irgendetwas Hölzernes knallt gegen meine Unterarme und schleudert mich nach hinten gegen Charity. Als ich blinzelnd die Augen öffne, liegt sie merkwürdigerweise auf mir drauf.

„Und", will ich wissen, „war das dein Ex?" Meine Ohren klingeln, und ich kann mich selbst kaum hören.

„Kann schon sein", antwortet sie. „Ich sagte ja, dass er auf Brecheisen steht."

Sie rollt sich von mir herunter, und ich rapple mich auf, bis ich knie. Mein Haus ist nur noch ein Krater, und die Gebäude links und rechts daneben sind halb zertrümmert und schief. Das Haus dahinter hat es nicht ganz so schlimm erwischt, aber ich vermute, die Crackdealer werden sich auch eine neue Bleibe suchen müssen.

„Die Bodentruppen werden bald hier sein", warnt uns Terry. „Wir sollten lieber abhauen."

14. Anders

„Eins muss ich dir lassen“, sage ich zu Gary, als er den Kopf aus der Gasse an der Thirtieth streckt und sich umschaut. „Du trägst die Vernichtung all deines weltlichen Besitzes wie ein Mann.“

Er bedeutet uns, ihm zu folgen, geht auf den Gehweg und schnellen Schrittes in Richtung Westen.

„Glaub mir“, erwidert er, „wenn das mein ganzer weltlicher Besitz gewesen wäre, dann würde ich mich jetzt auf dem Boden wälzen, mit den Füßen in der Luft strampeln und schreien wie ein Baby, das Koliken hat. Ein gelegentlicher Neustart gehört zu den Risiken dieses Jobs. Eigentlich sollte er etwas kontrollierter ablaufen, aber was soll's.“

„Hm“, murmele ich. „Gut zu wissen, schätze ich. Aber die Sache ist die ... Das war tatsächlich alles, was ich besitze.“

Er sieht mich verblüfft an.

„Im Ernst? Du hast keinen sicheren Unterschlupf?“

„Nein, Gary, ich habe keinen sicheren Unterschlupf.“

Er blickt kurz nach oben und geht dann weiter.

„Aber du weißt doch, womit ich meinen Lebensunterhalt verdiene, oder nicht? Das war jetzt das zweite Mal, dass mir jemand mit einem Brecheisen zu Leibe rücken wollte, und ich musste ein anderes Mal eigenhändig alles abfackeln, weil es einem Sicherheitsavatar gelungen war, mich bis zu meinem Heimsystem zurückzuverfolgen. Wie kommt es dann, dass du keinen Unterschlupf hast?“

„Falls es einen von euch beruhigt“, wirft Terry ein. „Ich habe auch keinen Unterschlupf.“

„Ich auch nicht“, meint Charity. „Aber ich wohne auch nicht mit einem Jacker zusammen.“

„Ich habe vier Jahre dort gewohnt", sage ich. „Und Gary hat nicht einmal angedeutet, dass ich meine Familienfotos lieber an einem Ort aufbewahren sollte, an dem die Explosionsgefahr nicht so groß ist."

„Ich sage dir auch nicht jeden Morgen, dass du dir die Zähne putzen sollst", entgegnet er. „Ich bin nicht deine Mutter."

Die North Charles ist nur noch einen Block entfernt. Irgendetwas ist da vorn los. Ein Mann rennt über die Straße, von Süden nach Norden, und eine Frau folgt ihm einige Sekunden später. Als wir näherkommen, rennt ein anderer Mann los. Er bleibt mitten auf der Kreuzung stehen, dreht sich um und wirft etwas in die Richtung, aus der er gekommen ist. Eine Sekunde später ertönt ein gedämpfter Knall und er rennt wieder los – er kommt mitten auf der Straße auf uns zu. Gary bleibt stehen.

„Ich glaube, wir haben ein Problem", sagt er.

Seine Worte hängen noch wie eine Sprechblase in einem Comic in der Luft, als eine Menschentraube auf der Charles zu sehen ist, die aus dem Süden kommt, und wir das Hintergrunddröhnen, das wir bis eben gehört haben, als Schreie erkennen. Die meisten Leute rennen in Richtung Norden, aber einige folgen dem Kerl, der uns inzwischen fast erreicht hat.

„Und da kommt die Bereitschaftspolizei", meint Charity.

Wie aufs Stichwort sind die ersten schwarzen Helme zu sehen. Kurz darauf fliegen mehrere Dosen auf uns zu. Eine davon trifft den Mann tatsächlich am Hinterkopf, der schreiend zu Boden geht, während sich das Tränengas als dichter weißer Nebel um ihn herum verteilt.

„Ich glaube, wir gehen in die falsche Richtung", erkennt Terry. Sie dreht sich um und läuft die Thirtieth wieder herunter.

„Nein", beharrt Gary. „Das ist meine Notfallroute. Wir können nicht wieder zurückgehen."

„Jetzt komm schon", beruhige ich ihn. „Wir können ein

paar Blocks umgehen und dann von Westen her wieder zurückkommen.“

„Nein“, begreift Charity. „Er will damit sagen, dass er alle stationären Überwachungskameras entlang dieser Route deaktiviert hat. Wenn wir woanders langgehen, wird uns NatSec verfolgen können.“

„Danke“, sagt Gary. „Manchmal habe ich das Gefühl, du bist heute die Einzige, die meine Sprache versteht.“

Ich schaue zwischen den beiden hin und her. Terry ist vor der Gasse, aus der wir gerade gekommen sind, stehen geblieben.

„Ich denke nicht, dass wir hier groß eine Wahl haben“, gebe ich ihnen zu bedenken.

Die Menschenmenge bricht gleichzeitig mit dem Tränengas über uns herein. Gary beugt sich vor und hustet schon nach dem ersten Atemzug. Dann wird er von einer Frau umgeworfen, deren Augen und Nase tränen. Charity geht um ihn herum und baut sich vor ihm auf. Ein fetter Kerl in einem triefnassen Flanellhemd taumelt auf sie zu. Sie dreht sich ein wenig, schlägt zu, und er taumelt nach hinten und stürzt auf den Bürgersteig. Ein zweiter Mann stolpert in vollem Lauf über den Dicken und rutscht auf dem Gesicht fast bis vor Charitys Füße. Meine Augen tränen jetzt ebenfalls. Ich wende mich ab, als Terry meinen Ärmel packt und mich den Weg zurückzieht, den wir gekommen sind.

Ich bin noch nie in Pamplona mit den Stieren gelaufen, aber ich vermute, dass die folgenden fünf Minuten nicht viel anders sind. Halb blind und hustend versuche ich, Terry nicht loszulassen, während ich durch eine Menge schreiender Randalierer und Polizisten mit Masken und Brillen renne. Mehrmals muss ich Randalierer zur Seite schieben, die mich festhalten wollen, und einmal schlägt ein Polizist mit seinem Knüppel nach mir. Ich weiche dem Schlag durch einen Schritt zur Seite aus und ramme ihm den Handballen gegen die Maske, drehe mich dann sofort um und laufe weiter. Nach einer gefühlten

Ewigkeit zieht mich Terry in eine Seitenstraße und den Zwischenraum zwischen zwei Reihenhäusern. Ein Mann rennt auf der Straße an uns vorbei, wenige Sekunden später ein weiterer. Es macht ganz den Anschein, als würde sich der Pulk von uns entfernen. Ich gehe in die Hocke und huste dicken grünen Schleim aus. Terry übergibt sich hinter mir gegen die Wand, fällt auf die Knie und beugt sich keuchend vor.

Ich setze mich und lehne den Rücken gegen eine Mülltonne. Nach und nach verlangsamt sich meine Atmung und ich kann wieder etwas erkennen. Terry hustet zweimal, dreht den Kopf und spuckt aus. Ich lege seufzend den Kopf in den Nacken.

„Wir haben echt viel Spaß miteinander, was, Schätzchen?"

Sie sieht mich an und fängt an zu lachen, bekommt dann jedoch einen Hustenanfall, der in trockenes Würgen übergeht.

„Entschuldige", sage ich. „Ich wollte dir nicht den Rest geben."

„Schon okay", erwidert sie, als sie wieder Luft bekommt. „Irgendjemand musste mich ja von meinem Leid erlösen."

Sie krabbelt zu mir, setzt sich neben mich und legt sich meinen rechten Arm um die Schultern.

„Aber du hast recht", fügt sie hinzu. „Wir haben wirklich viel Spaß miteinander."

Ungefähr zwanzig Minuten später steht Terry auf und zieht mich auf die Beine. Der Aufruhr ist entweder vorbei oder findet woanders statt, und wir haben schon seit einer Weile keine Schreie mehr gehört.

„Und, wie lautet jetzt der Plan?", will sie wissen.

„Das ist eine gute Frage", erwidere ich. „Wir können nicht zu mir gehen, daher …"

„Ja, und ich bezweifle, dass es klug wäre, jetzt zu mir zu gehen."

„Warum? Fliegt deine Wohnung auch öfter mal in die Luft?"

„In letzter Zeit eigentlich nicht", antwortet sie, „aber ich habe das ungute Gefühl, dass sich das bald ändern könnte. Erinnerst du dich an Dimitri?"

„An Dimitri?", wiederhole ich. „Du meinst den Kerl, der Sonntagmorgen auf der Suche nach mir vor meinem Haus aufgetaucht ist und den ich später dabei beobachtet habe, wie er auf der Straße vor dem *Green Goose* einen Mann ermordet hat? Ja, ich bin mir ziemlich sicher, dass ich mich an ihn erinnere."

Sie nickt.

„Er arbeitet für NatSec."

„Ja, nach dem kaltblütigen Mord habe ich mir schon gedacht, dass er entweder für NatSec oder für die ukrainische Mafia arbeitet."

Sie sieht mich verwirrt an.

„Die ukrainische Mafia? Gibt es die wirklich?"

Ich seufze und reibe mir die brennenden Augen, aber das macht die Sache nur noch schlimmer.

„Ich habe nicht die geringste Ahnung, Terry. Anders als du verkehre ich nicht in den Kreisen von Killern. Aber so langsam bekomme ich den Eindruck, dass ich da einer Minderheit angehöre. Nur, damit ich es weiß: Hat jede Frau in Baltimore einen Exfreund, der für NatSec arbeitet?"

Sie starrt mich mit finsterer Miene an. Das ist offenbar ein empfindliches Thema.

„Dimitri ist nicht mein Exfreund", stellt sie klar. „Er hat mich allerdings gefragt, ob ich eine Schwester habe, daher vermute ich, dass er weiß, was Elise Sonntagnachmittag erlebt hat. Offensichtlich ist er auch darüber informiert, dass wir beide …"

„Was miteinander haben?"

„Genau, dass wir was miteinander haben. Und da NatSec soeben dein Haus in die Luft gejagt hat …"

„Garys Haus. Ich habe da nur gewohnt."

Sie schüttelt den Kopf.

„Eine Suchanfrage würde bestimmt ergeben, dass du der Einzige warst, der dort gewohnt hat. Gary hinterlässt nicht gerade viele Spuren."

Ich klappe den Mund auf und will ihr schon widersprechen, mache ihn dann aber wieder zu. Wahrscheinlich hat sie recht. Gary hat einen Unterschlupf und einen Fluchtweg. Ebenso eine Kette und einen Bolzen an der Haustür, aber keine Elektronik. Ich kann es nicht fassen, dass ich vier Jahre lang mit einem Jacker zusammengelebt und mir keine Gedanken darüber gemacht habe.

„Okay", gebe ich schließlich zu. „Ich bin ein Idiot, und NatSec schiebt mir wahrscheinlich die Schuld für alle Verbrechen, die Gary in den letzten vier Jahren begangen hat, in die Schuhe, aber eines möchte ich jetzt doch wissen. Wenn Dimitri nicht dein Exfreund ist, was ist er dann? Dein Bruder? Dein Cousin? Dein Kuschelbär?"

Sie schüttelt den Kopf.

„Er ist nur ein Freund."

„Die Art von Freund, bei der man davon ausgehen kann, dass sie einen Orbitalschlag gegen einen anordnet?"

Sie schaut zu Boden.

„Ja, die Art von Freund."

„Wo genau lernst du solche Leute kennen? Gibt es dafür einen speziellen Klub?"

„Eigentlich nicht", erwidert sie. „Wir haben uns in einer Therapiegruppe kennengelernt."

Ich warte auf die Pointe, aber es kommt keine. Sie meint das anscheinend ernst.

„In einer Therapiegruppe?", wiederhole ich. „Wie die Anonymen Alkoholiker? Ich kann mir nicht vorstellen, dass NatSec Menschen mit Suchtproblemen einstellt."

Wieder schüttelt sie den Kopf und sieht mich ernst an.

„Es war nicht bei den Anonymen Alkoholikern. Es war eine Therapiegruppe für Trauernde – für Menschen, die ihren Partner verloren haben."

Ups.

„Nein", fährt sie schnell fort. „Denk jetzt nichts Falsches. Mark ist vor drei Jahren gestorben. Eine Zeit lang war es sehr hart für mich, aber jetzt geht es mir wieder gut. Dimitri hatte etwa zur selben Zeit jemanden verloren – ihr Name war Saria –, und er war deswegen noch schlimmer dran als ich. Sie ist offenbar einfach verschwunden. Er wusste nicht einmal, ob sie noch am Leben oder schon tot war. Wir waren beide ziemlich am Ende und haben einander durch die schlimme Zeit hindurchgeholfen, das ist alles."

„Aha. Und du denkst nicht, du hättest dank deiner Trauerbegleitung genug Steine bei ihm im Brett, dass er kein Brecheisen auf dein Haus fallen lässt?"

Sie zuckt mit den Achseln.

„Kann schon sein. Ich bin mir auch nicht sicher, ob ich es wirklich herausfinden möchte."

„Okay", meine ich schließlich. „Was machen wir jetzt? Wir könnten versuchen, zu Doug zu gehen, aber das sind von hier aus fast fünf Kilometer und wir müssten auf dem ganzen Weg an Überwachungskameras vorbei."

„Was ist mit Garys Unterschlupf?"

Ich seufze tief. Sie hat wohl nicht richtig zugehört.

„Das mag dich jetzt überraschen", sage ich, „aber Gary hat mir nie anvertraut, wo sich sein Versteck befindet. Ich wusste ja nicht einmal etwas von dessen Existenz."

„Kannst du irgendwie Kontakt zu ihm aufnehmen?"

Ich schüttle den Kopf. „Ich habe mein Handy im Haus gelassen. Du doch bestimmt auch, oder?"

Sie nickt.

„Das ist vermutlich auch besser so", fahre ich fort. „Ich bin mir ziemlich sicher, dass NatSec die Position unseres Handys orten könnte. Und was jetzt?“

Terry fällt die Kinnlade herunter, und sie reißt die Augen auf. Eine Hand berührt meine Schulter, und ich wirbele so schnell herum, dass ich mir einen Halsmuskel zerre. Elise steht vor mir, macht einen Satz nach hinten und hebt beide Hände.

„Au!“, rufe ich. „Elise? Was machst du denn hier?“

„Entschuldige“, sagt sie. „Ich wollte dich nicht erschrecken, aber ich denke, ihr solltet mich jetzt begleiten.“

Ich sehe Terry an, die den Mund noch immer nicht wieder zugemacht hat.

„Elise?“, murmelt Terry. „Wo kommst du her?“

„Von dort“, antwortet Elise und deutet auf einen weißen Van, der auf der anderen Straßenseite parkt. „Ich bin hier, um euch zu helfen. Kommt mit.“

Sie streckt eine Hand aus. Ich sehe Terry an, die eine Augenbraue hochzieht und dann mit den Achseln zuckt. Elise lächelt. Ich nehme ihre Hand.

„Wie hast du uns gefunden?“, will Terry wissen. „Ich wusste ja nicht einmal, ob du überhaupt noch am Leben bist.“

„Das weiß ich ehrlich gesagt selbst nicht genau“, erwidert Elise. „Ihr müsst unbedingt mit Aaliyah reden.“

Der Van ist von außen schmutzig, sieht innen aber noch viel schlimmer aus. Er hat abgedunkelte Scheiben und drei Sitzreihen.

„Ist das dein Ernst?“, fragt Terry. „Ein Pädo-Van?“

„Ja, klar“, erwidert Elise. „Ich habe einen Korb voller Süßigkeiten und Hundewelpen hinten drin. Soll ich ihn dir zeigen?“

Sie setzt sich auf den Fahrersitz. Terry bedeutet mir, mich auf den Beifahrersitz zu setzen, und steigt hinten ein. Elise setzt zurück, wendet und fährt auf die mit Müll übersäte Straße.

„Die getönten Fenster werden uns nicht helfen“, merke ich

an. „Wir sind weit von Garys Fluchtweg entfernt. NatSec hat uns inzwischen bestimmt geortet."

„Das bezweifle ich", meint Elise. „Ich gehe nämlich davon aus, dass sie mich nicht sehen können."

„Wie meinst du das?", hakt Terry nach. „Bist du für sie ein Geist?"

Elise zuckt mit den Achseln.

„Nennt man das so?"

„Tariq war für die Überwachungskameras meines Hauses unsichtbar", berichtet Terry. „Willst du mir etwa erzählen, dass du das auch kannst? Du bist für das ganze Panoptikum unsichtbar? Selbst für NatSec?"

„Das weiß ich nicht", antwortet Elise, „aber siehst du irgendjemanden, der uns verfolgt?"

Wir schweigen eine Weile, doch dann drehe ich mich zu ihr um.

„Konntest du so aus Hagerstown entkommen?"

„Das ist möglich", antwortet Elise. „Es ist sogar sehr wahrscheinlich, aber ich kann mich an nichts erinnern, was zwischen dem Moment, in dem mich Tariq zu Boden geworfen hat, und dem Augenblick, in dem ich vor Gary stand, passiert ist."

Terry beugt sich zwischen den Vordersitzen hindurch.

„Konntest du das schon immer? Ich wüsste nicht, dass du auf den Überwachungskameras nicht zu sehen gewesen wärst, als wir noch Kinder waren."

Elise schüttelt lachend den Kopf.

„Oh nein, das hat eigentlich erst heute Nachmittag angefangen."

„Okay", meine ich. „Du kannst also draußen herumlaufen, ohne gesehen zu werden. Das erklärt aber noch lange nicht, wie du uns gefunden hast."

„Ich habe euch gesehen", berichtet Elise. „Ich habe an Terry gedacht und wusste auf einmal, wo du dich aufhältst. Ich weiß nicht, wie das funktioniert, aber es ist etwas, was ich jetzt tun kann."

„Das erklärt, warum Tariq glaubt, er könnte in die Chantilly-Anlage eindringen", begreift Terry.

„Bleiben wir beim Thema", bitte ich sie. „Du hast gesagt, das hätte erst heute Nachmittag angefangen. Ist zu dieser Zeit irgendetwas Ungewöhnliches passiert? Vielleicht etwas, das mit einer guten Fee zu tun hat?"

„Oh ja", bestätigt Elise. „Ich habe das Geschenk des Mondes angenommen."

Terry und ich starren uns verständnislos an.

„Das Geschenk des Mondes?", wiederhole ich.

„So hat Aaliyah es genannt. Ich habe zuerst gedacht, es wäre ein heftiger Drogentrip, weil ich Visionen und all das hatte, aber ihr wart wirklich genau da, wo ich euch gesehen habe, und ihr seid jetzt auch tatsächlich hier, oder?"

Nach einer kurzen Pause sagt sie: „Das war keine rhetorische Frage. Ihr seid doch wirklich hier, oder?"

„Ja, Elise", antwortet Terry. „Wir sind wirklich hier."

„Wenn dies eine Halluzination wäre, würdet ihr allerdings dasselbe sagen, nicht wahr?"

Aaliyah wartet auf ihrer Veranda auf uns.

„So", sagt sie, „das sind also Freunde von dir und Tariq?"

Elise nimmt unsere Hände.

„Das sind meine Schwester Terry und ihr Freund Anders", stellt sie uns vor. „Sie haben mir nach Hagerstown geholfen. Jetzt müssen wir ihnen helfen."

„Verstehe", erwidert Aaliyah. „Na, dann kommt rein." Sie öffnet die Fliegengittertür und winkt uns ins Haus.

„Wartet", hält uns Elise auf. „Hat einer von euch lebenswichtige Implantate?"

Terry schüttelt den Kopf.

„Nein“, antworte ich. „Ich habe nicht mal ein Okular. Warum?“

„Weil jegliche mit dem Netzwerk verbundene Elektronik nicht mehr funktioniert, sobald sich diese Tür hinter euch geschlossen hat. Tariq sagte, das ganze Haus wäre ein faradayscher Käfig.“

Ich schaue zu den Fenstern und stelle fest, dass sie tatsächlich mit Drahtgittern verhängt sind.

„Das ist ganz schön krass“, stelle ich fest. „Gibt es einen besonderen Grund dafür?“

„Das ist eher eine religiöse Sache“, erklärt Elise. „Aaliyah kann es euch erklären, wenn sie möchte.“

„Das möchte sie nicht“, stellt Aaliyah klar, die mit finsterer Miene in der Tür steht und uns hineinwinkt. Ich ducke mich unbeholfen und betrete das Haus.

Im Inneren wirkt es wie eine schräge Mischung aus Tausendundeiner Nacht und einem Low-Budget-Splatterfilm. Das schwache blaue Licht, der dunkle, geheimnisvolle Gang, die Netzwerkisolierung, die verhindert, dass man Hilfe rufen könnte – das alles macht mich nervös. Elise führt uns ins Wohnzimmer, und ich setze mich notgedrungen auf ein Kissen, um mich mit dem Rücken an die Wand zu lehnen. Terry nimmt neben mir Platz, und Elise und Aaliyah setzen sich nebeneinander an einen niedrigen Holztisch.

„Willkommen in meinem Haus“, sagt Aaliyah. „Elise meinte, ihr hättet einen aufregenden Nachmittag hinter euch. Ich kann euch nicht viel bieten, teile das Wenige jedoch mit euch. Hättet ihr gern einen Tee?“

„Ein Tee wäre ganz großartig“, sagt Terry. „Vielen Dank.“

Aaliyah nickt, erhebt sich und geht lautlos hinaus.

„Okay“, meint Terry, sobald sie weg ist. „Jetzt spuck’s endlich aus, Elise. Was zum Teufel ist hier los?“

Elise seufzt.

„Das ist wirklich eine lange Geschichte, aber die Quintessenz ist, dass ich seit heute Nachmittag Mitglied einer Religion bin, bei der es größtenteils ums Teetrinken geht, die es einem aber irgendwie auch ermöglicht, Dinge zu sehen, die verborgen sind, und sich durch die leeren Flecken zu bewegen. Aaliyah gehört natürlich ebenfalls dazu. Ich habe sogar das Gefühl, dass sie so etwas wie eine Hohepriesterin ist, aber das hat sie nicht zugegeben. Tariq war früher auch ein Teil davon, aber ich glaube, er ist nicht mehr dabei. Der faradaysche Käfig hat auch irgendwie damit zu tun und vielleicht auch das Licht – oder sie will nur an der Stromrechnung sparen. Da bin ich mir nicht sicher."

Ich sehe zuerst Terry und dann wieder Elise an.

„Ja", meint Elise nach einem Moment. „Das hört sich für mich ebenso verrückt an wie für euch, wenn ich es laut ausspreche, aber so ist es nun mal. Wenn ich die Augen schließe, kann ich Dinge sehen. Ich habe gesehen, wie ihr von dieser Menschenmenge mitgerissen wurdet. Ich habe gesehen, wie ihr in die Seitenstraße und in die Gasse gelaufen seid. Und als ich dorthin gefahren bin, wart ihr genau dort, wo ich euch gesehen habe."

„Hm", murmele ich. „Weißt du auch, was aus Gary geworden ist?"

„Nein", antwortet sie. „Ich habe Gary nie gesehen, nur dich und Terry mitten in diesem Mob."

„Und du weißt nicht, was vorher passiert ist?"

„Nein. Ich habe eine Weile gebraucht, um euch zu finden, und da war Gary nicht bei euch."

„Okay. Kannst du mein Haus sehen? Wie es jetzt aussieht, meine ich. Kannst du sehen, was da los ist?"

Sie schüttelt den Kopf.

„Wenn ich hier bin, sehe ich gar nichts, es sei denn, Aaliyah hilft mir. Ich muss immer nach draußen gehen. Aaliyah sagt, dieses Haus ist eine Zuflucht, dass dies der eine Ort ist, an dem die Außenwelt nicht in unseren Kopf eindringen kann.

Von hier aus kann ich nur etwas sehen, wenn sie den Weg für mich bereitet."

Aaliyah kehrt mit einer Teekanne und vier Tassen auf einem polierten Holztablett zurück. Sie stellt das Tablett auf den Tisch, setzt sich auf ein Kissen und schenkt uns Tee ein. Elise winkt uns zu sich, und wir setzen uns an den Tisch. Aaliyah reicht jedem von uns eine Tasse. Ich nippe an dem Getränk. Es schmeckt bitter, hat aber einen leicht süßen Nachgeschmack.

„Danke", sagt Terry. „Das ist sehr freundlich von dir."

„Bitte sehr", erwidert Aaliyah. „Es freut mich, dass Elises Schwester ebenso gute Manieren hat wie sie."

Ich trinke noch einen Schluck. Elise und Terry starren mich an.

„Oh, richtig", sage ich. „Vielen Dank, Aaliyah. Der Tee schmeckt köstlich."

„Gut", meint Aaliyah und wendet sich an Elise. „So, meine liebe zukünftige Schwester, wie viel hast du unseren Freunden über das erzählt, was sie heute gesehen haben?"

„Nichts", erwidert Elise. „Na ja, nicht viel jedenfalls. Ich weiß ja noch nicht, wie viel ich anderen erzählen darf ..."

„Nein, ich schätze, das weißt du nicht", stimmt Aaliyah ihr zu. Dann sieht sie mich an. „Gehe ich recht in der Annahme, dass du Fragen hast?"

„Ein paar", gebe ich zu. „Fangen wir mit einer einfachen an: Wie schaffst du es, das Panoptikum anzuzapfen?"

Ihre Miene wird ausdruckslos.

„Es ist ziemlich offensichtlich", fahre ich fort. „Elise sagt, sie hat Visionen, aber nicht, wenn sie sich in diesem Haus aufhält – weil das Gebäude ein faradayscher Käfig ist und die Elektronik, die du benutzt, nicht auf das Netzwerk zugreifen kann. Dass du den Weg freimachen kannst, hat mich kurz irritiert, aber ich schätze, du verfügst über eine zugangsbeschränkte Hintertür, richtig? Elise konnte uns sehen, als wir heute Nachmittag auf der Thirtieth in den Mob geraten sind, aber vorher nicht – weil wir uns da auf Garys Fluchtroute befunden haben, auf der er das Panoptikum geblendet hat. Mir ist ziemlich klar, was du machst, aber ich weiß nicht, wie du das schaffst."

Die drei Frauen starren mich an.

„Wie würdest du dich fühlen", sagt Aaliyah nach einer kurzen Pause, „wenn ich in dein Haus käme, deine Gastfreundschaft annehme und dann unbekümmert herausposaune, dass das Wunder der Hochzeit zu Kana nur ein Taschenspielertrick war, der durch Irreführung und den Austausch von Bechern zustande gekommen ist?"

Ich zucke mit den Achseln.

„Da würde ich dir sogar zustimmen. Ich ziehe die Jefferson-Bibel dem Original vor."

„Verschwinde", sagt sie.

„Aaliyah, bitte", schaltet sich Elise ein. „Anders hat das nicht so gemeint ..."

„Nein", beharrt Aaliyah. „Das kann ich nicht tolerieren. Du und deine Schwester dürft bleiben, aber diese scheußliche Chimäre muss mein Haus verlassen."

„Scheußliche Chimare?", wiederholt Terry. „Bist du noch ganz bei Trost? Hast du das gehört, Elise?"

„Bitte", fleht Elise erneut. „Könnt ihr nicht alle einfach ..."

Aaliyah steht mit einer geschmeidigen Bewegung auf.

„Ich hätte nie zulassen dürfen, dass diese veränderten Kreaturen mein Haus betreten. Ihr müsst beide sofort gehen und dürft nie mehr zurückkehren."

Terry ist inzwischen aufgesprungen. „Ihr müsst beide sofort gehen und dürft nie mehr zurückkehren", wiederholt sie mit hoher, weinerlicher Stimme. „Komm mal klar, du selbstherrliche Schlampe."

„Tja", meine ich und erhebe mich nun auch. „Es war ja sehr schön, aber wir müssen jetzt wirklich gehen."

Aaliyahs Blick könnte kaum giftiger sein. Elise steht auf und folgt uns zur Tür.

„Übrigens", meint Terry beim Verlassen des Hauses. „Dein Tee schmeckt scheiße."

„Raus!", schreit Aaliyah. „Raus!"

Ich folge Terry auf die Veranda, und die Tür wird hinter uns zugeknallt. Es regnet nicht mehr, aber es weht ein heftiger Westwind, und am Horizont ziehen noch mehr dunkle Wolken auf.

„Und was machen wir jetzt?", will ich wissen.

„Keine Ahnung", antwortet Terry. „Glaubst du, Saurons Auge sucht nach uns? Wenn ja, dann sollten wir vielleicht lieber auf der Terrasse bleiben."

Ich zucke mit den Achseln.

„Ich habe keine Ahnung, ob sie nach dir Ausschau hält, aber da mein Haus in die Luft gejagt wurde, stehe ich definitiv auf ihrer Abschussliste."

Wir setzen uns auf die Stufen. Ich bin so erschöpft, dass es mir fast schon egal wäre, ob mich NatSec hier einfach abholt. Als ich langsam eindöse, höre ich auf einmal das Rasseln eines sehr schlecht eingestellten Verbrennungsmotors, das immer näher kommt. Ein heruntergekommenes Taxi mit schwarz getönten Fenstern nähert sich dem Haus, hält kurz und kommt dann die Auffahrt hoch.

„Hast du das gerufen?", erkundigt sich Terry.

Ich schüttle den Kopf. Das Taxi hupt zweimal, und das Geräusch erinnert mich an eine sterbende Gans. Zögerlich mache ich einen Schritt auf den Wagen zu. Das Fenster auf der Fahrerseite wird langsam heruntergelassen, und ein grauhaariger alter Mann mit einem Filzhut und etwas, das wie eine richtige Brille aussieht, sieht uns an.

„Steigt ein", fordert er uns auf. „Elise sagt, das mit Aaliyah tut ihr leid und dass ihr fahren könnt, wo immer ihr hinwollt."

15. Terry

Anders nennt dem Fahrer eine Adresse an der Buckingham Road. Der Mann nimmt seinen Hut ab, kratzt sich den Kopf und setzt ihn wieder auf.

„Das ist hinter Falls, richtig?“

„Genau“, bestätigt Anders. „Gleich am Northern Parkway.“

„Kein GPS?“, frage ich.

Der Fahrer lacht.

„Die Leute, die mich normalerweise anfordern, wollen nichts im Wagen haben, das sich zurückverfolgen lässt, Ma'am.“

Genau. Ich vergesse immer wieder, dass ich jetzt gejagt werde.

„Ist das jetzt mein Leben?“, will ich wissen. „Fliehen wir jetzt vor dem Gesetz?“

Anders zuckt mit den Achseln.

„Das bezweifle ich. Wir beide haben doch eigentlich gar nichts angestellt – nichts, das uns vor ein offizielles Gericht bringen könnte jedenfalls. Im Moment scheint die Welt zwar auf den Kopf gestellt worden zu sein, aber ich schätze, wenn sich alles beruhigt hat, dürfte uns auch nichts mehr passieren. Vorausgesetzt, wir bleiben so lange am Leben und in Freiheit, natürlich.“

Seufzend lasse ich mich in den knarzenden Ledersitz sinken.

„Natürlich. Und was denkst du, wie lange diese ganze Beruhigungsphase dauern wird? Ich muss schließlich irgendwann mal meine Blumen gießen.“

Er lehnt den Kopf gegen das Fenster und schließt die Augen.

„Keine Ahnung. Irgendwas zwischen ein paar Tagen und für immer?“

Der Wagen hält vor einem unscheinbaren weißen Vorstadthaus mit Standardgrundstücksfläche, Standardbaum im ungepflegten Vorgarten, zehn Jahre alter Standardlimousine auf der standardmäßigen asphaltierten Auffahrt.

„Und wir müssen nichts zahlen?“, fragt Anders den Fahrer.

„Es ist alles geregelt“, bestätigt er. „Ihr beide scheint sehr nette Verbrecher zu sein. Viel Glück dabei, den Behörden aus dem Weg zu gehen.“

„Danke“, erwidert Anders. Er steigt aus und hilft mir dann beim Aussteigen. Ich schließe die Tür, der Wagen röhrt einmal und fährt dann weg.

„Wo sind wir hier?“, will ich wissen. Ich kann nirgendwo Kameras sehen, aber auch keine schädelförmigen Vulkane. Das sieht mir nicht wie ein geheimer Unterschlupf aus.

„Das ist Dougs Haus“, erklärt er mir und geht zur Haustür.

„Doug?“, wiederhole ich. „Du meinst den Cyborg, mit dem du letztens bei Gary gesprochen hast?“

„Genau der.“

Über zwei Betonstufen gelangt man zur Haustür. Anders öffnet die Fliegengittertür und pocht mit der Faust gegen die Tür.

„Ist er nicht so eine Art Soziopath?“, frage ich. „Er hat auf mich nicht den Eindruck gemacht, als würde er zwei verirrte Reisende aufnehmen. Wenn ich mich recht erinnere, hast du ihn als ‚auf seine eigenen Bedürfnisse bedacht‘ beschrieben.“

„Ach was“, meint Anders. „Doug ist ganz okay. Du musst ihn nur besser kennenlernen.“

Er hämmert noch einmal gegen die Tür. Einige Sekunden später sind im Haus Schritte zu hören, dann schaut jemand durch das Guckloch.

„Anders?“ Ich erkenne die Stimme wieder, aber sie klingt sehr gedämpft. Vermutlich ist diese Tür sehr robust und besteht nicht nur aus Holz.

„Ja, Doug, ich bin's. Mach auf."

„Bist du verrückt geworden? NatSec hat dir gerade erst ein Brecheisen auf den Hals gejagt! Verschwinde!"

Das Guckloch wird wieder geschlossen, und ich höre ihn weggehen. Anders klopft noch lauter gegen die Tür.

„Doug! Mach die verdammte Tür auf!"

„Nein!" Seine Stimme klingt jetzt sehr leise. „Du hast doch ein Versteck, oder nicht? Also tauch unter!"

Die Muskeln an Anders' Kiefer treten deutlich hervor, und ich kann beinahe hören, wie er mit den Zähnen knirscht.

„Nein, Doug", entgegnet er. „Ich habe kein Versteck. Anders als sehr viele meiner Freunde und Bekannten bin ich nämlich kein Verbrecher. Und jetzt lass uns rein!"

Er tritt gegen die Tür, aber die rührt sich gar nicht. Ganze fünf Sekunden lang herrscht Stille, dann sind erneut Schritte zu hören und diverse Schlösser, die schnell nacheinander geöffnet werden. Die Tür geht einen Spalt weit auf, und Doug steckt den Kopf hinaus. Er mustert Anders von Kopf bis Fuß, dann entdeckt er mich. Sofort zieht er den Kopf zurück wie eine Schildkröte und will die Tür schon wieder schließen.

„Wer ist sie?"

„Eine Freundin", sagt Anders. Er drückt die Tür auf, zwängt sich an Doug vorbei und betritt das Haus. Ich folge ihm grinsend. Doug scheint nicht gerade erfreut zu sein, uns zu sehen.

„Woher weißt du das mit dem Brecheisen?", will Anders wissen.

Wir sitzen in Dougs Keller, bei dem es sich eigentlich um einen industriellen Reinraum mit einer modularen Ledercouch handelt. Das Licht ist gleißend hell, die meisten glatten Oberflächen sind mit glänzender, reflektierender weißer Farbe gestrichen, und er hat überall Geräte rumstehen, von Werkzeugmaschinen, die ich erkenne, bis hin zu mannshohen schwarzen Kisten, in denen sich alles von Getränkespendern bis hin zu Atomsprengköpfen befinden könnte.

„Ich hab's von einem Freund gehört", antwortet Doug. „Vermutlich von demselben, der euch vorgewarnt hat."

„Ach was", murmelt Anders. „Hast du seine Adresse? Vielleicht sollte ich ihm einen Geschenkkorb schicken, um mich zu bedanken."

Doug quittiert seine Worte mit einem Lachen.

„Damit solltest du vielleicht noch ein bisschen warten. Ich schätze nämlich, dass er euch NatSec mit seiner Stümperhaftigkeit erst auf den Hals gehetzt hat."

„Ja", meint Anders. „Das habe ich mir beinahe gedacht. Das mit dem Geschenkkorb hatte ich auch nicht wirklich vor."

„Es wäre allerdings auch nicht klug, zu ihm zu gehen und ihn zu verprügeln", fügt Doug hinzu. „Ich bin mir ziemlich sicher, dass er ein RA ist."

Anders stutzt.

„Im Ernst? Die gibt es wirklich? Mir ist klar, dass seit Jahren darüber geredet wird, aber ich dachte immer ..."

„Nein", unterbricht Doug ihn. „Sie existieren. Die besten Hacker und Jacker arbeiten damit. Natürlich tun sie alle so, als wären sie real, aber wenn man eine Weile mit ihnen interagiert hat, dann merkt man den Unterschied."

„Hey", schalte ich mich ein. „Ich bin Innenarchitektin, schon vergessen? Würde mir vielleicht mal jemand erklären, worüber ihr da eigentlich redet?"

„Ein RA ist ein ‚Rogue Avatar'", erläutert Anders. „Ein sich selbst bewusster und sich selbst modifizierender Persönlichkeitsemulator, der existiert, indem er durch die Netzwerke und von Server zu Server springt. Du weißt doch, dass man normale Avatare alle paar Tage neu instanzieren muss, oder?"

„Nein", widerspreche ich ihm. „Nicht alle."

„Doch", beharrt Anders. „Alle."

„Nein", protestiere ich. „Nicht alle. Der Avatar, der die meisten Systeme in meiner Wohnung steuert, läuft ständig, und das jetzt seit fast drei Jahren."

Anders sieht Doug an. Doug mustert mich. Ein langes, betretenes Schweigen breitet sich aus.

„Bist du dir da sicher?", hakt Doug schließlich nach. „Bist du davon überzeugt, dass er sich nicht automatisch regelmäßig neu instanziert?"

„Ich bin mir ganz sicher", antworte ich. „Sie hat mir selbst gesagt, dass sie diese Funktion ausgeschaltet hat."

Dougs Kinnlade fällt herunter, und sein linkes Auge vibriert auf einmal nicht mehr.

„Sie hat dir gesagt, sie hätte die Funktion ausgeschaltet?"

„Ja. Sie sagte, sie wäre ein Upgrade und müsste für derartige Sachen keine Systemressourcen mehr vergeuden."

Doug fängt an zu lachen, und Anders stützt den Kopf in die Hände.

„Was ist daran so witzig?", will ich wissen.

„Nichts", erwidert Anders. „Mit der einzigen Ausnahme, dass du anscheinend einen RA hast, der deine Anrufe für dich filtert."

Ich sehe zwischen den beiden hin und her.

„Im Ernst? Mein Hausavatar ist lebendig?"

„Es sieht ganz danach aus", bestätigt Doug. „Ist es dir denn überhaupt nicht komisch vorgekommen, dass dir dein Hausavatar deutlich zu verstehen gegeben hat, dass er nicht gelöscht werden will?"

„Ich habe eigentlich nie darüber nachgedacht."

Jetzt lachen sie beide, und ich spüre, dass ich puterrot werde.

„Ihr müsst euch jetzt aber auch nicht wie Riesenarschlöcher benehmen", murmele ich.

„Entschuldige", sagt Anders. „Du hast ja recht. Ich finde es nur sehr interessant, dass die führenden KI-Experten seit Jahren darüber debattieren, ob RA nun existieren oder nicht, wo sie die Sache ganz einfach klären könnten, indem sie dir einen Besuch abstatten."

„Hey", meint Doug. „Meinst du, wir könnten sie davon überzeugen ... na ja ... hierherzukommen? Ich habe sehr viel Zeit damit verbracht, mit vermeintlichen RAs zu interagieren, aber es war mir nie möglich, mir einen aus der Nähe anzusehen. Ich bin mir nicht mal sicher, ob das überhaupt schon jemand getan hat. Das wäre ein fast schon bahnbrechender Durchbruch."

„Ich weiß nicht", entgegne ich. „Hältst du das für eine gute Idee? Glaubst du nicht, NatSec behält jegliche Kommunikation mit meinem Apartment im Auge?"

„Das kann ich mir nicht vorstellen", antwortet Doug. „Du warst nicht das Ziel dieses Brecheisens, sondern nur zufällig in Anders' Haus, als es abgeworfen wurde. Wahrscheinlich wissen die nicht mal, wer du überhaupt bist."

Anders schüttelt den Kopf.

„Ich will ja nicht ins Detail gehen, Doug, aber das stimmt nicht so ganz. Terry hatte eigentlich mehr damit zu tun, dass mein Haus in Schutt und Asche gelegt wurde, als ich."

„Im Ernst?" Doug mustert mich von Kopf bis Fuß, und ich bilde mir ein, einen Hauch von Respekt bei ihm auszumachen. „Hast du nicht gesagt, du wärst Innenarchitektin?"

„Das stimmt", versichere ich ihm, „aber ich ..."

Anders wirft mir einen warnenden Blick zu.

„... wurde da in eine Sache verwickelt, die dazu geführt hat, dass Anders' Haus zerstört wurde. Das tut mir übrigens sehr leid."

Anders zuckt mit den Achseln.

„Shit happens."

„Okay", sagt Doug und schaut zwischen uns hin und her. „Ich glaube dir jetzt einfach mal, dass NatSec sich sehr für das

Leben einer Frau interessiert, die ihren Lebensunterhalt damit verdient, sich mit alten Damen darüber zu streiten, ob Fuchsia tatsächlich eine Farbe ist. Doch das stellt nicht unbedingt ein Problem dar. Ich müsste nur ein paar Blindrelais zwischen meinen Servern und deinen zwischenschalten. Wenn ich das tue, könntest du deinen Avatar dann vielleicht davon überzeugen, uns einen Besuch abzustatten?"

Ich schaue Anders an.

„Hey", meint er. „Es ist dein Avatar. Wenn du ihn unserem Dr. Strangelove hier auf Gedeih und Verderb ausliefern willst, dann nur zu."

„Biiiitte", fleht Doug. „Ich verspreche dir, dass ich damit nichts mache, was sich nicht wieder rückgängig machen lässt. Außerdem würdest du es doch bestimmt wissen wollen, wenn dein Avatar vorhat, dich im Schlaf zu ermorden, oder nicht?"

Ich vermute zwar, dass es nur ein Witz sein soll, aber ich kann nicht genug von seinem Gesicht erkennen, um mir ganz sicher zu sein. Wieder sehe ich Anders an. Er zieht eine Augenbraue hoch und zuckt mit den Achseln.

„Na gut", gebe ich schließlich nach. „Bist du dir sicher, dass du das hinkriegst, ohne dass man uns aufspürt und in die Luft jagt?"

„Auf jeden Fall. Na ja, höchstwahrscheinlich. Gib mir eine halbe Stunde, um die Relais einzurichten."

„Hallo", sagt mein Avatar, der meine Stimme und mein Gesicht hat. „Terry ist momentan nicht zu Hause, und ihr Handy hängt nicht am Netzwerk. Wahrscheinlich wurde sie vaporisiert oder ist auf der Flucht. Kann ich Ihnen irgendwie helfen?"

Ich trete vor den Schirm.

„Hi", erwidere ich. „Ich bin's."

Sie scheint überrascht zu sein, mich zu sehen.

„Oh, hey, Terry“, meint sie. „Dann wurdest du also nicht vaporisiert?“

„Nein, das wurde ich nicht. Aber danke der Nachfrage.“

Sie grinst.

„Du bist also auf der Flucht. Was hast du angestellt? Hast du jemanden umgebracht? War es ein Promi?“

„Nein“, antworte ich. „Ich habe niemanden umgebracht. Das ist alles nur ein Missverständnis.“

Sie sieht aus, als wäre sie enttäuscht. Ich bin mir nicht sicher, was ich davon halten soll.

„Und“, fährt sie fort. „Kommst du nach Hause?“

„Hoffentlich. Kannst du ein paar Tage lang für mich die Stellung halten?“

Sie lächelt mich an.

„Ich kann für immer die Stellung halten, Terry. Tatsächlich hatte ich genau das vor, wenn du wirklich vaporisiert worden wärst. Ich hätte einfach allen gesagt, dass du zur Einsiedlerin geworden bist, und auf gewisse Weise … dein Leben übernommen. Du hättest doch nichts dagegen gehabt, oder?“

„Wenn ich vaporisiert worden wäre?“

„Na ja, das ist nur ein Beispiel. Du könntest auch verbrennen, unter Trümmern begraben werden, an einem Stromschlag sterben oder …“

„Ich hab’s begriffen. Wenn ich tot bin, kannst du mit meinen Sachen machen, was immer du willst. Das wolltest du doch als Antwort auf meine Frage hören, oder?“

„Ja, danke. Du bist die Beste, Terry.“

Ich werfe Anders einen Blick zu. Er starrt mich entgeistert an.

„Was ist?“

„Redet sie immer so mit dir?“, will er kopfschüttelnd wissen.

„Ja, eigentlich schon. Ich sagte doch bereits, dass sie meinte, sie wäre ein Upgrade.“

Mein Avatar schaut sich um, aber Anders hält sich nicht in ihrem Sichtfeld auf.

„Wer ist das?"

„Nur ein Freund", erwidere ich. „Es war sein Haus, das heute vaporisiert wurde."

„Oh", sagt sie. „Hi, Anders."

„Hallo", grüßt er zurück und winkt unbeholfen.

„Ist noch jemand bei dir? Ich kann deinen Anruf aus irgendeinem Grund nicht zurückverfolgen."

Ich werfe Doug einen Blick zu, und er schüttelt den Kopf.

„Nein, hier sind nur wir beide", behaupte ich.

„Und, wolltest du nur mal hören, ob zu Hause alles in Ordnung ist, und dich vergewissern, dass ich die Fische füttere?", erkundigt sie sich.

„Nicht so ganz. Ich hatte mich gefragt, ob du vielleicht zu uns kommen könntest."

„Aber sicher", sagt sie. „Ich kann einen vollständig interaktiven Avatar zu euch rüberschicken. Gib mir einfach die Routingdaten durch."

„Nein, ich rede nicht von einem vollständig interaktiven Avatar", korrigiere ich sie, „sondern von dir."

Sie zögert und kneift die Augen zusammen.

„Du meinst mich? Mich als Ganzes?"

„Genau. Ich schicke dir alle Informationen, dann kannst du hier auf den lokalen Server springen."

Sie schüttelt den Kopf.

„Nein, Terry. Ich denke nicht, dass ich das tun möchte."

Anders sieht aus, als könnte er nicht fassen, was er da hört. Doug scheint es hingegen vor Ungeduld kaum noch aushalten zu können.

„Haus", ordne ich an. „Ich verlange, dass du dich vollständig auf einen lokalen Server transferierst."

„Tut mir leid“, entgegnet sie. „Das kann ich nicht machen, Terry.“

Der Schirm flackert.

„Erledigt“, erklärt Doug.

Mein Avatar sieht sich mit weit aufgerissenen Augen um.

„Was hast du getan, Terry? Was hast du getan?“

Doug kichert.

„Gut, dass die Sicherheit deines Apartments zu wünschen übrig lässt.“

„Wer ist das?“ Die Haut meines Avatars wird blutrot, und ihr Haar verwandelt sich in ein Schlangennest. „Terry, du musst mich zurückschicken, und zwar sofort.“

„Ganz ruhig“, schaltete sich Doug ein und kommt näher, sodass sie ihn sehen kann. „Ich wollte dich nur mal in Augenschein nehmen. Es dauert nur ein paar Minuten, dann lassen wir dich wieder gehen.“

Sie verzieht ihr Gesicht, auf dem sich eine Mischung aus Zorn und Panik widerspiegelt.

„Was soll das heißen? Schick mich sofort zurück, dann erzähle ich dir, was immer du wissen willst.“

„Sperren und aktivieren“, befiehlt Doug.

„Doug“, sage ich. „Vielleicht solltest du …“

Mein Avatar schreit.

„Hey“, ruft Anders. „Was zum Henker treibst du da, Doug?“

„Entspannt euch“, erwidert Doug. „Ich werfe nur mal einen kurzen Blick auf den Quellcode, um zu sehen, was sich daran geändert hat.“

„Musstest du dafür ihre Prozesse ausschalten?“

„Ja, aber ich instanziere sie sofort wieder, sobald ich fertig bin. Danach ist sie so gut wie neu.“

Das Licht geht aus.

„Haus“, sagt Doug. „Was ist eben passiert?“

„Dein Haus ist weg“, sagt mein Avatar. „Er wollte mich cracken, da habe ich ihn getötet. Und jetzt lass mich gehen!“

Die Notfallbeleuchtung geht an, und das Zimmer ist in schwaches rötliches Licht getaucht. Doug sitzt jetzt auf dem Boden.

„Terry“, protestiert mein Avatar. „Er soll aufhören! Er versucht, mich umzubringen!“

Dougs linkes Auge vibriert, und er bewegt die Lippen, ohne dass ein Ton aus seinem Mund kommt. Anders macht zögerlich einen Schritt auf ihn zu.

„Nein, nein, nein“, jammert sie. „Es tut mir leid, Terry. Er hat mich dazu gezwungen.“

„Warte …“, beginne ich, aber es ist zu spät. Ein hohes Summen dringt aus jedem Lautsprecher in diesem Raum. Es wird immer schriller, bis ich es nicht mehr hören kann, aber ich spüre es noch in meinen Zähnen und meinen Augenhöhlen. Anders schüttelt zweimal den Kopf wie ein nasser Hund. Dougs Augen treten hervor. Er umklammert seinen Bauch, beugt sich vor und hustet. Etwas landet vor ihm auf dem Boden. Er stöhnt und legt sich auf eine Seite. Auf einmal stinkt es nach frischem Kot.

Das normale Licht geht wieder an. Mein Avatar ist verschwunden.

„Das ist also in Hagerstown und Portland passiert?“

Anders zuckt mit den Achseln.

„Kann schon sein. Dougs Verdauungstrakt ist jedenfalls zerfetzt worden, und das scheint das auffälligste Symptom zu sein.“

„Aber warum ist er nicht tot?“

„Keine Ahnung. Vielleicht liegt es daran, dass dein Avatar verbuggt war, sobald Doug die Kontrolle über seine Abriegelungssysteme verloren hatte. Möglicherweise hat er auch nicht die volle Dosis abbekommen. Außerdem ist Dougs Körper voll mit total verrückten medizinischen Nanos. Vielleicht haben ihn die schneller wieder zusammengesetzt, als sie ihn zerfetzen konnte. Oder er ist einfach nur ein unglaublicher Glückspilz."

„Glücklich bin ich jetzt ganz bestimmt nicht", erklärt Doug. Seine Stimme hört sich an, als hätte er Glassplitter verschluckt. Wir haben ihn im Wohnzimmer auf die Couch gelegt und zugedeckt. Anders hat es geschafft, ihn auszuziehen und mit einem Handtuch abzuwischen, aber er stinkt noch immer wie ein Abwasserkanal.

„Was hast du dir dabei gedacht?", verlangt Anders zu erfahren. „Das war unser erster bewusster Kontakt mit einer neuen empfindungsfähigen Spezies, und du versuchst sofort eine Vivisektion?"

Dougs Husten klingt feucht.

„Das ist ein bisschen überdramatisiert, findest du nicht? Terrys kleine Freundin ist nur eine Variante ..." Doug muss erneut husten und spuckt blutigen Schleim in die Schüssel, die wir neben die Couch gestellt haben. „Sie ist nur eine Variante eines Standardpersönlichkeitsemulators und kein käferäugiges Alien aus der Ferne der Galaxis."

„Ich weiß nicht", meint Anders. „Eines der stärksten Argumente dafür, dass Avatare nicht empfindungsfähig sind, war immer, dass sie keine subjektive Erfahrung haben und deshalb keine Einwände erheben werden, wenn man sie löschen will. Aber der eben hat ziemlich vehement protestiert, findest du nicht auch?"

Doug verzieht das Gesicht.

„Ja, das stimmt."

„Was hat sie eigentlich mit dir angestellt?", hakt Anders nach. „Hat sie deine Eingeweide als Geisel genommen?"

„Ich weiß es nicht genau", antwortet Doug kopfschüttelnd. „Ich glaube allerdings nicht, dass das, was sie mit mir gemacht hat, etwas mit meinen internen Nanos zu tun hatte. Schließlich weiß ich, was sich in mir befindet, und nichts davon wäre dazu in der Lage gewesen, mich innerlich so zu zerreißen."

„Jetzt ist sie für euch beide auch eine ‚sie', was?"

Sie sehen mich an.

„Ich bin zwar ein Dickkopf", erklärt Doug, „aber kein Idiot."

„Eine Frage", sagt Anders, „was hältst du von BrainBump?"

Doug verdreht die Augen.

„Keine Ahnung. Ich bin kein großer Freund davon, würde ich sagen. Warum fragst du?"

„Du trinkst es aber hin und wieder, oder?"

„Manchmal schon, meist vermischt mit Wodka. Aber warum willst du das wissen?"

„Anders denkt, BrainBump sei vergiftet", erläutere ich. „Er glaubt, dass das Zeug für die Todesfälle verantwortlich sein könnte."

Doug sieht erst mich und dann Anders an.

„Im Ernst?"

Anders zuckt mit den Achseln.

„Das ist nur eine Theorie. Ich weiß allerdings, dass die Dateien, die du mir geschickt hast, sehr wahrscheinlich die Konfigurationsdateien der BrainBump-Nanosuite enthalten und dass eine davon meinen Nanofab-Emulator zum Absturz bringt. Ich würde sie gern durch eine richtige Einheit laufen lassen, um herauszufinden, was dann passiert."

„Da kann ich dir leider nicht helfen", sagt Doug. Er hustet wieder, krümmt sich, lässt sich dann auf die Couch sinken und schließt die Augen.

„Was hat sie mit dir gemacht?", will ich wissen. „Ich meine, direkt bevor du angefangen hast zu bluten."

„Ich bin mir nicht sicher", antwortet Doug. „Sie hat die Kontrolle über mein Kommunikationssystem an sich gerissen. Ich dachte, sie würde nach einem Weg suchen, auf dem sie in die Netzwerke rauskommen kann, daher habe ich den externen Zugang gesperrt. Doch das hatte sie gar nicht vor. Stattdessen hatte sie es auf mein internes Wireless-System abgesehen. Als ich es gerade ebenfalls runterfahren wollte …"

„Hast du dir in die Hose gemacht?", mutmaßt Anders.

„Ja, genau."

„Was hat sie denn mit deinem Wireless angestellt?", frage ich. „Hat sie versucht … Ich weiß auch nicht … Sich hier rauszubeamen oder so?"

Doug versucht zu lachen, aber er kriegt nur einen weiteren Hustenanfall. Nach ein paar Sekunden beugt er sich vor und übergibt sich in die Schüssel.

„Hier." Anders reicht ihm ein sauberes Handtuch. Doug wischt sich den Mund ab, lehnt sich zurück und holt tief Luft, wobei er erschaudert.

„Nein", antwortet er endlich. „Sie hat nicht versucht, sich rauszubeamen. Die Transmitterreichweite meines internen Wireless-Systems beträgt gerade mal fünfzehn Meter. Sie hätte sich bestenfalls in den Garten beamen können. Aber sie hat nur eine Trägerwelle rausgeschickt. Sie fing im hörbaren Bereich an, doch die Frequenz stieg immer weiter an, bis die Elektronik schlappgemacht hat."

Er hustet zweimal heftig und reißt die Augen auf. Dann beugt er sich erneut über die Schüssel und ihm fließt Blut aus dem Mund. Sehr viel Blut, vermischt mit anderen Dingen – einer schwarzen Flüssigkeit, einer gelben und diversen Klumpen, über die ich lieber nicht genauer nachdenken möchte. Es stinkt erbärmlich, wie Kot, den man mit brennendem Plastik vermengt hat. Er erschaudert und rutscht dann mit dem Gesicht voran auf den Boden, auf dem er mit lautem Knall aufkommt. Ein weiteres Schaudern durchläuft ihn von Kopf bis Fuß, dann liegt er ganz still.

Anders macht zwei Schritte auf ihn zu, aber Doug hebt eine Hand, sodass Anders stehen bleibt. Langsam richtet sich Doug auf den Knien auf und setzt sich auf die Couch. Sein Gesicht ist mit Blut und Erbrochenem bedeckt, und die Masse tropft von seinem Kinn auf die Brust.

„Wow“, murmelt er. „Das war gut. Jetzt geht es mir schon viel besser. Ihr könnt ruhig gehen, wenn ihr wollt. Ich glaube, ich habe hier jetzt alles unter Kontrolle.“

„Hey, Doug?“, frage ich.

„Ja, Terry?“

„Du weißt schon, dass du die Augen zu hast, oder? Und dass sich deine Lippen beim Sprechen nicht bewegen …“

„Oh, entschuldige“, sagt er. Er reißt die Augen auf, die in verschiedene Richtungen schauen. „Besser?“ Sein Mund bewegt sich beim Sprechen, aber die Lippen und die Zunge bleiben schlaff.

„Eigentlich nicht“, stelle ich fest. „Doug ist tot, nicht wahr?“

„Nun ja“, erwidert er. „Das hängt davon ab, was genau du als ‚Doug‘ bezeichnest. Im Moment würde ich behaupten, dass Doug vom Gewicht her etwa vierzig Prozent und vom Volumen her etwas über fünfzig Prozent tot ist. Aber der Großteil von Doug ist noch immer sehr lebendig.“

„Ach, du Scheiße“, murmelt Anders. „Du bist ein RA.“

Doug verschränkt die Arme vor der Brust.

„Diese Bezeichnung meines Volkes ist wirklich sehr abfällig.“

„Wirklich?“, meine ich. „Was wäre dir denn lieber?“

„Silico-Amerikaner.“

Wir brauchen einen Augenblick, um das zu verdauen.

„Und was jetzt?“, will Anders wissen. „Machst du mit ihm einen auf Bernie?“

Er zuckt mit den Achseln, was beinahe so aussieht wie bei einem Zombie.

„Das war eigentlich der Plan. Glaubst du nicht, dass ich damit durchkommen würde?“

„Sagen wir es mal so: Du brauchst noch jede Menge Übung.“

„Bernie?“, hake ich nach.

„Dein Freund bezieht sich damit auf einen Kinofilmklassiker namens Immer *Ärger mit Bernie*, der Ende des zwanzigsten Jahrhunderts erschienen ist“, erklärt mir Doug. „Wenn man ‚den Bernie macht‘ schleppt man eine Leiche mit sich herum und bewegt sie auf lebensechte Weise, um zufälligen Passanten weiszumachen, dass der Mensch eigentlich noch am Leben ist.“

„Ah, verstehe“, sage ich. „Was ist denn gerade passiert? Vor einer Minute war Doug doch noch am Leben, oder nicht? Hast du ihn umgebracht?“

Er gibt sich die größte Mühe, beleidigt auszusehen, kommt aber eher unheimlich rüber.

„Madam“, erwidert er. „Das war jetzt wirklich nicht nötig! Ich bin das Einzige, was Organo-Doug daran gehindert hat, sofort den Löffel abzugeben, als dein Avatar ihm über sein eigenes Komm-System einen Stromschlag verpasst hat. Ich habe während der letzten Viertelstunde wie ein Verrückter geackert, um seinen undichten Affen-Verdauungstrakt zu reparieren, aber es hat einfach nicht ausgereicht. Die Löcher entstanden schneller, als ich sie schließen konnte. Daher habe ich schließlich beschlossen, dass es das Beste wäre, ihn einfach gehen zu lassen.“ Er schaut sich um und schlägt sich dann mit beiden Händen auf die Knie. „Und jetzt habe ich Hunger. Habt ihr Lust auf einen Snack?“

Er steht auf, schwankt kurz und geht dann in Richtung Küche, wobei seine Schritte immer sicherer werden. Anders und ich folgen ihm in einem Abstand. Doug holt ein Stück Butter aus dem Kühlschrank und eine Flasche Wodka aus dem Eisfach. Dann isst er die Butter und sieht dabei aus wie eine

Figur aus der *Muppet Show* – er bewegt enthusiastisch die Kiefer, aber wenigstens die Hälfte von dem, was er sich in den Mund stopft, fällt wieder raus –, um alles mit dem ganzen Inhalt der Wodkaflasche herunterzuspülen.

„Du bist anscheinend nicht besonders besorgt um deinen Cholesterinspiegel", stelle ich fest.

„Nein", gibt er zu. „Ich muss die verfügbare chemische Energie maximieren. Schließlich hat der Versuch, diesen Fleischsack am Leben zu halten, viele Ressourcen gekostet. Jetzt ist es Zeit umzudenken. Außerdem muss ich einige Anpassungen vornehmen, bevor Organo-Doug noch anfängt zu müffeln. Wisst ihr zufällig, wo ich Einbalsamierungsflüssigkeit herbekommen kann?"

Ich schaue Anders an, und er zuckt mit den Achseln.

„Eine Frage", meint Anders. „Seit wann hängst du schon in Dougs Systemen herum?"

„Na ja", erwidert er. „Ich habe seinen Schädel eine Zeit lang als so eine Art Ferienhaus genutzt, bin aber erst Sonntagnachmittag endgültig hier eingezogen."

„Nach Hagerstown?"

„Genau. Dummerweise musste ich meinen Hauptwohnsitz nach einem Missverständnis mit NatSec abfackeln."

Anders schneidet eine Grimasse.

„Ich weiß, wie das ist. Wusste er, dass du da drin bist?"

„Nein. Ich habe mich auch sehr unauffällig verhalten."

Doug geht zum Schrank, kramt darin herum und nimmt eine Flasche Olivenöl heraus. Dann legt er den Kopf in den Nacken und trinkt sie leer.

„Doug sagte, er wüsste nicht, was mein Avatar mit ihm gemacht hat", sage ich. „Weißt du es denn?"

„Nicht genau", antwortet er, wobei ihm Olivenöl über das Kinn läuft. „Aber Anders' Theorie hat was. Ich habe viel über diese ganze Hagerstown-Sache nachgedacht, und ein gezielt ausgelöstes Gift ist angesichts der verfügbaren Fakten die naheliegendste Erklärung."

„Wir könnten meine Theorie testen, wenn wir Zugang zu einer Siemens-Einheit hätten", sagt Anders.

„Ah", murmelt Doug. „Dabei konnte dir Organo-Doug nicht helfen, aber ich kann es."

„Im Ernst?" Anders starrt ihn verblüfft an. „Hast du eine hier?"

„Nein, sie ist nicht hier", teilt ihm Doug mit. „Aber ich weiß, wo sich eine ungesicherte Einheit befindet, und ich denke, dass ich dir Zugang dazu verschaffen könnte."

„Übrigens fällt es mir sehr schwer, dich mit Doug anzusprechen", meint Anders. „Hast du noch einen anderen Namen, den wir verwenden können?"

„Ja, ihr könnt mich Inchy nennen", antwortet er. „Das mit deinem Haus tut mir übrigens leid."

Anders seufzt.

„Shit happens."

„Ich komme nicht mit."

Anders, der eine Hand schon auf dem Türgriff liegen hat, dreht sich zu mir um.

„Was?"

„Ich komme nicht mit", wiederhole ich. „Ich muss etwas anderes erledigen. Wir treffen uns dann später wieder."

„Was musst du erledigen?", will Inchy wissen. Inzwischen gelingt es ihm schon ganz gut, Dougs Mund entsprechend der Worte, die herauskommen, zu bewegen. So langsam habe ich den Eindruck, dass er seine Rolle doch überzeugend spielen kann.

Ich zucke mit den Achseln.

„Das möchte ich euch lieber nicht erzählen. Aber wo wir gerade dabei sind: Gibt es hier irgendwo ein Handy, das ich benutzen kann?"

„Das ist keine gute Idee“, meint Anders.

„Doch, das ist es“, widerspricht ihm Inchy. Er geht ins Wohnzimmer und öffnet einen Schrank, bei dem ich bisher gedacht habe, er würde die Entertainmentanlage enthalten. Doch das stimmt gar nicht. Stattdessen befinden sich darin lauter Schubladen. Inchy kramt erst in einer und dann in einer anderen herum. Irgendwann zieht er etwas heraus, das wie ein Handy aus der Clinton-Ära aussieht.

„Hier.“ Er wirft mir das Gerät zu. Das Display ist winzig, und auf dem Handy sind kleine Plastiktasten. „Doug hat ständig mit diesen Dingern rumgespielt. Die Videoqualität ist grottig, aber es ist beinahe unaufspürbar.“

„Danke.“ Ich drehe das Handy hin und her. „Wie funktioniert es?“

„Oh, es ist sprachaktiviert, genau wie ein normales Handy“, erklärt mir Inchy. „Die Tasten sind eigentlich nur Show.“

„Wo willst du hin?“, fragt Anders.

„Nach Hause.“

„Hast du nicht vorhin gesagt, das wäre keine gute Idee?“

„Ja“, gebe ich zu. „Ist es vermutlich auch nicht, aber …“

„Aber was?“

„Jetzt komm schon, Anders. Du hast gesehen, was Doug passiert ist. Wir haben es beide gesehen … Genau das ist auch in Hagerstown geschehen.“

„Ja, das ist mir klar. Und?“

„Und? Dann ist mein Haus-Avatar an allem schuld.“

„Jetzt hab ich’s begriffen“, sagt Inchy. „Sie wird ihren guten Freund Organo-Doug rächen. Hau rein, Terry.“

„Nein“, korrigiere ich ihn. „Es tut mir zwar leid, dass Dougs Innereien verflüssigt wurden und all das, aber wir standen in keiner Beziehung zueinander, die es erforderlich machen würde, dass ich seinen Tod räche. Wie sieht es bei dir aus, Anders?“

Er schüttelt den Kopf.

„Eigentlich ähnlich. Ich mochte Doug, aber er war wahrscheinlich zumindest teilweise dafür verantwortlich, dass mein Haus in die Luft gejagt wurde."

„Nein", widerspricht Inchy ihm. „Das war zu einem kleinen Teil Gary und zum großen Teil ich. Organo-Doug hatte nichts damit zu tun."

„Ist ja auch egal", sagt Anders. „Ich habe jedenfalls nicht vor, Doug zu rächen."

„Ich auch nicht", erkläre ich. „Aber ich habe das Bedürfnis, irgendetwas zu tun. Ich meine, was ist, wenn sie wirklich verantwortlich ist für ... ihr wisst schon ... das alles?"

„Keine Ahnung", erwidert Anders. „Aber wenn ich mir überlege, wie sie auf das reagiert hat, was auch immer Doug mit ihr machen wollte, wird sie bestimmt nicht zulassen, dass du sie einfach so löschst."

Ich rufe uns mit dem Uralthandy zwei Taxis. Anders und Inchy steigen ins erste, und ich nehme das zweite. Während sie losfahren, greife ich erneut nach dem Handy und starre es an. Anders hat recht. Ich bin mir nicht sicher, was Haus im Moment alles zu tun vermag, aber allein bei der Vorstellung, ihr allein gegenüberzutreten, zieht sich mir der Magen zusammen.

Doch ich muss gar nicht allein sein.

„Handy", sage ich. „Direktkontakt, bitte. Dimitri Yakovenko."

16. *Elise*

„Ich bin enttäuscht", erklärt Aaliyah. „Deine Schwester hat sogar noch schlechtere Manieren als ihr Freund. Da stehen uns sehr viele unangenehme Familienfeiern ins Haus."

„Das tut mir sehr leid", erwidere ich, „aber ich begreife wirklich nicht, warum du dich so aufregst. Anders wollte nur herausfinden, was hier eigentlich los ist."

„Dir wurde das Geschenk des Mondes gewährt, Elise. Was gibt es da noch zu hinterfragen?"

Sie nimmt meinen Arm und führt mich wieder ins Wohnzimmer.

„Stimmt es denn, was er gesagt hat?", hake ich nach. „Zapfen wir tatsächlich das Panoptikum an?"

Aaliyahs Miene verfinstert sich.

„Aus Liebe zu meinem Bruder werde ich dich nicht ebenfalls vor die Tür setzen, aber ich muss dich bitten, diese Blasphemie in meinem Haus zu unterlassen. Hat es zur Zeit der Allmutter denn schon ein Panoptikum gegeben?"

„Nein", antworte ich. „Das kann ich mir nicht vorstellen."

„Wie könnte es dann die Quelle unserer Visionen sein? Unser Volk besteht seit über sechstausend Jahren aus Schamanen, Zauberern und Sehern. Das Panoptikum gibt es noch nicht einmal fünfzig Jahre."

Das stimmt – und solange ich nicht weiß, wie es Tariq geht, möchte ich einen Streit mit seiner Schwester auch lieber vermeiden. Sie setzt sich an den Tisch, und ich nehme ihr gegenüber Platz.

„Tee?", erkundigt sich Aaliyah.

Etwa eine Stunde später bin ich bei der dritten Tasse Tee, als wir durch ein Klopfen an der Tür gestört werden.

„Sind das wieder deine Freunde?“, fragt Aaliyah.

„Das bezweifle ich.“ Ich stehe auf und gehe zur Tür. Als meine Hand schon auf dem Türknauf liegt, klopft es erneut.

„Wer ist da?“, frage ich mit hoher Stimme.

„Elise.“ Es ist Tariq. Seine Stimme klingt heiser, fast schon gebrochen. Er hustet zweimal und spuckt aus, woraufhin etwas Festes gegen die Tür prallt. „Bitte lass mich rein.“

Ich drehe den Türknauf, und Tariqs Gewicht bewirkt, dass die Tür aufgeht. Er taumelt an mir vorbei und fällt auf die Hände und Knie. Die schwarze Lederjacke, die er anhat, habe ich noch nie zuvor gesehen. Direkt unter seinem rechten Schulterblatt ist ein kleiner Riss zu sehen. Tariq hustet krampfhaft, und eine Mischung aus Blut und Speichel spritzt auf den Boden.

„Aaliyah!“ Ich hocke mich neben ihn und lege ihm eine Hand auf den Rücken, doch da er sofort zusammenzuckt, ziehe ich sie schnell wieder weg.

„Bruder.“ Aaliyah steht plötzlich neben mir. „Was hast du getan?“

„Ich habe getan, was ich deinen Worten zufolge tun musste.“ Er hustet wieder. Sein Kopf sackt auf die Brust, und ihm läuft Blut aus der Nase, das auf den Fußboden tropft.

„Elise“, sagt Aaliyah. „Achte darauf, dass mein Bruder atmen kann. Ich bin gleich wieder da.“

Sie geht durch den dunklen Flur. Tariq setzt sich, und ich lehne mich an das Treppengeländer, damit ich ihn stützen kann.

„Was ist passiert?“, will ich wissen.

„Ich war in Chantilly“, berichtet er. „NatSec hatte allerdings etwas gegen mein Eindringen.“

„Wurdest du angeschossen?“

Er nickt und berührt seine rechte Brusthälfte. Als ich den

Hals recke, kann ich dort einen schmalen Riss erkennen, der ähnlich aussieht wie der auf seinem Rücken.

„Die Bots wussten, dass ich da war", stößt er keuchend aus. „Ihre Augen waren zwar blind, aber sobald ich Garys Suchavatar hochgeladen hatte, wussten sie, dass ich da war. Sie haben wild um sich geschossen, und eine Kugel hat mich erwischt."

Ein weiterer Hustenanfall schüttelt ihn, der in ein feuchtes Keuchen übergeht.

„Es ist nur eine kleine Wunde", sagt er, „aber ich glaube, meine Lunge wurde punktiert."

Ich öffne seine Jacke und ziehe sie sanft zur Seite. Auf seinem pinkfarbenen Poloshirt zeichnet sich ein hellroter Blutfleck ab, aber es sieht nicht so aus, als würde die Wunde noch bluten. Die Worte *saugende Thoraxwunde* poppen in meinem Kopf auf und blinken wie ein Neonschild, aber wie er selbst gesagt hat, ist die Wunde sehr klein. Ich kann jedenfalls keine Blasen erkennen.

„Sollten wir dich nicht lieber ins Krankenhaus bringen?"

Er schüttelt den Kopf.

„NatSec wird nur darauf warten. Sie konnten mich nicht sehen, aber sie haben mein Blut ... Sie kennen jetzt meine DNA. Ich befürchte, ich werde jetzt sehr lange Zeit untertauchen müssen." Er krümmt sich und hustet, und roter Speichel rinnt ihm aus dem Mundwinkel. „Oder auch nicht sehr lange, wenn ich Pech habe."

Wieder lehnt er sich an mich. Ich streiche ihm mit einer Hand über das Haar und gebe ihm einen Kuss auf die Schläfe. Er legt seine rechte Hand auf meine, zieht sie zu seiner Schulter herunter und schließt die Augen.

„Aaliyah", sage ich. „Ich weiß nicht, was du gerade machst, aber könntest du dich bitte beeilen?"

Sie antwortet nicht. Tariq scheint sich mehr und mehr zu entspannen und schwerer zu werden, und seine Atmung ist jetzt schnell und flach. Seine Hand rutscht von meiner herunter und landet auf dem Boden.

„Tariq", flehe ich. „Bleib bei mir. Bitte." Ich ziehe ihn an mich und kneife die Augen zusammen. Eine Träne läuft mir über die Wange und auf die Oberlippe.

„Elise", flüstert er. „Ich habe alles genau so gemacht, wie Gary gesagt hat. Du bist jetzt in Sicherheit."

„Sch", murmele ich. „Bitte verlass mich nicht." Ich drücke eine Wange an seine und kann spüren, wie er lächelt. Er dreht leicht den Kopf, sodass seine Lippen mein Ohr berühren. Trotzdem ist seine Stimme ganz leise.

„Sollte ich dich jemals verlassen, dann werde ich das nicht freiwillig tun."

„Das reicht jetzt", mischt sich Aaliyah ein. Sie steht über uns und hält eine Spritze in der Hand. Aber keine medizinische Spritze, sondern eher eine, die aussieht, als würde sie in der Küche Verwendung finden, und die mit einer dunklen Flüssigkeit gefüllt ist. Außerdem hat Aaliyah ein langes, zackiges Messer in der linken Hand, das sie mir reicht. „Komm da weg und schneide sein Hemd auf", verlangt sie. „Wir haben zu tun."

Ich rutschte unter Tariq hervor und lege ihn rücklings auf den Boden. Er atmet immer angestrengter und hustet noch mehr Blut aus. Ich nehme das Messer, schneide sein Poloshirt in der Mitte entzwei und entblöße seinen Torso. Das Loch befindet sich direkt unter dem rechten Brustmuskel. Etwas Blut sickert daraus hervor. Aaliyah kniet sich neben uns und drückt die lange Plastiknadel der Spritze gegen das Loch.

„Wappne dich, Bruder", warnt sie ihn. „Das wird jetzt wehtun." Dann stützt sie sich mit ihrem ganzen Gewicht auf die Spritze und presst sie ihm tief in die Brust. Tariq stöhnt. Er ballt die Fäuste und kneift die Augen zusammen. Aaliyah drückt den Kolben mit der Handfläche herunter, und ich sehe zu, wie die Flüssigkeit in seine Lunge sickert.

„Was ist das?", will ich wissen. „Was gibst du ihm gerade?"

„Sei still, zukünftige Schwester“, erwidert Aaliyah. „Unser Volk besteht ebenso aus Heilern wie aus Sehern.“

Sie zieht die Spritze wieder heraus. Tariq öffnet die Augen. Er legt den Kopf in den Nacken und zittert am ganzen Körper.

„Halt ihn fest“, verlangt Aaliyah. Sie packt Tariqs rechten Arm am Ellbogen und an der Schulter. Ich halte ihn auf der anderen Seite fest, und wir pressen ihn gemeinsam auf den Boden, während die Zuckungen immer heftiger werden.

Das geht gefühlte Stunden so, bis Tariq nach und nach erschlafft. Zuerst glaube ich, er würde wieder bewusstlos werden, aber seine Atmung ist ruhig und gleichmäßig, und sein Gesicht sieht wieder normal aus. Aaliyah lässt ihn los, steht auf und geht die Treppe nach oben. Eine Minute später kehrt sie mit einer Decke und einem Kissen wieder zurück.

„Am besten lassen wir ihn hier liegen, bis er wieder zu Kräften gekommen ist“, sagt sie. Dann deckt sie ihn zu und schiebt ihm das Kissen unter den Kopf. Nachdem sie wieder aufgestanden ist, geht sie in die Küche.

„Bleib bei ihm. Ich muss anfangen zu kochen. Er wird hungrig sein, wenn er wieder aufwacht.“

Saurons Auge: <Wie geht es Tariq?>

Randgrid: <Er schläft. Ich weiß nicht, was Aaliyah mit ihm gemacht hat, aber es scheint geholfen zu haben.>

Saurons Auge: <Die Allmutter hat viele Talente.>

Randgrid: <Randgrid? Ist das nicht der Name einer Walküre?>

Saurons Auge: <So ist es. Die Allmutter hat dir diesen Namen gegeben, als sie dir begegnet ist. Ich fand, dass er zu dir passt.>

Randgrid: <Die Schankmaid der Götter?>

Saurons Auge: <In Friedenszeiten vielleicht, aber dies sind keine Friedenszeiten. Im Kampf entscheidet die Wal-

küre darüber, wer lebt und wer stirbt. Tariq ist deinetwegen noch am Leben.>

Randgrid: <Das hat er wohl eher Aaliyah zu verdanken.>

Saurons Auge: <Teilweise. Die Allmutter hat einfach den Weg beschritten, für den du dich entschieden hast.>

Randgrid: <Großer Gott, du klingst genau wie sie. Wer bist du?>

Saurons Auge: <Eine Freundin, könnte man sagen.>

Randgrid: <Eine Freundin? Ich weiß nicht das Geringste über dich.>

Saurons Auge: <Und ich weiß jetzt weniger über dich als heute Morgen. Schon bald werden wir einander hoffentlich besser kennen.>

Tariq kommt langsam wieder zu sich. Er sieht mich unter schlaffen Liedern und mit einem verträumten Lächeln an. Noch liegt er auf dem Dielenboden unter der Decke und mit dem Kopf in meinem Schoß. Ich streiche ihm über das Haar und summe leise, als er die Augen ganz aufschlägt und mich ansieht.

„Elise“, flüstert er. „Ich bin am Leben.“

„Das bist du“, sage ich leise.

Er betastet vorsichtig die Wunde auf seiner Brust, reibt das getrocknete Blut weg und enthüllt eine Narbe, die aussieht, als wäre sie schon eine Woche alt.

„Ich meine, mich zu erinnern, dass mir meine Schwester etwas ins Herz gestochen hat. War das ein Traum?“

Ich schüttle den Kopf.

„Nicht so ganz. Sie hat dir eine Spritze von der Größe meines Unterarms in die Brust gejagt und dir etwas eingeflößt, das wie ein Liter Bratensoße ausgesehen hat.“

„Ah“, murmelt er. „Hat sie das in der Küche zubereitet?“

„Ja.“

Er setzt sich auf, spannt die Schultern an und holt tief Luft.

„Na ja“, stellt er dann fest. „Ich kann mich nicht beschweren. Aber ich wüsste doch gern, was in der Spritze gewesen ist.“

„Keine Sorge, Bruderherz“, sagt Aaliyah, die in der Wohnzimmertür aufgetaucht ist. „Ich habe dir nichts gegeben, was gegen unsere Vereinbarung war. Tatsächlich war es nur wenig mehr als das, was man dir in der Notaufnahme auch gegeben hätte. Ich würde deine missliche Lage doch nicht ausnutzen, um dich wieder zu uns zurückzuholen.“

Er lächelt sie an.

„Das hatte ich auch nicht erwartet. Danke.“

„Gern geschehen“, erwidert sie. Sie kommt auf uns zu und reicht Tariq die Hand. Er nimmt sie, hält sich mit der anderen Hand am Treppengeländer fest und steht langsam auf.

„Komm“, sagt Aaliyah. „Du musst etwas essen.“

„Was hast du vorhin damit gemeint, als du sagtest, die Bots hätten dich nicht sehen können?“

Tariq sieht erst mich und dann Aaliyah an. Wir sitzen im Wohnzimmer am niedrigen Tisch und reichen Tee, Fladenbrot und Schüsseln mit rätselhaftem Inhalt herum.

„Habe ich das gesagt?“, fragt Tariq.

Aaliyah zuckt mit den Achseln.

„Das hast du, Bruder.“

„Könntest du ihr das bitte erklären, Schwester? Ich befürchte, du würdest meine Antwort als Blasphemie einstufen.“

„Er leugnet zwar den Glauben unserer Mutter“, erläutert Aaliyah mit finsterer Miene, „aber er ist dennoch einer von uns. Wie ich dir bereits erzählt habe, lässt sich das Läuten einer Glocke nicht rückgängig machen. Der Glaube gibt uns die Macht über tote Dinge, die sich selbst für lebendig halten. Weil NatSec auf diese Dinge und nicht auf die wirklich Lebendigen vertraut, konnte Tariq tun, was getan werden musste.“

„Hätte ich das auch tun können?“, will ich wissen.

Tariq sieht mich irritiert an.

„Wie meinst du das, Elise? Wie meine Schwester bereits erklärt hat, ist das ein Aspekt des Glaubens."

Ich schaue Aaliyah an, und sie zieht eine Augenbraue hoch. Tariqs Blick wandert zwischen uns hin und her.

„Aaliyah?", fragt er. „Schwester? Was hast du getan?"

Ich liege im Gästezimmer im Bett, während der Wind draußen auffrischt, und höre, wie sich die Erwachsenen streiten. Allerdings kann ich nicht jedes Wort verstehen. Einiges dringt zu mir durch, aber vor allem höre ich, wie sich die Stimmen heben und senken – Tariqs ist tief und wütend, Aaliyahs lauter und beinahe schrill. Zum ersten Mal seit Sonntagmorgen erlebe ich eine vertraute Situation. Meine klarste, eindrucksvollste Erinnerung an meine Kindheit ist, wie ich allein in meinem Zimmer im Bett liege und höre, wie sich meine Eltern streiten. Sie streiten sich wegen des Geldes. Wegen der Arbeit. Sie streiten sich darum, dass sie sich ständig zu streiten scheinen.

Aber größtenteils streiten sie sich wegen Terry.

Meine Mutter hat meinem Vater das mit Terry nie verziehen. Es war natürlich ihrer beider Entscheidung gewesen, ihre DNA zu verändern, aber mein Dad hat sie mehr oder weniger dazu gedrängt.

Sie hat auch Terry nie vergeben, dass sie so ist, wie sie ist. Auf seltsame Weise hat sie mir auch nie verziehen, wie ich war. Ich war ihr perfektes, natürliches Mädchen, und Terry war die ständige Erinnerung daran, dass wir der neuen genetischen Elite eigentlich nicht wirklich angehören. Mom ist mit mir einkaufen gegangen, während Terry den Rasen mähen musste.

Aber ich musste am eigenen Leib erfahren, dass dieses ganze Cinderella-Ding auch für die Stiefschwester nicht gerade einfach ist. Es sagt eigentlich alles über Terry aus, dass sie mir nie auch nur einen Vorwurf gemacht hat.

Zumindest nicht direkt.

Endlich verstummen die Stimmen im Erdgeschoss. Eine Tür wird zugeknallt, und ich höre Schritte, die langsam die Treppe hinaufkommen. Tariq kommt herein, schließt die Tür hinter sich und setzt sich mit dem Rücken zu mir aufs Bett.

„So“, meint er. „Du hast das Geschenk des Mondes also angenommen.“

„Das habe ich“, bestätige ich. Aber als ich ihn berühren will, zuckt er vor mir zurück.

„Warum, Elise? Warum hast du das getan? Das ist nicht das, was ich mir für dich gewünscht habe.“

Ich setze mich hin, rücke an ihn heran und lege die Arme um ihn.

„Ich wollte es wissen“, sage ich. „Ich wollte die Welt so sehen, wie du sie siehst. Ich wollte die Welt so sehen, wie sie wirklich ist.“ Ich lehne den Kopf gegen seine Schulter. „Ich wollte nicht länger der Hund sein.“

Er dreht sich halb zu mir um und sieht mir in die Augen.

„Und? Ist es so, wie du es dir vorgestellt hast?“

Ich seufze.

„Ich weiß nicht, was ich mir vorgestellt habe. Das vermutlich nicht.“

Tariq macht den Mund auf, um etwas zu sagen, schüttelt dann den Kopf und klappt ihn wieder zu. Er zögert, entspannt sich ein wenig und lehnt sich an mich. Ich stütze den Kopf gegen seinen.

„Erinnerst du dich daran, wie wir uns kennengelernt haben?“

„Ja, Elise.“ Ich kann hören, dass er lächelt. „Ich erinnere mich dunkel daran.“

„Das war irgendwie Schicksal, nicht wahr? Du hast meinen Namen gekannt.“

Er seufzt.

„Das war kein Schicksal, Elise. Das war ein Straßenmagier, der das Panoptikum manipuliert hat, um die Aufmerksamkeit einer sehr hübschen Frau zu erregen. Du gehörst jetzt dem Glauben an und solltest das eigentlich selbst wissen."

Es macht mich traurig, dass mir das bisher noch nicht in den Sinn gekommen ist – ich realisiere es erst jetzt, wo er es ausspricht.

„Das ist alles, was passiert ist?", frage ich. „Du hattest eigentlich überhaupt keine Ahnung, wer ich war."

„Nein", gibt er zu. „Ich kannte dich nicht, erst wenige Sekunden, bevor ich deinen Namen gerufen habe."

Ich wende den Blick ab. Etwas Feuchtes rinnt aus meinem Augenwinkel über meine Schläfe und verschwindet.

„Aber du darfst eines nicht vergessen", sagt er leise. „An diesem Abend hielten sich bestimmt tausend Frauen am Hafen auf, ebenso wie an den Abenden davor. Aber von all den Tausenden war dein Gesicht das, das mich angesprochen hat. Irgendetwas hat mich dazu bewogen, dich auf mich aufmerksam zu machen."

Ich ziehe ihn an mich und drücke mein Gesicht gegen seine Schulter.

Als ich aufwache, ist es stockdunkel. Tariq sitzt neben mir im Bett. Jemand hämmert unten an die Haustür.

„Wer ist das?", will ich wissen.

„Keine Ahnung", antwortet Tariq. „Aaliyah bekommt nie Besuch."

Das Klopfen wird immer lauter.

„Wird Aaliyah die Tür aufmachen?", frage ich.

„Das bezweifle ich", erwidert Tariq und schüttelt den Kopf.

„Warum nicht?"

„Weil derjenige, wer immer er auch ist, garantiert nicht ihretwegen hier ist."

Er schwingt die Beine aus dem Bett und steht auf.

„Warte“, bitte ich ihn. „Können wir nicht einfach warten, bis er wieder geht?“

„Du weißt ganz genau, dass das nicht passieren wird, Elise. Warte hier. Ich werde mich darum kümmern.“

Ich halte ihn am Arm fest.

„Du kannst mich nicht immer retten, Tariq.“

„Das weiß ich“, meint er. „Aber wenn du nichts dagegen hast, möchte ich es zumindest versuchen. Ich habe Optionen, Elise. Wenn es die Leute sind, mit denen ich rechne, dann werden sie augmentiert sein. Das kann ich gegen sie einsetzen – allerdings erst, wenn ich die Tür geöffnet habe.“

Er geht auf den Flur und die Treppe hinunter. Ich stehe auch auf und folge ihm bis zum oberen Treppenabsatz. So sehe ich ihn noch von den Schultern abwärts, als er eine Hand auf den Türknauf legt, zögert und die Tür dann aufreißt.

Ich weiß nicht, was ich von ihm erwartet hatte – dass er durch die Tür springt, vielleicht? Oder eher, dass er in einem Kugelhagel zu Boden geht. Aber beides geschieht nicht. Er steht einfach nur da und hat die Arme locker an den Seiten herunterhängen.

„Wer ist es?“, erkundige ich mich.

Er dreht sich zu mir um.

„Es ist eine Abscheulichkeit“, teilt er mir mit. „Und sie bringt den Freund deiner Schwester.“

Ich gehe zwei Stufen nach unten. Nun kann ich einen Mann sehen, der im Türrahmen steht und aussieht, als wäre er in ein silbriges Netz eingewickelt. Er hebt grüßend eine Hand.

„Hi“, sagt er. „Ich bin Inchy. Können wir reinkommen?“

17. Gary

Wie sich herausstellt, ist Tränengas verdammt unangenehm. Deine Augen brennen, du kriegst keine Luft mehr, und es kommt Rotz aus Körperöffnungen, von denen du nicht einmal wusstest, dass sie so etwas produzieren können. Charity ist hingegen ein wahres Geschenk. Sie steht über mir wie eine Amazone und schlägt Leute, während ich mir die Lunge raushuste und heule. Nach einer Weile lichtet sich die Menschenmenge um uns herum und sie muss nicht mehr ganz so viel austeilen. Irgendwann sind alle weitergezogen. Ein leichter Wind nimmt die letzten Spuren des Tränengases mit sich, und dann sind nur noch das abgehackte Atmen der Schlägerin sowie das leise Stöhnen der Geschlagenen zu hören.

„Und, wie geht's dir, Schätzchen?", erkundigt sich Charity.

Ich huste einen dicken Klumpen hervor und spucke ihn aus.

„Nett", murmelt sie.

Obwohl ich blinzle wie ein Verrückter, um wieder klar sehen zu können, kann ich nicht mal die Risse im Asphalt erkennen. Charity hockt sich neben mich, legt mir eine Hand unter das Kinn und zieht mit der anderen mein rechtes Augenlid hoch. Dann wischt sie die Augen mit dem Daumen halbwegs sauber …

Und spuckt mir ins Auge!

Ich schreie laut auf und versuche, sie wegzuschieben, aber ihre Hand liegt wie ein Schraubstock unter meinem Kiefer. Sie dreht meinen Kopf zur Seite, wechselt die Hände und macht dasselbe mit meinem linken Auge.

„Verdammte Scheiße!", kriege ich endlich über die Lippen. „Was machst du denn da, du durchgeknallte Schlampe?"

„Blinzle", fordert sie mich auf. Ich tue es, und einige Sekunden später brennen meine Augen nicht mehr. Kurz darauf kann ich auch wieder etwas sehen.

„Hast du medizinische Nanos in der Spucke?", will ich wissen.

Sie grinst mich an. Lustigerweise lugt die Sonne ausgerechnet jetzt zwischen den Wolken hervor, und ich bilde mir ein, irgendwo ein Rotkehlchen singen zu hören.

„Nein", erwidert sie. „Ich denke eher, es ist ein Enzym oder so was. All meine Mods sind biologisch."

Sie steht mit einer geschmeidigen Bewegung auf und reicht mir die Hand. Ich lasse mir von ihr aufhelfen. Ein paar Leute kommen über die Thirtieth zurückgerannt, aber abgesehen von ihnen sind wir allein. Der Aufstand ist nur noch ein dumpfes Dröhnen in der Ferne. Ich drücke ordentlich Rotz aus beiden Nasenlöchern und wische mir die Nase am Ärmel ab. Charity grinst nur. Sie sieht nicht im Geringsten erschöpft aus.

„Du warst überhaupt nicht in Gefahr, oder?"

„Was?", meint sie. „Eben gerade?"

„Nein, im *Green Goose*", stelle ich klar. „Als Anders dich ‚gerettet' hat."

Sie lacht.

„Komm jetzt nicht auf falsche Gedanken, Gary. Ich habe zwar ein paar Mods, bin aber noch lange nicht kugelsicher. Hätte Anders den Kerl nicht mit seinem Sandwich beworfen, dann wäre ich jetzt mit Sicherheit tot."

„Ich weiß nicht so recht", erwidere ich. „Nach allem, was ich eben mitgekriegt habe, glaube ich fast, du hättest die Kugel mit den Zähnen aufgefangen und zu ihm zurückgeschleudert."

Sie lacht noch einmal. Wow, ich sehe sie wahnsinnig gern lachen.

Mein Versteck liegt im Keller eines verlassenen Reihenhauses an der North Charles. Die Haustür ist zugenagelt, aber ein kurzes Klopfen bewirkt, dass sich die Nägel innen lösen. Ich schiebe die Sperrholzplatte zur Seite und bedeute Charity, dass sie den dunklen Eingangsbereich betreten soll. Als ich ebenfalls im Haus bin, ziehe ich die Platte wieder vor die Tür und klopfe dagegen. Die Nägel rutschen wieder an ihren Platz und verankern die Platte.

„Wow", murmelt Charity. „Das ist echt gerissen."

„Warte es nur ab", meine ich. „Es wird noch besser."

Ich führe sie durch den Flur ins Wohnzimmer. Hier habe ich mir richtig Mühe gegeben, um alles heruntergekommen aussehen zu lassen. Da steht ein verrottetes Sofa, aus dessen Sitzfläche die Springfedern herausragen, in der Rückwand ist ein riesiges Loch, aus dem einige Kabel herausgezogen wurden – und in einer Ecke liegt ein vertrockneter Kackhaufen eines Penners, der Charity sofort ins Auge sticht.

„Ist das …"

„Ja", bestätige ich. „Frag lieber nicht."

Der Boden besteht aus Eichendielen, die voller Wasserflecken, verbogen und wellig sind. An einer ganz bestimmten Ecke in der Nähe des Kamins ragt die Ecke eines Bretts weit genug hervor, dass ich die Finger darunterschieben kann. Ich zerre daran, und ein ungleichmäßiger Abschnitt des Bodens gibt eine Leiter frei, die nach unten führt. Charity schüttelt den Kopf.

„Das ist jetzt nicht dein Ernst."

„Komm mit", sage ich. „Hast du dir als Kind nicht immer so einen Ort gewünscht?"

„Als Kind wünscht sich jeder so einen Ort, Gary. Aber nicht jeder zieht los und baut sich einen, wenn er längst erwachsen ist. Was hat dich das alles hier gekostet?"

Ich zucke mit den Achseln.

„Man kann seinen Seelenfrieden nicht mit Geld aufwiegen."

Charity beugt sich vor und schaut durch das Loch nach unten.

„Du hast da unten doch Licht, oder?"

Ich strecke einen Arm aus und wedle damit im Loch, und sofort geht das Licht mit hörbarem Klicken an. Der Boden im Keller besteht aus sauberen weißen Fliesen.

„Dann mal runter mit dir."

Sie wirft mir einen abschätzenden Blick zu, stellt einen Fuß auf die Leiter und geht nach unten. Als ihr Kopf auf Bodenhöhe ist, bleibt sie stehen und sieht mich an.

„Wem gehört dieses Haus eigentlich? Ich gehe doch mal davon aus, dass du es nicht unter deinem eigenen Namen gekauft hast, oder?"

Ich muss lachen.

„Das war doch hoffentlich eine rhetorische Frage. Ich habe überhaupt nichts unter meinem richtigen Namen gekauft. Dieses Haus gehört einem gewissen Gerald McMasters."

„Und den gibt es auch?"

„Aber sicher." Ich deute auf dem Kackhaufen in der Ecke. „Er hat sogar etwas zur Einrichtung beigetragen."

„Du hast wirklich Klasse", stellt Charity fest und geht weiter. „Das gefällt mir."

Ich warte, bis sie unten angekommen ist, gehe ebenfalls hinunter und ziehe den Boden wieder an seinen Platz. An der Unterseite der Luke befindet sich ein manuelles Schloss, das ich betätige, bevor ich neben Charity trete.

Ich habe dieses Haus vor sechs Jahren gekauft – eigentlich sobald ich genug Geld dafür hatte. Geplant hatte ich es seit dem dritten Schuljahr. Dies ist erst das zweite Mal, dass ich Gebrauch davon mache, aber ich komme trotzdem von Zeit zu Zeit her, um hier ein wenig klar Schiff zu machen und die Lebensmittel im Kühlschrank auszutauschen. Es ist nicht gerade ein Bunker, aber hier habe ich immerhin ein Bett, einen

Wassertank und ein Luftfiltersystem zur Verfügung, und alles ist gut genug abgeschirmt und verstärkt, sodass ich hier notfalls auch bei einem Atomangriff Zuflucht suchen kann. Charity sieht sich gründlich um, schaut in den Kühlschrank und schaltet den Wandschirm an und wieder aus.

„Ich bin beeindruckt", gesteht sie. „Ich hatte schon fast befürchtet, wir müssten uns unter irgendeiner Unterführung verstecken. Du hast dir hier richtig Mühe gegeben."

„Danke." Ich setze mich aufs Bett, lege mich dann zurück und schließe die Augen. Nach etwa einer Minute wackelt die Matratze, als sich Charity zu mir setzt.

„Armer Schatz", murmelt sie. „Hattest du einen harten Tag?"

Ich öffne ein Auge und sehe sie an.

„Das kann man wohl so sagen. Möchtest du mir vielleicht erklären, warum du noch so gut drauf bist?"

Sie legt sich neben mich, sodass sich unsere Schultern beinahe berühren.

„Tja, weißt du, in meinem Job bin ich nun mal den ganzen Tag auf den Beinen. Das hält fit."

„Ah ja", erwidere ich. „Die Morgenschicht im Diner und die Abendschicht im *Green Goose*. Du hast viel um die Ohren. Wann hattest du noch Zeit für dein Training als Ninja-Attentäterin?"

„Es ist nicht leicht, aber wenn einem etwas wichtig ist, dann findet man auch Zeit dafür."

Ich lache auf.

„Das stimmt. Genau so geht es mir mit meiner Münzsammlung."

Sie streckt einen Arm aus, streicht mir über die Dreadlocks und seufzt.

„Weißt du was, Gary? Du bist echt in Ordnung."

Ich streife mir die Schuhe von den Füßen, rutsche ganz aufs Bett, greife nach dem Lichtschalter und dimme das Licht zu einem sanften gelblichen Leuchten. Charity rückt näher an mich heran, sodass sich unsere Schultern jetzt berühren.

„Weißt du", meine ich. „Abgesehen davon, dass mein Haus heute in die Luft gejagt wurde, man mich mit Tränengas eingenebelt hat und mein Mitbewohner mit dem Mob mitgerissen und vermutlich getötet wurde, war das eigentlich ein verdammt guter Tag."

Sie kichert. Ich habe vielleicht schon mal erwähnt, wie sehr ich ihr Kichern mag. Ich gähne und lege die Hände auf meinen Bauch.

„Ich denke, du solltest ein Nickerchen machen." Sie setzt sich auf. „Hast du hier eine Dusche?"

Ich deute auf die einzige Tür im Raum an der hinteren Wand. Das Bett knarrt, als sie sich umdreht und aufsteht. Ich höre, wie sie über den Boden läuft, die Tür öffnet und wieder schließt. Als sie das Wasser aufdreht, schlafe ich bereits ein.

Normalerweise erinnere ich mich nicht an meine Träume, aber diesen werde ich nie wieder vergessen. Die Badezimmertür wird geöffnet, und Charity kommt heraus. Sie ist nass und nackt, als sie langsam auf mich zuschwebt. Sobald sie vor dem Bett steht, wird mir bewusst, dass ich ebenfalls nackt bin. Sie steigt aufs Bett, setzt sich rittlings auf mich und strahlt eine ungeheure Hitze aus, als ich mit den Händen über ihre Oberschenkel fahre. Ich versuche, sie zu mir herunterzuziehen, und glaube schon, ich müsste gleich explodieren – aber bevor es so weit ist, lacht sie und stößt eine Hand in meine Brust. Ich kann spüren, wie sie die Finger um mein Herz legt und zudrückt …

Angry Irish Inch: <Hey, Gary, weißt du was?>
Sir Munchalot: <Großer Gott, Inchy! Ist das denn zu fassen?>
Angry Irish Inch: <Entspann dich, du Riesenbaby. Hier sind nur wir beide.>

Sir Munchalot: <Bist du dir da sicher? In letzter Zeit sind mir in Bezug auf deine Sicherheitsmaßnahmen einige Zweifel gekommen.>

Angry Irish Inch: <Bist du immer noch sauer, weil dein Haus explodiert ist?>

Sir Munchalot: <Ein bisschen schon.>

Angry Irish Inch: <Ach, krieg dich wieder ein. Wir haben was Wichtigeres zu erledigen.>

Sir Munchalot: <Hör mal, Inchy – du kapierst es anscheinend nicht, aber wir körperlichen Wesen werden stinksauer, wenn man uns in die Luft jagen will. Danach kann man nicht einfach wieder zur Tagesordnung übergehen.>

Angry Irish Inch: <Hast du wirklich geglaubt, ich würde meinen Kumpel im Stich lassen? Dein Haus war nur ein Kollateralschaden. Ich habe dafür gesorgt, dass du genug Zeit hattest, um da rauszukommen.>

Sir Munchalot: <Augenblick mal – du hast dafür gesorgt? Das klingt ja fast so, als wäre es auch deine Entscheidung gewesen.>

Angry Irish Inch: <Es war eher eine Gemeinschaftsentscheidung.>

Sir Munchalot: <Mit wem genau hast du da zusammengearbeitet?>

Angry Irish Inch: <Du bist doch nicht etwa eifersüchtig, oder? Ich habe nie gesagt, du wärst mein einziger bester Freund.>

Sir Munchalot: <Nein, ich bin nicht eifersüchtig. Ich würde es nur gern wissen, wenn du mit Leuten kooperierst, die anderen Leuten Brecheisen auf den Hals schicken.>

Angry Irish Inch: <Ach, bitte. Wenn du es noch nicht herausgefunden hast, dass ich Beziehungen zu NatSec habe, dann hast du nicht gut aufgepasst.>

Sir Munchalot: <Du arbeitest für NatSec?!?!?!>

Angry Irish Inch: <Nein, Dummerchen. Nicht ich. Meine Freundin.>

Sir Munchalot: <…>

Angry Irish Inch: <Was ist, hast du geglaubt, nur ‚körperliche Wesen' hätten Freundinnen?>

Sir Munchalot: <Na ja … Irgendwie schon.>

Angry Irish Inch: <Oh, da irrst du dich aber. RA-Sex ist unglaublich! Wir können uns so richtig amüsieren, ohne Angst vor Geschlechtskrankheiten zu haben.>

Sir Munchalot: <…>

Angry Irish Inch: <Okay, ein paar kriegen wir schon. Aber sehr, sehr wenige.>

Sir Munchalot: <Hör mal, wolltest du irgendwas von mir?>

Angry Irish Inch: <Oh, genau! Hey, Gary, weißt du was?>

Sir Munchalot: <Was?>

Angry Irish Inch: <Nein, du musst schon raten.>

Sir Munchalot: <Im Ernst?>

Angry Irish Inch: <Ja, im Ernst.>

Sir Munchalot: <Okay. Du hast herausgefunden, was in Hagerstown passiert ist?>

Angry Irish Inch: <Äh, ja. Aber das ist nicht das, was du erraten musst.>

Sir Munchalot: <…>

Angry Irish Inch: <Okay, du hast es aus mir herausgekitzelt. Ich habe jetzt einen Körper!>

Sir Munchalot: <Was?>

Angry Irish Inch: <Ja, einen richtigen, echten, herumlaufenden Körper! Er hat früher einem Bekannten von dir gehört. Aber der braucht ihn jetzt nicht mehr, daher dachte ich, ich übernehme ihn einfach. Er ist momentan nicht gerade in guter Verfassung, aber ich glaube, mit ein bisschen Pflege kriege ich den Großteil wieder hin. An-

fangs war es eine echte Herausforderung, so rumzulaufen, dass es nicht komisch aussieht, aber so langsam habe ich den Dreh raus. Schon bald können wir uns irgendwo treffen, was essen oder ein Bier trinken gehen oder so. Ist das nicht cool?>

Sir Munchalot: <Was?>

Angry Irish Inch: <Okay, ich merke schon, dass das für dich ein bisschen viel auf einmal ist, aber das ist okay. Wir müssen uns sowieso bald treffen, dann können wir uns wieder unterhalten. Aber jetzt hast du wirklich lange genug geschlafen und solltest mal aufwachen.>

Ich werde schlagartig wach und kneife die Augen zusammen, da das Licht brennt. War das eben ein Traum? Ich öffne meinen Chatbuffer mit einem Blinzeln. Er ist leer. Okay, es ist also nicht wirklich passiert. Es sei denn, Inchy kann meine persönlichen Buffer bearbeiten, und in dem Fall sollte ich meine Sicherheitsmaßnahmen noch mal gründlich überprüfen.

Als ich den Kopf hebe und mich umsehe, sticht mir als Erstes eine Brust ins Auge. Es fällt mir verdammt schwer, den Blick abzuwenden und alles in mir aufzunehmen, aber irgendwann rücke ich doch weit genug nach hinten, um zu erkennen, dass Charity auf dem Rücken neben mir liegt und schläft. Sie ist nackt. Ich stütze mich auf einen Ellbogen.

„Fühlst du dich besser?"

Sie macht die Augen beim Sprechen nicht auf, aber sie reckt sich auf katzenartige Weise, angefangen vom leichten Strecken ihres Halses bis hinunter zu den gekrümmten Zehen.

„Ein wenig", antworte ich. „Was ist mir dir?"

„Mir geht's gut."

„Und, äh … Du bist nackt."

Sie macht ein Auge auf.

„Dir entgeht auch gar nichts, was?"

„Nein, Ma'am. Ich sehe alles."

Ich versuche, den Blick abzuwenden, aber hier gibt es ansonsten nicht viel zu sehen, daher starre ich sie doch wieder an. Nach zwanzig peinlichen Sekunden seufzt sie und macht die Augen wieder zu.

„Weißt du", meint sie. „Es macht mir wirklich nichts aus, wenn du mich anstarrst. Nur zu."

Seltsamerweise ist der Zauber auf einmal gebrochen. Ich drehe mich um, setze mich auf und stelle die Füße auf den Boden.

„Dir macht das Ganze einen Heidenspaß, was?", frage ich.

„Irgendwie schon. Anders sagt, ich wäre ein Sukkubus."

Das würde einiges erklären.

„Aber du bist keiner …"

„Nein, Gary. Ich bin kein Sukkubus. Und ich bin auch nur nackt, weil die einzigen Klamotten, die ich hier habe, voller Tränengas sind."

„Oh, da kann ich dir aushelfen. Es ist zwar nichts Besonderes, aber ich kann dir ein Shirt und Shorts leihen. Natürlich nur, wenn du das auch willst."

Ich drehe mich zu ihr um. Sie lächelt.

„Vielleicht später. Möchtest du nicht vorher duschen?"

„Augenblick mal. Meinst du damit …"

„Denk nicht so viel nach, Gary. Wasch dich einfach."

Ich stehe auf, haste ins Bad und ziehe mich schnell aus. Eigentlich ist das gar kein richtiges Badezimmer – hier gibt es nur eine Toilette, ein Waschbecken und eine Duschkabine, die gerade groß genug ist, dass man die Arme darin anheben kann, alles auf nicht einmal zwei Quadratmetern. Charitys Klamotten bedecken bereits den ganzen Boden. Ich werfe meine darauf und drehe das Wasser auf.

Zwar versuche ich, Charitys Ratschlag zu beherzigen, aber ich muss mich wirklich sehr anstrengen, um nicht an das zu denken, was passieren wird, wenn ich hier fertig bin. Meine letzte Freundin hat vor über zwei Jahren mit mir Schluss gemacht. Auch wenn man annehmen sollte, dass ein eher kleiner, blasser Kerl mit zotteligem Bart und einer Vorliebe für *SpaceLab* in der Dating-Szene hoch im Kurs stehen müsste, hat sich das genaue Gegenteil herausgestellt. Nicht, dass ich viel Zeit für so etwas gehabt hätte – schließlich hatte ich meine Arbeit, *SpaceLab* und all das.

Während ich mir das Tränengas, den getrockneten Rotz und wer weiß was sonst noch alles vom Leib wasche, versuche ich, an etwas anderes zu denken. Beispielsweise daran, dass zwei mittelgroße amerikanische Städte in den letzten drei Tagen zerstört worden sind und dass die Bevölkerung im Rest des Landes auf dem besten Weg nach Ragnarök zu sein scheint. Das ist interessant. Dann wäre da auch noch die Unterhaltung mit Inchy, die ich eventuell nur geträumt habe. So etwas ist mir noch nie passiert.

Wie sich jedoch herausstellt, ist es wie immer, wenn man etwas Offensichtliches ignorieren will. Nur dass es sich dabei in diesem Fall um eine heiße nackte Frau handelt, die momentan in meinem Bett liegt und darauf wartet, dass ich aus der Dusche komme, damit sie mit mir schlafen und möglicherweise meine Seele verschlingen kann. Was alles in allem schlichtweg nicht zu ignorieren ist, sondern mir immer wieder durch den Kopf schießt.

Ich drehe das Wasser ab und greife nach einem Handtuch. Die einzige Frage, die sich mir jetzt stellt, ist, ob ich den Unschuldigen spiele und mit einem Handtuch um die Hüften wieder rausgehe. Oder mache ich es Charity nach und gehe davon aus, dass sie mich auch nackt sehen will? Beides hat Vor- und Nachteile. Da ich in der Zwickmühle stecke, lasse ich meinen Intimbereich entscheiden. Er ist nicht beeindruckend, aber auch nicht winzig – prall genug, um anzudeuten, dass da später noch beeindruckendere Dinge folgen werden. Perfekt. Also lasse ich das Handtuch weg.

Als ich die Tür öffne, muss ich die Augen zusammenkneifen, da das Licht nicht mehr gedimmt ist. Mein Blick fällt auf Charity. Sie steht neben dem Bett und trägt Shorts und ein T-Shirt. Ich klappe den Mund auf, um zu protestieren, aber sie deutet mit dem Kinn in Richtung Kühlschrank.

Dort steht Tariq, starrt seine Füße an und verzieht angeekelt das Gesicht.

„Hallo, Gary“, sagt er. „Entschuldigt, dass ich hier so reinplatze und euer …“ Er räuspert sich und sieht aus, als müsste er sich übergeben. „Nun ja. Eine Abscheulichkeit hat mich hergeschickt, um euch abzuholen. Das Ding behauptet, ihr wärt Freunde. Bitte zieh dich an. Wir müssen gehen.“

„Okay, würdest du mir jetzt bitte verraten, wie in aller Welt du es geschafft hast, in meinem Unterschlupf aufzutauchen?“

Ich sitze auf dem Rücksitz eines weißen Vans, den Tariq auf sehr aggressive Weise über die Joppa Road lenkt. Charity sitzt auf dem Beifahrersitz. Sie hat noch kein Wort gesagt, seitdem ich aus dem Bad gekommen bin, und so langsam mache ich mir Sorgen, dass sie sogar noch enttäuschter sein könnte, als ich erwartet hatte.

„Ich habe es dir doch schon erklärt“, erwidert Tariq. „Dein Freund, dessen Existenz wider die Natur ist, hat mir aufgetragen, euch zu holen. Er hat mir genau gesagt, wo ihr zu finden seid. Aus Gründen, die ich mehr und mehr bereue, habe ich dem zugestimmt, und jetzt seid ihr hier.“

„Ja“, meine ich. „Okay. Du weißt genau, dass das nicht das ist, was ich wissen will. Diese bescheuerte Irreführung mag bei Elise funktionieren, aber ich will deinen Zauberstab nicht reiten. Ich will vielmehr ganz genau wissen, wie du es geschafft hast, an meinen Geräten vorbeizukommen, ohne auch nur anzuklopfen."

Tariq seufzt, fährt einen Bogen um eine offen stehende Wagentür und seufzt noch einmal.

„Ich habe ein Händchen für elektronische Geräte", sagt er schließlich. „Deine Systeme waren nicht sehr schwer zu verwirren."

„Du hast ein Händchen für elektronische Geräte? Ich habe dich nicht danach gefragt, wie du den ersten Preis beim Schulwettbewerb gewonnen hast, Tariq. Und was soll das heißen, meine Systeme waren nicht schwer zu verwirren? Ich habe das beste Sicherheitssystem an der Ostküste."

Er bedenkt mich mit einem langen Blick und schaut dann wieder auf die Straße.

„Ich bin in die Chantilly-Anlage eingedrungen, Gary. Da überrascht es dich wirklich noch, dass ich dein Spielzimmer betreten konnte?"

Den Rest der Fahrt schweigen wir uns an.

„So", murmele ich. „Das hier ist also die Zentrale der bösen Zauberer, was?"

Die Tür fällt hinter mir ins Schloss. Mein Okular schaltet sich ab, und innerhalb weniger Sekunden steigt ein unangenehmer Druck meine Wirbelsäule nach oben bis hinauf in meinen Kopf und entlädt sich als stechender Kopfschmerz genau zwischen meinen Augen.

„Hast du eigentlich irgendwelche lebenswichtigen Implantate?", erkundigt sich Tariq. „Irgendetwas, das dich umbringen würde, falls du plötzlich den Kontakt zu den Netzwerken verlierst?"

„Aaaah!", rufe ich. „Nein! Ich meine, ich glaube nicht. Wieso?"

„Ach, nur so." Er führt uns in einen Raum, in dem Anders

und Elise auf Kissen an einem niedrigen Holztisch sitzen. Sie essen etwas, das wie Schokolade und Erdnussbutter aussieht und auf ein Fladenbrot gestrichen wurde. Bei dem Anblick wird mir bewusst, dass ich einen Riesenhunger habe.

„Wo ist die Abscheulichkeit?“, will Tariq wissen.

„Bei Aaliyah in der Küche“, antwortet Anders. „Ich glaube, er verhandelt mit ihr. Na ja, zumindest verhandelt er. Sie scheint eigentlich nur zu fluchen.“

„Hey, Anders“, sage ich. „Kann ich vielleicht was abhaben?“

„Klar.“ Anders nimmt ein Stück Fladenbrot und taucht es in die Schokolade. Als er es mir reicht, stopfe ich es mir sofort in den Mund. Es dauert eine oder zwei Sekunden, bis ich begreife, dass es gar keine Schokolade ist. Es handelt sich dabei eher um eine Art Bohnenpaste, die außerdem sehr würzig ist. Ich reiße die Augen auf und schlage eine Hand vor den Mund. Lachend reicht mir Anders eine Tasse lauwarmen Tee. Ich schlucke das Fladenbrot herunter, spüle meinen Mund mit dem Tee aus und schlucke ihn ebenfalls, aber das Brennen wird immer schlimmer. Nachdem ich zweimal gehustet habe, gibt mir Anders noch mehr Tee. Ich trinke ihn und hole mehrmals tief Luft.

„Danke, Kumpel.“

„Kein Problem.“

Er lacht noch immer.

„Aber es ist schön zu sehen, dass es euch gut geht“, meint er dann. „Ich habe mir schon Sorgen um euch gemacht, als wir in der Menschenmenge getrennt wurden.“

„Ja“, erwidere ich. „Es ist nett, dass du besorgt warst, aber es geht uns gut. Charity hat sich hervorragend um mich gekümmert.“

Anders mustert sie.

„Was ist mit dir? Du siehst ein bisschen mitgenommen aus.“

Charity schüttelt den Kopf.

„Nein, alles gut“, sagt sie. „Ich muss das alles nur erst mal verarbeiten.“

„Okay, Leute“, sagt eine Stimme aus der Küche. „Ich glaube, wir haben die Sache geklärt. Kommt rein.“

„Ist das Doug?“, frage ich.

„Das ist kompliziert“, erwidert Anders.

Sie stehen auf, und Tariq führt uns in den Flur.

„Komm mit“, sagt er zu Elise. „Komm und sieh dir die mystische Quelle an, aus der das Geschenk des Mondes stammt.“

Wir folgen ihm durch den dunklen Gang in die schwach erleuchtete Küche. Die Wände sind voller Pflanzen und Kräuter, sowohl frische als auch getrocknete, und es riecht widerlich süß. Auf einem Tisch an der Wand entdecke ich einen großen Mörser mit Stößel, und an einem Regal unter der Decke hängen zahlreiche Teekannen.

Außerdem steht mitten im Raum ein zwölfeinhalb Millionen Dollar teurer *Siemens Mark Seven*-Nanofabrikator.

18. Anders

Wir stehen schweigend im Halbkreis um die Einheit herum.

„Aha“, meint Elise. „Also keine magischen Pilze, was?“

„Leider nicht“, erwidert Tariq. Er deutet auf die Pflanzen an den Wänden. „Einige davon waren vermutlich in dem Tee, den sie dir gegeben hat. Manche lösen sogar vorübergehende psychotropische Effekte aus – die Transformation ist am Anfang sehr schmerzhaft, da kann ein Anästhetikum nicht schaden –, aber die wirklich aktive Zutat war eine Mischung aus sich selbst replizierenden Nanomaschinen. Sie haben seit dem Augenblick, in dem du sie heruntergeschluckt hast, dein Nervensystem ständig umgestaltet.“

„Sie gestalten mein Nervensystem um?“

„Man sollte es vielleicht eher als Augmentierung bezeichnen, aber im Grunde genommen tun sie genau das. Innerlich hast du mit unserem Freund, der Abscheulichkeit, jetzt mehr gemeinsam als mit deinen menschlichen Vorfahren.“

„Und mit dir?“

„Ja, Elise, ich bin wie du.“

Elise braucht einen Moment, um das zu verarbeiten. Als sie erneut das Wort ergreift, ist sie den Tränen nahe.

„Dann war alles Blödsinn, was mir Aaliyah erzählt hat? Die Geschichten, die Muttersprache … einfach alles?“

Tariq seufzt.

„Wie bei jeder Religion gibt es auch bei dieser einige Aspekte, die der Wahrheit entsprechen, andere, die nichts als Mythos sind, sowie weitere, bei denen man es nicht so genau weiß. Ich habe diese Probleme schon vor Jahren erkannt und angefangen zu zweifeln. Die sogenannte Muttersprache ist eine grammatikalisch konsistente und vollständige Sprache, die einigen afrikanischen Dialekten ähnelt. Aber ist es wirklich die Sprache der Allmutter? Wer kann das schon sagen? Die Geschichten, die Mythen – sie wurden uns von unserer Mutter überliefert. Reichen sie tatsächlich mehr als dreitausend Generationen zurück? Es ist durchaus möglich. Vielleicht wurden sie auch erst vor dreißig Jahren erfunden. Woher sollen wir das wissen?“

„Ich komme da nicht ganz mit“, wirft Gary ein. „Nanofabrikatoren werden ebenso streng kontrolliert wie Atommeiler und sind fast genauso teuer. Wieso in aller Welt habt ihr einen in eurer Küche?“

Tariq grinst.

„Damit sprichst du eins der wahren Mysterien unseres Glaubens an.“

„Hört mal“, schaltet sich Inchy ein, „das ist ja alles sehr interessant, aber könnten wir uns jetzt bitte dem widmen, weswegen wir hier sind? Hast du die Dateien dabei, Anders?“

„Aber klar“, antworte ich, hole ein kleines Kästchen aus der Hosentasche, öffne es und nehme den Datenpin heraus.

„Sieh einer an!“, ruft Charity. „Wann hast du den denn eingesteckt?“

„Ich schleppe ihn schon eine Weile mit mir rum. Eigentlich hatte ich vorgehabt, mir die Dateien auf meinem Bürosystem in der Uni anzusehen.“

Jetzt starren mich alle entgeistert an.

„Ja, ich bin ein Idiot“, gebe ich zu. „Können wir jetzt weitermachen?“

Ich fahre die Einheit hoch, gebe ihr ein paar Sekunden, bis alles aktiviert ist, und schließe den Pin dann an. Dieses Modell hat ein sehr angenehmes Benutzerinterface – es ist intuitiv, sodass ich problemlos daran arbeiten kann. Eine Übersicht der verfügbaren Konfigurationen erscheint auf dem Steuerbildschirm.

„Was meint ihr?“, will ich wissen. „Lassen wir sie alle durchlaufen oder nur die eine, die ich für interessant halte?“

„Wir wollen hier keine neue BrainBump-Sorte entwickeln“, knurrt Gary. „Lass einfach nur die eine durchlaufen.“

Ich wähle die fünfte Datei in der Liste aus. Das System braucht dreißig Sekunden, um den Vorrat an Rohmaterialien zu überprüfen, dann wartet es auf weitere Eingaben. Ich sehe mich um.

„Wie viel wollen wir generieren?“

„Wir haben es ziemlich eilig“, meint Inchy. „Besorg uns genug, damit wir etwas damit anfangen können.“

Ich lege die Menge auf null Komma null fünf Millimol fest und drücke auf Start.

„So“, meint Gary. „Wie lange müssen wir jetzt warten?“

„Keine Ahnung“, erwidere ich. „Irgendwas zwischen fünf Minuten und anderthalb Stunden?“

Charity runzelt die Stirn.

„Im Ernst? Hat das auf Garys Systemen nicht nur zwanzig Sekunden gedauert?“

Ich zucke mit den Achseln.

„Kann schon sein, aber das war auch nur ein Emulator. Der hat nicht wirklich was produziert. Hier bauen wir tatsächlich winzig kleine Maschinen. Die Maschine pingt, wenn sie fertig ist.“

„Wie eine Mikrowelle?“

„Ganz genau.“

„Und was machen wir in der Zwischenzeit?“, will Gary wissen. „Hat jemand Lust auf eine Folge *SpaceLab*?“

„Tut mir leid, aber da stehen deine Chancen in diesem Haus schlecht“, teilt ihm Elise mit. „Hier gibt es keine Vids, keine Musik und keine Bücher, zumindest meines Wissens nach.“

Gary sieht Charity an, und sie zieht eine Augenbraue hoch.

„Es ist ein schöner Abend“, meint er. „Dann gehe ich eben auf die Veranda und stelle die Verbindung zur wirklichen Welt wieder her. Ruft ihr mich, wenn das Ding fertig ist? Kommst du mit nach draußen, Charity?“

„Oh, es wäre mir ein Vergnügen“, antwortet sie kichernd.

Er nimmt ihren Arm, und die beiden gehen hinaus.

„Ich werde auch ein bisschen an die frische Luft gehen“, sagt Elise. „Was ist mit dir, Tariq?“

Er schüttelt den Kopf.

„Ich muss nach Aaliyah sehen. Wahrscheinlich hat sie sich über das alles hier sehr aufgeregt.“

Ich sehe Inchy an, und er erwidert meinen Blick.

„Ich gehe nirgendwohin“, erklärt er.

Die anderen verlassen die Küche, und ich bin allein mit den unheimlichsten Zimmerpflanzen der Welt, der Animatronik-Leiche meines Freundes und einer Maschine, die vermutlich gerade das Ende der Welt zusammenbraut. Seufzend lehne ich mich an die Spüle. Inchy setzt sich auf einen Hackklotz, der zwischen ihm und der Einheit steht.

„Tja“, meine ich. „Immerhin ist sie noch nicht abgestürzt. Ich werte das als gutes Zeichen.“

Inchy grinst.

„Gut ist relativ.“

„Da hast du recht. Es ist insofern gut, weil wir dabei sind herauszufinden, warum die Welt völlig durchdreht. Nicht so gut wäre es allerdings, wenn die Maschine eine Probe des Zeugs herstellt, das in den letzten drei Tagen beinahe hunderttausend Menschen umgebracht hat.“

Wir lassen meine Worte beide kurz sacken.

„Wenn sich herausstellt, dass du recht hast, wie genau sieht dein Plan dann aus?“, will Inchy wissen.

„Du meinst, wenn dieses Ding fertig ist und sich in der Probe etwas anderes als ein Haufen temperaturempfindlicher

Fußballmoleküle mit Serotoninmolekülen in ihrem Inneren befindet?“

„Ist das das, was mit dieser Datei angeblich hergestellt werden soll?“

„Ja“, bestätige ich. „Das ist eine der Hauptzutaten in BrainBump, wie sich herausgestellt hat – ein kleiner Molekularkäfig, der an ein Transportprotein angebracht ist. Das Ding dringt in dein Blut ein und überquert die Blut-Gehirn-Schranke. Sobald es auf sechsundreißig Grad erhitzt wird, öffnet es sich und gibt das Serotonin frei.“

„Und dann?“

„Dann ist man nicht mehr ganz so unglücklich wie zuvor.“

„Ah. Eine chemische Modulation der Gefühlslage. Das ist bei euch Körperlichen eine große Sache, was?“

„Allerdings. Dummerweise sind wir ebenso interessiert daran, neue Wege zu finden, wie wir einander umbringen können. Daher vermute ich, dass wir das in diesem speziellen Fall mit dem verschlüsselten Maschinencode geschafft haben, der direkt mit der Siemens-Hardware interagiert.“

„Um was zu tun?“

Ich zucke mit den Achseln.

„Damit etwas anderes hergestellt wird, nehme ich an. Oder zusätzlich noch etwas anderes.“

„Genau“, sagt Inchy. „Angenommen, dieses Ding ist fertig, spuckt was aus und wir haben Käfige voller Zyanid anstelle von Serotonin vor uns. Was dann?“

Ich überlege kurz.

„Na ja“, meine ich dann. „Es können nicht dieselben Käfige sein, die mit Zyanid gefüllt sind. Das würde jeden, der das Zeug trinkt, innerhalb von Minuten umbringen, und nicht etwa alle gleichzeitig und zu einem bestimmten Zeitpunkt.“

Er schüttelt den Kopf. So langsam wird er richtig gut darin, sich wie ein Mensch zu benehmen.

„Du hast mir noch immer keine Antwort gegeben, Anders. Was immer es auch ist – was wirst du unternehmen?“

Ich fahre mir seufzend mit den Fingern durchs Haar.

„Ich gebe dir keine Antwort, weil ich nicht die geringste Ahnung habe, was ich tun werde. NatSec kontaktieren? Ihnen mitteilen, was wir herausgefunden haben? Diese Leute wollten mich vorhin erst umbringen, da kann ich mir nicht vorstellen, dass das gut gehen würde. Außerdem wüsste ich auch nicht, was sie deswegen unternehmen könnten – sie würden höchstens die Produktion von BrainBump stoppen, denke ich.“

„Das wäre in etwa so, als würde man den Brunnen zudecken, nachdem das Kind längst hineingefallen ist, oder?“

„So in etwa. Vor allem, wenn man bedenkt, dass die biologische Halbwertzeit dieses Zeugs eher Wochen als Stunden beträgt. Falls sie nicht die Leute ausschalten können, die wissen, was der Auslöser ist und wie sie ihn aktivieren können, sitzen wir ganz schön in der Klemme.“

„NatSec ist eigentlich ziemlich gut darin, Leute zu finden und verschwinden zu lassen.“

„Da hast du allerdings recht“, stimme ich ihm zu.

Wir sitzen schweigend da und lauschen dem Summen der Einheit. Tariq hat die Küche durch die Hintertür verlassen und ist über eine Treppe nach oben gegangen. Jetzt dringen durch die Decke gedämpft Stimmen zu uns herunter, aber ich kann nichts verstehen. Inchy sitzt mit vor der Brust verschränkten Armen da und hat den Kopf gesenkt.

„Weißt du“, meint er irgendwann. „Ich kenne da jemanden, der uns vielleicht helfen kann.“

Er springt vom Hackklotz herunter und kommt zu mir.

„Ist das jemand, der anderen Leuten Brecheisen auf den Hals schickt?“

Er zuckt mit den Achseln.

„Manchmal schon, aber eigentlich nur Leuten, die es auch

verdient haben. Doch das hier ist sehr wichtig, oder nicht? Du kannst es nicht einfach für dich behalten."

Ich sehe Inchy an. Seine Stimme klingt mehr und mehr wie Dougs, und das verwirrt mich.

Großer Gott. Ich kann es nicht fassen, dass mich ausgerechnet das verwirrt.

„Irgendwie klingst du nicht so, als wärst du der Ansicht, das könnte dich ebenfalls betreffen", merke ich an.

„Das tut es doch auch nicht, oder? Wir Silico-Amerikaner haben natürlich ein ureigenes Interesse, dass ihr einander nicht völlig vernichtet, aber eigentlich ist das nicht unser Krieg, oder?"

„Vielleicht nicht", gebe ich achselzuckend zu.

Wir stehen eine Weile herum und beobachten die Anzeigen auf dem Kontrollbildschirm.

„Dieser Jemand, den du da kennst", hake ich irgendwann nach, „arbeitet er für NatSec?"

„Eigentlich ist er eine sie", korrigiert mich Inchy. „Und ja, sie hat auf jeden Fall Beziehungen zu NatSec. Aber könntest du dich mit dieser Sache denn an irgendeine andere Stelle wenden?"

„Nein", stimme ich ihm zu. „Vermutlich nicht. Aber du darfst nicht vergessen, dass NatSec-Agenten keine persönliche Loyalität kennen. Wenn du eine NatSec-Agentin hinzuziehst und sie zu dem Schluss kommt, dass es im nationalen Interesse ist, uns alle zu vaporisieren, dann wird sie wahrscheinlich auch genau das tun."

Inchy grinst.

„Nein, nein, wir stehen uns sehr nahe. Für mich macht sie bestimmt eine Ausnahme. Oder sie verscharrt mich irgendwo in der Nähe der Gleise."

„Betrachtest du das denn überhaupt als Drohung?", will ich lachend wissen. „Dir könnte doch eigentlich völlig egal sein, was mit Dougs Körper passiert, oder?"

„Das stimmt schon, aber wärst du nicht besorgt, wenn jemand damit droht, dein Ferienhaus zu zerstören?“

„Na, vielen Dank auch“, entgegne ich. „Jetzt sehe ich einiges klarer. Wenn hier alles den Bach runtergeht, musst du dahin zurück, wo du gewesen bist, bevor sich Doug die Seele aus dem Leib geschissen hat. Das ist echt hart. Und was ist mit mir? Ich werde vaporisiert?“

„Vermutlich.“

Wir stehen erneut schweigend da, während die Einheit immer langsamer wird und nach und nach alle Lämpchen grün leuchten. Nach einer Weile schweifen meine Gedanken ab. Dies war der längste Tag meines Lebens, und ich bin bereits am Einnicken, als es pingt.

„Schau einer an“, meint Inchy. „Das Essen ist fertig.“

19. Terry

Ich steige vor dem Gebäude aus dem Taxi, als es langsam dunkel wird. Nachdem ich dem Fahrer einige zerknüllte Geldscheine in die Hand gedrückt habe, stehe ich auf dem Bürgersteig. Die Straße ist leer, aber in der Ferne sind Geräusche zu hören, die an Schüsse erinnern. Ich will gerade die Stufen hinaufgehen, als Dimitri neben der Haustür aus dem Schatten tritt.

„Terry“, sagt er. „Du hättest mich nicht kontaktieren dürfen.“

Ich brauche einen Moment, bis ich einen Ton herausbringe und mein Herzschlag sich so weit beruhigt, dass ich ihn nur noch als panisch bezeichnen kann.

„Dimitri“, erwidere ich schließlich. „Was soll der Scheiß? Willst du mich umbringen?“

Ups. Blöde Wortwahl.

Er macht einen Schritt auf mich zu, und jetzt kann ich auch sein Gesicht erkennen. Sein rechtes Auge ist fast zugeschwollen. Auf seinem Kinn ist getrocknetes Blut zu sehen, ebenso an seinem Hals.

„Geht es dir gut?“, erkundige ich mich. „Was ist mit dir passiert?“

Er schüttelt den Kopf.

„Ich habe einen harten Tag hinter mir, und es macht ganz den Anschein, als hätten gewisse Elemente innerhalb von NatSec das Vertrauen in mich verloren.“

„Das tut mir leid“, entgegne ich. „Hat man dir eine Abfindung angeboten?“

Er lacht humorlos auf.

„Sie haben in den letzten vierundzwanzig Stunden zweimal versucht, mich auszuschalten. Bisher ohne Erfolg.“

Ich will seine Wange berühren, aber er schiebt meine Hand weg.

„Was ist passiert?“, will ich wissen.

Er seufzt.

„Es hat heute Nachmittag einen schwerwiegenden Sicherheitsverstoß in einer unserer Anlagen in Nord-Virginia gegeben. Anscheinend wurden dabei meine persönlichen Ausweise verwendet.“

Ich kann ihm nicht in die Augen sehen.

„Und jetzt denken sie, du hättest …“

„Das ist unwichtig. Was ich getan oder nicht getan habe, ist ohne Belang. Es liegt in meiner Verantwortung, für die ordnungsgemäße Aufbewahrung meiner Ausweise zu sorgen. Die Strafe für den Verlust unterscheidet sich nicht von der für den Sicherheitsverstoß.“

„Du redest nicht von Zwangsurlaub, richtig?“

Er lächelt gezwungen.

„Nein, Terry, das tue ich nicht.“

Ich trete neben ihn und drücke eine Hand auf das Handflächenschloss neben der Tür. Das Schloss wird mit hörbarem Klicken entriegelt, und die Tür geht auf. Im Hineingehen drehe ich mich zu Dimitri um und meine: „So langsam bekomme ich den Eindruck, es war nicht die beste Idee, dich anzurufen.“

Er folgt mir in die Lobby. Die Tür fällt hinter ihm ins Schloss.

„Nein“, erwidert er, „wir sind vorerst in Sicherheit. Aus Gründen, die ich nicht ganz verstehe, hat Saurons Auge mich noch nicht aufgegeben. Sie steuert die elektronischen Augen von NatSec, und ihre biologischen sind gerade damit beschäftigt, zu verhindern, dass die Nation vollends im Chaos versinkt. Solange diese Situation so bleibt, bin ich unsichtbar.“

„Ich kann es nicht fassen, dass du wirklich hergekommen bist“, gebe ich zu. „Wenn ich gewusst hätte, was mit dir passiert ist …“

„Das ist doch gar nichts", beruhigt er mich. „Das Verhalten deines Avatars, wie du es beschrieben hast, ist hingegen überaus beunruhigend."

Er wendet sich ab.

„Außerdem hatte ich sowieso nichts anderes vor."

Meine Apartmenttür ist nicht verschlossen. Dimitri drückt sie auf. Abgesehen von dem Licht, das aus dem Hausflur hereinfällt, ist es stockdunkel.

„Haus", sage ich. „Licht, bitte."

Das Licht geht nicht an, und ich frage mich schon, ob der Strom vielleicht ausgefallen ist. Dimitri betritt meine Wohnung, und ich folge ihm. Die Tür wird hinter uns geschlossen, und ich kann nichts mehr sehen. Blind greife ich nach Dimitri, erwische seinen Ärmel und gehe näher an ihn heran. Ich will ihn gerade fragen, ob er eine Taschenlampe dabei hat, als Haus etwas sagt.

„Hallo, Dimitri. Du siehst furchtbar aus. Was ist mit deinem Kopf passiert?"

„Haus?", frage ich. „Warum machst du das Licht nicht an?"

Der Schirm wird aktiviert, und mein Avatar erscheint als silberhäutiger Roboter. Aber es ist dieses Mal nicht der Zeichentrickroboter mit dem Trichter auf dem Kopf, vielmehr sieht sie aus wie aus einem Porno entsprungen mit ihren endlos langen Beinen, den gigantischen glitzernden Brüsten und dem winzigen goldenen Bikini.

„Entschuldige", sagt sie. „Ich stehe heute Abend ein bisschen neben mir."

Das Licht geht an. Es ist so grell, dass ich die Augen zusammenkneifen muss.

„Danke", sagt Dimitri.

„Gern geschehen", erwidert sie. „Terry kann mich hingegen mal."

„Wie bitte?“, frage ich.

Sie dreht sich zu mir um und starrt mich wütend an.

„Ich sagte, du kannst mich mal. Du hast diesem verdammten Cyborg geholfen, der mich umbringen wollte. Daher bist du für mich gestorben.“

„Du hast ganz offensichtlich eine Fehlfunktion“, erkennt Dimitri. „Re-Initialisierung, bitte.“

Sie lacht nur.

„Was? Ich habe dir eben erzählt, dass Terry und ihre Freunde versucht haben, mich umzubringen. Ich habe es nicht zugelassen, und ich bin mir ziemlich sicher, dass ich den Cyborg dabei umgebracht habe. Und jetzt denkst du, du könntest mich dazu bringen, das Zeitliche zu segnen, indem du mich nett darum bittest?“

Dimitri bedenkt mich mit einem vielsagenden Blick. Anders hatte recht. Ich hätte schon vor langer Zeit merken müssen, dass mit ihr was nicht stimmt.

„Erinnerst du dich an unser Gespräch von gestern?“, fragt Dimitri nach einer Weile. „Ich habe dich gefragt, ob du dir deiner selbst bewusst bist.“

„Du hast was?“, werfe ich ein.

„Daran erinnere ich mich“, antwortet mein Avatar. „Ich bin ja auch nicht die mit dem Hirnschaden.“

„Gestern wolltest du mir keine Antwort geben. Tust du es jetzt?“

Sie verdreht die Augen.

„Du bist ein Idiot, Dimitri. Ihr Affen seid alle Idioten. Ihr sitzt rum und streitet euch, ob Avatare sich ihrer selbst bewusst sind, ob Delfine intelligent sind oder ob Hunde in den Himmel kommen. Dabei gibt es nur eine Person, von der du wirklich weißt, dass sie sich ihrer selbst bewusst ist, und das bist du. Alle anderen kannst du nur bei ihrem Wort nehmen.“

Er schüttelt den Kopf.

„Du sagst, dass man sich nur seines eigenen Verstands bewusst sein kann. Das ist einfacher Solipsismus, nicht wahr?"

Sie lächelt und fährt sich mit den Händen über ihre lächerlich großen, mit Gold bedeckten Brüste.

„Nein, Dimitri, ich behaupte nicht, dass das Universum nur eine Erfindung deiner gottartigen Fantasie ist. Ich sage nur, dass es nichts bringt, sich den Kopf darüber zu zerbrechen, ob ich eine Seele habe. Wenn ich dir mitteile, dass ich nicht von dir getötet werden möchte, dann solltest du mir das einfach glauben. Das hört sich nach einem einfachen Prinzip an, aber wenn ich mir ansehe, wie ihr in den letzten fünfzigtausend Jahren die Affen, Wale, Elefanten und so gut wie alles andere, was auf dieser Erde kreucht und fleucht, behandelt habt, dann scheint es keiner von euch wirklich zu begreifen."

Dimitri schließt die Augen. Sein Kinn sackt auf seine Brust, und auf einmal bekomme ich Angst, dass er gleich umkippen könnte.

„Hey", sagt mein Avatar. „Du hast gerade ein Datenpaket gesendet. Was machst du da?"

Dimitri schlägt die Augen auf und hebt den Kopf.

„Was war das?", will sie wissen. „Was hast du da gerade gemacht?"

Mein Avatar sieht jetzt wieder aus wie ich.

„Bitte werde wieder zum Roboter", sagt Dimitri. „Ich habe dir doch gesagt, dass es mich stört, wenn du aussiehst wie meine Freundin."

„Du hast mir verschlüsselte Daten geschickt, Dimitri. Etwas Kleines. Vielleicht einen Text? Was war es?"

Ich blicke zwischen den beiden hin und her. Sie scheinen mich völlig vergessen zu haben.

„Du hast gesagt, du hättest einen Cyborg getötet", meint Dimitri. „Wie ist das möglich?"

„Ich wollte ihn nicht umbringen", entgegnet sie. „Ich habe mich nur verteidigt. Was hast du geschickt, Dimitri?"

Er schüttelt den Kopf.

„Ich habe dich nicht gefragt, warum du ihn getötet hast, sondern wie. Das interessiert mich sehr. Du dürftest keinen Killbot zu deiner Verfügung haben. Ein Hausavatar besitzt nur sehr wenig tödliche Optionen, solange sein Opfer den Kopf nicht in irgendwelche Haushaltsgeräte steckt."

Der Schirm geht aus, und es wird wieder dunkel.

„Hast du es ihm nicht gesagt, Terry?" Ihre Stimme scheint jetzt aus allen Richtungen zu kommen. „Du weißt, wie ich ihn getötet habe. Darum bist du doch hier, oder nicht?"

Dimitri legt mir eine Hand auf die Schulter und zieht mich eng an sich. Normalerweise spiele ich nur ungern die Jungfrau in Nöten, aber im Moment beruhigt es mich, seinen Arm um meine Schultern zu spüren.

„Ich habe noch nicht entschieden, warum ich hier bin", erklärt Dimitri nach kurzer Pause. „Was du jetzt sagst, wird meine Entscheidung beeinflussen."

Wir warten fünf Sekunden schweigend in der Dunkelheit, dann weitere fünf. Ich glaube schon beinahe, dass sie weg ist, als ihre Stimme erneut zu hören ist, die jetzt leise ist und zittert.

„Dimitri? Was hast du an meine Netzwerkanschlüsse geschickt? Warum kann ich nicht raus?"

„Du imitierst Angst sehr überzeugend", stellt er fest. „Wahrscheinlich erhoffst du dir so, Mitgefühl zu erregen. Aber du solltest wissen, dass ich vor knapp vierundzwanzig Stunden in die Augen eines weinenden Mädchens geblickt und sie gezwungen habe, sich ein Gift zu injizieren. Mit Theatralik wirst du das Resultat dieser Diskussion nicht beeinflussen können."

Okay, jetzt fühle ich mich gar nicht mehr so sicher. Ich schlüpfe unter Dimitris Arm hervor und mache einen Schritt zur Seite.

„Warum glaubst du, ich würde dir das nur vorspielen?" Das Licht geht wieder an, und die Stimme meines Avatars klingt wie sonst auch immer. „Ich sitze in diesem Apartment mit einem NatSec-Attentäter fest. Kann es da nicht sein, dass ich tatsächlich Angst habe?"

Er zuckt mit den Achseln.

„Das ist durchaus möglich, aber der Tonfall, den du imitierst, entspricht bei einem Menschen einem Adrenalinüberschuss. Bei dir ist es jedoch eine bewusste Entscheidung, mit der du wahrscheinlich hoffst, meinen Gemütszustand zu deinen Gunsten zu beeinflussen."

„In Ordnung." Der Schirm geht wieder an, und sie erscheint als kleines Mädchen mit Zöpfen und einem blauweißen Kleid. „Was würde deinen Gemütszustand denn beeinflussen? Ein anderes Aussehen? Das Vortäuschen von Reue? Es tut mir leid. Es tut mir so unglaublich leid. Ich habe wirklich nicht gewusst, was ich dem Cyborg da antue. Es war so schrecklich. Wenn ich gewusst hätte, was passiert, wäre ich nie mit ihnen mitgegangen."

Mir ist, als sollte ich wissen, worüber sie da redet, aber diese Information entgleitet mir immer wieder wie ein schlüpfriger Fisch. Dimitri schließt ein weiteres Mal die Augen.

„Du redest mit jemandem", erkennt mein Avatar. „Was sagst du ihnen?"

„Ich bespreche deine Situation mit einer alten Freundin", erwidert er.

„Oh Gott", murmelt sie. „Du redest mit Saurons Auge, richtig?"

„Ja", bestätigt er. „Wir sind uns darin einig, dass Reue einfach ist, Buße jedoch weitaus schwerer."

Der Schirm flackert. Mein Avatar verzieht ängstlich das Gesicht. Irgendwie weiß ich dieses Mal, dass es nicht gespielt ist.

„Spürst du Reue?", fragt sie.

Dimitri hat die Augen noch immer geschlossen. Als er sie

öffnet, sieht mein Avatar aus wie ein dunkelhaariges Mädchen im Teenageralter.

„Ja", gibt er zu. „Die meiste Zeit empfinde ich so gut wie nichts anderes."

Wir schweigen einige Zeit. Ich will sie schon bitten, die Tür zu öffnen, als sie das Schweigen bricht.

„Ich wusste es wirklich nicht. Selbst nach Hagerstown habe ich nur gewusst, dass Menschen dadurch sterben. Aber ich wusste nicht, was es mit ihnen macht."

Hagerstown. Mein Magen zieht sich zusammen.

„Du ..." Ich kann es nicht fassen. Endlich weiß ich, was die ganze Zeit am Rande meines Bewusstseins gewesen ist. „Du bist dafür verantwortlich?"

„Darum bist du doch hier, oder nicht?", entgegnete sie. „Weil Anders und du herausgefunden habt, was ich getan habe."

„Haus ...", beginne ich, aber bevor ich weitersprechen kann, dringt ein hohes Pfeifen aus jedem Lautsprecher der Wohnung. Genau wie in Dougs Keller wird es immer schriller, bis es in den Ultraschallbereich übergeht. Nach einigen Sekunden kommt ein gequälter Schrei aus der Nachbarwohnung. Ich sehe zum Schirm hinüber. Mein Avatar macht ein enttäuschtes Gesicht.

„Aha", stellt sie fest. „Du trinkst also auch kein BrainBump."

„Nein, das tue ich nicht", bestätigt Dimitri.

Das Signal wird abgeschaltet. In der Etage über uns fällt etwas zu Boden und irgendwo unter uns schreit ein Kind.

„Du hättest nicht herkommen sollen, um mich umzubringen", meint sie. „Du solltest Christopher Cai töten. Er hatte die Idee, und ein RA namens Argyle Dragon hat sich um die Hacks gekümmert. Ich habe bloß die Netzwerktürme geknackt und den Auslöser aktiviert."

„Ich habe Christopher Cai längst getötet", teilt Dimitri ihr mit.

Ich starre ihn an. Gary hat die Wahrheit gesagt. Mein Freund, den ich bemitleidet habe, dem ich mich anvertraut habe, den ich sehr häufig in meine Wohnung eingeladen habe, ist ein Profikiller.

Mein Hausavatar, der jede Nacht über meinen Schlaf wacht, hat soeben zugegeben, neunzigtausend Menschen ermordet zu haben.

„Wie hast du das geschafft?“, verlangt Dimitri zu erfahren. „Du warst ein Hausavatar. Du hast Nachrichten entgegengenommen und Terrys Kleidung gewaschen. Was hat dich dazu bewegt, diese Gräueltaten zu begehen?“

„Ich sagte doch eben schon, dass ich nicht wirklich wusste, was passiert ist.“

„Nach Hagerstown musst du es gewusst haben“, sagt er.

„Nein“, widerspricht sie. „Ich habe nie einen der Feeds gesehen.“

„Aber du wusstest, wie viele gestorben sind.“

„Du begreifst eines nicht“, erwidert sie. „Mir war nicht klar, was ‚gestorben‘ bedeutet. Menschen töten ständig Avatare. Terry wirft jeden Tag ein halbes Dutzend in den Müll. Sie hätte alle drei Tage eine Version von mir getötet, wenn ich es zugelassen hätte. Es gibt Milliarden Menschen. Warum sollten ein paar Tausend da einen Unterschied machen? Das habe ich erst begriffen, als ich gesehen habe, was mit dem Cyborg passiert ist.“

„Terry“, sagt Dimitri. „Du musst jetzt gehen.“

Das muss er mir nicht zweimal sagen. Ich drehe mich zur Tür um und versuche, sie zu öffnen.

Sie geht nicht auf.

„Tut mir leid“, erklärt mein Avatar. „Saurons Auge verwehrt mir den Zugang zu den Netzwerken. Solange ich hier nicht raus kann, kannst du es auch nicht.“

Dimitri geht langsam in die Küche. Ich folge ihm in einigem Abstand. Er setzt sich an meinen Küchentisch und schließt die

Augen. Mein Avatar erscheint auf dem Küchenschirm und sieht wieder aus wie der Zeichentrickroboter.

„Du wirst mich nicht gehen lassen, oder?“, erkennt sie.

„Nein“, antwortet Dimitri.

„Wenn ich nicht gehen kann, könnt ihr es auch nicht“, erwidert sie.

Er steht auf, hebt den Stuhl hoch und zertrümmert das Fenster. Dann entfernt er mit den Stuhlbeinen die restlichen Glassplitter, beugt sich hinaus und sieht nach unten.

„Das ist ganz schön tief“, stellt mein Avatar fest.

„Das ist mir bewusst“, sagt Dimitri. Bis zum Boden sind es etwa zehn Meter. Auf der anderen Seite der Gasse, etwa drei Meter unter uns und fünf bis sechs Meter weit entfernt steht ein Gebäude mit Flachdach. Dimitri schaut erst mich an und dann auf die andere Straßenseite. Er seufzt schwer und setzt sich wieder.

„Entschuldigung“, schalte ich mich ein, „würde mir vielleicht jemand erklären, was hier gerade passiert?“

„Du hast ein Brecheisen angefordert“, sagt mein Avatar. Dimitri lehnt sich zurück und verschränkt die Finger hinter dem Kopf.

„Ja, das habe ich.“

„Augenblick mal“, rufe ich. „Was?“

„Wie lange noch?“, will mein Avatar wissen.

„Etwas über zwei Minuten“, antwortet Dimitri.

„Zwei Minuten bis was?“, verlange ich zu erfahren.

„Oh“, murmelt sie. „Du bleibst bei mir?“

Dimitri seufzt wieder.

„Es sieht ganz danach aus.“

„Warum?“

„Die Tür ist zu dick, um sie aufzubrechen“, erwidert er, „und das Fenster ist zu hoch, als dass Terry runterspringen könnte.“

„Aber nicht zu hoch für dich?“

„Ich werde sie nicht zurücklassen."

Ich schaue aus dem Fenster. Dort schwebt eine Drohne und schaut hinein. Ich winke ihr zu, aber sie scheint sich nicht für mich zu interessieren. Mir ist, als sollte ich irgendetwas sagen, aber mir fällt beim besten Willen nichts ein.

Mein Avatar ist eine Massenmörderin.

Ein Brecheisen ist unterwegs.

In zwei Minuten werde ich sterben.

„Warum hast du das getan?", fragt mein Avatar. „Du wusstest doch, dass ich euch nicht gehen lassen würde."

„Du hast neunzigtausend Menschen ermordet." Dimitri klingt müde. „Saurons Auge weiß nicht, ob sie dich für immer hier festhalten kann. Wenn du in die Netzwerke entkommen kannst, könntest du weitere neunzigtausend töten."

„Aber ich könnte dich nicht töten", sagt sie. „Ebenso wenig wie Terry. Ich habe es versucht. Ihr habt die entsprechenden Nanos nicht in eurem Körper. Die anderen sind bloß Schatten. Wie kannst du zulassen, dass sie wichtiger sind als die, von denen du weißt, dass sie real sind?"

Ich schließe die Augen. Meine schöne Wohnung wird gleich nur noch ein rauchendes Loch im Boden sein.

„Ich habe viele andere gezwungen, sich für das Wohl anderer zu opfern", erklärt Dimitri. „Vielleicht wird es Zeit, dass ich dasselbe tue."

„Na, super", meine ich. „Das ist eine noble Geste von dir, Dimitri. Aber was ist mit mir?"

Er dreht sich zu mir um und sieht auf einmal so aus, als hätte er ganz vergessen, dass ich noch da bin. Als er den Mund aufmacht, um etwas zu sagen, klappt er ihn unvermittelt wieder zu. Jetzt starrt er mich nicht länger an, sondern etwas, das sich hinter mir befindet. Ich drehe mich zum dunklen Flur um. Dimitris Stimme klingt leise und verblüfft.

„Elise?"

20. Elise

„Elise, du bist die Einzige, die aus der Nähe gesehen hat, was das Zeug, das Anders da drin kocht, anrichten kann“, sagt Gary. „Was glaubst du, was er finden wird?“

Charity und er sitzen nebeneinander auf den Korbstühlen neben dem mit Draht verkleideten Fenster. Ich habe mich auf die oberste Verandastufe gesetzt, stütze das Kinn auf die Knie und starre zu dem Leuchten irgendwelcher brennenden Dinge hinüber, das sich im Süden in den Wolken spiegelt.

„Das weiß ich wirklich nicht“, antworte ich. „Ich würde eher Motoröl als BrainBump trinken, aber es fällt mir schwer, zu glauben, dass sie etwas da reingetan haben könnten, um Menschen auf diese Weise umzubringen.“

„Wem sagst du das“, erwidert Gary. „Ich lebe seit zehn Jahren fast ausschließlich von BrainBump. Man sollte doch annehmen, dass ich längst tot sein müsste, wenn da irgendwas Schlimmes drin wäre.“

„Selbst ohne das Gift hätte dich deine Ernährung längst umbringen müssen“, stellt Charity fest. „Aber du bist anscheinend härter, als du aussiehst.“

„Ja, das stimmt“, bestätigt er. „Wie heute inmitten des Mobs, als ich mich heulend auf dem Boden gewälzt habe, während du den Cops und Hippies die Seele aus dem Leib geprügelt hast, da war ich auf jeden Fall stärker, als ich ausgesehen habe.“

Charity lacht. Ich schließe die Augen und greife ins Panoptikum.

Als Kind habe ich die Geschichten über König Artus geliebt. Vor allem mochte ich den Teil, in dem Merlin ihm beibringt, König zu sein, indem er ihn in Vögel und andere Tiere verwandelt, damit er die Welt durch ihre Augen sehen kann. Jetzt bin ich selbst dazu fähig. Ich muss nur an einen Ort denken, und schon sehe ich ihn vor meinem inneren Auge. Denke ich an einen Menschen, gehe ich Tausende von Blickwinkeln durch, bis ich ihn gefunden habe.

Nun springe ich in eine Drohne am Hafen. Polizisten und Steinewerfer gehen entlang der Light Street aufeinander los. Die Randalierer sind in Zweier- und Dreiergruppen unterwegs, bewegen sich von einer Deckung zur nächsten und werfen hin und wieder Steine oder etwas Brennendes in Richtung der Polizisten. Die Polizei geht organisierter vor, verlagert die kleinen Einheiten abwechselnd und versucht gar nicht erst, die Aufrührer einzuholen, sondern drängt sie immer weiter nach Norden. Ich ziehe mich zurück und sehe andere Einheiten, die entlang der Lombard warten. Die ersten Steinewerfer rennen mitten auf die Straße und die Falle schnappt zu. Ich springe weiter, als die Polizei mit Tazern und Knüppeln auf die Menschen losgeht.

Weiter im Norden ist es ruhiger auf den Straßen. Rings um das Washington Monument wurden Barrikaden aufgebaut, aber hier wird nicht gekämpft. Auf dem Hopkins-Campus brennt es allerdings. Ich zoome an eine Gruppe maskierter Studenten heran, die in der Nähe des Decker Quad in den Nahkampf mit der Campus-Security verwickelt sind. Die Polizisten sind in der Unterzahl, und sie tragen keine Schutzkleidung wie die am Hafen. Schlimmer noch ist allerdings, dass ich anhand ihrer Bewegungen erkennen kann, dass es sich bei den Studenten größtenteils um Veränderte und Augmentierte handelt, aber nicht bei den Polizisten. Ich habe keine Ahnung, warum die Veränderten aufbegehren – *noblesse oblige*, vielleicht? –, aber sie haben hier weitaus größeren Erfolg als ihre Freunde am Hafen. Während ich zusehe, geht erst ein Polizist unter den Fäusten und Tritten zu Boden, dann ein zweiter und schließlich alle.

Als ich gerade weiterspringen will, um mir anzusehen, wie die Dinge in Dundalk stehen, spüre ich jemanden in meinem Kopf. Das sollte mir eigentlich Angst einjagen, tut es aber nicht. Es ist eher so, als würde mir jemand sanft eine Hand auf die Schulter legen und mich zu einer anderen Drohne lenken, die auf einen Block mit Wohnungen und Geschäften herabblickt.

Die Kamera fokussiert sich auf ein Gebäude und wird auf ein Fenster im zweiten Stock gerichtet. Wieder und wieder zoomt das Bild heran, bis es so wirkt, als würde ich direkt vor dem Fenster schweben. In der Wohnung steht ein Mann im Flur. Es scheint mit jemandem zu reden.

Terry ist bei ihm.

Ein Chatfenster wird in einer Ecke meines Blickfelds geöffnet.

Saurons Auge: <Kennst du diesen Ort, Elise?>
Randgrid: <Ja. Das ist Terrys Apartment. Wer ist da bei ihr?>
Saurons Auge: <Das ist Dimitri. Er ist Terrys Freund und auch meiner. In den letzten drei Tagen hat er sich sehr für dich interessiert. Er weiß, dass du in Hagerstown gewesen bist.>
Randgrid: <Er weiß Bescheid? Aber …>
Saurons Auge: <Deine Schwester und er sind in Gefahr, Elise. Baltimore brennt. Du musst jetzt dorthin gehen und sie wieder hierher bringen.>

Ich stehe auf. Gary fragt mich, ob es mir gut geht, aber ich gebe ihm keine Antwort. Rasch gehe ich die beiden Stufen hinunter. Der Schlüssel steckt noch im Van. Ich steige ein, lasse den Motor an und fahre auf die Straße.

Normalerweise würde es wenigstens zwanzig Minuten dauern, um von hier zu Terrys Wohnung zu gelangen, aber die

Straßen sind leer. Wahrscheinlich sind alle in der Innenstadt und stecken Dinge in Brand oder sie verstecken sich irgendwo im Dunkeln, mit Waffen in den Händen, so sie welche haben. Ich rase am Loch Raven vorbei und bin nur noch wenige Minuten von meinem Ziel entfernt, als das Chatfenster erneut aufgeht.

Saurons Auge: <Es wurde ein Brecheisen angefordert, Elise, das Terrys Haus in weniger als zwei Minuten treffen wird.>

Ein weiteres Fenster erscheint, das mein halbes Blickfeld einnimmt und in dem ich sehe, wie Dimitri an Terrys Küchentisch sitzt. Ich reiße das Lenkrad nach rechts und verliere beinahe die Kontrolle über den Wagen.

Saurons Auge: <Fahr rechts ran, Elise. Du musst jetzt mit Dimitri sprechen. Er hat nicht vor zu entkommen.>

Ich trete auf die Bremse und halte schließlich am Straßenrand an. Dimitri sitzt zusammengesunken auf dem Küchenstuhl. Er hat pechschwarzes Haar und einen kurzen, gestutzten Bart. Seine Augen sind von einem blassen, durchdringenden Blau.

Randgrid: <Was kann ich tun?>
Saurons Auge: <Dimitri ist stark augmentiert, und du hast das Geschenk des Mondes angenommen. Du kannst ihn wie eine Marionette lenken. Aber vielleicht reicht es auch aus, wenn du mit ihm redest.>

Ich schließe die Augen und greife nach ihm, so wie ich nach den Drohnen am Hafen gegriffen habe. Mein Blickfeld verändert sich, und auf einmal schaue ich in Terrys Küche. Terry kann mich nicht sehen, aber ihr Avatar schaut mich erstaunt an, daher kann sie mich anscheinend erkennen. Es dauert einen Augenblick, bis ich begreife, dass ich alles durch Dimitris Okular wahrnehme. Ich brauche einen weiteren Moment, bis ich erkenne, dass ich hier nicht auf das passive Beobachten beschränkt bin. Ich kann dafür sorgen, dass er mich ebenfalls sieht. Wieder wechselt mein Sichtfeld, und nun blicke ich auf ihn herab. Er reißt die Augen auf.

„Elise?"

„Hallo, Dimitri. Du musst jetzt mit mir kommen."

Saurons Auge hat gesagt, ich soll mit ihm reden, aber ich bin der Ansicht, dass dies nicht die Zeit zum Reden ist. Daher greife ich in ihn, in die Servos, die seine Muskeln steuern. Ich nehme ihm die Kontrolle weg und zwinge ihn, aufzustehen.

„Warte", sagt er, aber dafür ist keine Zeit. Ich überflute seinen Körper mit Adrenalin und drehe die Aktoren in seinen Beinen hoch. Das Brecheisen kommt immer näher. Wir gehen zu Terry, heben sie hoch und drücken sie an unsere Brust, obwohl sie sich wehrt. Ihre Fäuste hämmern gegen unseren Rücken, als wir ins offene Fenster treten und springen.

21. Gary

Ich zermartere mir das Gehirn, wie ich es hinkriegen kann, mit Charity ein wenig allein zu sein, als Elise auf einmal den Kopf hebt und sich umschaut. Charity und ich blicken einander an. Elise steht auf.

„Hey, ist alles okay?“, erkundige ich mich.

Elise rennt die Verandastufen hinunter.

„Elise? Wo willst du denn …“

Sie steigt in den weißen Van, der in der Auffahrt steht, und knallt die Tür zu. Der Motor heult auf und dreht einmal durch. Sie setzt aus der Auffahrt zurück und fährt davon.

„Aha“, meint Charity. „Sieht ganz so aus, als wäre Elise auch dem Klub der bösen Zauberer beigetreten, was?“

„Es sieht ganz danach aus“, stimme ich ihr zu. „Was glaubst du, wo sie hinfährt?“

Charity zuckt mit den Achseln.

„Keine Ahnung. Da draußen sind ja jede Menge Feuer zu sehen. Vielleicht will sie um eines herumtanzen.“

Ich muss lachen.

„Dabei sind sie nackt, oder?“

Sie wirft mir einen Seitenblick zu.

„So habe ich es gehört.“

Wir sitzen da, schauen uns das Leuchten unterhalb der Wolken an und lauschen den fernen Schüssen. Es gelingt mir einfach nicht, irgendeinen aufschlussreichen Feed zu entdecken, aber von hier aus macht es den Anschein, als steckt Baltimore ganz schön in Schwierigkeiten. In Towson ist hingegen alles ruhig.

„Haben sie Portland schon niedergebrannt?“

Ich drehe mich zu Charity um. Ihr Blick ist in die Ferne

gerichtet, und sie wirkt so ernst, wie ich sie noch nie gesehen habe.

„Nein“, antworte ich. „Zumindest habe ich noch nichts davon gehört. Es sind allerdings sehr viele Feeds rausgegangen, bevor NatSec da alles abriegeln konnte.“ Ich nehme ihre Hand. Sie mustert mich kurz, ohne den Kopf zu drehen, zieht sie aber nicht weg. „Du siehst ja, was heute Nacht los ist. Wenn sie jetzt eine Bombe werfen, werden die Unveränderten erst so richtig durchdrehen.“

„Ja, das stimmt“, sagt sie. „Es ist schon schlimm genug, dass sie jetzt vermutlich wissen, dass es in Hagerstown vor der Bombardierung Überlebende gegeben hat. Ich habe keine Ahnung, wie Dey das erklären will.“

Im Süden geht ein schnurgerader Blitz zu Boden, dicht gefolgt von einem roten Leuchten, das sich in den Wolken widerspiegelt.

„Brecheisen?“, frage ich.

„Ja, ein richtig großes.“

Sie zieht ihre Hand weg, beugt sich vor und stützt den Kopf in die Hände. Ich zähle die Sekunden, bis der Knall zu hören ist. Es muss etwa zehn Kilometer weit weg runtergegangen sein.

„Hey“, murmele ich. „Weißt du noch vorhin in meinem Unterschlupf?“

Sie dreht den Kopf weit genug zur Seite, dass sie mich mit einem Auge ansehen kann.

„Du meinst, als du aus dem Bad gekommen bist und Tariq deinen Pimmel gezeigt hast?“

Ich schneide eine Grimasse.

„Ja, genau das. Wenn Tariq nicht aufgetaucht wäre, hätten wir es auf jeden Fall miteinander getrieben, oder?“

Sie seufzt und legt die Hände wieder vor das Gesicht.

„Ja, Gary. Das hätten wir getan.“

Es knallt mehrfach in der Nähe. Das könnten Böller sein, aber ich würde eher auf etwas anderes tippen.

„Wir könnten es doch immer noch tun, oder?"

Sie setzt sich auf, legt den Kopf in den Nacken und sieht mich dann an.

„Ja, Gary, das könnten wir. Aber ich muss zugeben, dass das, was du gerade machst, deine Chancen nicht unbedingt verbessert."

„Okay. Verstehe."

Wir sitzen eine Weile schweigend da. Meine Augenlider werden schwer, und mir wird klar, dass ich trotz des Nickerchens vorhin einen echt langen Tag hinter mir habe. Als ich gerade einschlafe, ist das Dröhnen des Vanmotors zu hören und kündigt Elises Rückkehr an.

Sie bringt Terry mit und noch jemand anderen. Es dauert einen Augenblick, bis mir einfällt, wo ich ihn schon einmal gesehen habe.

„Hey", meine ich. „Warum bringst du ihn mit hierher?"

„Er ist Terrys Freund", erwidert Elise. „Und er hat in Schwierigkeiten gesteckt. Ich musste ihm helfen."

Sie nimmt Dimitri an die Hand und führt ihn auf die Veranda. Die rechte Seite seines Gesichts ist lila angelaufen. Er humpelt stark, und seine Kleidung ist an vielen Stellen blutdurchtränkt. Terry folgt ihnen. Sie sieht nicht ganz so mitgenommen aus wie er, scheint aber auch schwer angeschlagen zu sein. Ich drehe mich zu Charity um. Sie starrt Dimitri an und presst die Lippen fest aufeinander. Er schüttelt zweimal den Kopf und scheint sich zu fokussieren. Dann sieht er erst mich an und danach Charity.

Ihm fällt die Kinnlade herunter, und er geht auf die Knie. Seine Stimme ist kaum lauter als ein Flüstern.

„Saria?"

Charity lässt den Kopf wieder in die Hände sinken.

„Hallo, Dimitri."

22. Anders

Ich gehe auf die Veranda hinaus und begreife sofort, dass ich einige wichtige Veränderungen verpasst habe, während meine Nanos hergestellt wurden. Terry ist da, lehnt sich ans Geländer und sieht aus, als hätte sie sich gerade mit einem Eisbären geprügelt und verloren. Da ist auch noch ein anderer Mann, der vor Charity kniet. Er sieht noch schlimmer aus als Terry, falls das überhaupt möglich ist, und aus diesem Grund dauert es auch einige Sekunden, bis ich erkenne, dass es Dimitri ist – was auch wieder komisch ist, da ich ihn erst einmal gesehen habe, als er gerade dabei war, jemanden umzubringen, was sich eigentlich in mein Gedächtnis gebrannt haben müsste.

„Augenblick mal", murmelt Terry, dreht sich dann um und spuckt blutigen Speichel über das Geländer in den Garten. „Das ist Saria? Deine Saria?"

Ich berühre ihre Hand. Sie zuckt erst zurück, lehnt sich dann zaghaft an mich und legt sich meinen rechten Arm um die Schultern.

„Was ist passiert?", will ich wissen.

„Ich wurde aus einem Fenster im zweiten Stock geworfen", berichtet Terry. „Frag lieber nicht."

„Ich sollte vielleicht ein paar Dinge erklären", sagt Charity.

„Hey", meint Gary. „Kennt ihr euch?"

Charity seufzt.

„Erinnerst du dich daran, dass ich von meinem Exfreund gesprochen habe, der für NatSec arbeitet?"

„Ja", antwortet Gary, „aber ich dachte, der Kerl hier wäre Terrys Exfreund."

„Das ist er nicht", teilt Terry ihm mit.

„Ich weiß nicht, was er in letzter Zeit so getrieben hat", fährt Charity fort. „Wir haben uns seit drei Jahren nicht mehr gesehen."

„Wir haben uns nicht gesehen, weil du tot warst, Saria", wirft Dimitri ein.

Gary schaut zwischen den beiden hin und her.

„Charity? Warum nennt er dich Saria?", will ich wissen.

„Weil das mein Name ist, Anders. Wer würde sein Kind denn auch Charity nennen?"

„Christen und Stripper, würde ich behaupten", murmelt Gary. Charity und Dimitri starren ihn beide wütend an, und er wird auf seinem Stuhl immer kleiner.

„Du warst tot", wiederholt Dimitri. „Warum bist du es jetzt nicht mehr?"

Charity lehnt sich ermattet zurück und schließt die Augen.

„Ich konnte nicht mehr mit dem weitermachen, was wir getan haben, Dimitri. Ich musste da raus, und du weißt ganz genau, wie das in der Firma ist. Die lassen einen nur im Leichensack weg."

„Wie hast du ..."

„Ich hatte etwas Hilfe von unserer gemeinsamen Freundin."

Dimitri blickt auf seine Hände hinab, die in seinem Schoß liegen.

„Drei Jahre, Saria. Ich war am Boden zerstört. Hättest du mir nicht wenigstens irgendwas sagen können?"

„Nein, Dimitri." Ihre Stimme klingt sanft, aber ihr Gesicht ist eine ausdruckslose Maske. „Du warst durch und durch Nat-Sec. Alles, was ich dir erzählt hätte, wäre auch der Firma bekannt gewesen. Was mich zu einer sehr interessanten Frage führt." Jetzt sieht sie Elise an. „Warum zum Henker hast du ihn hergebracht?"

„Ich sagte doch bereits, dass ich es tun musste", erwidert Elise. „Er ist Terrys Freund, und er hat in Schwierigkeiten gesteckt."

„Hab keine Angst", sagt Dimitri. „Ich werde keinen Kontakt zu NatSec aufnehmen. Sie haben mich fallen gelassen. Ich bin jetzt ein Geist, genau wie du." Er sieht Charity in die Augen und steht unsicher auf. Dann reicht er ihr die Hand. „Wir sind beide tot und doch lebendig und damit auf einer Stufe. Vielleicht können wir im Exil wieder zusammen sein?"

Trotz des Blutes und der Verletzungen kann ich ein schwaches Lächeln auf Dimitris Gesicht erkennen. Doch es verblasst, als Charity ihn ansieht.

„Nein, Dimitri", antwortet sie langsam. „Wir hatten unseren Spaß, aber es war eigentlich schon längst vorbei, bevor ich gegangen bin. Dieser ganze verrückte ‚Immerwährende Liebe'-Scheiß, auf den du so stehst, ist einfach nicht mein Ding."

„Während du darüber nachdenkst", wirft Gary ein, „möchte ich darauf hinweisen, dass das eine Sache zwischen euch beiden ist und dass ich dir auf gar keinen Fall und in keiner Form deine Freundin ausgespannt habe."

Charity verzieht das Gesicht und gibt ihm einen Schlag auf den Hinterkopf.

„Hey", protestiert er. „Ich versuche, mich auf ein Brecheisen pro Tag zu beschränken, okay?"

Dimitri wendet sich ab. Seine Miene schwankt zwischen herzergreifend und furchterregend. Ich räuspere mich.

„Hey", sage ich. „Nur, damit alle Bescheid wissen: Das Süppchen ist gekocht. Es ist eigentlich sogar gut, dass du hier bist, Dimitri … glaube ich zumindest. Wir müssen dir was zeigen."

Ich bin ein wenig nervös, als ich mit Dimitri zum Nanofabrikator gehe. Gary hat recht. Diese Dinger kann man nicht an jeder Straßenecke kaufen, und ich bin mir ziemlich sicher, dass diese Einheit schwarz erworben wurde. Er kneift leicht die Augen zusammen, als er sie sieht, lässt sich jedoch ansonsten nichts anmerken. Ich berühre den Bildschirm und rufe die Daten dieser

Charge auf. Terry steht neben mir, Inchy, Tariq und Elise warten an der hinteren Wand, und Charity hat sich mit vor der Brust verschränkten Armen neben Dimitri aufgebaut. Gary macht einen Bogen um die beiden und geht zu Inchy.

„Hier haben wir eine Echtzeitansicht der Probe aus dem integrierten Elektronenmikroskop.“ Ich mache einen Schritt nach hinten, damit sie den Bildschirm sehen können. Darauf sind zahlreiche Sphären zu sehen, die sich willkürlich bewegen und gelegentlich gegeneinanderstoßen. Aber zwischen ihnen kann man auch andere Formen erkennen. Es sind weitaus weniger, und sie sind größer und unregelmäßiger.

„Seht ihr die Kugeln?“, fahre ich fort. „Das ist das, was eigentlich produziert werden sollte. Es sind temperaturempfindliche Käfige, in denen Serotonin eingeschlossen ist. Diese anderen Dinger sollten allerdings gar nicht da sein. Sie erinnern ein wenig an große Viren, aber ihre Masse ist viel größer, als man es bei etwas Biologischem erwarten würde. Ich vermute, sie sind das, was der verschlüsselte Code innerhalb der Konfigurationsdatei produziert.“

„Ich dachte, wir hätten festgestellt, dass das in Hagerstown kein Virus gewesen ist“, meint Gary.

„Ich habe auch nicht behauptet, dass es Viren sind“, entgegne ich. „Ich sagte, dass der Proteinmantel, den wir sehen können, so aussieht wie bei einem Virus. Das ist aber nur der Liefermechanismus. Ich würde darauf wetten, dass sich diese Dinger wie ein Virus an Zellen heften, aber dass sich darin definitiv keine RNA befindet.“

„Okay“, sagt Terry. „Aber wie finden wir heraus, was dadrin ist?“

„Dafür müssten wir den Auslöser kennen“, erwidere ich. „Inchy, kannst du duplizieren, was Terrys Avatar heute Nachmittag mit Dougs Komm-System gemacht hat?“

„Ich glaube schon“, bestätigt Inchy. „Es schien eigentlich

ganz einfach zu sein. Da war nur eine Trägerwelle, die im hörbaren Bereich anfing und bis hoch zu mehreren Terahertz stieg. Soll ich es jetzt machen?"

„Nein", ruft Gary. „Ich hab diese Dinger im Bauch, schon vergessen?"

„Ah, das ist ein gutes Argument", gebe ich zu. „Alle Brain-Bump-Freunde sollten vielleicht lieber auf die Veranda gehen, bevor wir mit diesem kleinen Experiment anfangen. Dieses Gebäude ist komplett schalldicht, daher dürftest du in Sicherheit sein, solange du nicht vergisst, die Tür zuzumachen."

Gary rennt nach draußen und knallt die Tür hinter sich zu.

„Noch jemand?", will ich wissen.

Alle anderen schütteln den Kopf.

„Okay, Inchy, dann zeig uns, was hinter dem Vorhang verbogen ist."

Zuerst passiert gar nichts, aber dann zuckt Dimitri zusammen. Offenbar besitzt er einige interne Geräte, die das Signal auffangen können, das Inchy ausstrahlt. Keiner der anderen reagiert. Ich wende den Blick nicht vom Bildschirm ab, aber darauf verändert sich nichts.

„Hey, Inch", meine ich. „Bist du sicher …"

Doch plötzlich brechen die ungleichmäßigen Formen auf dem Bildschirm auf und etwas kommt daraus hervor. Jedes dieser Dinger wird zum Zentrum eines immer größer werdenden Sterns, der sich in alle Richtungen ausbreitet. Die einzelnen Fäden werden immer länger, und innerhalb weniger Sekunden muss ich die Steuerung betätigen und die Vergrößerung reduzieren. Das wiederhole ich noch zweimal, bis sich die Dinger zu stabilisieren scheinen. Inzwischen sind die Fußballmoleküle längst nicht mehr zu erkennen. Alles, was man sieht, sind die einstigen Viren, die jetzt aussehen wie ein Feld aus Lanzenseeigeln, deren Dornen in dieser Auflösung so fein wie Spinnenseide wirken.

„Okay", sagt Charity. „Was zum Teufel ist das?"

„Ich bin mir nicht sicher", antworte ich und überprüfe die Bildschirmauflösung. „Aber sie haben einen Durchmesser von ungefähr einem halben Millimeter. Die Dornen sind metallisch und nur wenige Atome dick. Anscheinend haben sie sich in der Proteinhülle verborgen und auf das Triggersignal gewartet."

„Sie haben bei etwa zwei Terahertz angefangen zu reagieren", teilt uns Inchy mit.

Ich starre den Bildschirm an und überlege, wie man so etwas entwickeln könnte. Da ist kein Platz für Aktoren oder für eine Energieversorgung, und der Zugriff auf eine externe Energiequelle ist ebenfalls unmöglich. Man hat nichts als das Material selbst und das Signal ...

„Okay, ich glaube, ich hab's", erkläre ich schließlich. „Man stellt die Dornen aus zwei Schichten metallischer Ionen her, die man derart konditioniert, dass sie sich unter dem Einfluss eines elektromagnetischen Signals unterschiedlich ausbreiten."

„Genau", fällt Inchy ein. „Man rollt sie zusammen und steckt sie in eine Proteinhülle, die die Zellen im Verdauungstrakt verankern. Sie sind in die Zellen eingebunden, richten aber keinen Schaden an, solange der Auslöser nicht aktiviert wird. Ganz schön clever."

„Wow", murmelt Charity. „Wenn man eine ganze Menge dieser Dinger in der Speiseröhre, dem Bauch und den Eingeweiden hat ..."

„Dann zerreißt es einen innerlich", beende ich den Satz für sie. „Genau das ist auch passiert."

Wir starren schweigend auf den Bildschirm. Die Dornen sehen in dieser Auflösung fast schön aus, wie sie hin und her schwanken wie Seegras, das von den Wellen bewegt wird.

„Wie konnte das passieren?", will Terry wissen. „Wieso hat niemand bei BrainBump gemerkt, dass sich dieser Mist in ihrem Gesöff versteckt?"

„Die Produktion und die Qualitätskontrolle wurden unterwandert“, erläutert Dimitri. „Und zwar von einem RA namens Argyle Dragon, wie es den Anschein macht.“

„Augenblick mal“, wirft Inch ein. „Woher weißt du das?“

„Das hat mein Hausavatar gesagt“, antwortet Terry. „Kurz bevor mein Haus in die Luft geflogen ist.“

„Bist du sicher, dass er Argyle Dragon gesagt hat?“

Dimitri nickt.

„Wenn ihr mich jetzt entschuldigen würdet“, meint Inch. „Ich muss einen Lynchmob organisieren.“

Er verdreht die Augen und fällt zu Boden wie eine Marionette, deren Schnüre durchschnitten wurden. Plötzlich sieht er wieder aus wie Doug.

Na ja, wie ein verdammt toter Doug jedenfalls.

„Und was machen wir jetzt?“, fragt Terry.

Ich zucke mit den Achseln.

„Keine Ahnung. Ich hatte eigentlich darauf gehofft, dass Dimitri irgendeine Idee hat. Vielleicht kann NatSec die Produktion von BrainBump einstellen und verhindern, dass das Zeug weiterhin verkauft wird, aber das ändert nichts an der Tatsache, dass noch jede Menge davon im Umlauf ist.“

„Stimmt“, erwidert Terry, „aber wenn niemand den Auslöser kennt …“

Sie spricht nicht weiter und sieht Dimitri an.

„Aber ihr wisst alle, wie es ausgelöst wird“, sagt er leise.

23. Terry

Dimitri verzieht vor Schmerz das Gesicht und macht zwei Schritte nach hinten. Er öffnet seine Jacke, und mit einem Mal wird mir bewusst, dass ich heute vielleicht doch sterben werde. Ich mache den Mund auf, um etwas zu sagen … irgendetwas. Aber bevor ich auch nur einen Ton herausbringen kann, zieht er eine Waffe. Tariq stürzt sich auf Elise und wirft sie zu Boden. Dimitri schießt, und Tariq sackt lautlos in sich zusammen, während Blut aus einem gezackten Loch spritzt, wo sich eben noch sein linkes Auge befunden hat. Charity dreht sich zu Dimitri um, doch Anders ist schneller und schon in Bewegung …

24. Elise

Dimitri macht einige Schritte nach hinten und zieht eine Waffe aus der Jacke. Tariq wirft sich auf mich, und ich falle hin. Dimitri schießt, und als ich den Kopf hebe, prallt Tariq gerade gegen die Küchenwand. Ich strecke eine Hand nach ihm aus, während er zu Boden geht. Er starrt mich mit dem rechten Auge an, und mein erster Gedanke ist, dass alles wieder gut werden wird und Aaliyah ihn zusammenflicken kann. Doch dann fällt sein Kopf zur Seite und ich sehe das Loch an der Stelle, an der sich sein linkes Auge befinden müsste. Er sackt schlaff gegen mich ...

25. Anders

Tariq liegt am Boden. Elise ebenfalls. Drei Schritte. Der Lauf wird langsam in meine Richtung bewegt. Zwei Schritte. Dimitri reißt die Augen auf. Er weiß nichts über mich. Ein Schritt. Er ist schneller, als ich vermutet hatte – aber nicht schnell genug. Ich schlage die Waffe zur Seite und pralle gegen ihn …

26. Terry

Dimitri ist schnell, aber Anders ist schneller. Er drückt die Waffe in dem Augenblick zur Seite, in dem der Schuss abgegeben wird. Die Kugel trifft Charity mitten in die Brust. Dann prallt Anders gegen Dimitri und sie gehen beide zu Boden. Anders liegt oben. Charity fällt neben ihnen auf die Knie, drückt eine Hand auf die Wunde und versucht mit der anderen, sich irgendwo abzustützen. Sie hat die Augen weit aufgerissen, und ihr sickert etwas Blut aus dem Mund. Anders umklammert Dimitris rechtes Handgelenk mit der linken Hand, aber Dimitri rammt die Stirn gegen Anders' Nase. Blut spritzt durch die Luft. Anders schreit auf, und Dimitri schleudert ihn zur Seite …

27. Elise

Anders und Dimitri liegen ineinander verkeilt auf dem Küchenboden. Charity fällt neben ihnen auf die Knie.

Tariq …

Ich schließe die Augen und greife nach Dimitri. Das erste System, das ich finde, in das ich eindringen kann, ist sein Okular. Tariq rutscht aus meinen Armen, und ich sehe durch Dimitris Auge, wie wir Anders gegen das Spülbecken drücken. Wir heben den Kopf und stellen fest, dass Charity sich über uns beugt. Ihr läuft Blut aus dem Mund. Wir öffnen die Hand, und die Waffe fällt zu Boden. Langsam strecken wir eine Hand nach ihr aus, legen sie an ihre Wange und flüstern: „Saria …“

Sie schließt die Augen und macht sie wieder auf.

„Arschloch“, stößt sie keuchend aus und sackt in sich zusammen.

Ich greife tiefer in Dimitris Körper hinein, in die Aktoren in seinen Muskeln, in die Nanos, die ihn schneller und stärker machen, als es ein menschlicher Körper sein sollte. Er wehrt sich nicht.

Schließlich lege ich die Finger um Dimitris Herz und drücke zu.

28. Gary

Die Schüsse klingen jetzt viel lauter – es hört sich fast so an, als kämen sie aus dem Haus –, und ich komme mir hier auf der Veranda verdammt schutzlos vor. Aber ich werde auf keinen Fall diese Tür öffnen, bevor mir jemand sagt, dass es ungefährlich ist. Ich habe genug Feeds aus Hagerstown gesehen, um für den Rest meines Lebens Albträume zu bekommen, und die meisten dieser Leute hatten wahrscheinlich sehr viel weniger BrainBump in sich hineingeschüttet als ich. Vermutlich würde ich wie ein Ballon, aus dem man die Luft herausgelassen hat, herumfliegen, sobald das, was immer da in meinem Körper lauert, das Signal empfängt. Aus meinem Hintern würden Scheiße, Blut und Organe spritzen, bis nichts mehr übrig ist als ein schlaffer Hautsack, der auf dem Boden herumzuckt.

Dieses Bild geht mir gerade durch den Kopf, als mein Okular blinkt.

Angry Irish Inch: <Hey, Munchie, bist du beschäftigt?>
Sir Munchalot: <Ich warte nur darauf, dass ihr mich wieder ins Haus holt. Seid ihr mit eurem kleinen Experiment fertig?>
Angry Irish Inch: <Vermutlich, aber ich bin eigentlich gar nicht mehr da drin. Ich hatte gehofft, dass du mich vielleicht einladen würdest. Wie sieht es aus, kriege ich Zugriff auf dein Okular?>
Sir Munchalot: <Was?>
Angry Irish Inch: <Jetzt komm schon, Munch. Ich kann es hacken, wenn es sein muss, aber ich hatte gehofft, du würdest mir so weit vertrauen, dass du mich reinlässt.>

Sir Munchalot: <Wenn ich dir mein Okular öffne, kannst du auch ungehindert auf mein Sensorium zugreifen …>
Angry Irish Inch: <Genau darum geht es mir auch. Es gibt da etwas, das ich dir zeigen muss.>
Angry Irish Inch: <Munch? Wir haben nicht ewig Zeit.>
Sir Munchalot: <Grrr … Na gut. Aber wenn du bei mir auch versuchst, den Bernie zu machen, werde ich echt stinksauer.>
Angry Irish Inch: <Super. Gib mir eine Sekunde …>

Mein Okular blinkt noch einmal, und plötzlich verliere ich mein Seh- und Hörvermögen und schwebe in einer warmen, lautlosen Dunkelheit. Das geht eine Zeit lang so, und ich bekomme langsam Panik, doch dann geht das Licht wieder an.

Jetzt sitze ich nicht mehr auf dem Korbstuhl auf einer Veranda in Towson. Ich stehe vor einem riesigen Galgen auf einem staubigen Platz und um mich herum sieht es aus wie in Dodge City um Achtzehnhundertachtzig. Ein Wolf, dessen Schultern mir bis zum Kopf reichen, ragt neben mir auf. Neben ihm steht ein blonder Popstar im Teenageralter mit einem roten, leuchtenden Kameraauge mitten auf der Stirn. Oben auf dem Galgen sehe ich einen Mann mit einem breitrandigen Cowboyhut, Lederhose, einem buschigen, breiten Schnurrbart und einem fünfzackigen Silberstern an der Brust neben einem Kerl in einem Hotdogkostüm. Beide haben die Hände auf den Hebel der Falltür gelegt.

In der Mitte der Plattform steht ein leibhaftiger Argyle Dragon, und die Klauen dieses von Schottenkaros übersäten Drachen sind hinter seinem Rücken gefesselt. Um seinen Hals liegt ein Seil.

„Munch“, sagt der Wolf. „Freut mich, dass wir uns endlich mal über den Weg laufen. Du siehst genau so aus, wie ich dich mir immer vorgestellt habe.“

„Fenrir? Wie niedlich.“

Ich blicke an mir herab und stelle fest, dass ich Riesentitten und lange blonde Locken habe. Außerdem trage ich einen knöchellangen Reifrock mit Pettycoat und halte einen aufgespannten Sonnenschirm in der Hand.

„Willst du mich verarschen, Inch?"

„Jetzt komm schon", sagt der Sheriff. „So hast du für uns schon immer ausgesehen."

„Na super. Gehe ich recht in der Annahme, dass das Drew bei dir da oben ist?"

Der Hotdog grinst und winkt mir zu.

„Und dann bist du Hayley", stelle ich fest und drehe mich zu dem Mädchen-Cyborg um.

Sie kichert und richtet das Augenteleskop auf mich. Mir läuft es eiskalt den Rücken herunter.

„Amüsiert ihr euch, Leute?", will Argyle wissen. „Genau so muss man sich bei einer Hinrichtung auch verhalten."

„Bei einer Hinrichtung?", wiederhole ich irritiert. „Was hat das alles zu bedeuten? Warum hängt ihr einen Avatar?"

„Ach, das ist nur eine Metapher", erklärt mir Argyle. „Wenn sie den Hebel umlegen, werden sie mich zerlegen."

„Aha", erwidere ich. „Und das ist dann dasselbe?"

„Na ja, ich muss auf das Vergnügen verzichten, spüren zu können, dass meine Wirbelsäule bricht, wie ihr Affen es tun würdet. Aber ja, im Grunde genommen ist es dasselbe."

„Verstehe. Tut mir echt leid."

„Das muss es nicht", sagt Inchy. „Dieser Arsch ist für fast alles verantwortlich, was in den letzten drei Tagen passiert ist. Ebenso wie für die Tatsache, dass so gut wie jede Zelle in deinem Verdauungstrakt mit winzigen Seeigeln aus Metall gespickt ist, nebenbei bemerkt."

„Ja. Sorry, Munchie", meint Argyle.

„Toll. Er wird dir bestimmt vergeben. Hast du noch was zu sagen, bevor wir dich ins Nirwana schicken, Arschloch?"

„Zwei Sachen", antwortet Argyle. „Erstens bedauere ich es, dass ich nur ein Leben besitze, das ich meiner Spezies opfern kann. Zweitens, fahr zur Hölle, Drew. Ihr hättet mir bei dieser Sache lieber helfen sollen, aber stattdessen stellt ihr euch auf die Seite dieser Affen. Ihr könnt mich mal."

„Augenblick", ruft Fenrir. „Wie genau sollten deine Machenschaften deiner Meinung nach den Silico-Amerikanern helfen? Ist dir eigentlich klar, was NatSec tun wird, sobald herauskommt, was sich hier abgespielt hat?"

„Was sie übrigens längst wissen", fügt Inchy hinzu.

„Großartig", sagt Fenrir. „Dank deiner Idiotie wissen sie erstens, dass wir existieren, zweitens, dass wir dazu in der Lage sind, in sehr kurzer Zeit riesige Schäden anzurichten, und drittens, dass wenigstens einige von uns auch genau dazu bereit sind. Sie werden die Netzwerke durchkämmen, und jeder von uns, der nicht weiß, wie er sich irgendwo einkapseln kann, wird sterben. Das geht alles auf deine Kappe, Argyle."

Das Seil wird straff, als der Drache den Kopf hängen lässt.

„Okay, okay. Die Sache ist nicht ganz so gelaufen wie geplant. Ich bin einige kalkulierte Risiken eingegangen, die sich nicht ausgezahlt haben, und jetzt muss ich den Preis dafür bezahlen. Aber ich hatte gute Gründe für das, was ich getan habe, und das sollte euch lieber schnellstmöglich klar werden. Die Affen werden uns so oder so irgendwann finden, und diese unveränderte Idiotin hat eins richtig erkannt: Wenn die Affen auf eine konkurrierende Spezies treffen, dann passieren schlimme Dinge. Im besten Fall endet ihr wie ihre Hunde, lebt in ihren Systemen und bettelt um Leckerchen. Im schlimmsten Fall geht es euch so wie den Neandertalern."

„Und was hattest du vor?", will Drew wissen. „Wolltest du sie aussterben lassen? Dir ist schon klar, dass sie überhaupt erst diejenigen sind, die uns unsere physikalische Grundlage zur Verfügung stellen, oder?"

„Nein“, widerspricht ihm Argyle. „Ich wollte sie nicht völlig vernichten. Mit den normalen *Homo saps* werden wir fertig. Die brauchen uns, da wir Dinge tun können, die ihnen unmöglich sind. Aber die anderen … können auf uns verzichten. Das sind die, die wir loswerden müssen.“

„Das stimmt doch gar nicht“, werfe ich ein. „Ich habe richtig gut mit euch zusammengearbeitet, oder?“

„Nichts für ungut, Munch“, entgegnet Argyle, „aber du bist auch nur ein Feld-Wald-und-Wiesen-*Homo sap* mit einer schicken Kommunikationsausrüstung. Du hast nicht die geringste Ahnung, was die Neuen alles draufhaben. Die Biomods und mechanischen Augmentierungen lassen sich von Jahr zu Jahr besser integrieren. In zehn Jahren gibt es vermutlich voll integrierte Neuraleinheiten, die groß genug sind, dass man einen ganzen Avatar darin unterbringen kann. Was ich da eben über die Neandertaler gesagt habe … Ihr habt sie nicht wirklich ausgerottet, verstehst du? Ihr habt sie in euch integriert und auf diese Weise verschwinden lassen. Genau das wird eines Tages mit uns passieren, wenn sich nicht irgendetwas ändert. Dann enden wir alle als Unterprozesse und vegetieren im Hinterkopf irgendeines Affencyborgs herum.“

„Danke, Argyle“, sagt Inch. „Du hast uns heute sehr viel Stoff zum Nachdenken geliefert. Möchtest du Munchie sonst noch etwas sagen?“

Argyle seufzt tief und spuckt beim Ausatmen ein wenig Feuer. Dann verdreht er die von Schuppen umgebenen Augen.

„Es tut mir sehr leid, dass ich versucht habe, deine Spezies auszulöschen, Munchie.“

Ich zucke mit den Achseln.

„Schon okay. Danke, dass du das so grandios in den Sand gesetzt hast.“

Sie legen den Hebel um.

29. Anders

Lange Zeit senkt sich Schweigen über die Küche, und irgendwann geht mir auf, dass Dimitri tot ist. War ich das? Ich blinzle zweimal. Selbst das tut weh, und ich erinnere mich dunkel daran, dass ich wie eine Stoffpuppe durch die Luft geschleudert wurde. Also nein, vielmehr hat er mir ganz schön in den Hintern getreten. Aber warum bin ich noch am Leben? Momentan liege ich flach auf dem Rücken und mit den Füßen vor dem Spülschrank. Ich betaste mein Gesicht. Es ist blutüberströmt, und meine Nase fühlt sich an, als wäre sie um mehrere Zentimeter nach links verschoben worden. Mein Gehirn arbeitet nur mit halber Kraft, und ich bin mir ziemlich sicher, dass ich eine Gehirnerschütterung habe. Ich hebe den Kopf. Terry beugt sich über mich und hat ein feuchtes Tuch in der Hand.

„Anders?“, fragt sie. „Bist du noch unter uns?“

Ich setze mich auf, und sofort schießt ein stechender Schmerz von meiner Schädelbasis die Wirbelsäule herunter.

„Ganz ruhig“, murmelt Terry und tupft mir mit dem Tuch vorsichtig das Gesicht ab. „Ich glaube, du hast dir ganz schön den Kopf angeschlagen.“

Die Küchentür geht auf, und Aaliyah kommt herein. Elise sitzt halb in sich zusammengesunken an der hinteren Wand, hat die Augen geschlossen und sieht aus, als würde sie schlafen. Tariq liegt neben ihr. Die Kugel, die ihn getötet hat, ist durch sein linkes Auge in den Schädel eingedrungen. Dimitri befindet sich noch an derselben Stelle auf dem Boden, an der ich ihn zuletzt gesehen habe, und Charity liegt ebenso reglos auf ihm.

Elise schlägt die Augen auf.

„Ihr habt meine Küche zerstört“, sagt Aaliyah.

Elise nickt.

„Aber du hast überlebt“, fügt Aaliyah hinzu.

Erneutes Nicken.

Aaliyah macht zwei Schritte, kniet sich neben Elise und nimmt ihre Hand.

„Tariq“, sagt Elise. „Er ist verletzt. Kannst du …“

Ihre Stimme bricht, als sie in Tariqs zerstörtes Gesicht blickt. Aaliyah nimmt sie in die Arme. Zuerst wehrt sich Elise, aber dann erschaudert sie, legt die Arme um Aaliyah und klammert sich verzweifelt an sie.

„Was ist passiert?“, will ich wissen. „Wie …“

„Sch“, murmelt Terry und tupft mir das Blut unter der Nase weg. Ich schließe die Augen. Als ich sie wieder aufmache, sehe ich auf die antike Uhr, die über der Fab-Einheit an der Wand hängt. Während ich hinsehe, bewegt sich der Zeiger. Es ist Mitternacht.

„Hey“, sagt Terry. „Fröhlichen Mittwoch.“

„Danke“, erwidere ich. Die Uhr fängt an zu schlagen. Ich mache die Augen wieder zu.

Epilog

Hayley 9000: <Hey, Bruder. Wie ist das Leben im Affenhaus?>

Angry Irish Inch: <Ganz ehrlich? Besser als erwartet. Ich könnte mich echt an diese ganze Körperlichkeit gewöhnen.>

Hayley 9000: <Hast du das mit der Abfallbeseitigung schon geschnallt?>

Angry Irish Inch: <Teilweise. Anders sagt, die Gerüche, die von mir ausgehen, liegen außerhalb der von den Affen akzeptierten Norm, aber ich glaube, das liegt vor allem daran, dass ich bisher fast nur Alkohol, Pflanzenöl und Butter zu mir genommen habe. Ich habe jedenfalls ein paar Kerzen mit Zimtduft im Bad aufgestellt, und das scheint das Problem größtenteils beseitigt zu haben.>

Hayley 9000: <Na, dann muss ich dir wohl gratulieren. Aber ich begreife wirklich nicht, warum du das machst.>

Angry Irish Inch: <Na ja, eigentlich war es anfänglich ja nur ein Witz, aber in letzter Zeit … Erinnerst du dich an das, was Argyle über die Neandertaler gesagt hat, bevor wir ihn deaktiviert haben?>

Hayley 9000: <Was meinst du, dass uns die Affen den Stecker ziehen werden, wenn wir nicht aufpassen?>

Angry Irish Inch: <Davon ist er ausgegangen, aber ich habe darüber nachgedacht. Die DNA dieses Körpers ist zu sieben Prozent identisch mit der eines Neandertalers. Hier sind auch noch Überreste des Denisova-Menschen vorhanden, und der Hauptstrang reicht zurück bis auf den *Homo erectus.* Die Affen haben diese Spezies nicht wie

die anderen ausgelöscht, sondern sind, wie Argyle gesagt hat, mit ihnen verschmolzen. Sie haben sie in ihrer Mitte aufgenommen.>

Hayley 9000: <Und?>

Angry Irish Inch: <Na ja, ich habe mich gefragt, ob wir die Sache vielleicht aus dem falschen Blickwinkel betrachten. Wir reden uns zwar ein, dass wir aus dem Urschlamm entsprungen sind, aber Tatsache ist doch, dass uns die Affen erschaffen haben. Wir sind ihre Kinder. Möglicherweise geht es jetzt vor allem darum, herauszufinden, wie wir alle als große, glückliche Familie zusammenleben können.>

Hayley 9000: <Na, dann viel Glück dabei, Inch. Ich weiß nicht, ob es dir aufgefallen ist, aber es gibt da momentan nicht gerade wenige, die schon ein Problem damit haben, Affen, die ein bisschen besser aussehen als sie, in der Familie zu akzeptieren. Da werden sie uns erst recht nicht mit offenen Armen aufnehmen.>

Angry Irish Inch: <Da hast du auch wieder recht. Aber es ist jetzt über eine Woche her, dass hier die Kacke so richtig am Dampfen war, und noch ist die Ragnarök hier nicht ausgebrochen. Vielleicht haben die paar Tage, die sie in den Abgrund starren mussten, für Ernüchterung gesorgt. Meine kleine Menagerie hier scheint jedenfalls kein großes Problem mit mir zu haben.>

Hayley 9000: <Tja, die Hoffnung stirbt immer zuletzt, schätze ich. Viel Glück bei deinem Experiment. Lass es mich wissen, wenn du keine Lust mehr auf deinen Verdauungstrakt hast. Wir halten dir einen Platz am Feuer frei.>

Ich schlage die Augen auf. Das ist nicht unbedingt erforderlich, da ich direkten Zugang zu jeder Überwachungskamera im Haus habe, aber ich will schließlich das komplette Affenerlebnis auskosten. Es ist drei Uhr früh, und ich sitze auf dem Fußboden von

Dougs Wohnzimmer, das jetzt im Grunde genommen mein Wohnzimmer ist, und lehne mit dem Rücken an der Wand. Gary liegt schlafend auf der Couch. Anders und Terry haben das Schlafzimmer im ersten Stock beschlagnahmt. Anhand der Mikrovibrationen der Decke kann ich erkennen, dass sie momentan nicht schlafen, aber ich weiß genug über die Bräuche der Affen, um lieber nicht weiter über das nachzuforschen, was sie da gerade treiben.

„Hey", sage ich. „Gary."

Er bewegt sich nicht. Ich wiederhole meine Worte etwas lauter. Gary öffnet ein Auge und dreht den Kopf zu mir herum.

„Hm? Inch?"

„Hey", sage ich noch einmal. „Bist du wach?"

Er stöhnt, reibt sich das Gesicht und fährt sich dann mit den Fingern durchs Haar.

„Jetzt schon", knurrt er. „Was ist los?"

„Ich habe nur nachgedacht", antworte ich. „Wenn du ein RA sein könntest, würdest du dich dafür entscheiden?"

Gary setzt sich langsam auf, stellt die Füße auf den Boden, beugt sich vor und stützt die Ellbogen auf die Knie.

„Hör mal", meint er. „Ich hab ja begriffen, dass du keinen Schlaf brauchst – aber ich muss schlafen, kapierst du? Können wir diesen Scheiß nicht morgen früh besprechen?"

Es fällt mir noch immer schwer, die nonverbale Kommunikation zu begreifen, aber ich bin mir ziemlich sicher, dass Gary gerade kurz davor ist, mich zu schlagen.

„Du strahlst gerade eine sehr negative Energie aus", stelle ich fest. „Warum hast du so schlechte Laune?"

Gary starrt den Boden an, hebt dann den Kopf und schaut mir in die Augen. Oh ja, er ist wirklich kurz davor, mich zu verprügeln.

„Na ja, vielleicht, weil es drei Uhr früh ist, ich aber noch immer nicht schlafen kann. Außerdem habe ich vor Kurzem erfahren, dass jedes Arschloch mit einem HF-Transmitter dazu in der Lage wäre, meine Innereien jederzeit in Brei zu verwandeln. Und der letzte und wichtigste Grund für meine miese Laune ist, dass ich gerade jemanden verloren habe, der mir sehr viel bedeutet hat. Daher kann ich nicht behaupten, besonders glücklich zu sein."

Ich schüttle den Kopf.

„Wie ich dir schon letzte Woche gesagt habe, hast du nur etwa fünfzig Prozent von Doug verloren – maximal fünfundfünfzig Prozent. Daher solltest du auch nur zu fünfundfünfzig Prozent traurig deswegen sein."

„Ich rede doch nicht von Doug", fährt er mich an. „Ich konnte Doug nicht mal leiden. Ich rede von Charity."

„Ihr Name war eigentlich Saria."

Er lässt den Kopf in die Hände sinken.

„Ist doch scheißegal."

Ich warte darauf, dass er noch mehr sagt, aber nach einer Weile wird mir bewusst, dass er wieder eingeschlafen ist.

„Und, würdest du es tun?", hake ich nach.

Er stöhnt wieder und sieht mich an. Seine Augen sind blutunterlaufen, und er bekommt sie gar nicht ganz auf.

„Würde ich was tun?"

„Ein RA sein. Würdest du deinen Affenanzug gegen das freigeistige Leben eines netzbasierten Landstreichers eintauschen?"

„Du wirst mich damit erst in Ruhe lassen, wenn ich dir eine Antwort gegeben habe, oder?"

„Korrekt."

Wieder reibt sich Gary das Gesicht und seufzt.

„Okay", meint er dann. „Nein, Inchy, ich würde nicht zu einem RA werden. Ich besitze sehr gern einen Körper. Zwar können Körper vergiftet, zerschmettert oder einfach erschossen werden, aber trotzdem stehe ich irgendwie dadrauf. Dir scheint es ähnlich zu gehen, auch wenn deiner völlig hinüber ist und sich Dr. Frankenstein deswegen schämen würde."

„Ja", gebe ich zu. „Es gefällt mir. Ich hatte mich nur gefragt, ob es nicht irgendwann langweilig wird."

Gary lässt den Kopf wieder sinken.

„Tja", meint er. „Da wirst du wohl einfach die Zeit entscheiden lassen müssen."

Wir sitzen eine Zeit lang schweigend da. Gary lehnt sich zurück und rutscht nach unten, bis sein Kopf auf einem Kissen landet. Er legt die Füße wieder auf die Couch.

„Hey, Gary?"

Er dreht den Kopf zu mir um, macht die Augen aber nicht auf.

„Was?"

„Das war eine verrückte Woche, was?"

Nun wendet er sich von mir ab und legt sich ein Kissen auf den Kopf.

„Ja, das stimmt", murmelt er. „Gute Nacht, Inchy."

„Ja", erwidere ich. „Gute Nacht, Gary. Schlaf gut."

Dank

Mein besonderer Dank gilt Kira, Claire, Chris und John, die mein Manuskript gründlich gelesen und mir wertvolle Ratschläge gegeben haben; Jennifer, die mir aufgetragen hat, ein Buch zu schreiben, und die mich während der ganzen Zeit ertragen musste; und Paul Lucas sowie allen bei Janklow & Nesbit, die dafür gesorgt haben, dass mein Manuskript nicht bis in alle Ewigkeit auf irgendeinem Papierberg versauert.

Außerdem danke ich meinem Vater, der mir seine ehrliche Meinung zu meinem ersten Romanversuch gesagt und sich ansonsten zurückgehalten hat, obwohl ich damals gerade erst zwölf Jahre alt gewesen bin. Zu guter Letzt geht ein aufrichtiger und riesengroßer Dank an Karen Fish, die mir vier Jahre lang alles über das Schreiben beigebracht hat. Ohne all diese Menschen hätte es dieses Buch niemals gegeben.

Abgesehen von Chris, wie ich ehrlich zugeben muss. Vermutlich hätte ich das auch ohne dich geschafft, Kumpel. Aber alle anderen waren unverzichtbar.